JAZMÍN™

COLLEEN FAULKNER

MARIDO PERFECTO

HARLEQUIN™

Editado por Harlequin Ibérica.
Una división de HarperCollins Ibérica, S.A.
Avenida de Burgos, 8B - Planta 18
28036 Madrid

N.º 579 - 11.11.24

Marido perfecto
Título original: Barefoot and Pregnant?

Los mejores amigos
Título original: A Whirlwind Engagement

La mejor oferta
Título original: Jared's Texas Homecoming
Publicadas originalmente por Harlequin Enterprises, Ltd.
Estos títulos fueron publicados originalmente en español en 2004

I.S.B.N.: 978-84-1062-956-1
Depósito legal: M-19242-2024
Impreso en España por: BLACK PRINT
Fecha impresión para Argentina: 10.5.25
Distribuidor exclusivo para España: LOGISTA
Distribuidor para México: Distibuidora Intermex, S.A. de C.V.
Distribuidores para Argentina: Interior, DGP, S.A. Alvarado 2118.
Cap. Fed./Buenos Aires y Gran Buenos Aires, VACCARO HNOS.

FSC
www.fsc.org
MIXTO
Papel procedente de fuentes responsables
FSC® C159065

PRÓLOGO

ELISE Montgomery apretó la tecla de impresión de la fotocopiadora que había en la sala de espera de la Inmobiliaria Waterfront en el sur de Delaware, donde trabajaba, y apoyó una mano en la cadera para esperar. En ese momento vio pasar a su mejor amiga por el pasillo.

–Liz, ¿tienes un segundo? –llamó.

Liz retrocedió y miró su reloj. Llevaban un atuendo similar: faldas y chaquetas con blusas de seda blanca. El de Elise era de color salmón y el de Liz azul marino.

–Tengo diez minutos –repuso Liz–. Van a venir unos clientes nuevos para mirar los apartamentos de Mallory Bay.

Elise recogió una de las copias que había soltado la máquina.

–Aquí tienes la lista que te conté que había encontrado en aquel libro.

–Otro libro de autoayuda –enarcó una ceja con escepticismo, alzó el libro que había junto a la copiadora y leyó el lomo–: *¿Cómo Buscar Marido*?

Elise se encogió de hombros.

–Tiene un título horrible, pero escucha esto –lo abrió en el primer capítulo–: Según la autora... «En la actualidad, las mujeres dedican más tiempo a estudiar los coches que van a comprar que los hombres con los que van a casarse. Cuando una mujer culta y profesional del nuevo milenio compra un coche, redacta una lista con las cualidades que busca, tales como el valor por el dinero que entregará, consumo de gasolina, estética, etcétera. Luego, conduce varios coches y los evalúa de acuerdo a su lista de requisitos. Y termina por comprar el coche que mejor se adapta a ella. Una mujer debería buscar marido de la misma manera lógica».

–Es una broma, ¿verdad? –musitó Liz–. ¿Cómo comprar un coche?

Elise dejó el libro.

–Si la analizas, es una observación perfectamente válida, Liz. He hecho copia de los puntos sugeridos para las dos –se apoyó en la fotocopiadora mientras señalaba los principales con un bolígrafo–. Hay varios encabezamientos y subencabezamientos. Que cada una ponga las cualidades que busca, la autora hace algunas sugerencias... ¡y luego sólo queda sumar!

Liz observó la fotocopia.

–La cuestión –añadió Elise– es que no tenemos tiempo para los hombres que no son buenos candidatos para las relaciones a largo plazo.

–Te refieres al matrimonio. Veamos –miró la hoja–, tipo de coche... deportivo, utilitario, sedan. Bonificación para los coches que cuestan más de cuarenta mil dólares. Bien. Me encanta un hombre que conduce un buen coche.

Elise rió.

–Parece un poco excesivo, pero supongo que eso es importante para algunas personas. Y puede indicar la educación y la posición socioeconómica de un hombre.

–Primera cita –siguió leyendo Liz–. Elegir una... cena, cena y baile, película y cena. Temas de conversación... habla de ti, habla de sí mismo, sabe lo que sucede en el mundo. No tiene ni idea –rió y miró a Elise–. ¿Y el libro pone que esto funciona? ¿Puedes encontrar un marido con esto?

Elise volvió a encogerse de hombros.

–No hay nada garantizado, por supuesto, pero en esencia es lo que hacen las agencias de contactos, ¿no? Y el libro está lleno de sugerencias útiles. Ya he empezado a subrayar algunas.

Liz aún parecía poco convencida.

Elise le dio un golpe en el costado.

–Vamos, ¿dónde está tu sentido de la aventura? Será divertido.

Liz gimió y alargó una mano.

–Dámela.

Elise le entregó la lista.

–No te olvides de rellenar todos los requisitos, luego saca fotocopias. Utiliza una hoja por cita. En la parte superior, a la derecha, hay un espacio para poner su nombre.

–En el pasado habías tenido algunas ideas descabelladas, Elise, pero ésta...

–Eh, las listas funcionan en el negocio inmobiliario, ¿no? –indicó la oficina elegante con un gesto de la mano–. Por aquí las cosas funcionan así. Nos establecemos objetivos. Los vamos tachando y terminamos consiguiendo lo que nos propusimos. Es una gestión perfecta del tiempo. *Cómo Buscar Marido* no es más que un instrumento que nos ayuda a obtener lo que queremos. Ayuda a las mujeres sanas a ser felices.

–Ya suenas como el libro –Liz pegó la hoja al pecho–. De acuerdo, me rindo. Probaré tu método –puso los ojos en blanco–. Hasta ahora no ha funcionado nada. Citas a ciegas. Agencias de contactos. Anuncios personales. ¿Qué puedo perder?

–Ésa es mi chica –le sonrió–. Confía en mí. Va a funcionar.

–He de irme –Liz la saludó con la mano–. Luego hablamos.

La observó desaparecer por el pasillo.

–No te olvides la cena benéfica del viernes por la noche –dijo a sus espaldas.

–Te recogeré a las seis.

Elise bajó la vista a las fotocopias que tenía en las manos. Una lista para encontrar maridos potenciales. Era una locura... ¿o no?

Más que una locura, era un acto desesperado.

Después de años de citas superficiales y relaciones a corto plazo que no llevaban a ninguna parte, había comprendido que estaba preparada para buscar algo serio. Tenía todas las cosas que consideraba que la harían feliz: un trabajo bien remunerado, un apartamento estupendo, un buen plan de jubilación. Pero no era suficiente.

Su padre, Edwin Montgomery, de los petroleros de Dallas, siempre le había dicho que el trabajo duro era en lo único en que podía confiar una persona. Desde pequeña le había metido en la cabeza que su carrera era lo importante; la felicidad personal era irrelevante. De modo que durante largo tiempo había llevado esa vida. Y durante un tiempo, su carrera fue suficiente. Sin embargo, en los últimos meses, eso había dejado de bastar. Había dejado de satisfacerla como antaño; ni siquiera estaba segura de que le gustara el negocio inmobiliario. Se daba cuenta de que estaba sola y no quería terminar como su padre, aislado e irascible. Quería una pareja a quien amar, un hombre en quien poder confiar, que la amara y confiara en ella a cambio.

Estudió la lista que tenía en la mano. Se dijo que valía la pena intentarlo.

CAPÍTULO 1

Nunca confiéis en la química física entre un hombre y vosotras. La atracción sexual es fugaz.

ELISE se llevó la copa a los labios y bebió la tónica mientras observaba el salón del hotel lleno de empleados y benefactores locales del hospital. Esa noche se había puesto su «pequeño vestido negro» favorito y una nueva tonalidad de lápiz de labios llamada Seducción.

Por lo general, odiaba esa clase de acontecimientos, pero Inmobiliaria Waterfront había pagado la entrada cara. Era su trabajo sonreír, beber tónica y estar atenta a clientes en potencia. Había asistido a tantos acontecimientos similares en los últimos años, que se conocía el guión de memoria. Mantendría una conversación ligera con personas que desconocía. Luego jugaría con pollo seco y judías verdes demasiado hechas en el plato, escucharía conversaciones aburridas y al final se iría a casa a cenar palomitas y ver una película por la tele.

Pero esa noche era diferente. Podía sentirlo desde el pelo recién peinado hasta las puntas de los zapatos nuevos. Esa noche iba a ser diferente. Iba a conocer a hombres, iba a rellenar el formulario, sumar los puntos y encontrar un marido.

Vio a Liz Jefferson ir hacia ella enfundada en un vestido negro demasiado ceñido. Sostenía una copa con vino que probablemente no era la primera. Admiraba la capacidad que tenía Liz de aguantar el alcohol. Ella jamás bebía en público, y no porque tuviera algo contra el alcohol, sino porque podía hacer que se comportara como una tonta. Una copa bastaba para que empezara a contarle a cualquiera que quisiera escuchar, cómo de pequeña siempre había querido tener un perro y jamás se lo habían consentido porque podía manchar la alfombra blanca de su padre.

En ese momento se le ocurrió que también ella tenía moqueta blanca en su apartamento.

Y ningún perro.

¿Cómo se había alejado tanto la vida de lo que había querido que fuera? Siempre había jurado que no sería como su padre. ¿Se estaba convirtiendo en eso?

–Hola –Liz se deslizó hacia ella. Elise conjeturó que el vestido era demasiado ceñido para permitirle caminar–. ¿Has visto a alguien con potencial? –se colocó al lado de su amiga y estudió la sala por encima del borde de la copa de chardonnay.

–Hasta ahora, lo mismo de siempre –repuso Elise.

Por doquier había hombres con esmoquin. Elise conocía a muchos. Había salido con unos pocos. Ahí estaba Joe Kanash, quien después de dos citas le reveló con timidez que no estaba «del todo» divorciado. Y Bobby Rent. Sorbía la sopa de mariscos y hacía ruidos por la nariz siempre que se ponía nervioso, lo que había descubierto que era a menudo. Alex Bortorf, el proctólogo, Mark Wrung, el propietario de los grandes almacenes... la lista era interminable.

Suspiró. Una vez allí, empezaba a acobardarse. ¿En qué era mejor que otros ese libro de autoayuda? Se dijo que debería irse a casa ya a preparar las palomitas para su habitual cita de última hora con David Letterman. Además, los zapatos nuevos la estaban matando.

–Eh, eh, eh –Liz se llevó una mano a la cadera para acentuar su postura–. Una cara nueva a la una. No lleva anillo en el dedo.

A Liz se le daba mejor reconocer a los casados. Elise desvió la mirada mientras alzaba la copa, aunque sin llegar a beber. Santo cielo. Era una cara nueva. Y atractiva. El hombre que aceptaba un canapé de un camarero parecía tener treinta y pocos años. Era rubio natural, con el pelo aclarado por el sol, con uno de esos cortes de chico malo. Un poco largo en las orejas y la nuca. Tenía la cara bronceada, aunque dudaba de que fuera artificial. Era alto, pero no excesivamente. Quizá un metro ochenta y dos, ochenta y cuatro. Exhibía una buena complexión, pero se notaba que no era un fanático del gimnasio. El esmoquin le quedaba tan bien, que tenía que ser propio y no de esos alquilados que al día siguiente estarían en la tintorería.

El hombre se había vuelto y establecido contacto visual con Elise. Le sorprendió descubrir el calor de un rubor en las mejillas. Desconocía que aún fuera capaz de ruborizarse.

Liz le dio con el codo.

–Eh, yo lo vi primero.

El Adonis miró directamente a Elise con un destello de diversión en los labios sensuales. Se preguntó si había captado lo que acababa de decir Liz o si estaba acostumbrado a que unas mujeres solteras y desesperadas lo miraran boquiabiertas.

No era capaz de quitarle los ojos de encima. Entonces, de pronto, avanzó hacia ella. No supo si le entraron ganas de salir corriendo o de abrirle los brazos.

–Hola –saludó, deteniéndose justo delante de ella.

Apretó con fuerza la copa. Había conocido a millones de hombres en su vida. ¿Qué tenía de especial ése que de repente la dejaba sin habla? Por lo general, se le daban bien las conversaciones sociales.

Le devolvió la sonrisa y logró decir:

–Hola.

–Me llamo Zane, Zane Keaton –le ofreció la mano.

Liz miró a Elise, a Zane y otra vez a Elise.

–Veo que no hace falta que me moleste en presentarme –comentó con locuacidad y se marchó–. Hasta luego, cariño.

Zane no dejó de mirarla mientras le estrechaba la mano. Ella no pudo evitar reír.

–De acuerdo –dijo–. Me siento abochornada. Por lo general, juego a ser más inaccesible.

–Yo también.

–No pretendía mirarte fijamente. Me llamo Elise Montgomery.

–Encantado de conocerte. ¿Tus amigos te llaman Ellie?

Ella movió la cabeza.

–De hecho, jamás me han llamado así –le respondió.

Fue el turno de él de reír.

–A mí me parecías que eras Ellie.

De haber salido de la boca de otro desconocido, las palabras le habrían resultado ridículas. Como mínimo, un inicio muy torpe de conquista. Pero se sintió extrañamente halagada. No se consideraba una Ellie, pero en secreto siempre había deseado serlo. Ellie sonaba relajada, despreocupada. Al ser la hija de Edwin Montgomery, jamás había experimentado esas cosas.

–¿Asistes muy a menudo a estos actos? –Zane se situó al lado de ella para observar el salón.

–Demasiado –confesó.

–Yo también. Los odio –rió entre dientes–. Se suponía que debía venir con una cita, pero me dejó plantado en el último instante.

Notó que había dicho cita, no pareja.

–¿La gripe?

–Eso –confesó–, o aversión a los malos canapés, a los discursos largos y aburridos y al pollo seco.

Elise echó la cabeza hacia atrás y rió más alto de lo que hubiera sido apropiado. Un hombre y una mujer próximos, ambos vestidos de negro, la miraron.

Avergonzada, se cubrió la boca.

–Van a pensar que he bebido demasiado –murmuró–. No me hagas reír de esa manera.

Él sonrió.

–¿Qué sentido tiene la vida si de vez en cuando no puedes soltar una carcajada?

Lo miró. ¿Era real ese hombre? ¿Atractivo, encantador y divertido? Le miró la mano izquierda. Liz había dicho que no llevaba anillo. Pero quiso cerciorarse. Negativo.

–Entonces, si tu cita dio marcha atrás, ¿por qué has venido?

La miró con ojos chispeantes. Parecía un hombre feliz. Feliz consigo mismo. Algo que no se veía muy a menudo.

–Era mi hermana, Meagan, quien se suponía que debía acompañarme. Nuestro abuelo fue uno de los principales contribuyentes cuando este hospital se construyó en los años sesenta –se alzó de hombros–. Ahora está en una residencia y no puede asistir a esta clase de actos. Vengo en su lugar. Traigo su cheque. Saludo en su nombre.

Le pareció algo tan dulce, que durante un momento no supo qué decir. ¿Un hombre con vínculos familiares? ¿A quien le importaban las generaciones anteriores? Elise jamás había conocido a ninguno de sus abuelos.

–Fue un gran gesto venir en su lugar.

–Sí –Zane suspiró–. Pero sólo le dije al abuelo que vendría, no que me quedaría. Llevo aquí una hora, le he estrechado la mano a todos los integrantes de la junta. He comido varios canapés malos y ya estoy aburrido. Es hora de irse. ¿Qué me dices de ti? –enarcó una ceja.

Era un poco arrogante, pero no de forma desagradable. En un mundo de machos beta, ¿podría ser ése el último lobo alfa de la manada? Contuvo una sonrisa.

–Todavía queda el pollo seco y el discurso aburrido.

Él asintió.

–Tienes toda la razón. Podríamos pasar al comedor para encargarnos de ese pollo. Podríamos bostezar durante los discursos o... –cambió el tono de voz, como si tuviera un secreto que compartir.

–¿O? –murmuró ella, hipnotizada por su mirada.

–O podríamos escabullirnos por la parte de atrás a dar un paseo por la playa. Si tienes hambre, te compraré una hamburguesa con queso cuando te lleve a casa.

Elise lo miró fijamente, incrédula durante un momento. Había dedicado más de una hora a arreglarse para esa velada. Se había comprado zapatos nuevos y lápiz de labios Seducción. Inmobiliaria Waterfront había pagado más de quinientos dólares para que ella viera y fuera vista esa noche. No podía escabullirse así sin más... ¿o sí?

Bueno, su empresa no había pagado por el pollo. El cheque había sido un donativo para financiar el pabellón de maternidad.

Esbozó una sonrisa. Largarse de allí no encajaría para nada con su manera de ser. Elise Montgomery siempre acataba las reglas, y éstas eran que si tu jefe pagaba quinientos dólares por un pollo horrible, te lo comías. Sin embargo, podía ver que Zane Keaton no era un hombre que jugara de acuerdo a las reglas.

–Ah, la has encontrado, Zane –Richard Milton, un eminente abogado local, se les acercó.

Zane enarcó una ceja.

–Elise Montgomery, la agente inmobiliaria de quien te hablé. Si quieres realizar una compra importante de tierra en este condado, ella es la persona a la que debes conocer.

Elise sintió que se ruborizaba.

–¿Eres agente inmobiliaria? –preguntó él, como si no terminara de creer al abogado.

–Así es –asintió.

–Bueno, os dejó a solas. Llámame si Elise encuentra lo que andas buscando –Richard se marchó.

–De modo que andas buscando tierras –le sonrió.

Él se encogió de hombros.

–Es posible. Bueno, ¿sigues interesada?

–¿Interesada? –repitió.

–En largarte de aquí –señaló la puerta–. Vamos, Ellie, será divertido –le susurró al no obtener una respuesta inmediata–. Y un poco atrevido. Dime que te gusta ser atrevida de vez en cuando.

Lo miró sorprendida y él le guiñó un ojo.

Guiñaba un ojo... parecía salido de un de esas películas en blanco y negro que le gustaba mirar los domingos por la tarde cuando debería estar trabajando.

–De acuerdo –aceptó, tentada por la idea de marcharse de allí–. Pero he de decirle a mi amiga Liz que me voy. Vine con ella.

Le quitó la copa vacía de la mano y la depositó en la bandeja de un camarero que pasó por allí.

–Dile que no necesitarás que te lleve a casa. Te voy a dar dos minutos para reunirte conmigo en la puerta. Luego nos largamos.

Lo observó alejarse, sintiéndose un poco aturdida. ¿Era ésa la noche con la que había soñado desde pequeña, cuando la arropaba una niñera?

Encontró a Liz en el bar.

–No necesitaré que me lleves a casa.

–¿Qué nivel alcanza en esa lista tuya? –preguntó Liz sonriendo.

–Es demasiado pronto para saberlo –afirmó. El corazón le latía con fuerza. No podía recordar la última vez que un hombre había hecho que se sintiera de esa manera.

Su amiga la miró con aire de conspiración.

–Te llamaré luego –susurró.

Elise se dirigió en línea recta hacia la puerta, con el bolso negro sujeto bajo el brazo. No podía creer que estuviera haciendo eso. Se sentía atrevida y debía reconocer que la sensación era maravillosa.

Zane la esperaba justo fuera de la recepción del hotel. Le ofreció el brazo con una sonrisa.

–Supongo que realizaremos una salida grandiosa –comentó al avanzar con el mentón alzado como si perteneciera a la realeza–. Llegamos a la playa, tiramos los zapatos en las dunas y corremos hacia el agua.

Elise rió.

–No puedo caminar por la playa. Llevo medias –respondió.

Él abrió la puerta que daba a la terraza del hotel.

–¿Y qué? Quítatelas.

¿Quitárselas? Sintió como si tuviera el cerebro en sobrecarga. ¿Apoyarse en un pie y bajarse las medias en una playa pública?

Zane la condujo por los escalones que llevaban a la playa de arena blanca.

–De acuerdo, veinte preguntas.

–¿Qué?

–Juguemos a las veinte preguntas. Bueno, mi versión –fue hasta la parte de atrás de la escalera y se quitó un zapato, luego el otro–. Yo hago una pregunta. Te doy mi respuesta y luego tú ofreces la tuya.

Con cuidado, ella se quitó un zapato de tacón alto y luego el otro. La sensación de la arena a través de la planta de los pies con medias fue deliciosamente cálida. Por lo general, en las primeras citas, y supuso que podía clasificar ésa como una primera cita, se ceñía a conversaciones más seguras, como en qué universidad había estudiado y cómo se comportaba el índice NASDAQ.

–Cosas ligeras –indicó Zane–. Como cuál es tu color favorito. El mío es el negro.

–¿Negro? El negro no es un color.

–Lo siento. Es mi respuesta. El negro es mi color favorito. Veamos, negro como una noche sin luna. Como el lomo de un pingüino. ¿El tuyo?

–El verde –hizo una pausa después de reír–. Verde como la cara de un hombre después de haber probado la ensalada de patatas de su suegra.

Él rió.

–Vas captándolo. Vamos –abrió y cerró una mano–. Quítate esas medias. Te juro que no sé cómo podéis poneros esas cosas.

Ella se agarró a la barandilla de los escalones, luego titubeó. ¿Introducía las manos por debajo de la falda o trataba de bajarse la cintura de los pantys a través del material del vestido.

Zane giró y le dio la espalda.

–Adelante. Haz lo que debas para quitártelas. Nadie mira –se ocupó en remangarse los pantalones.

Elise respiró hondo, metió las manos bajo el vestido y sujetó la cintura de los pantys. La bajó, enrolló las medias por los muslos y alzó un pie.

–¡Aayyyy! –se tambaleó al perder el equilibrio en la arena blanda.

Zane la sujetó antes de que pudiera caer, con los ojos cómicamente cerrados.

–Te tengo.

Aprovechando el antebrazo musculoso de Zane para equilibrarse, no tardó en quitarse los pantys.

–Ya está –manifestó, tan orgullosa de sí misma como si acabara de vender una propiedad de medio millón de dólares. Los guardó en los zapatos.

–¿Lista? –preguntó. Ella asintió. La tomó de la mano y emprendió la marcha–. Pregunta número dos. ¿Helado de chocolate o de vainilla?

–¿Tarrina? –él sonrió–. Cucurucho.

–Desde luego –convino él–. Ya me gustas.

Mientras cruzaban la playa en dirección al agua, abarcaron las preguntas tres y cuatro. Al llegar al borde del océano frío, Elise quiso preguntar ella.

–De acuerdo –rió con la última respuesta de Zane–. Deporte favorito para ver. El mío es el béisbol.

La miró sorprendido y comenzó a caminar a lo largo de la playa.

–¿No el patinaje sobre hielo? A todas las mujeres que he conocido les gustaba el patinaje sobre hielo.

–Soy seguidora de los Orioles desde que nací, con o sin Cal Ripken, Jr.

–¿Quieres casarte conmigo? –preguntó.

Ella rió. Bromeaba, desde luego, pero, no obstante, sintió un cosquilleo de emoción. Resultaba evidente que no era un hombre completamente en contra de la institución del matrimonio.

–Otra –suplicó.

–Pasemos a cosas más serias. El nombre de tu primer maestro de escuela.

Las preguntas superaron las veinte. El sol se ponía sobre sus hombros en la bahía antes de que dieran media vuelta y regresaran otra vez al hotel. Elise no podía parar de reír, no sólo por algunas de las locas respuestas de Zane, sino por el modo en que decía las cosas. Exhibía tanta seguridad en sí mismo. Era tan real. Mientras regresaban por la arena al lugar donde habían dejado los zapatos, él la tomó del brazo para ayudarla a atravesar la arena blanda.

–Me muero de hambre. Esos canapés ínfimos no han saciado mi apetito –la miró–. ¿Quieres que compremos una hamburguesa antes de que te lleve a casa, Ellie?

Ellie. Volvía a llamarla Ellie. Le gustaba. Le gustaba cómo se sentía cuando la llamaba de esa manera.

–Una hamburguesa estaría muy bien –señaló sus zapatos abandonados–. Ahora será imposible que pueda volver a ponerme esos pantys.

Él rió mientras recogía los zapatos de ella y se los pasaba.

–Tengo el coche ahí arriba –subieron unos escalones hacia el aparcamiento mientras le explicaba la manera correcta de asar una hamburguesa. La condujo hacia un BMW verde y le abrió la puerta del acompañante.

¿Un caballero *y* que conducía un BMW? Ese hombre figuraba en la sección de triple bonificación...

Elise arrojó los pantys con arena en la cesta de la ropa sucia.

–¡Dispara y anota! –anunció jubilosa.

Rió. ¿Tirar pantys a las cestas? ¿Hablar consigo misma? No sabía qué le pasaba.

Sí, lo sabía. Era Zane Keaton.

Con un pijama de satén, fue descalza por el pasillo hasta la segunda habitación que usaba como despacho. Encendió la luz. Del escritorio, recogió una hoja de suave tonalidad azul y un bolígrafo. Se inclinó y escribió: «Zane Keaton» en la parte superior de la lista de *Cómo Buscar Marido*. Se acomodó un mechón de pelo rubio detrás de la oreja y comenzó a rellenar los datos físicos de Zane: «Un metro ochenta y tres, pelo rubio, ojos azules». Sabía que la hoja era para las citas «oficiales», pero, oficial o no, la velada que había pasado con Zane era la mejor cita que jamás había tenido.

Bueno, quizá con la excepción de aquella noche calurosa en Texas que había pasado con Johnny Carlisle, cuando una feria ambulante había pasado por la ciudad y ella se había escabullido de casa para ir a verla. Por aquel entonces sólo había tenido quince años y Johnny había sido el chico al que le había dado el primer beso, de modo que probablemente no contara.

Salió con el papel y el bolígrafo y se detuvo en medio del salón al observar el encabezamiento de Carrera.

No podía creer que no le hubiera preguntado a Zane qué hacía para ganarse la vida. Había pasado una velada entera con él. Era tan buen oyente para ser hombre. Las horas habían pasado como si fueran segundos. Y no le había preguntado nada sobre el trabajo que desempeñaba. Su padre estaría horrorizado.

Mantuvo el bolígrafo sobre la sección de Carrera: Profesional, Propietario de Negocio, Otros. Se decidió por ese último apartado, para no tener que dejar la línea en blanco. Después de todo, ¿qué importaba lo que hiciera para ganarse la vida? Era evidente que iba a obtener una puntuación lo bastante alta como para justificar otra cita.

Sonó el teléfono y miró el reloj de porcelana irlandesa que había en una mesilla. Casi medianoche. Las once en Texas, demasiado tarde para que fuera su padre. Liz había dicho que la llamaría para ver cómo había ido la velada. Se moría por contarle a su amiga lo maravillosa que había sido.

–Liz –dijo entusiasmada nada más levantar el auricular.

–¿Ellie?

La voz masculina la sobresaltó...

La había llamado Ellie.

–¿Zane?

Él rió entre dientes con voz baja y sexy.

–No creí que te hubieras acostado ya.

Volvió a mirar el reloj. Apenas llevaba media hora en casa. Zane tenía que haberla llamado nada más llegar a la suya.

No sabía qué decir. Los hombres con los que salía, jamás tenían prisa por hablar con ella. No la llamaban media hora después de haberla dejado... a veces ni siquiera volvían a llamarla.

–No, no, está bien –se sentó en el sofá de damasco verde pálido. Era un mueble tan caro, regalo de su padre, que casi no lo usaba. Prefería el viejo sillón reclinable de piel que mantenía en su despacho en la parte de atrás–. Iba a... –bajó la vista a la hoja que había dejado en la mesilla y se sintió culpable–. Recogía un poco antes de irme a la cama –mintió con alegría.

–Bueno, quería decirte que disfruté mucho de la velada que hemos pasado juntos.

–Yo también.

–Por ello, me preguntaba...

Elise contuvo el aliento. No le importaba lo que ponía el libro de no confiar en la química. En ese momento, le parecía estupendo.

–¿Crees que podríamos volver a vernos esta semana?

–Claro –repuso, tratando de no sonar demasiado ansiosa.

–Pensaba que podría contarte qué es lo que busco en cuestión de propiedad y tú averiguar si hay algo disponible.

Si el corazón se le hubiera podido caer literalmente, ya lo tendría en el suelo. ¿Sólo quería hablar de propiedades?

–Mmm, desde luego, sería estupendo.

–Tengo una semana muy ajetreada, pero, ¿qué te parece el viernes?

–Bien.

–Te llamaré esta semana.

–Me parece bien –repuso, tratando de sonar igual de alegre.

–Buenas noches, Ellie.

Se despidió con esa voz sexy que le provocaba calor por todo el cuerpo.

–Buenas noches, Zane.

Nada más colgar, volvió a sonar. En esa ocasión tenía que ser Liz.

–¿Eres tú, Liz?

–¿Es que esperas a Leonardo o a Brad tan tarde? –la voz de Liz exhibía su habitual mezcla de diversión y sarcasmo.

Elise se sentó en el sofá y plegó los pies bajo el cuerpo.

–Nunca te vas a creer la velada que he pasado –manifestó, sin saber si quería reír o llorar.

–¿Tan buena ha sido?

–Bueno, creo que sí. Zane acaba de llamar para decirme que quería que quedáramos a finales de la semana –anunció Elise.

–¡Eso es maravilloso! –exclamó Liz.

–Para hablar de propiedades.

–Oh –añadió con desánimo.

–Pero me gusta de verdad –musitó Elise–. Y ya cumple con varios de los criterios exigidos.

–Pues queda con él. Háblale de algunas de las propiedades. Deja que llegue a conocerte. Los almuerzos de negocios se convertirán en interludios románticos antes de que te des cuenta. Sucede todo el tiempo.

Elise sonrió.

–Gracias, Liz. Nos vemos el lunes.

CAPÍTULO 2

Que no os engañen los cuentos de hadas; las ranas no se convierten en príncipes. Las apariencias lo pueden ser todo para la mujer trabajadora contemporánea. Se nos juzga por lo que conducimos y dónde vivimos.

EH, ABUELO! ¿Cómo te encuentras esta mañana? –se inclinó y besó la parte superior de la cabeza calva–. Mira a quién he traído.

El labrador negro de Zane, Scootie, meneó el rabo y casi todo el cuerpo y lamió las manos arrugadas de Tom Keaton, plegadas sobre el regazo tal como las había dejado la enfermera.

El anciano sonrió y palmeó la cabeza de Scootie cuando el perro apoyó el hocico en su rodilla huesuda.

–He pensado que podíamos ir a dar una vuelta, abuelo. ¿Qué te parece? –Zane observó la cara arrugada en busca de una reacción, cualquier reacción. No vio ninguna–. Estupendo –confirmó–. ¡Vámonos! –quitó el freno de la silla de ruedas y lo sacó del salón del pabellón de enfermos de Alzheimer–. Me llevo al abuelo a dar una vuelta, Katie –dijo con alegría al pasar delante del puesto de las enfermeras.

–Os abriré la puerta –respondió la rubia bonita–. Que lo paséis bien.

–Siempre lo hacemos.

Con el perro siguiéndolo, empujó la silla de ruedas a través de las puertas dobles que se cerraban para mantener a los pacientes dentro. Su abuelo llevaba una banda en la muñeca como precaución adicional de seguridad. Cada vez que cruzaba las puertas del pabellón, la banda activaba una alarma.

–Anoche fui a esa cena benéfica para el hospital, abuelo –empujó la silla por el pasillo, con rumbo a las puertas que daban al jardín–. Le entregué al señor Johann tu cheque y le dije lo decepcionado que estabas de no poder asistir en persona. ¿Y sabes lo que pasó? –al acercarse, las puertas se abrieron y cruzó con al silla. Scootie fue el primero en salir hacia el sol de la mañana.

–Conocí a una chica. Te gustaría. Es bonita, divertida e inteligente.

La puerta se cerró detrás de ellos.

–Realmente me gustó –comentó pensativo, moviendo la cabeza–. Es una agente inmobiliaria. Muy ambiciosa, según Richard.

Empujó a su abuclo por un pequeño jardín circular en dirección al huerto de tomates. Tom Keaton siempre había cultivado algunos de los mejores tomates del condado de Sussex, y el hospital había sido lo bastante amable como para concederle una pequeña parcela en la que poder plantarlos. Otros pacientes iban a recogerlos cuando estaban maduros; a Tom simplemente le gustaba ver las plantas.

–Ya sabes lo que me inspiran esas mujeres, abuelo. Simplemente, no son para mí. No les importa nada más que su trabajo. No tienen vínculos familiares. Ningún objetivo en la vida salvo trabajar doce horas al día y ganar dinero. Busco a una mujer que quiera ser parte de mi vida, igual que la abuela lo fue de la tuya.

Su madre había sido una de esas mujeres que anteponía la carrera a la familia. Había estado tan enfrascada en la carrera de publicidad, que jamás había tenido tiempo para su hermana o para él. Se había perdido el único *home-run* que había conseguido en la liga infantil de béisbol, cuando tenía diez años. Jamás había asistido a los conciertos de su grupo. Nunca había llevado tartas caseras al colegio en su cumpleaños, como las madres de sus compañeros. Al final, sus padres se habían divorciado cuando tenía doce años, y en ese momento ella vivía en Nueva York y trabajaba para una importante agencia de publicidad. Rara vez la veía, y cuando coincidían, eran como dos desconocidos.

–En cuanto me enteré de lo que Ellie, así se llama, hace para ganarse la vida, sé que no debería haberla invitado a salir, pero la invité –recogió un palo y lo tiró por el aire. Scootie corrió tras él–. Bueno, más o menos.

Rió entre dientes al acercar la silla al huerto de tomates y arrancar una maleza que se había colado entre las plantas.

–No pude evitarlo. Fue tan agradable y divertido estar con ella –bajó la vista hacia su abuelo, que contemplaba fijamente las plantas–. Además, no fue realmente una cita lo que le pedí. Le dije que buscaba comprar tierra. Lo cual es casi verdad. Quiero decir, siempre andamos buscando buena tierra de cultivo, ¿no?

Hizo una pausa.

–Lo sé. Incluso eso es un error. Imagino que vuelve a repetirse toda la situación de Judy. Una llamada y se va a Singapur por un ascenso en el trabajo. Olvidándose del anillo de compromiso y de mí.

Se puso en cuclillas junto a la silla de ruedas y recogió un poco de tierra. La puso en la mano de su abuelo y cerró los dedos del anciano sobre ella.

En alguna parte de los ojos azul claros y obnubilados de Tom, Zane percibió una especie de reconocimiento. Acercó la mano débil a la nariz de su abuelo para que pudiera aspirar la fragancia de la tierra cálida y oscura.

–La cuestión es, abuelo, que realmente me gustó. He pensado en llevarla en el barco el viernes. Mostrarle la tierra de tu padre. ¿Qué te parece?

Con cuidado, abrió las manos de su abuelo y dejó caer la tierra al suelo.

–Lo sé, haré lo que crea mejor. Tú siempre me apoyarás.

Suspiró y se sentó en el banco. Scootie soltó el palo a sus pies y él volvió a tirárselo lo más lejos que pudo. El perro emprendió la carrera y, para alegría de Zane, su abuelo sonrió.

–Te gusta cuando traigo a Scootie, ¿verdad? –como si ésa fuera una señal, el labrador negro regresó con el palo en la boca y se tumbó junto a la silla de ruedas–. ¡Mira quién ha vuelto, abuelo! –acarició al animal detrás de las orejas–. ¿Qué te parece que demos un paseo por el bosque? –se puso de pie para guiar la silla de ruedas–. Aquí vamos.

Lo condujo por el sendero. El perro corrió por delante de ellos, familiarizado con el camino que emprendían varios días a la semana.

–¿Crees que podremos alcanzarlo si corremos? Sí, yo también lo creo –respondió por Tom, y entonces inició la carrera, empujando la silla de ruedas.

El abuelo abrió los brazos, echó la cabeza atrás y sonrió, disfrutando de la sensación de la brisa en la cara.

Para Zane, esa sonrisa valía un millón de dólares.

El miércoles por la mañana, Elise se dirigió al centro de la ciudad en su coche para entregarle unos papeles a un cliente. Zane todavía no la había llamado, pero adivinaba que lo haría esa noche. Justo después del trabajo tenía una reunión de la liga de mujeres de negocios, pero se saltaría la cena, para cerciorarse de estar en casa cuando él llamara. Intentaba no albergar muchas esperanzas. No le había dicho que quisiera una cita. Sólo había comentado que quería hablar de propiedades.

Puso el intermitente y giró a la izquierda hacia la calle que atravesaba el centro de la ciudad. Al pasar junto a una vieja furgoneta, con el rabillo del ojo vislumbró un rostro familiar.

No podía ser.

Aminoró para que el vehículo destartalado la pasara por la derecha. Ni siquiera tenía una matrícula típica de Delaware, sino un rótulo que ponía en letra de imprenta negra Vehículo de Granja. La cabina de la furgoneta era azul. Azul oxidado. La puerta original trasera había sido reemplazada en algún momento de su larga vida por una roja. Pero el óxido coincidía con el de todo el vehículo.

Cuando el conductor volvió a aparecer a la vista, Elise aferró con fuerza el volante de su sedan importado. La gorra polvorienta que llevaba puesta le cubría la frente y un brazo musculoso y bronceado reposaba sobre la ventanilla abierta.

El granjero se parecía a Zane.

No podía ser, desde luego. Zane conducía un BMW. Aunque desconociera cómo se ganaba la vida, podía adivinarlo por la clase de hombre que era. Estaba segura de que en ese mismo momento trabajaba en algún despacho. Enfundado en un traje gris, le daba órdenes a empleados. Como mínimo, estaría comiendo con un cliente y bebiendo un buen vino.

Se dijo que todo el mundo tenía un gemelo mientras trataba de no hiperventilar a medida que dejaba que la furgoneta la pasara. Sin duda ese granjero era el gemelo de Zane. Era una coincidencia peculiar. En la misma ciudad de Nassateague Bay.

O quizá Zane tenía un gemelo de verdad y no se lo había mencionado. Quizá el granjero era su gemelo. La oveja negra de la familia. Jamás fue a la universidad. Trabajaba cultivando patatas. Se ganaba la vida plantando brotes de soja.

Se obligó a relajar las manos sobre el volante y a respirar hondo. Bajó la ventanilla del lado del pasajero para poder respirar.

Pisó despacio el acelerador hasta que volvió a ir al máximo de la velocidad permitida. La furgoneta giró a la derecha en el siguiente cruce. Sin pensárselo, puso el intermitente y siguió al impostor.

No era Zane. Sabía que el granjero no era Zane. No podía serlo. En la lista que venía en *Cómo Buscar Marido*, no había ningún apartado para «granjero». Con claridad había puesto en la categoría de carrera que buscaba un profesional, un hombre que entendiera su devoción por su profesión. Intentó no dejarse dominar por el pánico mientras seguía a la furgoneta por una calle estrecha.

Dos manzanas más adelante, volvió a girar a la derecha. Lo siguió a distancia segura.

El granjero no era Zane y se lo iba a demostrar a sí misma.

La furgoneta se metió en un aparcamiento de grava. Elise jamás había estado en esa parte de la ciudad. Un letrero en el costado de la estructura de cemento con techo de chapa ponía *Smitty's Seed & Feed.* Era una tienda de piensos, por el amor del cielo. Una tienda donde los granjeros compraban... suponía que provisiones para los animales.

Aminoró la velocidad y observó cómo la furgoneta vieja se detenía y se abría la puerta. Al pasar por delante, vio que el granjero alzaba la cabeza y luego la mano para saludar a un hombre que estaba de pie delante de la puerta abierta en la plataforma de descarga.

Conocía esa voz.

Conocía ese pelo rubio que sobresalía por debajo de la gorra.

Siguió de largo y en ningún momento se detuvo.

Tuvo miedo de ponerse a llorar.

¿Un granjero? ¿Zane se ganaba la vida trabajando la tierra? ¿Qué iba a hacer? La carrera tenía mucha importancia en la lista de *Cómo Encontrar Marido.* Hasta figuraba en negrita. Ya había soslayado el consejo de la química. ¿Podría descartar también la parte de la carrera? ¿Seguiría funcionando la lista?

Se detuvo en un aparcamiento que había frente al negocio de su cliente y sacó el móvil para llamar a Liz al despacho.

–Liz Jefferson.

–Liz –se sintió tonta por llamarla por eso en plena jornada laboral. Liz estaba ocupada; se suponía que la vida personal se mantenía fuera de la oficina.

–¿Elise?

–No vas a creerte esto. Acabo de ver a Zane en la ciudad.

–¿Y canceló tu cita? Perdona, ¿tu no cita? –corrigió–. El muy imbécil.

–No, no. No he hablado con él. Sólo lo vi pasar en un vehículo.

–Y lo acompañaba una mujer y tenía un bebé en la parte de atrás. Está casado. El muy imbécil.

–No, Liz, escúchame. Vi a Zane y... conducía una furgoneta. Una furgoneta vieja –respiró hondo–. Liz, se bajó de la furgoneta en una tienda para piensos; llevaba puesto un mono de trabajo.

–Por todos los santos –juró Liz.

–No creo que sea médico o abogado –continuó Elise–. ¿Qué hago?

–¿Que qué haces? –chilló Liz–. Cancelar la cita, por supuesto. El mes pasado fuiste la máxima vendedora de Inmobiliaria Waterfront. No sales con granjeros.

Recogió los papeles de su cliente del asiento del acompañante. Debería haber imaginado lo que iba a responder su amiga. Liz le daba una gran importancia a las apariencias. Ni siquiera salía con hombres que fueran socios menores de una empresa.

–¿Te parece que no? –preguntó en voz baja.

–Mira el libro, repasa la lista –aseveró Liz con firmeza–. No es una de las elecciones, cariño. No me importa lo atractivo que sea.

–He de irme –le informó–. Tengo que dejar los contratos de la nave para Joe Carmine.

–Llama para cancelar la cita –insistió Liz–. Llámalo y déjale el mensaje en el contestador automático; dile que no puedes quedar con él, pero que si quiere hablar de la tierra, puede llamar a la oficina, donde estarás encantada de recibirlo.

–He de irme, Liz. Hablaremos luego.

Bajó del coche y entregó los contratos de su cliente. Media hora más tarde, mientras conducía, sacó el móvil y lo miró. ¿Tenía razón Liz? ¿Debería cancelarlo en ese momento antes de que las cosas fueran más lejos con Zane? No encajaba con el perfil que había trazado para sí misma. No era la clase de hombre que quería por marido. Hasta el momento, toda la atracción sólo se basaba en la química. ¿O no?

Era lo correcto. Antes de cambiar de parecer, marcó el número y repasó lo que diría cuando saltara el contestador automático.

¿Los granjeros tenían contestadores automáticos?

–Hola.

La voz de Zane la sobresaltó tanto, que estuvo a punto de colgar. ¿Cómo podía estar ahí, si acababa de verlo en la tienda de piensos? ¿No debería estar manejando un tractor o algo por el estilo?

–¿Hola? –repitió él.

–Za... Zane –Elise trató de encontrar su voz.

–Ellie.

Casi pudo oír su sonrisa por la línea.

–Sí, soy Elise –hizo una pausa. Ya sabía lo que necesitaba decir. Necesitaba comunicarle que no podría quedar el viernes por la noche. Era lo único que debía decir. No tenía que inventarse ninguna excusa. En los negocios, jamás se ofrecían excusas.

–No estarás llamando para darme plantón, ¿verdad? –preguntó él con suspicacia.

–No, no, claro que no –soltó antes de poder contenerse.

La había llamado Ellie. Había sonreído al pronunciar su nombre. Era tan condenadamente agradable.

Respiró hondo. ¿Por qué le prestaba atención a otras personas en vez de a sí misma? Al cuerno con Liz. Al cuerno con la voz de su padre que sonaba en su cabeza. Quizá había cometido un error al rellenar la parte de la carrera en *Cómo Buscar Marido*. Quizá debía ser más general.

–Claro que no la cancelo –aseveró.

–Bien, porque tengo ganas de verte. He estado pensando en ti toda la semana.

–¿Sí? –preguntó con suavidad.

–Mmm. De hecho, he rechazado la carne asada de mi hermana por ti. Llamó anoche para preguntarme si quería ir a cenar a su casa el viernes por la noche y le dije que estaba ocupado.

Era tan dulce. Ningún hombre había rechazado jamás la carne asada de su hermana por ella.

–¿Qué haces tan temprano en casa? Pen... pensaba que saltaría el contestador automático. Te... te llamaba para saber qué debía ponerme el viernes. Dijiste que querías hablar de algunas propiedades, pero no sabía si eso significaba ir a tomar unas copas... o cenar –esperó no sonar demasiado lanzada.

–Ponte algo informal. Zapatillas, nada de pantys. Quiero llevarte en mi barco y mostrarte una tierra en la que estoy interesado. Con respecto a que esté en casa ahora, se debe a que quería comprobar a mis pollitas antes de ir a la oficina.

Lo que dijo del barco se le subió a la cabeza. Y al oír la palabra oficina el corazón se le inflamó. No sabía qué significaba la furgoneta vieja y el mono, pero trabajaba en una oficina. Los granjeros no tenían oficinas.

Entonces se percató de que había dicho «pollitas». No podía dirigir un sitio de top-less o algo por el estilo.

–¿Tus pollitas? –preguntó.

Él rió.

–Pollitos pequeños. Ya sabes. *Gallus domesticus*. Pollos. Como en Kentucky Fried Chicken. Crío pollos.

¿Un criador de pollos? ¿El príncipe que iba a salvarla de una vida de cenas congeladas y noches solitarias con David Letterman era un criador de pollos? Era imposible que un criador de pollos encajara en la lista de *Cómo Buscar Marido*.

–¿Pollos? –logró manifestar–. ¿Crías pollos?

–En realidad, huevos. Estas gallinas son una nueva raza que estoy probando. Y me gusta vigilarlas en persona. ¿Qué te parece a las seis?

–¿A las seis? A las seis está bien –se sentía embotada y no creyó que fuera porque los zapatos le quedaran pequeños–. Estaré preparada a las seis. Que... quedaré contigo en el muelle. Iré justo a la salida del trabajo.

Le indicó cómo llegar hasta la bahía donde atracaba su barco. Elise no dejaba de asentir como una lela.

–Será mejor que vuelva al trabajo –indicó Zane.

–Yo también –repuso ella.

–¿Nos vemos el viernes en el muelle?

–Nos vemos el viernes.

Cortó y permaneció sentada en el coche un momento, con la vista clavada en el teléfono que sostenía en la mano. Al final esbozó una sonrisa y la embargó una profunda sensación de seguridad. ¿Un criador de pollos? ¿Y qué si lo era? Seguía siendo el criador de pollos más atractivo que jamás había visto con esmoquin.

De hecho, era el único que había visto, con o sin esmoquin.

Tendría que hacerlo encajar en la lista.

Con una sonrisa, Zane colgó el auricular en el teléfono de pared junto a la nevera. Tenía ganas de verla el viernes; le alegraba haber desterrado la preocupación que había sentido por su profesión.

Abrió la nevera y se sirvió un vaso de limonada. Elise Montgomery no era la clase de mujer con la que solía quedar. Tendía a salir con un tipo de mujer más terrenal, que lucía faldas floreadas y llevaba el pelo largo y suelto, fanática del reciclaje. Maestras de parvulario. Asistentas sociales. Deseó haberle preguntado a Ellie más acerca de su trabajo. Le había dicho que trabajaba para una inmobiliaria. Se preguntó si vender propiedades era para ella sólo un trabajo o si era una «mujer de carrera». Con estas últimas no había tenido mucha suerte. De hecho, se había prometido mantenerse alejado de ellas.

Primero había estado su madre, cuya naturaleza no era tener hijos ni marido. Luego había salido con Judy, una de sus investigadoras, durante dos años, y después le había pedido que se casara con él. Habían llegado a mirar fechas, hasta que a ella le surgió la oportunidad de un trabajo en Singapur. Le había dicho que tenía sentimientos profundos hacia él, pero que se hallaba en un punto de la vida en que debía poner primero la carrera profesional. A pesar de lo mucho que odiaba reconocerlo, entonces y en ese momento, Judy lo había herido. En ese momento buscaba una mujer dispuesta a dedicarse a una relación, a pesar de lo conservador que pudiera sonar. Quería una mujer que pudiera entregarse en cuerpo y alma del mismo modo que él quería entregarse a alguien a quien amara.

Terminó la limonada y dejó el vaso en el fregadero. Abrió la mosquitera y cruzó el porche trasero de la granja en la que había crecido. Su padre y sus abuelos la habían convertido en un hogar cálido y acogedor, y algún día esperaba poder hacer lo mismo con su familia.

Desde luego, primero necesitaba una esposa. Y no una cuyo trabajo fuera más importante que su familia.

Hasta el momento, la búsqueda no iba muy bien. Pero ya estaba cansado de las citas casuales; las mujeres que había conocido no encendían su fuego. Pero en Ellie había algo que era distinto de las demás.

Su ropa de marca y sus zapatos elegantes no terminaban de encajar. Había algo inocente en ella, a pesar de lo mundana que era. Mentalmente, se la imaginaba bajo el brazo ante la chimenea, cubiertos con una de las mantas de la abuela. Podía imaginarse con ella haciendo bebés en la cama con dosel en la que dormía solo. Podía imaginarse compartiendo los sueños con ella... la vida.

¿Estaba loco? Richard le había dicho en la cena benéfica que Elise Montgomery era una ejecutiva ambiciosa. Bien podría haberlo mirado directamente a la cara para decirle: «Esta mujer no es para ti».

Pero a él le gustaba de verdad. Aparte de que la cita no era realmente una cita. No debería olvidarlo el viernes.

CAPÍTULO 3

Cuidaos de los sentimentalismos. Al evaluar a un hombre, ceñíos a hechos concretos. La mujer contemporánea no dispone de tiempo para las fantasías triviales.

ELISE esperaba nerviosa en el asiento delantero del coche, mientras cada pocos minutos miraba en dirección al embarcadero. Llegaba temprano. Zane había dicho a las seis, pero ella había salido del trabajo a las cinco para ir a la tienda.

Incapaz de contener su júbilo, bajó la vista a las blancas zapatillas de tenis que llevaba. En el fondo del armario había podido encontrar unos viejos pantalones cortos vaqueros y una camiseta, pero no había sabido qué calzarse. Tenía zapatillas de correr y de aeróbic, pero nada apropiado para un barco.

Después de trabajar, había pasado por una tienda deportiva próxima a la oficina para comprarse unas sencillas zapatillas de tenis.

Alzó la vista al oír el sonido de ruedas sobre la grava y vio la furgoneta ya familiar que tiraba de un barco que, igual que el vehículo, había visto mejores días. Zane, sonriendo, la saludó con la mano por la ventanilla.

Encantada, ella le devolvió el gesto. No se portaba como un hombre que sólo quisiera hablar de terrenos.

Zane giró la furgoneta y comenzó a retroceder por la rampa que daba al agua. Elise recogió el móvil y el bolso, pero al cerrar con llave, titubeó. ¿Para qué necesitaba el bolso? Estarían en la bahía. Abrió el maletero y lo guardó todo allí. Vaciló con el teléfono. Jamás iba a ninguna parte sin el móvil. ¿Y si su jefe o un cliente la necesitaban?

–No te hará falta –gritó él desde el aparcamiento, al parecer sabiendo lo que ella pensaba–. ¡Los teléfonos asustan a los cangrejos!

Lo observó con suspicacia. Lo desconocía todo sobre los cangrejos.

–¿Sí?

–Me asustan a mí –le sonrió.

–Qué diablos. Vive en el lado salvaje –musitó para sí misma. En el libro no aparecía nada sobre eso. De hecho, había sugerido que una mujer necesitaba conocer a un hombre que encajara en su zona cómoda. Dejó el móvil en el maletero y se guardó las llaves en el bolsillo de los vaqueros–. ¿En qué puedo ayudarte? –atravesó el aparcamiento.

Él subió a la embarcación, usando el tráiler como escalón.

–Saca la nevera de la parte de atrás de la furgoneta... y también el bolso de lona.

Había dos sacos de arpillera con pienso, una bolsa grande de loneta en cuyo costado ponía Oyster Shells, una nevera, un bolso de lona y un montón de paja suelta. Recogió la nevera azul y el bolso y lo llevó al costado del bote.

–En cuanto lo baje al agua, necesitaré que sujetes la amarra mientras aparco la furgoneta.

Ella le entregó la nevera y el bolso.

–¿Estás seguro de que esta embarcación está en condiciones de navegar? –enarcó la ceja mientras estudiaba el bote.

El bote medía veintidós pies, era blanco y tenía un interior que bajo ningún concepto era de teca. ¿Contrachapado? No se veía ningún agujero en el casco, pero era evidente que llevaba muchos años de uso. Elise nunca había estado en una motora pequeña, sólo en grandes veleros y algunos yates de sus tiempos en Texas.

Zane palmeó el costado de la embarcación.

–La vieja Betsy es de fiar, y sabe dónde se esconden los cangrejos.

–¿Betsy?

–Era de mi padre. Lo bautizó en honor de alguna antigua novia o algo por el estilo.

Bajó de un salto y se limpió las manos en la parte de atrás de unos viejos bermudas caqui.

–Muy bien, ahora voy a bajar la embarcación. ¿Ves ese cabo en la proa?

Se dirigió a la parte delantera del bote y comenzó a girar una manivela. Elise vio la cuerda, pero estaba nerviosa ante la idea de llevar ella sola el bote. Cuando en el pasado había navegado, había marineros que se ocupaban de esas tareas.

–Simplemente, agárralo –instruyó Zane.

Alargó la mano y agarró la cuerda, decidida a ser ecuánime.

Él continuó con la manivela y cada vez que la hacía girar, los músculos de sus antebrazos se flexionaban. Pensó que tenía unos bíceps bonitos. A través de la fina camiseta azul, también pudo percibir unos estupendos pectorales.

La proa de la embarcación golpeó el agua y Elise tuvo que aferrarse con fuerza al cabo. Zane se equilibró en uno de los apoyos de metal del tráiler y se dirigió al extremo para desenganchar el bote.

–En seguida vuelvo –aparcó la furgoneta con el tráiler y en un abrir y cerrar de ojos regresó a su lado, agarrando el cabo–. Salta y zarpamos.

Elise no sabía si la marea subía o bajaba, pero el suelo de la embarcación se hallaba un metro por debajo del embarcadero.

Él le tomó la mano.

–Pisa el cojín del banco y estarás dentro.

Su contacto era cálido. Poderoso. Le produjo un cosquilleo de placer por la espalda. Sintiéndose tonta por la reacción, aferró la mano de Zane y entró con cuidado en el bote. No estaba en el instituto. No hacía falta que se le aflojaran las rodillas por el simple roce con la mano de un chico. El libro le advertía de que esas sensaciones no la llevarían a ninguna parte.

Él descendió detrás de ella, lanzó la cuerda a la proa y recogió una red del suelo. Con la ayuda de un remo de madera, se empujó para salir del embarcadero.

–¿Sabes nadar? –ocupó el asiento del capitán delante del timón.

Elise se sentó en un banco que recorría el costado del bote.

–Formé parte del equipo de natación en el instituto. Fui campeona del estado en estilo mariposa.

–Bien, nadas mejor que yo –sonrió–. De todos modos, hay chalecos salvavidas debajo del banco en el que estás sentada –giró una llave y el motor fueraborda comenzó a retumbar–. ¿Lista?

–Lista –asintió.

Al rato se encontraron cruzando la bahía. Elise no había creído que disfrutaría del paseo. El viento en la cara, agua salada en el pelo. Pero fue una velada hermosa. Al avanzar a lo largo de la costa, las gaviotas volaban en lo alto y una garza azul los acompañó. El aire olía a mar y a sol y a una especie de felicidad que no había sentido en mucho tiempo.

No hablaron mientras surcaban la bahía. El motor era demasiado ruidoso y ella se encontraba demasiado enfrascada en el momento. No le importaba que en su libro no hubiera sitio para una cita pescadora, estaba contenta de haber aceptado. Había algo en la sencillez de la salida, en la sencillez de Zane, que la cautivaba.

Después de unos quince o veinte minutos, acercó el bote a la costa y apagó el motor. Salió por encima del parabrisas de la cabina y echó un ancla.

–Ahí está –señaló la costa. Ella miró por encima del agua hacia la propiedad que indicaba–. Me han llegado rumores que insinúan que el dueño estaría dispuesto a vender. Me he acercado varias veces a él, pero no ha querido hablar conmigo. Mantiene una enemistad con mi familia por un pedido de pollos o una tontería de ese estilo desde los años cuarenta. ¿Podrías hacer algo tú? –la miró esperanzado.

Elise estudió la punta de tierra. Lo único que logró ver fue unas marismas que conducían a un bosque de pinos.

–¿Qué hay detrás? –preguntó.

–Solía haber campos de cultivo, ahora sólo quedan principalmente praderas con hierbas crecidas. Mi abuelo creció ahí. Su padre la perdió durante la Depresión. Solía traerme hasta aquí con su barco para mostrármela. Siempre pensé que me gustaría recuperarla para él.

Sonrió y una vez más ella pensó lo bueno que era. Se preguntó por qué no figuraba en la lista un apartado para los hombres buenos.

Él juntó las manos.

–Bueno, ¿lista para capturar algunos cangrejos?

–Ah, no lo sé. En realidad, he venido por el paseo, ya sabes, para ver de qué propiedad hablabas –se atascó–. Tú puedes capturarlos y yo mirar –en realidad, quería intentarlo, pero no estaba acostumbrada a no saber cómo hacer algo. En la bahía, sentía como si se hallara completamente fuera de su elemento.

–Vamos, date una oportunidad. Es fácil. En cuanto captures tu primer cangrejo, te engancharás –levantó el asiento del banco que había frente al que ella ocupaba y le arrojó algo.

Instintivamente, Elise alzó ambas manos para capturar el objeto. Estaba mojado y baboso.

–Uuhhh –miró la cosa que tenía en la mano, estaba envuelta con un cordel y unos pernos metálicos.

–Cuello de pollo –explicó él–. Cebo. A los cangrejos de pinzas azules les encanta.

Elise no supo qué hacer. Quería soltar esa cosa resbaladiza. Pero de pronto tuvo más ganas de capturar cangrejos.

–Sólo tienes que atarlo y tirarlo por la borda. Los pernos sirven como peso para evitar que la línea oscile demasiado con la marea.

Pollo. Sólo era pollo. Después de ver cómo Zane echaba un cuello por el costado del bote y pasaba a preparar otro, desenroscó el sedal y se inclinó por el costado de la embarcación

Él arrojó otro cuello y ató el extremo de su sedal a un pequeño gancho que había en la pared de la cabina.

–¿Quieres otro?

–No. Con uno está bien –contempló el sedal que había desenroscado en una mano y el pollo en la otra–. Y ahora, ¿cómo lo hago?

Él cruzó la cubierta con cautela y se sentó junto a ella. Al alargar la mano hacia el sedal de Elise, sus rodillas se rozaron. Otra vez experimentó ese hormigueo de placer.

Sus miradas se encontraron y se mantuvieron un segundo. Elise supo que él también lo había sentido.

Zane parpadeó y bajó la vista.

–Átalo así –le explicó al hacerlo por ella.

Ella contempló sus manos mientras anudaba el sedal. Eran manos bonitas. Limpias. Capaces.

Sexys.

Durante un momento, imaginó lo que sería que esas manos le acariciaran la mejilla. El cuerpo. De algún modo, sabía que instintivamente sabría cómo tocarla. Quizá se debía a ese buen corazón.

–Entonces, tíralo por la borda.

Las palabras la sobresaltaron, devolviéndola a la realidad.

Zane lo soltó en el agua, se puso de pie y regresó a su asiento. Lo que Elise agradeció, ya que daba la impresión de que no podía pensar con claridad con él cerca.

Ella observó el agua oscura que rompía contra el costado de la embarcación. No pudo ver nada.

–¿Y ahora qué?

–Ahora esperamos –se sentó en el banco frente a ella–. Esperamos y comemos –acercó la nevera.

Compartieron la cena de pollo frito, ensalada de patatas, zanahorias crudas y uvas de postre. Todo comprado en un restaurante. No estaba mal para un hombre soltero. Para beber, había llevado té helado en un termo.

Durante la cena, por dos veces pararon para comprobar las líneas. Justo cuando Elise terminaba su segunda pieza de pollo, Zane agitó una mano.

–Sube la red.

Elise se incorporó con tanta vehemencia, que hizo que la embarcación se moviera.

–Ufff.

Él la sujetó por la cintura con una mano y oscilaron juntos, caderas contra caderas. Despacio, el bote volvió a quedarse quieto.

–¿Estás bien? –musitó, con la boca a pocos centímetros de la de ella.

Elise pensó que era una boca estupenda. Bien delineada. Sensual.

El bote dejó de moverse, pero se sentía un poco mareada. Era por la proximidad de él. La leve fragancia de su colonia. Jamás se le había ocurrido pensar que los criadores de pollo podían ponerse colonia cara.

–Estoy bien –retrocedió sin dejar de mirarlo.

–¿Crees que deberíamos subir ese cangrejo? –murmuró Zane con tono divertido.

–Mmm, claro –rió al pasarle la red y arrodillarse a su lado en el banco para observar el agua oscura. Él subió la línea despacio, acercando cada vez más el cuello de pollo a la superficie. Ahí había un cangrejo–. Lo veo –comentó entusiasmada.

Zane hizo oscilar la red y sacó al cangrejo del agua.

–¿Crees que tendré uno? –preguntó ella, yendo hacia su lado del bote. Se arrodilló y agarró el sedal, para subirlo tal como lo había visto hacer a él–. Tengo uno, tengo uno –exclamó, agitando la mano.

–¿Quieres la red? –Zane echó su cangrejo en el cubo que había llevado para ese propósito.

–Hazlo tú –pidió–. Me temo que se escapará.

Zane hizo oscilar la red en su mano experimentada y recogió el cangrejo.

–No puedo creer que capturara uno –sacó el cuello de pollo y el sedal de la red–. Quizá pueda capturar otro –al tirar la línea por la borda, extendió la mano–. Creo que tienes razón, voy a necesitar otro sedal.

–Marchando –rió.

El sol se ponía sobre la bahía cuando Elise y Zane regresaron al embarcadero. Lo ayudó a sacar el bote fuera del agua y a guardar todo en la furgoneta, incluyendo un cubo casi lleno de cangrejos.

–No puedo creer que capturáramos tantos –comentó mientras lo ayudaba a tensar las cuerdas que aseguraban la embarcación en el tráiler.

–Ahora tienes que venir a comerlos. Festín de cangrejo mañana, en mi casa a la una en punto.

Elise juntó las manos. Olía a agua salada y a cangrejo. Tenía los vaqueros cortos húmedos y el pelo revuelto. Lo mejor era que no le importaba.

–Yo... no sé. Por lo general, los sábados por la tarde trabajo.

–No puedes capturar cangrejos y no comerlos. Es un delito –se plantó delante de ella con las manos en las caderas–. Por favor, dime que comes cangrejos. Porque si no, nos despedimos aquí y ahora –bromeó–. Me llevo mis cangrejos y mis asuntos a otra parte.

Ella rió.

–De acuerdo. Soy de Texas, pero llevo años en la Costa Este. Como cangrejos –la acompañó a su coche.

–Entonces, te veré mañana. Sin excusas. Llamaré a mi hermana y a mis primos, para ver si también quieren venir.

Se apoyó en la capota de su coche. ¿La familia? Las reuniones familiares la aterraban. Además, no estaba del todo segura de lo que había entre ellos. Cuando la llamó, había dado la impresión de que sólo quería mostrarle una propiedad que estaba interesado en comprar. Pero con cada minuto que pasaba, eso se parecía más a una cita. Titubeó.

–No sé.

–Oh, vamos. Te caerán bien –le aseguró–. Mi hermana y mis primos son fantásticos. Y mi prima Mattie tiene la hija más dulce del mundo, Olivia. Apenas tiene cuatro años, pero es muy inteligente.

Le sonreía. No pudo evitar devolverle el gesto.

Apoyó una mano a cada lado de las caderas de ella, acercándose.

–Me alegro de que hayas venido, Ellie. Quiero decir, me alegro de haber podido enseñarte la propiedad.

Para un hombre tan seguro de sí mismo, en ese momento no lo parecía, algo que lo volvía completamente encantador.

No pudo apartar la vista de él. Tenía los ojos azules más bonitos que jamás había visto.

–¿Sabes? –comentó Zane–. Comprendo que has venido únicamente para ver la propiedad y que la invitación no fue una cita, pero...

Ella esperó, expectante ante lo que iba a decir.

–Pero me muero por darte un beso –confesó mientras le rozaba la mejilla con los nudillos de una forma lenta y sexy.

–¿Pero no lo has hecho por...?

–No lo sé –se encogió de hombros–. ¿Miedo?

Ella río, pero la voz ronca de Zane la hizo temblar. Nunca antes había hablado de besarse. No de ese modo y desde luego no con un cliente en potencia. Le resecó la garganta y le humedeció las palmas de las manos. Clavó la vista en sus labios.

–¿Y si una chica quiere ser besada? –susurró.

Él se acerco sin dejar de mirarla.

–Entonces, hago acopio de valor y la beso.

Elise cerró los ojos y alzó la barbilla, hipnotizada por su fragancia, por su cercanía. Cerró los brazos en torno a la cintura de ella mientras le rozaba los labios con movimiento tentativo, luego con más presión. Ella deslizó las manos por su torso, le rodeó el cuello mientras entre ambos saltaban chispas. Fue el mejor beso que jamás había experimentado.

Y que no duró lo suficiente.

–Cielos, no debería estar haciendo esto –susurró sin soltarla.

Elise alzó los párpados para mirarlo.

–¿A qué te refieres? –«Por favor, que no esté casado», pensó.

–A nada –suspiró.

–No estás casado, ¿verdad? –se forzó a preguntar.

Él negó con la cabeza.

–No. Estuve cerca, pero... Escucha, no es por ti. De verdad. Soy yo. Como he dicho antes, se trata de una larga historia –dio un paso atrás, soltándola–. Vendrás a comer cangrejos a mi casa, ¿verdad?

Elise abrió la puerta del coche, aún mareada por la euforia del beso de Zane.

–Allí estaré –se oyó responder–. ¡Al diablo el trabajo!

El teléfono sonaba cuando entró en su apartamento. ¿Sería Zane otra vez?

–¿Hola? –respondió, dejando el bolso en la encimera.

–Elise Anne.

–Padre –no pudo frenar un pequeño suspiro de decepción. Se sentía tan bien en ese momento, que odiaba hablar con él. Siempre conseguía hacerla sentir pequeña. Incompetente.

–Probé en la oficina –indicó él–. No estabas. ¿Habías salido a mostrar alguna propiedad?

–Mmmm... sí –sacó una botella de agua de la nevera. No era exactamente una mentira–. ¿Cómo estás?

–Ocupado. Preparándome para la próxima junta de accionistas. Empieza a ser mucho para mí. Esta noche pensaba que si tú estuvieras aquí –afirmó–, podrías ayudarme a dirigir el negocio como deberías estar haciendo. Podrías quitarme parte de la carga.

Otra vez no. Era como un disco rayado con él.

–Padre, soy agente inmobiliaria. No sé nada del negocio del petróleo.

–Sabes lo que es trabajar duro –dijo con tono hosco–. ¿Cuántas veces has sido la mejor vendedora del mes este año?

–Todas –respondió con serenidad.

–Cinco meses seguidos –gruñó–. Y cuando cierres tus ventas de junio, te garantizo que saldrás por sexta vez. Es algo que los Montgomery llevamos en la sangre. El trabajo duro y el sacrificio dan sus frutos.

Miró por la puerta de la cocina hacia la moqueta bonita de su salón. Sus bonitos muebles. Mirarlos, saber que eran de ella, no le proporcionaba ni la mitad de satisfacción que había experimentado esa noche al capturar cangrejos. Podía sentarse mil veces en el sillón de damasco y jamás sería tan agradable como el beso que le había dado Zane.

–Mmm. Tengo una noticia –comentó.

–¿Tus jefes han comprendido que ya es hora de hacerte socia?

Se quitó las zapatillas y atravesó el salón para ir a su despacho.

–He conocido a un hombre agradable.

–Ya te lo he dicho, Elise Anne. Es una pérdida de tiempo salir con alguien en estos días. Monique y yo acabamos de solicitar el divorcio.

Monique era la cuarta esposa de su padre. Sólo la había visto una vez, en la boda. Le había parecido una mujer fría, perfecta para él.

–Lamento oír eso –dijo en serio. Lo lamentaba por su padre, porque sabía que debía estar solo. Simplemente, no se daba cuenta.

–Menos mal que tuve el buen sentido de hacer separación de bienes antes de la boda. Esto no será más que un pequeño punto en la pantalla del radar. Escucha, he de dejarte. Tengo una llamada de California.

–Muy bien. Gracias de todos modos por llamar.

–Bien.

Su padre colgó y ella escuchó un momento el sonido del tono antes de dejar el teléfono inalámbrico sobre el escritorio. Se preguntó qué habría dicho su padre si le hubiera contado que Zane era criador de pollos.

Clavó la vista en la lista de *Cómo Buscar Marido* que había junto al teléfono. Titubeó un momento, luego tomó un rotulador. En una represalia infantil contra su padre y todo lo que representaba Edwin Montgomery, escribió debajo del encabezamiento de Carrera, «Criador de Pollos». Luego estudió la hoja,

No aparecía por ningún sitio donde poner «buen corazón» o «sentimental». Podía apuntar la clase de coche que conducía, las inversiones que tenía en el mercado de valores, las veces que se había divorciado, pero no había ningún sitio donde poner que era un hombre de treinta y cinco años que quería recuperar la granja de su abuelo para que pudiera estar otra vez en manos de la familia. Con el rotulador, escribió en la parte superior de la primera página: «Buen corazón. ¡Bonificación de diez puntos!».

Entonces sonrió, sintiéndose bien consigo misma, algo que hacía tiempo que no experimentaba.

CAPÍTULO 4

Es importante que los estilos de vida de un hombre y una mujer coincidan. Tener educaciones similares ayuda a tener éxito en las relaciones y en los matrimonios.

AL DÍA siguiente, Elise se levantó con una extraña sensación de que su vida estaba cambiando. Por la mañana se ejercitó en el gimnasio, luego llevó a cabo una limpieza exhaustiva del apartamento. Con los azulejos del baño resplandecientes, se dio un baño prolongado. A las doce y media, recogió unos champiñones marinados, una de las pocas cosas que sabía preparar y que se podía comer, y se dirigió a la casa de Zane. No llamó a la oficina ni comprobó el buzón de voz. Por una vez, quería olvidar el trabajo. Simplemente, quería probar ser quien creía que podría gustarle ser. A su padre, un adicto al trabajo de siete días a la semana, le habría dado un ataque de haberse enterado. Probablemente era el primer sábado que no trabajaba desde los dieciséis años, cuando comenzó su primer trabajo como aprendiz en la oficina de su padre.

Y fue una sensación increíble. Siguió las indicaciones que le había proporcionado Zane por un camino comarcal, sin saber muy bien qué esperar. Lo más cerca que había estado jamás de una granja de pollos era las magníficas fotos de una que había vendido el año pasado, cuyo comprador la había adquirido sin verla. Lo único que sabía de las granjas de pollo era que consistían de largas hileras de casas que moteaban la campiña y que representaban un negocio importante en el condado.

Introdujo el coche en un patio, para aparcarlo debajo de un roble grande, junto a la vieja furgoneta de Zane y algunos otros coches, incluido el BMW en el que la había llevado a casa aquella noche. Contempló asombrada la granja de madera blanca, con su porche cubierto circundando toda la estructura y las persianas verdes. La propiedad estaba inmaculada, con un césped y setos bien cuidados y recortados. Parecía recién salida de una película de la Disney, hasta la hamaca compuesta por una rueda de coche que colgaba de un árbol en el patio trasero.

Respiró hondo, bajó del coche con el recipiente hermético en el que llevaba los champiñones marinados y cruzó el césped en dirección a la casa. Un labrador negro pasó corriendo a su lado con una pequeña zapatilla blanca en la boca, seguido al rato por unos gemelos de unos siete u ocho años. Chillaban encantados mientras perseguían al animal para tratar de recuperar la zapatilla.

Elise oyó que una puerta mosquitera se cerraba y alzó la vista para ver a Zane ir hacia ella, mientras se secaba las manos con un trapo de cocina. Llevaba puestos unos bermudas azul marino y una camiseta, con el pelo rubio peinado hacia un lado. Se lo veía bien. Joven, esa tarde más parecido a un surfista que a un criador de pollos.

–Lo has conseguido –saludó.

Ella asintió. Un día después, aún tenía el sabor de la boca de él en sus labios. Aún sentía las manos en sus caderas. Y luego estaba ese anhelo en su vientre.

–Lo he conseguido. He traído unos champiñones marinados –se los ofreció–. No sé si van bien con los cangrejos, pero es uno de los pocos platos que puedo preparar sin que resulte tóxico.

–Así que no se te da bien la cocina, ¿eh?

–No mucho –movió la cabeza.

La estudió un momento, como si procesara esa información.

–Bueno –comentó–. Por suerte, mi hermana prepara una estupenda ensalada de patatas. Ven al porche. Los cangrejos hierven y ya están casi a punto. Te diré quién es quién en esta loca familia mía.

Lo siguió.

–El perro que acaba de pasar a tu lado, es mi mejor amigo, Scootie. Ésa es Meagan, mi hermana, en el porche con su hija recién nacida, Alyssa. Tiene tres ratas más, todos chicos, que andan por alguna parte. La mitad del tiempo ni nos molestamos en pronunciar sus nombres... usamos números. Su marido es Ted, a cargo de los cangrejos en la parte de atrás. Un tipo grande. Policía estatal –le abrió la puerta–. Esa pelirroja es mi prima Mattie, y su hija Olivia. Es de la que te hablé –señaló a una mujer joven de treinta y pocos años con una niña pequeña en el regazo–. Sus hijos gemelos, Noah y Zeb, son los que andan corriendo por la casa gritando como criaturas salvajes. El marido de Mattie, Joe, y mi otro primo, Carter, volverán pronto. A Carter le queda poco para casarse... su novia, Amy, no ha podido venir.

Ella sonrió, sintiéndose un poco abrumada.

–No te preocupes, no pasarás por ninguna prueba –se quedó en el escalón de ladrillo y le abrió la mosquitera–. Y ése es mi abuelo –musitó.

La mirada de Elise se posó en el hombre mayor en una silla de ruedas en el extremo alejado del porche, cerca de la mesa de picnic que se había tapado con periódicos. Alguien le había girado la silla para que pudiera contemplar el campo que había más allá de la línea herbosa del patio trasero.

–Tiene Alzheimer –explicó Zane–. Ahora vive en una residencia... mi padre y yo ya no podíamos cuidar de él –posó la vista en su abuelo.

Elise captó el amor que había en su voz. El dolor. Y el primer impulso que experimentó fue tocarlo de algún modo. Le rozó la mano.

–Ya no sabemos qué es lo que comprende y lo que no. Se confunde mucho. Olvida cómo cepillarse los dientes, cómo beber de una pajita. Caminar –se encogió de hombros–. Algunos días parece estar mejor que otros. De todos modos, le hablamos como si supiera lo que sucede. Nunca se sabe.

Ella subió los escalones y pasó a su lado.

–Todo el mundo, os presento a Elise –anunció Zane por encima del alboroto de su familia al hablar al mismo tiempo. Varios miembros la miraron con interés–. No voy a hacer presentaciones. Podéis presentaros cada uno por separado. Sólo sed amables –advirtió. Indicó la puerta de la casa–. ¿Quieres ayudarme dentro unos segundos?

Ella sonrió, aliviada. No estaba segura de encontrarse preparada todavía para que la arrojaron a los leones.

–Claro.

El interior de la casa era tan colorido como el exterior. Había una cocina grande con una mesa con un mantel a cuadros rojos. Un amplio salón con una chimenea que tenía toda la pinta de que en ella se podían quemar leños... y un televisor de pantalla grande. Había visto suficientes casas como para saber que ese nido lo llevaba un hombre. En la planta baja también había una sala que Zane usaba como despacho y un cuarto de baño completo. Dio por hecho que la gran escalera central que dominaba el recibidor delantero llevaba a los dormitorios de la primera planta.

La casa de Zane no se parecía en nada a la enorme y vacía mansión de mármol en la que ella había crecido. Tampoco se parecía a su apartamento, donde jamás había algo fuera de sitio. Un lugar frío e inhóspito, sin importar los tonos que añadía a la paleta de colores de las habitaciones a sugerencia de su decorador. El hogar de Zane estaba lleno de calor y vida. Una colcha hecha a mano, más parecida a una obra de arte, cubría un sofá. En una silla junto al televisor había una pila de periódicos. Hasta en la nevera había dibujos infantiles.

Lo ayudó a llevar a la zona cubierta del porche trasero algunos platos para el festín. Dos mesas de picnic cubiertas con periódicos estaban atestadas con patas de cangrejos, mazorcas de maíz, ensalada casera de patatas y pollo frito para aquellos que no querían probar los cangrejos.

Durante las siguientes dos horas, se sentó al lado de Zane y escuchó la charla y las bromas de la familia. En cierto sentido, resultaba abrumador. El ruido. La confusión. El teléfono y los ladridos del perro. Los bebés que lloraban. Los niños que corrían por doquier. Había muchas risas y bromas amables. El cuñado de Zane creó una escultura con latas vacías de cerveza en el extremo del porche, y los niños se turnaban para tirarlas con manzanas sacadas de la mesa de la cocina.

Elise se sentía completamente abrumada por el barullo, al tiempo que fascinada. Todo el mundo era tan amable con todo el mundo. No había peleas ni frialdad. Nadie amenazaba a nadie con quitarlo del testamento o con revocar el fideicomiso. Ninguna copa de martini rota en el suelo.

Finalmente, cuando ya no pudo comer más, empleó unas toallitas infantiles que le ofreció la hermana de Zane para limpiarse las manos y salió al jardín posterior para estirar las piernas. Zane había entrado en la casa por algo. En el patio, observó a los dos gemelos jugar en la hamaca. Desvió la vista hacia el abuelo Keaton, sentado bajo un gran manzano. Zane había aparcado la silla de ruedas bajo las ramas de dulce fragancia porque a su abuelo le encantaba el olor de las hojas de los manzanos.

Al no ver rastro de Zane, se acercó con cierta vacilación al mayor de los Keaton.

–Hola –dijo, sintiéndose un poco rara de hablarle. ¿Y si no entendía lo que le decía? Pero Zane había afirmado que no lo sabían–. Me llamo Elise. Yo... –señaló en dirección a la casa–. Soy amiga de Zane.

Para su sorpresa, el anciano giró los ojos azules hacia ella. No estuvo segura, pero le dio la impresión de que escuchaba.

Sonrió y se puso en cuclillas junto a la silla de ruedas, dándose cuenta de que alguien se había tomado mucho cuidado en vestirlo. Llevaba una camisa de golf, unos bermudas color caqui y una gorra verde que ponía John Deere en la parte frontal.

–Tiene una casa muy bonita –alzó la vista hacia las ramas del árbol e imaginó lo que debió de ser crecer allí. Por lo que había podido oír en la mesa, Zane y su hermana habían vivido en la granja con su padre y abuelos. Intentó imaginar lo que habría sido ser Zane y Meagan y haber estado rodeados de una familia que los aceptaba como eran. Que los quería.

Estudió la cara arrugada del abuelo, y durante un momento tonto deseó que fuera su abuelo.

–Tiene un nieto muy agradable –dijo–. Una familia estupenda –miró en torno del patio–. Un lugar bonito.

Él parecía estudiar su cara. Concentrarse en sus palabras. Percibió que quería que siguiera hablando. Se preguntó qué decir.

–Mmm... Zane ayer me llevó en el barco por la bahía. ¿Se lo contó? Me mostró la tierra que dijo que había sido de su padre. Donde usted había crecido –titubeó–. Me pidió que estudiara la posibilidad de que pudiera estar en venta. Eso le gustaría, ¿verdad? Recuperar la tierra de su padre para que, después de tantos años, volviera a estar en manos de su familia.

No respondió.

Elise apretó los labios y se puso de pie.

–Bueno, sólo quería saludarlo –fue a alejarse, pero sintió que algo le tocaba la mano. Al principio le pareció una hoja seca. Fría.

Sobresaltada, se volvió para ver la mano pequeña y arrugada del abuelo Keaton en la suya. Miró el rostro gastado y arrugado. Le sonreía. A ella.

Le devolvió la sonrisa con una ternura que no sabía que existiera en su interior.

Luego él le soltó la mano y giró levemente la cabeza. Fuera cual fuere la conexión que habían establecido en ese momento, había desaparecido.

Elise aún sonreía al entrar en la casa por la puerta delantera para ir al cuarto de baño a lavarse los últimos vestigios de olor a cangrejo en las manos. Al salir, se detuvo cerca de la puerta del despacho de Zane para estudiar algunas fotos familiares que había en la pared.

Al mirar unas viejas fotos escolares de un joven que tenía que ser Zane, oyó su voz. Se hallaba en la cocina hablando con alguien. ¿Su hermana?

–Escucha, no intento meterme en tus asuntos –oyó que decía la mujer.

Decididamente, se trataba de Meagan. Con una falda floreada, el pelo largo y sin maquillaje. Todo en ella hablaba de que era una madre. De lo único de lo que había hablado a la mesa era de alimentar al bebé, de la escuela y de partidos de fútbol. Era bastante agradable, pero a Elise le parecía una criatura de otro planeta. No vivían en el mismo mundo.

–Pero no deberías haberla invitado –la voz de Meagan atravesó los pensamientos de Elise–. No encaja aquí, Zane. Ni en tu vida ni en nuestra familia.

Elise contuvo el aliento, sabiendo que Meagan se refería a ella.

No supo qué hacer en ese momento. ¿Entraba en la cocina y miraba a Meagan a los ojos? ¿Salía por la puerta y fingía que no los había oído? ¿O se largaba de allí en ese mismo instante? Y cuando Zane la llamara por teléfono para averiguar qué había pasado, no respondería a sus llamadas.

–Ni siquiera la conoces –oyó la respuesta de Zane.

–Y tú tampoco. Pero conoces a mujeres como ella, ¿no?

–No quiero hablar de mamá, si a eso se refiere esta conversación –repuso enfadado.

Elise oyó agua correr en el grifo del fregadero. Tenía que estar enjuagando los platos para meterlos en el lavavajillas de acero inoxidable que había notado al entrar.

–¿Y qué me dices de Judy? Tampoco quieres hablar de ella, ¿verdad? –insistió Meagan–. Oh, por el amor del cielo, Zane. ¡Te partió el corazón! ¿Por qué caes en lo mismo? ¿No aprendiste la lección la primera vez? Hay mujeres con las que te casas, y otras con las que no lo haces. Y ya has dejado atrás la edad de salir con las del segundo grupo si aún quieres fundar una familia.

–Tienes razón. No es asunto tuyo –replicó Zane, aún enfadado–. Ésta es mi casa y puedo invitar a quien a mí me plazca. Además, ¿por qué te agitas tanto? Es alguien a quien he conocido, eso es todo. Te dije que era una agente inmobiliaria. Va a ver todo lo que puede averiguar acerca de la tierra del bisabuelo Keaton.

¿Sólo una agente inmobiliaria? Eso dolió tanto como lo que decía Meagan.

–A mí no puedes mentirme. Estás hablando conmigo –continuó su hermana–. Vi el modo en que la mirabas en el porche. Como si quisieras comértela entera.

Elise sintió como si el corazón le diera un vuelco. ¿Su hermana creía que Zane estaba atraído por ella?

Pero, ¿quién era esa Judy? ¿Qué tenía que ver con la madre de él? ¿Y qué tenían que ver ambas con ella?

Empezó a irritarse.

¿Qué derecho tenía Meagan a juzgarla?

–Meagan... –dijo Zane.

–Escucha –interrumpió la hermana–, ye he dicho lo que pensaba y ahora voy a salir al porche a servir helado. Tú haz lo que quieras.

–Lo haré –espetó–. Y el día que quiera tu consejo, te lo solicitaré.

Elise oyó que la puerta de la cocina se abría y cerraba y que el grifo continuaba abierto. Zane no se había movido.

Haciendo acopio de valor, atravesó el vestíbulo desde el despacho y entró en la cocina.

–¿Ellie? –Zane giró y cerró el grifo.

Ella permaneció quieta un momento. No le había gustado el tono de consejo que había empleado Meagan al hablar de ella y tampoco lo que había dicho. Le había dolido. Zane tenía razón, ni siquiera la conocía. ¿Cómo podía atreverse a decir que no era para Zane? ¿Y cómo él había podido decir que sólo era una agente inmobiliaria con la que trabajaba? ¿Es que el beso de la noche anterior no había significado nada para él?

Al parecer, no.

Él miró hacia la mosquitera que conducía al porche y luego a Elise.

–Lo has oído, ¿verdad?

Asintió, la frustración transformándose en furia. En cualquiera de sus relaciones anteriores, jamás se habría quedado ahí. Se habría marchado, puesto fin a la relación antes de que pudiera tener la oportunidad de convertirse en una, sin ofrecer jamás una explicación. Era una excelente reina gélida cuando así lo quería. Se trataba de un rasgo de los Montgomery que había aprendido de joven.

–Lo siento –dijo él.

–¿Quién era Judy?

Él cruzó los brazos; aún tenía las manos mojadas. Se apoyó en la encimera y la estudió.

–Mi ex novia. Nos habríamos casado el año pasado. El cuatro de julio –rió, pero era evidente que no veía nada humorístico en la situación–. Se marchó hace dos años a Singapur, por una oferta que no pudo rechazar.

Elise bajó la vista a sus nuevas zapatillas blancas. Sintió un nudo en la garganta. Entonces comprendió el rumbo de la conversación. ¿No era la clase de mujer que Zane buscaba porque tenía un trabajo bien remunerado? ¿Porque era una mujer de carrera que se había puesto objetivos y alcanzado la mayoría de ellos?

Entonces, en un rincón de la mente, oyó la voz de su padre. Le decía que nunca podría depender de ninguna otra persona. Que no confiara nunca en un hombre. Nunca había conseguido que una relación funcionara; su carrera era lo que la llenaba. Lo único. Nadie podría amarla nunca.

Lo miró y se tragó el nudo en la garganta.

–Deberías avergonzarte de ti mismo –espetó–. Hablando de mí a mis espaldas.

–Ellie...

–No me llames Ellie –cortó–. Meagan no me conoce para juzgarme de esa manera. No tiene derecho. ¡No más que yo a juzgarte a ti por ser un criador de pollos! –se acercó un paso a él, sintiendo que la indignación le quemaba las mejillas–. Y en cuanto a tu pequeño comentario de que no era más que una agente inmobiliaria que querías que te hiciera un trabajo... ¡quiero que sepas que agradezco que me advirtieras desde el principio que nunca estuviste interesado en mí, sino únicamente en lo que podía hacer por ti!

–Ellie... –movió la cabeza y avanzó con la mano extendida.

Ella lo esquivó.

–Gracias por la tarde. Lo he pasado muy bien –se dirigió hacia la puerta de atrás–. ¡Puedes quedarte con los condenados champiñones!

Entró en su apartamento todavía encendida. Al llegar a su despacho, vio la lista de *Cómo Buscar Marido* con el nombre de Zane escrito en la parte superior y la estrujó con las dos manos, sin prestar atención a las palabras «buen corazón» escritas de su puño y letra.

–Sabía que esto no iba a funcionar. Fue una idea estúpida –musitó, tirando la bola en la papelera.

Entonces, como una verdadera Montgomery, se sentó a trabajar. Escuchó los mensajes de su buzón de voz y redactó una lista de quiénes necesitaban que les devolviera la llamada y qué propiedades quería programar para mostrar la semana siguiente. Escribió la actualización de su página web en el sitio de Inmobiliaria Waterfront en Internet y se lo mandó por correo electrónico al webmaster.

Todavía conectada, los dedos flotaron sobre el teclado. Pensó en el paseo en bote del día anterior y en lo mucho que se había divertido. Trató de no pensar en Zane y en lo bien que la había hecho sentir ni en lo maravilloso que había sido el beso. Era su propia culpa. En cuanto averiguó que era un granjero y un hombre de familia, debería haberlo dejado. *Cómo Buscar Marido* era muy claro al afirmar que los hombres y mujeres con trabajos y entornos similares hacían mejores parejas. Sencillamente, tenían más en común, más de qué hablar. ¿Qué podía comentar ella sobre la cría de pollos? ¿Qué sabía Zane sobre una mujer que trabajaba en un mundo de hombres y trataba de salir adelante?

Entonces pensó en el abuelo Keaton. En la tierra hermosa que había visto desde el barco. Le había dicho que averiguaría si la propiedad se pondría en venta. Había sido una estupidez; probablemente, no había oído o entendido una palabra.

Pero se lo había prometido.

Tecleó la dirección de uno de los mejores sitios web con información sobre propiedades que iban a salir al mercado y posó la mano sobre el ratón. Con firmeza se dijo que lo hacía por el abuelo Keaton, no por Zane.

–Lo siento, pero esta noche no soy una gran compañía –comentó Zane mientras metía la ropa sucia de su abuelo en el cesto junto a la puerta del cuarto de baño del dormitorio de la residencia–. No ha sido un gran día –se acercó a la cama donde se sentaba el mayor de los Keaton, con los pies descalzos colgando en el aire.

Comenzó a abotonar el pijama a cuadros de su abuelo.

–¿No es gracioso cómo despiertas algunas mañanas pensando que va a ser uno de los mejores días de tu vida... –estudió los ojos azules que parecían no ver nada–... y luego resulta ser uno de los peores?

Abrochó el botón superior de la chaqueta y alisó la tela suave sobre los hombros delgados de su abuelo.

–Creo que ya sabes que la chica a la que invité, Ellie, se marchó enfadada –apartó la vista, por algún motivo incapaz de sostener la mirada del anciano al decirlo–. Meagan y yo hablábamos en la cocina y Ellie nos oyó. Se enfadó bastante. Ya sabes lo sobreprotectora que puede ser Meagan. Tenía miedo de que estuviera metiéndome en otra relación como la de Judy. En realidad, no es verdad. Ellie no se parece en nada a cómo era Judy –hizo una pausa–. Aunque Meagan tiene razón. Toda la vida de Ellie parece centrada en su trabajo. No tendría tiempo para mí. Es una tontería involucrarme con ella.

Miró a su abuelo. Se preguntó si éste lo miraba a él, si lo miraba de verdad.

–La cuestión, abuelo, es que me gusta de verdad. Me hizo sentir... no sé, diferente. Me gustó cuando estuve con ella. Y fue divertida. E increíblemente inteligente. Y para alguien tan inteligente, hay tantas cosas que nunca ha hecho. ¿Puedes creer que jamás había salido a capturar cangrejos?

Se puso en cuclillas, apoyó las manos en las rodillas y miró a su abuelo.

–¿Qué, abuelo? ¿Hay algo que quieras decirme? –sonrió cuando no obtuvo respuesta. Probablemente, había sido su imaginación–. Bueno, nada de eso importa ya, porque Ellie me mandó a paseo y se marchó. No volveremos a saber de ella. Y es lo mejor, ¿verdad?

Una vez más creyó captar algo en esos ojos.

–¿Crees que debería llamarla? –gimió–. Podría disculparme, pero, ¿entonces, qué? Ya piensa que soy un imbécil. Como le suelte toda esa perorata sobre el miedo que me inspiran las mujeres profesionales porque mi madre nos abandonó por una campaña de tabaco y mi novia por un ascenso, Elise me dará el nombre de un buen psiquiatra.

Volvió a sentarse en el borde de la cama junto a su abuelo.

–No. Es lo mejor. Sé que te cayó bien, abuelo, pero Ellie y yo no estamos hechos el uno para el otro. Así que no quiero que vuelvas a mencionarla, ¿de acuerdo?

Tomó la mano del abuelo Keaton para estrechársela, pero el anciano ni siquiera se la apretó. No dejó de mirarlo y, por algún motivo, Zane se sintió como un desgraciado.

CAPÍTULO 5

Para la mujer contemporánea, encontrar al hombre perfecto no tiene nada que ver con la emoción, sino con el raciocinio intelectual. No dejéis que los sentimientos dudosos y caóticos socaven vuestra determinación.

ELISE estaba sentada a su escritorio en el despacho privado de Inmobiliaria Waterfront y miraba el número de teléfono escrito en el bloc de notas, mientras mordisqueaba el extremo de su bolígrafo Mont Blanc. Era el número de Zane.

Necesitaba llamarlo porque había tenido toda la razón; la tierra en la que había crecido su abuelo iba a salir a la venta en las próximas dos o tres semanas. Si quería comprarla, sabía que su mejor oportunidad sería que hiciera una oferta justa antes de que se pusiera oficialmente en venta. En cuanto apareciera en el mercado, podría surgir una empresa constructora con una oferta escandalosamente alta con el fin de convertir esa propiedad en una zona residencial exclusiva.

El número pareció saltar de la hoja hacia ella. Bajo ningún concepto iba a llamarlo a casa. Después de todo, si él hubiera querido hablar con ella por razones personales, la habría llamado en algún momento de la semana anterior.

Entonces, ¿por qué titubeaba? Era estrictamente una llamada de trabajo, como una de las tantas que realizaba a lo largo del día. El sábado anterior, Zane y ella habían coincidido en que no eran compatibles. El simple hecho de que no fuera a ser su novio, su «pareja perfecta», no significaba que ella no pudiera ser su agente y ganar una buena comisión de la venta de la propiedad.

–Esto es ridículo –musitó–. Ya no estoy en el instituto –marcó los números con el extremo del bolígrafo–. Vamos, Ellie, eres una profesional.

«¿Ellie? ¿De dónde ha salido eso?»

–Farmer in the Dell Enterprises –comentó una recepcionista amable del otro lado de la línea.

Elise tuvo el loco impulso de colgar y agarró con fuerza el auricular.

–¿En qué puedo ayudarlo? –preguntó la voz.

–Mmmm, sí, con Zane Keaton, por favor. Soy Elise Montgomery –de pronto se le ocurrió que quizá no aceptara su llamada.

–Un momento, por favor.

En el momento en que se reclinaba en su sillón, del otro lado de la línea sonó un clic.

–¿Hola, Ellie? Me alegro de que llames –hizo una pausa de un segundo–. Escucha, quería haberte llamado esta semana para disculparme otra vez por lo sucedido el sábado. Yo...

–Zane, no se trata de una llamada personal.

–¡Bueno, pues yo la convierto en personal!

Las palabras la sorprendieron tanto, que no tuvo tiempo de responder antes de que él continuara.

–La verdad es que quería llamarte y debería haberlo hecho. Pero he estado realmente ocupado.

Respiró hondo, y Elise pensó que ése era el momento perfecto para intervenir. Para comunicarle que no estaba interesada en lo que tenía que decirle porque no estaba interesada en él, y luego soltarle la información que tenía sobre la propiedad, pero fue demasiado rápido para ella.

–No –prosiguió–, no he estado tan ocupado. Llevo tus números de teléfono en el bolsillo, y en la última semana los he mirado tanto, que los he memorizado. La verdad es que tenía miedo de que no quisieras hablar conmigo. Estabas muy enfadada cuando te marchaste de mi casa.

Sonaba tan sincero y auténtico. ¿Un hombre que podía decir que temía el rechazo de una mujer? Sintió que su determinación flojeaba, pero luchó contra ello. Tal vez porque temía el rechazo aún más que él.

–Zane, no he llamado para hablar de nuestra cita desastrosa. En cinco minutos tengo una reunión a la que debo asistir –mintió–, así que, ¿deseas saber algo sobre la propiedad o no?

–¿La propiedad?

–La propiedad que me mostraste cuando navegamos por la bahía. Dijiste que querías comprarla cuando saliera a la venta.

–¿La tierra del abuelo? –sonaba muy sorprendido–. No puedo creer que lo investigaras.

–Soy una mujer de palabra –repuso indignada–. Te dije que lo haría y, además, se lo prometí a tu abuelo.

–Lo sé, pero después del fiasco en mi casa, di por hecho... –calló en mitad de la frase–. ¿Se lo prometiste a mi abuelo?

Ella respiró hondo, sintiéndose tonta. No, tonta no, incómoda. Por algún motivo desconocido, la emoción le atenazó el pecho. Había algo acerca del abuelo de Zane que la había conmovido.

–Estuvimos hablando... bueno, ya sabes a qué me refiero... no sé, le dije que lo miraría.

–Vaya –musitó con ternura.

Elise siguió adelante, ya que las emociones no se le daban bien. Otro rasgo de los Montgomery.

–La tierra era propiedad de un tal Leonard Jacobs, pero tú ya sabías eso, porque probablemente sea el hombre con quien hablaste para comprarla.

–El hombre con el agravio de los pollos –indicó Zane.

–Sea como fuere, falleció hace unos meses y sus herederos se están preparando para sacar la propiedad al mercado.

–¡En serio! Es estupendo. Quiero decir, no es estupendo que muriera, sino que sus herederos quieran vender.

–Te llamo para hacerte saber que si estás interesado en que te represente, puedo arreglar que te reúnas con el abogado de la familia Jacobs –titubeó–. Desde luego, si prefieres trabajar con otra persona, puedo sugerirte a Liz...

–¡Claro que no! Y sí, estoy interesado, muy interesado. Sería estupendo si pudiera llevar al abuelo a la que fuera su tierra, hacerlo pasear entre los árboles donde jugaba de niño.

Zane sonaba más como un niño que como el presidente de lo que Elise había descubierto esa semana era una empresa multimillonaria. Lo único que había tenido que hacer había sido buscar en Google para que apareciera la información. Presidente de Farmer in the Dell Enterprises, un conglomerado que se dedicaba a la crianza de aves de corral de forma orgánica y que vendía los productos por todo el mundo. La idea de que fuera un hombre de negocios de éxito la había dejado atónita. Los hombres verdaderamente ricos que había conocido, aparte de su padre, habían sido amigos de éste y todos réplicas exactas de Edwin Montgomery. Adictos al trabajo, con un gran sentido para los negocios y ninguna habilidad con las personas. Fríos hasta con las propias familias.

Zane no se parecía en nada a su padre.

–Entonces, ¿cuándo podemos empezar? –preguntó él, devolviéndola al presente.

–Mmm –se sentía agitada y eso no era normal en ella; sacaba lo mejor de sí misma bajo presión–. He de hacer un par de llamadas y volveré a ponerme en contacto contigo.

–Perfecto. Tienes mis números personal y de trabajo, pero deja que te dé el del móvil.

Escribió el número junto al corazón tachado en el bloc de notas.

–Te volveré a llamar –repitió, ansiosa por cortar antes de decir algo que no debería, como «yo también lamento mucho lo del otro día. Puedo entenderte, porque al parecer tenía algunas ideas preconcebidas que quizá no sean precisas. ¿Quieres que quedemos para cenar y hablar del asunto? Mejor aún, ¿quieres venir a retozar un rato a mi casa?» Pero lo único que dijo fue–: Que tengas un buen día.

–Tú también. Eh, ¿Ellie?

El modo en que dijo su nombre le desbocó el corazón. Se preguntó si se hallaba en un estado premenstrual. Toda esa reacción física que le provocaba Zane resultaba tan rara en ella.

–¿Sí? –la voz le sonó extrañamente jadeante.

–Muchas gracias. No puedo transmitirte lo mucho que esto significa para mí. Lo que significará para el abuelo.

–Seguro –colgó, como si el auricular estuviera demasiado caliente para poder sostenerlo un segundo más. Por primera vez en los últimos cinco minutos, sintió como si pudiera volver a respirar con normalidad. Soltó el aire con lentitud.

Ya estaba. Aunque Zane se había disculpado una vez más, no mencionó nada acerca de verse otra vez. No es que hubiera aceptado salir con él. Seguía el consejo de *Cómo Buscar Marido* y ya no pensaba perder el tiempo con relaciones que no conducían a ninguna parte. Pero...

–Ponte a trabajar –se dijo–. Eso es lo básico si eres una Montgomery.

Se concentró en la agenda para ese día. No descansó hasta dos horas más tarde, cuando oyó que llamaban a la puerta.

–¿Elise?

Alzó la vista y vio a Liz con un traje gris y el pelo recogido.

–Pasa –le dijo su amiga a alguien que tenía detrás.

Elise abrió mucho los ojos al ver un enorme ramo de flores brillantes en un jarrón de cristal que traía un mensajero.

–Santo cielo –musitó al tiempo que se ponía de pie.

–Me has estado escondiendo algo –entonó Liz–. Anoche me dijiste que no ibas a salir con Bob el agente de Bolsa. ¿No habíamos empezado una lista nueva? Debió de ser una velada muy agradable –arrastró la última palabra como si Elise hubiera encontrado al hombre de sus sueños.

–No salí con Bob. Los dos teníamos unos compromisos de trabajo... –dejó que su voz se perdiera, incapaz de apartar la vista de las flores mientras le indicaba al joven que las dejara sobre un mueble. Se preguntó de quién podrían ser.

Zane. Tenían que ser de Zane. Sólo él le enviaría a una chica un jarrón con flores silvestres. Las más hermosas que jamás había visto. Daban la impresión de haber sido arrancadas del campo.

–Gracias –musitó cuando el repartidor se marchaba.

–Entonces, ¿de quién son? –le arrebató la tarjeta con el nombre de la floristería impreso en la superficie antes de que Elise pudiera adelantársele–. *Eres la mejor. Con cariño, Zane y Tom* –enarcó una ceja.

Elise contuvo una sonrisa al quitarle la tarjeta de la mano a su amiga.

–No es lo que piensas –dijo, sentándose en su sillón de ejecutiva y guardando la tarjeta en el cajón del centro de su escritorio.

Liz plantó las manos en sus caderas estrechas.

–No, entonces, ¿qué es?

–Negocios. Nada más –alargó el brazo hacia el bloc de notas y el bolígrafo.

–¿Estás segura?

Ni siquiera alzó la vista.

–Estoy segura de que son negocios, y si ahora me disculpas, he de hacer algunas llamadas –levantó el auricular.

–Cometes un gran error –entonó su amiga mientras salía contoneándose–. Jamás funcionará. ¿Sabes?, ese libro tenía razón en una cosa, y es que debes buscar a los hombres que son de tu tipo, y ese hombre de los pollos no lo es.

Levantó la vista. Por lo general, se habría contenido y soslayado el comentario, pero en ese momento no pudo.

–¿Cómo sabes qué tipo de hombre es el adecuado para mí? Ni siquiera estoy segura de saberlo yo. ¿Y si lo que creía que quería no es en realidad lo que necesito en un hombre?

–Cariño –Liz se apoyó en el marco de la puerta–. ¿Te estás oyendo? Se supone que un hombre no debe cambiarte. Se supone que debe complementarte... como unos bonitos zapatos o un bolso de marca –su amiga bajó la vista al bloc de notas–. Tú sabes qué tipo de mujer eres y desde luego sabes qué tipo de hombre es Zane Keaton –continuó Liz–. Míralo. Mira a su hermana. No quiere a una igual. Quiere a una esposa a la que pueda mantener descalza y embarazada en la granja.

–Eso es injusto, Liz. No lo conoces.

–He conocido a muchos hombres como él. ¿Recuerdas a Elliot? –enarcó una ceja–. Era fantástico, tenía dinero, un coche magnífico, una casa estupenda. A la tercera cita hablaba de matrimonio, a la cuarta de bebes y a la quinta, quería saber hasta qué punto de mi primer embarazo estaría dispuesta a ir a trabajar.

–Zane no es Elliot –afirmó, irritada por toda la actitud de Liz. Se suponía que era su amiga. ¿Es que los amigos no debían prestar apoyo?– Además, esta conversación es hipotética. No salgo con él. Voy a preparar una venta que podría poner mi nombre sobre el escritorio de Gallagher. Sabes que tengo ganas de hablar de ser socia.

Liz frunció el ceño.

–Escucha, no intento decirte lo que debes hacer, Elise. Sólo trato de evitar que cometas el mismo error que yo. Ése era el objetivo de tu lista, ir más allá de las citas casuales y encontrar a un hombre con el que poder establecer una relación seria.

Al darse cuenta de que no iba a poder conseguir que Liz entendiera por qué se cuestionaba a sí misma, algo que ni ella misma entendía, supo que era hora de poner fin a la conversación.

–Desde luego, aprecio tu preocupación por mí –se obligó a sonreír, a pesar de que se sentía irritada con su amiga y era evidente que Liz se sentía irritada con ella. Era lo más cerca que habían estado jamás de una pelea–. Será mejor que vuelva al trabajo –se llevó el auricular a la oreja y no lo colgó hasta que Liz desapareció por el pasillo.

Una hora más tarde, sonó el teléfono.

–Elise Montgomery –respondió, acomodándoselo en el hombro mientras repasaba unos listados sobre su mesa.

–Ellie.

–Zane –antes de poder evitarlo, sonrió y dejó lo que hacía para aferrar el auricular con la mano–. Gracias por las flores, pero no tenías por qué haberlo hecho. Me gano la vida vendiendo propiedades.

–De nada. Me alegro de que te gustaran.

Entre ambos flotó un momento de silencio, pero no fue un silencio incómodo.

–Escucha, quería cerciorarme de que hubieras recibido las flores, pero también te llamaba con una petición... para mi agente inmobiliaria.

Eso estaba mejor. Volvían a encontrarse en terreno seguro.

–¿Sí?

–¿Has hablado ya con el abogado?

–Aún no. Estoy esperando que me devuelva la llamada. ¿Por qué?

–Me preguntaba si sería posible obtener permiso para que viéramos la propiedad. Ya sabes, antes de realizar una oferta en firme. Por lo general, me presentaría allí, pero la última vez que lo hice, el viejo Jacobs me echó con una escopeta recortada –rió entre dientes.

Elise ni reaccionó a la escopeta. Todavía seguía con su deseo de obtener permiso para que «viéramos» la propiedad. ¿Ese plural se refería a él y ella o a otra persona? ¿Tal vez su hermana?

–¿Tu abogado y tú? –preguntó.

–No, mi agente inmobiliaria y yo. Busco tu opinión profesional. Me explico, quiero la tierra por motivos sentimentales, pero pretendo emplearla para ampliar la división de investigación de mi empresa. Sé que parte de la propiedad ha sido declarada zona protegida y me gustaría estudiar mis opciones.

¿Ir con él? No supo qué decir. Cuando investigó la propiedad, no se le había ocurrido pensar que tendría que volver a verlo a solas.

Desvió la vista hacia el enorme ramo de flores y sintió que las mejillas se le encendían.

–No estoy segura de que sea la persona idónea para ayudarte en ese frente. Principalmente, me ocupo de zonas residenciales.

–Oh, vamos –bajó la voz para darle un tono más sexy–. Te llevaré en mi furgoneta. Apuesto que jamás has montado en una furgoneta del setenta y nueve.

Sonaba tan condenadamente encantador.

–Veré lo que puedo hacer –repuso con tono profesional, aunque en su interior sentía que se derretía.

–Llámame en cuanto lo sepas.

–De acuerdo... hasta pronto.

Aún sonreía al salir de la oficina a las cinco en punto, lo cual, si se tenía en cuenta que no había llegado hasta las siete de la mañana, apenas era una jornada laboral según el patrón de los Montgomery.

No sabía qué le había picado.

¿Zane Keaton?

Al día siguiente viernes, después de trabajar, permitió que Zane pasara a recogerla a su casa a las seis de la tarde, pero no lo invitó a subir al apartamento. Eso habría hecho que se pareciera demasiado a una cita. El plan era que irían a ver la propiedad y luego la llevaría directamente de vuelta a casa. Le informó de que tenía planes para la cena, evitando de esa manera cualquier idea que pudiera albergar él para ir a cenar. Y era verdad, tenía planes. Palomitas de maíz, un refresco y Conan.

–Hola –saludó él a través de la ventanilla abierta de la furgoneta al detenerse ante la entrada de su edificio.

Al bajar por la acera, Elise sintió como si la observara, evaluándola, y no supo si era algo bueno o malo.

Se había vestido y vuelto a vestir por tres veces. Por lo general, para esas ocasiones se ponía un traje formal con zapatos de vestir, pero eso carecía de sentido. Iba a estar caminando por bosques y prados, un terreno poco apto para faldas y tacones. Al final, había elegido unos vaqueros, los únicos que tenía, una camiseta blanca y las zapatillas que había comprado la semana anterior.

–Bonito sitio –comentó mirando la fachada rosa del edificio que había detrás de las puertas que protegían la propiedad.

Ella dejó el maletín en el suelo del vehículo y trató de ocupar el asiento irregular antes de llevar la mano al cinturón de seguridad.

–Gracias –tiró de él, pero no cedió ni un centímetro.

Sin que se lo pidiera, Zane alargó la mano por delante de ella y tiró con fuerza del cinturón, y con los dedos le rozó la parte superior de los muslos antes de extraerlo y ajustárselo a la cadera.

Ahí estaba esa condenada química contra la que le advertía el libro. Ese mareo. Esa chispa de electricidad que saltaba entre ellos. Trató de recordarse lo fugaz que era la atracción sexual.

–El apartamento fue una excelente inversión. Ya se ha revalorizado un treinta y tres por ciento –alzó ambos brazos hasta que la mano de él volvió a posarse sobre el volante, luego los bajó al regazo.

–¿O sea que no lo compraste porque te gustaba?

Percibió crítica en su voz y se preguntó si era real o imaginada. Con su padre, jamás era imaginada; sin embargo, no estaba segura de cómo leer a Zane. Era tan distinto de los otros hombres que había conocido. Era evidente que se adentraba en territorio nuevo.

–Mi padre me enseñó que las decisiones financieras deberían basarse en la razón, no en la emoción –explicó–. Tú has tenido éxito en los negocios, ¿no eres capaz de entenderlo?

Se encogió de hombros. Llevaba puesta otra camiseta de surf con una ola en la parte frontal. El azul claro del algodón hacía juego con sus ojos. Unos pantalones cortos y unas zapatillas viejas que parecían que los tenía hacía veinte años. El conjunto lo completaba unas gafas de sol de montura plateada. No parecía un millonario.

–Siempre intento tomar decisiones de negocios sensatas, pero a veces tienes que dejarte llevar por los sentimientos. A veces lo que sientes no tiene nada que ver con la razón, ¿verdad?

Miró por la ventanilla y se preguntó si se refería a lo que sentía por él.

–Esa no ha sido mi experiencia.

Zane asintió pensativo al salir del aparcamiento del bloque de apartamentos, cruzar las puertas de hierro más allá de la caseta de vigilancia para terminar en la calle.

–¿Tienes familia, Ellie?

–Sólo a mi padre en Texas. Es propietario de una compañía de petróleo. Mi madre se marchó cuando yo era joven –oyó rigidez en su propia voz. No sabía por qué la había mencionado. Por lo general, no hablaba de ella con nadie.

–La mía también. Supongo que lo escuchaste en la conversación que mantuve con Meagan. Mis padres se divorciaron cuando éramos jóvenes. Mi padre murió de cáncer el año pasado. Meagan y yo aún mantenemos contacto con su familia. Los primos que viste en casa el sábado son todos hijos de su hermano y hermana. Luego, por supuesto, tengo al abuelo –miró por el retrovisor y después a ella–. Aunque echo de menos a mi padre. Debe de ser difícil vivir tan lejos del tuyo.

Elise había elegido ir a la universidad en el este sólo para alejarse de su padre y de su estilo crítico y manipulador. Cuando él se negó a pagarle la matrícula a menos que continuara los estudios en Texas, se marchó a la Universidad de Maryland y se la pagó ella misma, trabajando por las noches y los fines de semana.

–No me llevo muy bien con mi padre –comentó.

–Comprendo. Lamento oírlo. Pensé...

–Repasemos los detalles de la propiedad antes de que lleguemos, ¿de acuerdo? –sacó una carpeta del maletín–. Según la última prospección, había noventa y siete acres y medio –hojeó algunas fotocopias que había hecho en el juzgado–. Pero la prospección anterior, realizada en 1973, decía que tenía noventa y tres acres y medio, de modo que tendré que investigar eso. También he de revisar esa parte que está como zona protegida. Vas a tener que ser específico con el fin que quieras darle a la tierra, para que pueda cerciorarme de que recibirás la aprobación del condado.

Durante los siguientes veinte minutos, logró conducir la conversación lejos de cualquier tema remotamente personal. Discutieron los detalles de la propiedad y sus pros y sus contras. Le produjo una sorpresa agradable el conocimiento mostrado por él sobre la adquisición de propiedades y su sentido general de los negocios. Puede que Zane heredara The Farmer in the Dell de su padre y abuelo, pero resultaba obvio que había sido él quien había transformado el negocio de empresa familiar en una compañía que, según fuentes de confianza, no tardaría en salir al mercado.

Estaba impresionada, pero no por los motivos que deberían haber impresionado a un Montgomery. Admiraba lo mucho que Zane había podido retener de sí mismo en su ascensión al éxito. Parecía corriente en muchos sentidos. Cuando empezó con la lista de *Cómo Buscar Marido*, «corriente» no era una palabra que habría empleado como una de las cualidades necesarias en un hombre al que pudiera amar, pero Zane hacía que se cuestionara algunos de esos requisitos. Lo que le había dicho a Liz era verdad. Empezaba a preguntarse si de verdad sabía qué la haría feliz.

–Bueno, hemos llegado –salió del camino principal para entrar en un sendero de tierra lleno de maleza. Aparcó el vehículo y sonrió–. Ya me siento como en casa.

Durante la siguiente hora y media, Elise caminó entre la maleza, sorteó troncos derribados, se agachó ante ramas bajas y escuchó a Zane explayarse entusiasmado sobre los planes que tenía para ampliar su empresa. Disfrutaba estando con él y le daba la impresión de que a Zane le sucedía lo mismo.

Al regresar a la furgoneta, con el sol comenzando a descender sobre la bahía, él caminó cerca de ella, con las manos metidas en los bolsillos. Se había quitado las gafas de sol. Daba la impresión de querer decir algo, pero se mostraba titubeante. Al final, justo antes de llegar a la furgoneta, habló.

–Sé que dijiste que tenías planes esta noche, pero... se detuvo junto a la puerta del acompañante y apoyó la mano en la manivela para evitar que ella entrara–. Pero, ¿estás absolutamente segura de que no puedes salir para una cena rápida?

Lo miró a los ojos azules y sintió que temblaba por dentro.

–¿Para hablar de la propiedad? –preguntó.

–Mmm, sí, claro. Desde luego –vaciló, y luego movió la cabeza–. No. De hecho, Ellie, creo que te estoy pidiendo una cita auténtica. Me importa un bledo la tierra –agitó la mano–. No, me importa, pero ya sabía que quería comprar esta propiedad a cualquier precio...

–No le digamos eso al vendedor –bromeó, sorprendida de su reacción jubilosa.

Él sonrió.

–La verdad es que te pregunté si podía echarle un vistazo a la tierra porque quería una excusa para volver a verte. Desde la noche que nos conocimos, no he podido quitarte de mi cabeza.

Se mordió el labio inferior y pensó en las cosas que su hermana y él se habían dicho en la cocina. Zane sabía qué clase de mujer quería, y no era ella. ¿No era ése el error sobre el que le había advertido Liz?

Él rió cuando Elise no respondió de inmediato.

–Escucha, sé que no me explico bien, pero lo que intento decir es que me gustas de verdad, Ellie. Lamento lo que sucedió con Meagan y me gustaría que me dieras una segunda oportunidad.

La química se activó en un instante. Notó que las palmas de las manos se le humedecían. Casi pudo sentir la boca de él en la suya.

–Seré absolutamente sincero. Todo lo que es lógico, lo que es razonable en mi cabeza, me dice que no eres la mujer para mí. Mi sentido común me indica que eres el tipo de mujer que va a elegir el trabajo por encima de mí todo el tiempo, pero entonces... –le tomó la mano y se la llevó al pecho–. Entonces pasa esto.

Pudo sentir el martilleo de su corazón. La calidez de su piel, otra vez esa colonia embriagadora.

–¿Qué dices? –murmuró al tiempo que le quitaba con gentileza las gafas de sol.

Luchando contra la abrumadora sensación de atracción que la invadió, lo miró a los ojos, decidida a mostrarse firme. La determinación duró hasta que la boca de Zane le rozó la suya, entonces se derrumbó a sus pies.

Elise sintió que sus labios se separaban por voluntad propia y que suspiraba aliviada al sentir la presión del beso. Sin saber cómo, terminó contra la furgoneta, con la espalda pegada a la puerta suave y cálida. Le rodeó el cuello con el brazo libre y gimió a medida que el beso se ahondaba y el suelo pareció abrirse bajo sus pies.

Quiso que el beso durara para siempre, que ese beso en el crepúsculo, rodeados de campos abiertos y la suave brisa salada, se prolongara eternamente.

–¿Sólo cenar? –susurró él al apartar la boca, pero sin soltarle la mano pegada a su corazón.

Elise cerró los ojos y luego los abrió, pensando que iba a tener que sacar la lista de la papelera y encontrar un sitio en el que apuntar «momento más romántico», aunque fuera en el margen.

–Sólo cenar –aceptó, alzando el mentón para volver a mirarlo a los ojos. Sintió como si saltara de un precipicio y experimentara una caída libre–. ¿Y quizá un beso más?

CAPÍTULO 6

La familia, los amigos y los compañeros de trabajo quizá os conozcan mejor que lo que vosotras mismas os conocéis. Si no aprueban vuestro nuevo candidato amoroso, estudiadlo con atención. Tal vez tengan razón.

UN MES más tarde, un sábado por la tarde Elise se encontraba en casa en vez de en la oficina. Por la mañana había ido al gimnasio, luego a hacer la compra y después se había dedicado a ordenar un poco el apartamento. En las últimas semanas había estado tan ocupada con el trabajo y viendo a Zane, que sentía como si se le acumularan las cosas y su vida un poco descontrolada. No era necesariamente algo malo, sólo muy diferente de su vida anterior a Zane. Él era tan espontáneo y ella tan planificadora, que todo lo que hacía y decía parecía encantarle.

Lo que no le encantaba era la ropa para la tintorería que se le acumulaba en el armario, el polvo en el salón y el hecho de que no era capaz de recordar la última vez que había pasado la fregona por el suelo de la cocina. También tenía trabajo pendiente en la oficina y una propuesta de contrato que necesitaba escribir y que su jefe esperaba.

Sonó el teléfono y contestó con la esperanza de que fuera Zane. Había hecho planes para salir con su barco esa tarde pero sin fijar una hora.

–Hola –respondió con una sonrisa.

–¿Elise Anne?

Ocultó la decepción en su voz.

–Padre, ¿cómo estás?

–Intenté localizarte en la oficina –comentó con manifiesta desaprobación en el tono de voz–. Hablé con esa joven agradable, Liz. Dijo que no habías ido y que no te esperaban.

–No... de hecho, tenía otras cosas de las que ocuparme.

–Tampoco fuiste a la oficina el sábado pasado.

–Lamento haberme perdido tu llamada. Te dejé un mensaje con tu secretaria. Zane y yo fuimos a Assateague Island a ver los ponis salvajes. No podía creerse que llevara viviendo en la costa este casi diez años sin haberlos visto nunca. Sabes que se cree que se originaron de un naufragio español.

–¿Todavía lo ves?

Volvía a sacar el tema. También con desaprobación.

–Te caería bien, padre. Es un hombre de negocios, como tú. Te conté que es dueño de su propia empresa. En diez años ha hecho que pasara de ser una operación casi al por menor a colocarla en el ámbito internacional.

–¿Ha anunciado Waterfront sus premios de venta para junio?

Apretó los labios. Los habían anunciado casi dos semanas atrás; pero no había querido tratar el tema con él.

–Sí. Ganó Liz. Es con quien hablaste por teléfono. Realizó una venta increíble...

–No trabajas los sábados. Te vas antes de las seis de la tarde. Elise Anne, no hace falta que te diga lo que se requiere para tener éxito.

Se reclinó en el sillón y clavó la vista en el techo. Sin importar los años que tuviera o lo lejos que viviera de Dallas, podía reducirla al estado de una niña castigada en cuestión de instantes. La diferencia radicaba en que antes lo habría aceptado. Se puso rígida y apretó la mandíbula.

–Tengo éxito –insistió–. El que no ganara el premio de ventas del mes no significa que no sea buena en lo que hago. Ganar el premio durante cinco meses seguidos fue suerte. Nunca había sucedido en la historia de la empresa y no volverá a suceder. ¿No te conté que si sale la venta del terreno para Zane, creo que tengo muchas posibilidades de que me hagan socia?

–Ah, comprendo –todo estaba en el tono de voz. Desaprobación un momento, aprobación entusiasta al otro–. De modo que eso justifica la relación con ese hombre –rió entre dientes–. Puedes beneficiarte mucho.

Recogió la lista de *Cómo Buscar Marido* que en ese momento tenía en el escritorio junto con varios trofeos y placas de ventas que jamás había tenido tiempo de colgar en la oficina. Sabía que debería guardarla en un cajón; la abochornaría que la viera Zane, pero le gustaba mirarla. Le gustaba leer su nombre.

Con suavidad, alisó las arrugas del papel; heridas de batalla del breve tiempo que había pasado en la papelera. Sonrió al pasar las yemas de los dedos por las palabras que había escrito en la parte frontal «buen corazón».

–Exacto –convino–. Puedo beneficiarme mucho.

–Bueno, me alegra oír que usas la cabeza y que no dependes de fuentes menos fiables –hizo una pausa–. Monique está haciendo que el divorcio sea más difícil de lo que había esperado. Sencillamente, se niega a firmar los documentos. Ha habido lágrimas. Aspavientos.

–Lamento oír eso. Monique y tú parecíais compenetraros bien. ¿Estás seguro de que no podéis arreglar las cosas? A veces unos consejeros matrimoniales...

–Los Montgomery no recurren a terapeutas –interrumpió–. Y la ropa sucia la lavamos en casa. Monique está montando un espectáculo y te aseguro que lo lamentará cuando vaya a recoger el cheque del acuerdo de separación.

–Odio la idea de que vuelvas a estar solo –musitó con sinceridad. Nadie debería vivir solo en una mansión vacía, ni siquiera un gruñón como su padre.

–He de dejarte –declaró él–. Envíame por fax los detalles para tu incorporación como socia de la empresa y haré que uno de mis abogados los repase. Nunca se puede ser demasiado cuidadoso.

–Gracias, padre, pero aún no estoy segura de que...

–Tengo una llamada por la otra línea. Te llamaré a la oficina el próximo sábado. Que tengas una semana próspera.

–Tú también –pero ya había colgado.

Dejó el teléfono inalámbrico en la mesa y contempló la carpeta a rebosar de información que necesitaba repasar antes de redactar los documentos que esperaba el señor Gallagher. El lunes a primera hora.

Se mordió el labio. Ya le había dicho a Zane que por la mañana iría con él y su abuelo a misa, y luego planeaban llevar al anciano a la playa. Zane quería probar una de esas sillas de ruedas fabricada para funcionar en la arena. Luego tenían que cenar en la casa de Meagan. Era importante para él que las dos llegaran a conocerse, aún insistía en que podían ser buenas amigas si ambas no fueran tan obstinadas.

Miró el teléfono. De pronto, el trabajo que tenía en el escritorio la abrumó. Con el ceño fruncido, marcó el número del móvil de Zane.

–¿Hola?

–Hola, soy yo.

–Hola, preciosa. Las mentes grandes piensan igual. Iba a llamarte ahora mismo. ¿Estás lista para salir en el barco y potenciar ese bonito bronceado que empiezas a adquirir?

Se sentía placenteramente abochornada. Nunca en la vida había estado bronceada, a pesar de que había vivido en la playa durante cinco años. Desde que salía con Zane, se había comprado un frasco de protector solar y ya había utilizado la mitad. Jamás había dedicado tanto a tiempo a... divertirse.

–De hecho, te llamo por eso –empujó los papeles con un dedo–. Hoy no voy a poder salir. Tengo una tonelada de trabajo que completar –del otro lado de la línea reinó el silencio. Apretó los labios y continuó–: Sé que dije que iba a poder salir esta tarde, pero realmente necesito ponerme a trabajar en este proyecto. Apenas lo he empezado y debo entregarlo el lunes por la mañana.

–Ellie, ya hablamos de esto –dijo con voz tensa.

–Lo sé.

–Los dos acordamos que si íbamos a darle una oportunidad a la relación, tendríamos que respetar el equipaje con el que venía el otro.

Se encrespó al oír la palabra «equipaje». ¡Quizá él tuviera un equipaje emocional, pero ella no!

–Ha sido una semana ajetreada –explicó con firmeza.

–Yo acepté no decir mucho sobre el hecho de que da la impresión de que haces todo lo que los demás quieren que hagas...

Se refería a su padre, desde luego. Quizá Liz a veces. Por supuesto, su jefe. ¿Los libros de autoayuda?

–Y tú acordaste tratar de respetar los planes que hiciéramos –concluyó él.

–Lo siento, Zane –dijo irritada–. Pero este mes ya he perdido dos ventas porque me dediqué a hacer surf y a hacerte compañía a ti mientras arreglabas tu bomba del agua. ¡Yo también tengo que ganarme la vida! –no pretendía gritar esas últimas palabras, pero salieron de todas maneras.

Él volvió a guardar silencio.

–Está bien –aceptó al final.

Soltó el aliento contenido. Era la primera discusión que tenían desde que habían vuelto a salir. Debería haber sabido que tarde o temprano surgiría. En su trabajo, no podía llevar el típico horario de nueve a cinco, de lunes a viernes.

–¿Estás seguro? –titubeó–. Creo que si me dedicó a ello, podré acabarlo para esta noche. Así tendré todo el día de mañana para pasarlo contigo –comentó esperanzada.

–Sí, está bien –corroboró casi con el mismo tono de voz cálido de siempre–. Tienes razón. Me disculpo por haber perdido la ecuanimidad. Las cosas surgen.

–Sí. ¿Nos vemos en la iglesia mañana? –preguntó.

–El abuelo y yo estaremos allí.

–De acuerdo... –sentía como si quisiera decir algo más. Tenía en la punta de la lengua las palabras «te amo». Pero jamás habían hablado de amor. Ni siquiera estaba segura de lo que sentía en esa relación y, desde luego, no podía hablar por lo que sentía él–. Nos vemos, entonces –murmuró.

–Adiós, Ellie.

Cortó y clavó la vista en la carpeta que había llevado a casa desde la oficina. No quería trabajar, quería jugar. Quería jugar con Zane.

–Bueno –se dijo con la mejor voz de Edwin Montgomery–, no se va a hacer solo, Elise Anne –acercó otra carpeta y se inclinó para pasar otra tarde larga de tedioso trabajo inmobiliario.

Zane entró por la puerta de atrás de la casa de su hermana y pasó a la cocina, donde encontró a Meagan removiendo el contenido de una cacerola. La habitación olía a salsa de tomate y a ajo.

–¿Tienes sitio a la mesa para alguien más esta noche?

Ella miró por encima del hombro y sonrió.

–Para ti, hermanito, siempre.

Le dio un beso en la mejilla y fue a la nevera a buscar algo para beber. Era un caluroso día de junio. Había estado recogiendo maíz dulce del huerto para llevarle a los vecinos. De paso había aprovechado para plantar pepinos y tomates. Siempre le gustaba realizar algún trabajo físico cuando estaba molesto. Y definitivamente le molestaba que Elise hubiera cancelado la cita. Estaba decepcionado y molesto. Decepcionado porque había tenido ganas de verla, y molesto porque podía ver lo fácilmente que esa relación podía seguir el camino equivocado, y no sería porque no se lo hubieran advertido.

–Me alegro de verte –comentó Meagan–, pero sabes que llegas con un día de antelación para el pollo frito del domingo, ¿verdad?

Sacó un refresco de la nevera y se sentó en un taburete ante la encimera.

–El abuelo, Ellie y yo vendremos mañana. Sólo he pasado para saludaros. Y me preguntaba si Ted y tú querríais salir luego, bien a cenar o bien a ver una película. Os cuidaré a los chicos. Sé que no habéis tenido ni un momento a solas desde que nació el bebé.

Meagan se apartó de la cacerola con la cuchara de madera en la mano. Zane notó que eran las cuatro de la tarde y que su hermana aún no había podido ducharse. Llevaba unos bermudas de gimnasia que eran de Ted y una vieja camiseta que había visto mejores días. La quería mucho, pero no pudo evitar notar que desde que se había metido de lleno en el papel de ser la madre residente, parecía estar perdiendo su identidad anterior.

En el pasado, Meagan había sido la clase de mujer que no habría salido del dormitorio sin tener el pelo limpio y cepillado y sin estar maquillada. En ese momento, ya no podía recordar cuándo había sido la última vez que la había visto con los labios pintados. Desde luego, tenía al bebé, y cuatro hijos eran muchos niños, en especial cuando tu marido trabajaba con un horario irregular.

–¿Salir? –rió–. Ted y yo no hemos salido desde que nació Justin, hace tres años. ¡Ya no sé adónde podríamos salir! –movió la cabeza con gesto divertido y volvió a concentrarse en la salsa de tomate–. Además, Ted no iría al cine. No tiene mando a distancia.

–Podríais ir a dar un paseo por la playa. O a tomar un helado. A charlar. Va a ser una noche preciosa.

–¿Charlar? ¿Ted y yo? –volvió a reír–. Además, si hablas de algo después de las siete de la tarde, sabes que a esa hora ya casi se me apagan las luces. Cuando termino de meter a estos monstruos en la cama, estoy demasiado cansada para una conversación interesante.

Bebió un trago y se encogió de hombros.

–Sólo quería ofrecértelo. Sabes que siempre me divierto cuando estoy con los niños.

–Una cosa es segura, ellos te adoran. Algún día serás un padre estupendo, hermano –le sonrió, dejó la cuchara y fue a la nevera a sacar lechuga y demás vegetales frescos para preparar una ensalada–. Pero es sábado, ¿no? Pierdo el rastro de los días –agitó una zanahoria–. ¿No tienes una cita interesante un sábado por la noche?

Dejó el refresco y se acercó a ayudarla a lavar los vegetales.

–Ellie tenía que hacer algo esta noche.

–¿Trabajo? –inquirió Meagan.

La miró y le quitó un tomate de la mano para pasarlo bajo el grifo.

–Prometiste que le darías una oportunidad, Meagan. Me gusta de verdad –titubeó, luego la miró–. Creo que podría estar enamorado.

–Oh, Zane –gimió, quitándose un mechón de pelo de los ojos–. Por favor, no digas eso. Apenas llevas saliendo un mes con ella. No puedes estar...

–Te lo digo, la amo, Meg. La amé nada más verla en aquella cena benéfica. No puedo evitarlo –sacó un cuchillo del cajón y comenzó a cortar el tomate para echar las piezas en la ensaladera de madera que su hermana había puesto en la encimera–. Es tan inteligente y divertida –sonrió–. Y lo que es mejor, piensa que yo soy divertido.

–Los chistes no solucionan un matrimonio.

–Me hace sonreír –continuó, analizando sus propios sentimientos–. Me basta con oír su voz. Verla entrar por la puerta, saber que la voy a tener conmigo toda la velada. No puedo explicarte lo bien que me hace sentir eso. Y es tan persistente. Se ha encontrado con un obstáculo tras otro al tratar de comprar para mí esa tierra, y no se rinde.

–Por favor, dime que no se trata de un agradecimiento equivocado por la tierra del abuelo.

–¡No, no lo es! –plantó el cuchillo en la encimera y se volvió hacia su hermana–. ¿No estás escuchando lo que te digo? Estoy enamorado de Ellie. Es la mujer con la que creo que me gustaría pasar el resto de mi vida. Y quiero que te caiga bien. Diablos, me gustaría que también la quisieras, pero no voy a dejar que decidas a quién debo o no debo amar. Con quién voy a casarme.

Meagan recogió un trapo de cocina y se apoyó en la encimera mientras se secaba las manos.

–Zane, no intento complicarte la vida en este tema. Tienes razón. No conozco bien a Ellie, pero sí conocí bien a Judy, y me caía bien.

–No. La considerabas egoísta y con un único propósito en la vida.

–No es verdad. Sin embargo, desde el principio supe que no era mujer para ti, porque jamás iba a darte lo que necesitabas. Temo que te hayas enamorado de otra mujer como ella, eso es todo.

Volvió a empuñar el cuchillo y se puso a pelar un pepino.

–Ellie no se parece en nada a Judy.

–Perfecto –alzó las manos y se alejó.

–Perfecto –acordó con un gesto de asentimiento–. Y ahora ve a vestirte y sal a dar un paseo. O al supermercado. Haz algo, Meg. Yo me quedaré aquí con los chicos y les daré de cenar.

Ella se detuvo en el umbral.

–Te quiero, hermano, lo sabes, ¿verdad?

Él no giró, pero sonrió.

–Lo sé.

Eran más de las diez cuando Elise oyó que llamaban a la puerta. Ya casi había terminado el trabajo en el contrato para el señor Gallagher y sólo necesitaba releerlo, pero estaba muerta de hambre y había ido a la cocina para ver qué podía prepararse. Sólo había encontrado algo que parecía comida china en un contenedor de cartón en el fondo de la nevera, pero que había resultado estar pasado.

Tiró la caja en la bolsa de la basura y salió al pasillo.

–¿Quién es?

–Un tipo que es un novio espantoso –respondió Zane desde el otro lado–. Pero vengo con regalos.

Le abrió con una sonrisa en los labios.

–Hola.

–Hola –se inclinó y le dio un beso prolongado en los labios.

–Mmm –suspiró ella–. ¿Así que vienes con regalos? ¿De qué clase?

Alzó una bolsa de plástico de supermercado.

–Espaguetis y ensalada con productos de huerto.

–Oh, bendito seas –le quitó la bolsa de la mano–. ¿Cómo sabías que estaba famélica?

Rió entre dientes mientras la seguía a la cocina.

–Regresaba a casa desde la residencia y pensé que quizá necesitaras un poco de combustible.

–¿Cómo se encuentra el abuelo? –sacó los contenedores de la bolsa e introdujo el de la salsa en el microondas.

–Está bien. Le dejé preparada la ropa para ir a misa mañana y dio la impresión de que sabía lo que hacía. Siempre le gustó ir a la iglesia –se apoyó en la encimera y rió entre dientes–. O al menos la cena posterior.

–Me alegro de que hayas venido. De que trajeras comida –pensó que eso le sumaba puntos de bonificación en la lista.

–¿Has terminado con lo que tenías que hacer?

Asintió mientras pensaba en lo atractivo que estaba con los bermudas caqui, el polo y la piel bronceada. El pelo rubio le caía sobre un ojo, dándole ese aspecto de chico malo de cine.

–Casi. Como máximo, me queda otra hora, y entonces estará listo para el escritorio de Gallagher.

Él cruzó los brazos, miró el microondas y luego a Elise.

–Quería disculparme por lo de hoy.

Ella movió la cabeza y se acercó más.

–No es necesario.

Zane apoyó las manos en las caderas de Elise.

–Sí lo es. Fue una estupidez saltar de esa manera. Es la primera vez que me pasa. Supongo que estoy demasiado sensibilizado.

–¿Por Judy? –él asintió–. Bueno, probablemente a mí me pasa lo mismo con el trabajo. Ni siquiera sé que se trata de trabajo. Es que... –apartó la vista, incapaz de mirarlo a los ojos.

–Cuéntame –pidió en voz baja.

El microondas pitó, pero no le hicieron caso. Ella alzó lentamente la cabeza y se puso a juguetear con el cuello del polo de Zane.

–Mi padre llamó hoy.

–Y te hizo sentir que medías un centímetro –la vio bajar la cabeza–. Ellie, no entiendo por qué lo escuchas.

–Porque es mi padre.

–Lo sé –le acarició la mejilla–. Entiendo que quieras ser aceptada. Lo que pasa es que temo que sin importar lo que hagas, él jamás estará satisfecho, Ellie. No mientras no vivas en Texas y dirijas el negocio con él. Dejas que dirija tu vida.

Ella cerró los ojos. ¿Era verdad lo que decía Zane? En las últimas semanas, quizá meses, le había pasado la misma idea por la cabeza, pero no quería ni considerarla.

–¿Podemos no hablar de ello ahora?

–Claro –la tomó en brazos y le dio un beso en la cabeza–. Mmm. Hueles bien.

Ella pegó la cara a su pecho y durante un momento se centró en el palpitar de su corazón. Luego alzó la cabeza y fue al encuentro de su boca. Le rodeó el cuello con los brazos y pegó el cuerpo al suyo. Olía tan bien... a sol, a salsa de espaguetis y a un futuro que unas semanas atrás había temido anhelar.

La lengua de Zane jugó con la suya y le provocó un gemido. Le acarició la espalda y luego bajó las manos hasta coronarle las nalgas. Cuando se separaron para respirar, bajó las manos y puso expresión tímida.

–Lo siento –se apartó el pelo de los ojos–. Me he dejado llevar.

Ella rió y se dio cuenta de que la relación subía un peldaño.

–No has oído que me quejara, ¿verdad? –le dio un beso rápido en los labios–. ¿Nos vemos por la mañana?

–Puedes apostarlo.

Durante un segundo, no la dejó ir y dio la impresión de que quería decir algo más. Al mirarlo a los ojos, la palabra que empezaba con la letra «A» bailó otra vez en la punta de los labios. Se preguntó si a él le pasaba lo mismo y el corazón le dio un vuelco.

Zane la soltó y salió de la cocina.

–No hace falta que me acompañes.

–Gracias por los espaguetis –dijo a sus espaldas mientras abría el microondas.

CAPÍTULO 7

No adaptéis vuestro estilo de vida al suyo. Centraos en quiénes sois y en vuestra autoestima. Los cambios en el estilo de vida para satisfacer a un hombre deberían activar alarmas.

LA PRIMERA semana de agosto, el señor Gallagher llamó a Elise a su despacho.

–¿Quería verme, señor?

Hombre pequeño de sesenta y pocos años, con el pelo cano y cara angulosa, Joe Gallagher alzó la vista desde el escritorio.

–Siéntese, Elise –la miró por encima del borde de sus bifocales–. ¿Cómo va la semana?

–Excelente, señor. Vendí un piso en Mallard Lake y la propiedad de los Brenner en Lake Shore –ocupó uno de los sillones de piel delante de la mesa, sintiéndose un poco nerviosa.

–¿La de los tres dormitorios con la cocina color púrpura?

–La misma –sonrió.

Él asintió.

–Escuche, Elise, he repasado los números de julio, los suyos en particular –levantó una hoja de papel–.

Iba tan fuerte los primeros cinco meses del año, que le mentiría si le dijera que no quedé un poco decepcionado.

Ella casi sintió que se le hundían los hombros.

–El negocio ha ido un poco lento.

Volvió a mirarla por encima de los bordes de las gafas.

–¿Todo va bien en casa?

–Bien. Sí, desde luego.

–Lo que pasa es que parece un poco preocupada. No la he visto los sábados y domingos como solía verla antes –sonrió con amabilidad–. Ya no cerramos la oficina juntos como hacíamos antes.

Le devolvió la sonrisa, pero cuando habló, su tono fue seco. En el sillón de Joe veía a su padre, y no le gustaba. No le gustaba el modo en que dejaba que la hiciera sentir.

–No sabía que eran necesarias horas extra los fines de semana, Joe, a menos que mostráramos una casa abierta. Vengo a la oficina de lunes a viernes, de nueve a cinco. Estoy aquí o mostrando alguna propiedad.

–No, no, no, no sugería que no cumpliera con las horas de trabajo, sólo que... bueno, con sinceridad, Elise, con la jubilación de Marshall y la venta de sus acciones en Waterfront, los demás socios han estado hablando de ofrecerle a uno de nuestros agentes una participación.

Alzó la vista, no tan complacida por la mención de que pudieran hacerla socia como había creído que estaría. Era justo lo que había querido, por lo que se había dejado las pestañas durante los últimos cinco años, ¿o no?

–Estaría muy interesada, Joe.

–Lo sé, pero también lo estarían Liz y Ralph. Los tres compiten por el puesto y mi favorita ha sido usted en todo momento. Pero he de decirle que Liz se llevó el premio de mejor vendedora de julio. Ya son dos meses seguidos. No querrá que se le adelante demasiado, ¿verdad? –rió entre dientes.

–No, señor –ella no rió.

–¿Cómo marcha la transacción de la propiedad para Farmer in the Dell?

–La comisión urbanística sigue demorándose en la decisión a tomar y aún tenemos la enemistad entre los herederos y el bisabuelo fallecido de nuestro cliente –le informó–. No estoy segura de que lleguemos a lograrlo.

Él miró los números de ventas en la hoja que tenía en la mano.

–Si quiere que se la tenga en cuenta para ser socia, necesita esta venta, Elise. Otra venta grande... –le guiñó un ojo–... y creo que podré convencer a los otros socios de que usted es nuestra elección.

Elise se puso de pie.

–¿Es el único motivo por el que quería verme?

–Sí. Si necesita alguna ayuda con el trato de Farmer in the Dell, llámeme. Mientras tanto, averigüe algo sobre esta compañía –escribió algo en un bloc de notas, arrancó la hoja y se la entregó.

Ella la leyó y alzó la vista.

–¿Lindsborg Associates? ¿No construyen campos de golf?

–Puede que vengan a la ciudad. Si lo hacen...

–Necesitarán una buena propiedad –volvió a bajar la vista al papel–. Gracias, Joe.

–Puede apostarlo.

Al salir del despacho, se encontró con Liz. Desde que habían mantenido la discusión acalorada por Zane, su amistad ya no era lo que había sido. Se sentía herida porque Liz no estuviera más feliz por ella. No entendía por qué su amiga se hallaba tan atrapada por lo que habían leído en *Cómo Buscar Marido*. Después de todo, había sido su proyecto. Liz ni siquiera había querido llevarlo a la práctica.

–Eh, felicidades por el premio de ventas de julio –comentó, sintiéndose incómoda.

–Gracias –llevaba un traje amarillo muy corto y unos zapatos con tacones muy altos, que resaltaban sus piernas a la perfección–. ¿Cómo estás? Yo he estado... tan ocupada, que no he podido llamarte... ya sabes lo caótico que puede ser todo por aquí.

–Claro –le sonrió–. En especial cuando se persigue el premio de ventas. Requiere muchas horas extra.

Liz asintió.

–Así es. Claro que tampoco tengo nada especial que hacer con mi tiempo. Nadie con quién pasarlo.

Elise frunció el ceño y se acercó un paso a Liz. Había algo en lo que acababa de decirle que hizo que pensara que quizá la había malinterpretado. ¿Estaba celosa de su relación con Zane? ¿O sería otra cosa? ¿La competencia para ser socia de la empresa se había convertido en algo personal?

–Lo siento, Liz, pero he de preguntártelo –musitó–. ¿He hecho algo para molestarte?

–Claro que no. No seas ridícula –le ofreció una sonrisa profesional y apoyó la mano en la puerta del despacho de Joe–. Será mejor que entre. Me está esperando.

Elise asintió y retrocedió un paso.

–Claro, pero si quieres hablar...

–¿Liz? ¿Es mi vendedora número uno? –llamó Joe desde el interior del despacho–. El tiempo es dinero.

Liz entró y cerró la puerta a sus espaldas. Elise se dirigió a su propio despacho y se sentó ante su escritorio. Pero en vez de devolver las llamadas que le habían dejado mensaje, llamó a Zane.

–Hola –saludó él con entusiasmo–. ¿Qué pasa?

–No lo sé –enroscó el cable del teléfono alrededor del dedo–. ¿Tiene que pasar algo para que te llame? –se quitó un zapato por debajo de la mesa y movió los dedos.

–¿A media mañana? Sí, bastante. ¿Estás bien, Ellie?

Apreció la preocupación que mostraba y el hecho de que ya la conocía bastante bien.

–Sí, supongo que sólo tengo un mal día y quería escuchar tu voz, pero si estás ocupado...

–Nunca demasiado para ti. De hecho, estoy sentado en mi furgoneta delante del Quickstop. He comprado algo para almorzar. Y ahora cuéntame por qué tienes un día malo.

Ella suspiró.

–Han salido los números de las ventas y Gallagher me ha llamado a su despacho para darme una reprimenda disfrazada de discurso de ánimo.

–¿Eso significa que no fuiste la abeja reina el mes pasado?

–Éste es un negocio muy competitivo, Zane –se encrespó–. Ya te lo he explicado.

–Lo siento –dijo–. No quería que sonara como ha sonado. Me comentaste que tus ventas habían bajado, pero me dio la impresión de que eso no te afectaba.

–Y así era –confesó–, hasta que Joe imprimió las cifras y pegó el nombre de Liz por todo nuestro sitio en la web donde solía estar el mío.

–Lo siento, cariño, pero no me arrepiento de que hayas pasado tu tiempo conmigo y no con ellos.

–Gracias –sonrió.

–De nada.

–Será mejor que cuelgue –indicó–. He de hacer muchas llamadas.

–Hablamos esta noche.

–Tendré que trabajar aquí hasta tarde, pero me iré a las nueve, haya acabado o no, así que llama cuando haya llegado a casa.

–No lo dudes. Hablamos luego –antes de colgar, le lanzó un beso.

Elise cerró los ojos y disfrutó del momento. Nadie le había lanzado antes besos por teléfono.

–Creo que estoy enamorada –le dijo a la habitación vacía.

Trabajó hasta las nueve y veinte, dedicando más de una hora a leer la información sobre Lindsborg Associates, de modo que cuando los llamara para preguntarles si iban a proyectar un campo de golf en la zona, sonara razonablemente inteligente.

Al salir del edificio de la inmobiliaria y cerrar a sus espaldas, oyó el sonido de un motor de coche y los focos de un vehículo iluminar la fachada de ladrillo. Se preguntó quién diablos sería y también si podría encontrar el aerosol de defensa personal que llevaba en el bolso al darse la vuelta para ver quién estaba en el aparcamiento.

¿Zane? Iba en el BMW y no en la furgoneta. Caminó hasta el coche cuando se detuvo junto al bordillo y bajó la ventanilla del lado del pasajero.

–¿Qué haces aquí? –preguntó, inclinándose–. ¿Todo va bien? ¿El abuelo?

–Bien. ¿Tienes hambre?

–Estoy famélica –reconoció.

–Sube. Compraremos algo para comer y te traeré de vuelta a tu coche.

Ni siquiera tuvo que considerar la oferta. Subió y echó el maletín en el asiento de atrás.

–¿Llevas mucho rato aquí? –se inclinó para ir al encuentro de sus labios.

–No mucho.

–Tendrías que haberme llamado para indicarme que me esperabas –dijo–. Siempre contesto. Me sienta mal que hayas tenido que esperar.

–No pasa nada. Me dijiste que ibas a trabajar hasta tarde. Pasé con la esperanza de que quisieras ir a cenar conmigo cuando hubieras concluido tu jornada.

Le cubrió la mano con la suya.

–Siempre,

Sonrió y arrancó.

–Hamburguesa o pizza. Elige tu veneno.

–Pizza.

–Así será.

Una mirada a Zane y ver cómo le sonreía bastó para desterrar de su mente las cifras de ventas, a Liz y la posibilidad de que la hicieran socia.

Una semana más tarde, Elise aparcaba con retraso en la residencia del abuelo y recogía el regalo del asiento de atrás. Empezaba a oscurecer. Le había prometido a Zane que se presentaría. Subiendo casi a la carrera, se echó el bolso al hombro y atravesó las puertas automáticas del vestíbulo.

–Buenas noches, Elise –saludó con júbilo la enfermera de la recepción.

–Hola, Sue, ¿podrías abrirme? –se apresuró hacia las puertas cerradas del pabellón de Alzheimer–. ¡Gracias!

Fue directamente al salón donde Zane le había dicho que tomarían helado y tarta. El clan de los Keaton lo celebraría ese fin de semana en casa de Meagan, pero Zane quería que su abuelo tuviera una «fiesta» con los otros pacientes. La sala estaba vacía.

–Oh, no –gimió.

Se había visto atrapada en una reunión en la inmobiliaria. Una reunión obligatoria. Joe y los otros socios parecían no sentir respeto alguno por el tiempo de los demás. ¿No tenían familia que los esperara? ¿No querían ir a casa al final del día?

Giró en el pasillo y se dirigió a la habitación del abuelo. A mitad de camino, se encontró con Meagan, que llevaba a la pequeña Alyssa en brazos.

–Está en la habitación del abuelo –le indicó–. Lo va a acostar. Últimamente parece que cualquier ejercicio lo cansa.

Se detuvo delante de Meagan y tomó la manita de Alyssa. Era el primer bebé que conocía y le parecía adorable y dulce.

–No puedo creer que me perdiera la fiesta –comentó, moviendo la mano del bebé.

Alyssa rió.

Meagan la miró con expresión de desaprobación.

–Tienes que empezar a desprenderte de tanta tontería, Elise.

Soltó la mano de Alyssa.

–¿Perdona?

–Te llamó a la oficina. No paraba de decir que no llegarías tarde, no a esto. Le dijeron que estabas en una conferencia y no se te podía molestar.

Elise puso los ojos en blanco.

–Esa reunión no terminaba nunca. Yo...

–Si vas a romperle el corazón –cortó Meagan–, desearía que lo hicieras de una vez.

–¿De qué estás hablando? –exigió saber Elise, cansada de ser cortés–. Estaba en una reunión y no pude salir.

Alyssa comenzó a agitarse y Meagan la acomodó sobre su cadera.

–He de irme. Hora de comer –se marchó.

–Meagan –llamó detrás de ella. Al no volverse, Elise hizo un gesto de disgusto–. Olvídalo –musitó.

La verdad era que la opinión de Meagan no había cambiado desde aquella conversación en la cocina de Zane. Había sacado la conclusión de que era una adicta al trabajo que jamás podría ser lo que necesitaba su hermano. Y existía la posibilidad de que ella misma se lo estuviera tomando de forma demasiado personal. Quizá Meagan jamás llegara a estar contenta con ella y lo mejor era dejar de tratar de agradarle.

Entró en la habitación del abuelo.

–Hola, lamento llegar tarde.

Zane guardaba ropa sucia en la cesta, de espaldas a ella. El abuelo ya estaba en la cama.

–No pudimos esperar –indicó él con voz impasible–. Los otros residentes quería su tarta.

–No, está bien. Siento no haber podido llamarte, y cuando al fin me metí en el coche, pensé que no era necesario que te llamara al móvil. Llegaría en un minuto –se acercó a la cama y le ofreció al abuelo su regalo–. Hola, chico guapo.

Él alzó la vista. Elise habría jurado que sonreía.

–Mira lo que te he traído –puso las manos arrugadas en torno al regalo envuelto con papel de color–. ¿Necesitas que te ayude a abrirlo? –preguntó, mientras oía a Zane moviéndose por la habitación. Sabía que estaba enfadado con ella, aunque no cuánto–. Vamos allá –dijo. Empujó el dedo del abuelo por la abertura del papel y tiró, obteniendo un sonido satisfactorio cuando el papel se rompió. El abuelo sonrió–. Mira lo que tenemos aquí –levantó la tapa–. Veamos... tus caramelos preferidos. Un pañuelo rojo porque sé que te gusta ese color. Y mira, es un pequeño perro de peluche igualito que Scootie –puso el animal en las manos del anciano y él lo miró con interés.

Zane estaba apoyado en la puerta con los brazos cruzados y ceñudo.

–Escucha, lamento haber llegado tarde –espetó, estrujando el papel de regalo antes de tirarlo a la papelera–. Pero he tenido un día horrible en una serie de días horribles, y no necesito que me hagas sentir peor. ¿Es que crees que no quería estar aquí? –señaló al abuelo, que aún miraba el peluche.

–No he dicho nada –comentó él con frialdad.

–No es necesario. Tu hermana lo hizo –señaló hacia el pasillo.

–Realmente quería que estuvieras presente –metió las manos en los bolsillos de los vaqueros.

Elise guardó los caramelos y el pañuelo en el cajón de la mesilla de noche.

–Y yo quería estar aquí, pero no podía levantarme y salir en medio de una reunión. Zane, mi trabajo podría correr peligro si no me muestro firme. ¿Tienes idea de lo mucho que he trabajado para adquirir esa tierra que quieres? ¿Tienes idea de las muchas horas que he dedicado a ese proyecto? –la voz le tembló con las últimas palabras.

Zane cerró las manos a los costados.

–Maldita sea, Elise. Contaba contigo.

Lo miró.

–Llegué tarde –alzó las manos–. No entiendo por qué eso es un crimen –recogió el bolso de la cama y se inclinó para besar la mejilla seca del abuelo–. Feliz cumpleaños –murmuró.

–¿Adónde vas? –demandó Zane.

–¡A mi casa! –pasó junto a él.

–Pensé que íbamos a ir a cenar después de que el abuelo se acostara.

–Entonces creo que te has equivocado, Zane –soltó por encima del hombro–. Estoy cansada. Me voy a ir a casa, me voy a dar una ducha caliente y me voy a meter en la cama.

La observó avanzar por el pasillo, girar y desaparecer; luego miró a su abuelo.

Éste sostenía el perro de peluche que ella le había regalado. Era evidente que le gustaba. Pero el abuelo no miraba el juguete, miraba a Zane.

–¿Qué? –dijo Zane–. Es ella la que se ha marchado. Yo tenía derecho a estar enfadado. Dijo que estaría aquí y no apareció –agitó las manos al acercarse a la cama–. Es evidente que le importa más su carrera que nosotros.

El abuelo simplemente lo miraba, pero había algo de desaprobación en su mirada. Incluso en su cara.

–Abuelo, tú no lo entiendes –clavó la vista en el suelo limpio–. Supongo que la amo y que me aterra repetir esto. Que me vuelvan a herir, en particular de la misma manera. Supongo que uno es estúpido siempre –alzó la cabeza.

El abuelo lo miraba, concentrado en él.

–Pero tú crees que el riesgo vale la pena, ¿verdad? –miró por encima del hombro hacia la puerta–. Probablemente ya se ha ido. Conociéndola, ha vuelto a la oficina.

Estudió el rostro de su abuelo un rato más.

–De acuerdo, saldré a buscarla, por ti. ¿Eso te hará feliz? Bien –se levantó de la cama y fue hacia la puerta–. Enseguida vuelvo.

Para su sorpresa, vio el Toyota azul de Elise en la menguante luz del aparcamiento. Ella estaba sentada allí. Ni siquiera daba la impresión de que hubiera encendido el motor. Con un gemido, cruzó el césped cuidado y llegó hasta su coche. Aferraba el volante con fuerza y tenía la vista clavada al frente; ni siquiera lo vio.

Llamó en el cristal.

–¿Ellie? –sobresaltada, ella giró la cabeza–. Baja la ventanilla –pidió con un movimiento de la mano.

Lo miró, luego encendió el motor y activó el mecanismo automático.

–Ellie, ¿qué sucede?

Daba la impresión de haber estado llorando.

–¿Qué sucede? Aparte de que mi padre me considera un fracaso porque no he logrado ser la mejor vendedora. Que a mi mejor amiga ya no le gusto o bien porque cree que represento competencia para el puesto de socia o bien porque está celosa de que haya encontrado a alguien que me importe y ella no. Que a pesar de haber trabajado tan duramente para conseguirte la propiedad da la impresión de que toda operación se va a venir abajo. Que Meagan me odia.

–No te odia.

–Pues si no lo hace, lo aparente muy bien –se secó los ojos con una mano–. Y luego estás tú... –alzó la vista–. Pero aparte de eso, no sucede nada.

–¿Yo? –se inclinó frente a la ventanilla.

–No sé qué hacer contigo –declaró–. No eres en absoluto lo que quería en un hombre, pero...

–Bueno, gracias –bromeó. Nada más ver su rostro lloroso, el enfado se había evaporado. En ese momento sólo quería abrazarla–. ¿Pero?

–Tengo tantas ganas de que esto funcione –susurró.

Él abrió la puerta del coche, la tomó de la mano y la hizo bajar. La abrazó y cerró la puerta con la rodilla.

–Yo también quiero que esto funcione –la miró a los hermosos ojos verdes–. Quiero que funcione porque estoy enamorado de ti, Elise.

–¿Sí? –preguntó con voz trémula.

Sonrió y apoyó la mano en su mejilla.

–Éste sería el momento de decir otra cosa... ¿como que tú también me amas?

Rió y lo abrazó.

–Oh, Zane. Te amo. Lo he sabido desde hace semanas, pero...

–¿Pero qué? –suavemente, le apartó el pelo de la frente. Había empezado a dejárselo crecer desde que salían y le gustaba de esa manera. Más suave. Más femenino.

–Temo tanto llegar a estropearlo. No poder lograr que funcione, que ninguna relación con un hombre funcione.

–Ellie, no digas eso –le besó la frente. La mejilla. La punta de la nariz–. Escúchame. No quiero que te preocupes por la propiedad. Si sale, sale.

–Pero tú la deseabas mucho.

Era tan hermosa, tan vulnerable en ese momento, que lo único que quería era protegerla. Abrazarla.

–Sí. Pero si no la consigo no será el fin del mundo. El abuelo va a quererme lo mismo, le compre la tierra antes de que muera o no –rió entre dientes–. Creo que ni reconocería la diferencia. En cuanto a Meagan, va a tener que superarlo. No puede decirme a quién amar.

–Quiero caerle bien porque sé lo importante que para ti es la familia –le tembló el labio inferior–. Y yo no tengo familia propia. Jamás he tenido una hermana.

–Lo sé –le besó el labio trémulo–. Y por último, acerca de estropear la relación, para ello hacen falta dos, ¿no? ¿Qué te parece si vamos día a día?

Ella asintió.

La abrazó con fuerza y cerró los ojos, disfrutando de la sensación de Elise, de la fragancia de su piel y de su pelo.

–Te amo, Ellie –murmuró, gustándole el sonido de las palabras al salir de su boca.

–Te amo –murmuró ella.

Le cubrió la boca con la suya y pensó en lo maravilloso que era la sensación de amar otra vez.

CAPÍTULO 8

Hay un momento de luna de miel al comienzo de toda relación. No os dejéis arrastrar. La luna de miel siempre termina y la cruda realidad vuelve a asentarse. Al elegir pareja, mantened los ojos en la meta. La vida es una cruda realidad, no una luna de miel.

DOS SEMANAS más tarde, colgó el teléfono y soltó un grito de alegría. Entonces, avergonzada por el exabrupto poco profesional, alzó la vista para comprobar si alguien en el pasillo la había oído. Se cubrió la boca con ambas manos y sonrió.

–¡Lo has conseguido! –se dijo, dando saltos.

Volvió a levantar el auricular y marcó el número del móvil de Zane, sabiendo que ya la tenía incorporada en la memoria y que aparecería su nombre en la pantalla.

–Hola, encanto.

–¿Dónde estás? –preguntó Elise cuando le respondió. Se sentía tan entusiasmada, que apenas podía respirar.

–Acabo de dejar el despacho para ir a buscar el último maíz dulce que hay en casa. El hombre del tiempo pronostica lluvia, a pesar del día hermoso que hace ahora.

–¿Puedes venir a buscarme?

–¿Ahora? ¿A las tres y media de la tarde de un martes? ¿Te encuentras bien? –frunció el ceño.

–¡De maravilla! Mejor aún. Te esperaré en la calle.

Diez minutos más tarde, Zane se detuvo ante Inmobiliaria Waterfront. Elise entró casi de un salto y tiró el bolso al suelo.

–¡La tenemos!

–¿La tenemos? –entonces la cara de Zane se iluminó–. ¡La tenemos! –sonriendo, ella asintió–. ¡Ellie, eso es magnífico! –la abrazó con fuerza–. ¡La tenemos! ¡No puedo creerlo! ¡Tenemos la propiedad!

Ella le rodeó el cuello con los brazos.

–Esta mañana la comisión urbanística ha dado un principio de visto bueno sobre la recalificación de la zona y el abogado de los Jacobs acaba de llamar para anunciar que la familia ha aceptado tu última oferta y que sus clientes firmarán el contrato de venta mañana. En cuestión de semanas podrás establecerte en la propiedad.

La besó en la mejilla y luego en la boca antes de soltarla.

–No puedo creer que lograras que sucediera. El abuelo estará tan feliz... al menos la familia estará feliz por él. Eres buena. Eres muy buena.

–Se reclinó en el asiento y se puso el cinturón de seguridad, complacida de que apreciara su capacidad profesional. Y Liz había dicho que jamás la conseguiría.

–Estaba pensando que podríamos ir a recoger al abuelo, comprar algo para comer y hacer un picnic en la que será tu inminente propiedad –dijo ella–. Justo debajo del roble grande donde dijiste que solía elevarse la vieja granja.

Una hora después, Zane y Elise estaban sentados sobre una manta a cuadros debajo del roble. Él había transportado al abuelo fuera del coche y en ese momento Tom Keaton se sentaba debajo del árbol donde una vez había jugado en la hamaca de la rueda, mirando las ramas con un júbilo en el rostro que ella no habría creído posible.

–¿Qué te parece? –preguntó Elise mientras le ponía un arándano en la boca.

Estaban sentados uno frente al otro, con las piernas cruzadas. Habían pasado por la casa de él para buscar la manta, saquear la nevera y recoger al perro. Ya casi no quedaba nada del festín de pollo frito, pepinos marinados y ensalada de patatas.

Le besó los dedos y masticó el arándano.

–Creo que esta propiedad es perfecta para lo que la quiero, y es evidente que el abuelo piensa lo mismo –con el mentón señaló en la dirección de su abuelo.

Sentado en la hierba, con las rodillas en alto, la espalda contra el árbol y una taza de té helado en la mano, sonreía con tanta intensidad, que temieron que se le pudiera caer la dentadura postiza.

–Creo que lo sabe –acarició la espalda ancha de Zane–. Sabe dónde se encuentra. Mira esa sonrisa.

–Desde luego –le tomó la mano y se la llevó a los labios, besando cada nudillo–. Y yo no sé cómo agradecértelo.

–No tienes que hacerlo. Esa sonrisa es más que suficiente –se adelantó y le dio un beso en los labios.

–Mmm –la sentó en su regazo–. Sabes a moras.

–Tú también.

Volvió a besarla y pasó la mano por las piernas bronceadas.

–Ooops, aguarda un segundo –Zane se puso de pie y se acercó al árbol donde estaba sentado su abuelo. El anciano se había quedado dormido con el té helado en la mano. Le quitó la taza con suavidad y la dejó a un lado–. Ojalá lo hubieras conocido antes –dijo–. Antes de que empezara a írsele la memoria, al abuelo le encantaba el béisbol. Me llevó a ver mi primer partido de las grandes ligas cuando tenía siete años. Era un trabajador infatigable, pero algunos días, venía a buscarme y me decía: «Zane, muchacho, si sólo trabajamos y no jugamos, la vida no es divertida. Larguémonos a hacer algo que nos haga reír». Nos íbamos a pescar, a capturar cangrejos o incluso a patinar. En una ocasión, fue a recogernos temprano a Meagan y a mí al colegio y pasamos la tarde mirando momias en un museo en Filadelfia. Puede que el abuelo fuera un criador de pollos, pero nos abrió ventanas al mundo a mí y al resto de sus nietos.

–Has debido de tener una infancia maravillosa –comentó Elise. Un verano, recorrió Europa con un grupo de su campamento de verano privado. Había disfrutado de la experiencia, pero su padre no había considerado el viaje «divertido» por la simple diversión, y la única participación que había tenido en el viaje había sido pagar la factura.

En el cielo se oyó el retumbar de un trueno y Zane alzó la vista.

–Nubes oscuras. El hombre del tiempo tenía razón... creo que será mejor que nos vayamos –la levantó del regazo y le ofreció la mano, poniéndola de pie.

Volvieron a besarse y ella anheló prolongar el momento. Le gustaba estar en la vieja granja del abuelo. Nunca antes se había considerado una amante de la naturaleza, pero en las últimas semanas, entre las visitas a la propiedad y explorar la granja de Zane, había descubierto que le encantaba el olor a hierba recién cortada. Le gustaba recoger arándanos y tomates, la sensación de tierra fresca bajo los pies. Incluso le gustaba recoger huevos en el gallinero. Era como una búsqueda del tesoro.

Retumbó otro trueno y Elise pensó que había sentido una gota de lluvia.

–Será mejor que vayas a buscar al abuelo –dijo–. Yo recogeré el picnic.

La soltó a regañadientes y juntó las manos con fuerza.

–¡Scootie! ¡Vámonos! ¡El tren sale de la estación!

Elise rió cuando el perro regresó dando saltos entre la maleza, arrastrando una rama que era más grande que él mismo. Guardó los restos de la cena en una vieja cesta de mimbre que Zane había encontrado en la despensa. Dobló la manta y puso todo en el maletero, junto a la silla de ruedas del abuelo.

La lluvia comenzó a caer en serio cuando Zane introducía al anciano en el asiento de atrás del coche y regresaba a la carrera junto al árbol para ayudarla con la nevera portátil y el cuenco de Scootie.

–Oh, no –rió ella, alzando las palmas de las manos hacia el cielo, que pareció abrirse y diluviar sobre ellos.

–Corre –gritó Zane por encima de los truenos. Los relámpagos zigzaguearon en el cielo oscuro.

Elise recogió el cuenco de agua vacío y corrió hacia el coche. Cuando los dos se hallaron a salvo en el interior, en compañía del abuelo y del perro, estaban empapados.

–Míranos –comentó Zane, secándose la cara mojada–. Parecemos ratas ahogadas.

Ella bajó la vista y se dio cuenta de que estaba tan mojada, que la camiseta se le transparentaba.

–Oh, no –gimió.

Él enarcó una ceja.

–No sé, creo que me gusta. Es mi competición personal de camisetas mojadas.

Elise rió y lo empujó mientras trataba de ocultarle el perfil del sujetador y del pecho.

Zane arrancó el coche y apoyó el brazo en el asiento para mirar hacia atrás y retroceder por el sendero.

–¿Qué vamos a hacer con Ellie? –le preguntó al perro y al abuelo–. ¿Casarnos antes de que abra los ojos y huya?

Elise sintió un escalofrío por el cuerpo y cruzó los brazos, los ojos muy abiertos. ¿Acababa de decir Zane lo que creía haber oído? Tenía tanto miedo de mirarlo, que clavó la vista al frente.

Él giró el vehículo y salió al camino de tierra que daba a la carretera. La miró.

Elise seguía con la vista en el parabrisas mojado, sin saber qué hacer. Qué decir. ¿Y si no había entendido bien? ¿Y si estaba bromeando? Pero él tenía que saber que lo había oído.

Llevaban varios minutos en la carretera antes de que acopiara valor suficiente para mirarlo a hurtadillas. Él la miraba con esa risa tonta y atractiva en la cara.

–Creo que es la primera vez que te veo tan quieta –bromeó–. No era mi intención acabar con la diversión.

Elise tembló y alargó la mano para activar la calefacción.

Zane volvió a estudiarla.

–Te amo –declaró–. No era mi intención soltártelo de esa manera. Fue algo espontáneo. Hablaremos más tarde, sin público –miró por el espejo retrovisor y vio que su abuelo aún sonreía.

–Yo también te amo –susurró ella, con el corazón todavía desbocado.

Él le apretó la mano y ella giró la cabeza para mirar los campos por la ventanilla. «Bueno, Edwin, hoy ha sido rentable salir temprano de la oficina», fue en lo único en que pudo pensar.

Llevaron al abuelo a la residencia y ella esperó en el vestíbulo de entrada mientras Zane lo bañaba y lo metía en la cama con su pijama favorito.

Luego Elise se despidió del anciano con un beso de buenas noches y, para su sorpresa, él levantó la mano y le acarició la mejilla. Fue como el primer día en la casa de Zane, cuando le había aferrado el brazo.

–Yo también te quiero, abuelo –murmuró con lágrimas en los ojos.

Zane le dio un beso en la mejilla y tomados del brazo, fueron al coche. La lluvia había parado y el aire nocturno estaba fresco y húmedo. Podían oír el sonido de los grillos en la hierba mojada.

–Te llevaré hasta tu coche... o podríamos ir a mi casa –le pasó el brazo por la cintura.

Ella lo miró, sintiéndose un poco más cómoda, una vez que la camiseta casi se había secado.

–Vayamos a tu casa.

Guardaron silencio en el viaje de regreso, pero fue un silencio cómodo, contemplativo. Elise jamás había conocido a alguien con quien pudiera estar sin conversar y sentirse tan dichosa. Al llegar, soltaron al perro y luego fueron al porche, para sentarse en la vieja hamaca de madera que colgaba de las vigas del techo.

Zane le pasó un brazo por los hombros y contemplaron la oscuridad.

–¿Sabes?, era en serio lo que dije hoy –comentó él, alisándole el pelo de la nuca.

–¿Qué? –lo miró. Desde luego, sabía muy bien de qué hablaba. No había pensado en otra cosa desde que lo dijo, pero quería volver a oírlo.

–Acerca de querer casarme contigo –la miró.

Elise sintió que temblaba por dentro. Jamás había llegado al capítulo de «La Proposición» o «La Boda» en el libro, porque no le había visto ningún sentido. En ese momento se preguntó si no tendría que haberse adelantado en su lectura.

–¿Me lo estás pidiendo? –susurró con aliento contenido.

Zane reflexionó durante un momento y luego sonrió.

–Sí, Ellie, te lo estoy pidiendo. Me pilla completamente desprevenido –rió–. No tengo anillo, tampoco discurso. Pero hoy en el coche pensé que quería que estuviéramos juntos. Siempre. Quiero ser tu marido con todo lo que eso significa –esperó un momento–. Y bien, ¿qué me respondes?

Se sintió mareada por falta de oxígeno.

–Sí.

–¿Sí?

–Sí, quiero estar contigo. Sí, me casaré contigo –tenía el pecho en un puño y sentía que el corazón le martilleaba–. Pero sólo si de verdad lo quieres –se oyó decir–. Creo que me conoces. Sabes quién soy y qué soy. ¿Podrás amarme de todos modos? –inquirió con un nudo en la garganta.

–Ah, Ellie, te amo por quién tú eres.

Alzó la boca al encuentro de los labios de él y sintió que los latidos volvían a desbocársele. Entreabrió los labios para aceptar su lengua y se acercó más. Él le pasó los dedos por el pelo y la besó hasta dejarla mareada, y luego volvió a besarla. La subió a su regazo y ella le acarició el torso, disfrutando de la sensación de su piel cálida y del ritmo de su corazón. Al alzar la mano para apartarle el pelo de la cara y volver a besarla, con el dedo le rozó el pecho y Elise contuvo el aliento. Los relámpagos que antes habían surcado el cielo, parecieron crepitar entre ellos.

Zane también lo había sentido. Le tomó la boca con apetito antes de bajar la boca hasta su mentón y luego al cuello palpitante.

–Ah, Ellie –gimió.

–Zane –jadeó ella. Siempre había sido muy cuidadosa con los hombres en el pasado. Había disfrutado del placer físico de los besos, desde luego, pero jamás se había entregado.

–Ah, cariño –Zane pegó la mejilla sobre sus senos –se hallaban en territorio peligroso. Los dos lo sabían–. Quiero hacerte el amor –murmuró al levantar la cara para mirarla a los ojos.

–Yo también lo quiero –musitó.

Él tragó saliva.

–Pero creo que deberíamos esperar. Creo que vale la pena la espera, ¿tú no?

Elise asintió, sin saber si las palabras la decepcionaban o hacían que lo amara aún más. Las dos cosas. Quería hacer el amor con Zane, pero hacía tiempo había decidido que quizá el que su padre se acostara con tantas mujeres formaba parte de la causa de que el matrimonio significara tan poco para él. Si ella se casaba, sería para siempre. Quería estar casada con Zane para siempre.

–Tienes razón –murmuró, alisándole el pelo allí donde se lo había revuelto con los dedos–. Pero no tendremos que esperar mucho, ¿verdad?

Él rió.

–¿A ver cómo te suena esto? Mi primo Carter se casa dentro de un mes en Carolina del Sur. De todos modos, iba a invitarte a ir conmigo. ¿Qué te parece si anunciamos nuestro compromiso entonces? Toda mi familia estará presente. Será el momento perfecto y me dará tiempo de comprarte un anillo.

Sentada aún en su regazo, le acarició la mejilla.

–Suena perfecto.

–Es un sábado –le advirtió–. Tendremos que irnos el viernes.

–No hay problema.

–¿Estás segura de que puedes perder un par de días en el trabajo? No quiero decirle a todo el mundo que vas a ir y luego aparecer solo.

Elise rió.

–No me perdería la boda de Carter y Amy por nada del mundo.

–Entonces, arreglado. ¿Qué tipo de anillo te gustaría?

–El que elijas, será perfecto. Creo que me conoces mejor que yo misma –confesó–. ¡Que sea una sorpresa!

–De acuerdo. Y ahora vamos, deja que te lleve a casa.

–Todavía no tengo que irme –miró el reloj–. Es temprano.

–Sí tienes que irte –la levantó de su regazo, la dejó en la hamaca y se incorporó, ajustándose los bermudas–. Porque si no lo haces, te voy a tomar en brazos, te llevaré a mi dormitorio y abusaré de ti. Vamos –le ofreció la mano.

Riendo, conmovida, aceptó la mano y lo siguió escalones abajo. En ese momento, lo habría seguido a cualquier parte.

El teléfono sonaba cuando entró por la puerta. Después de llevarla hasta su coche y de seguirla para cerciorarse de que llegaba a salvo a casa, Zane ni siquiera la había acompañado hasta la puerta. Afirmó que aún le resultaba demasiado tentadora, que necesitaba mantenerse alejado de las camas esa noche mientras la tuviera cerca. Se habían besado con inocencia a través de la ventanilla del coche.

Alzó el auricular al tiempo que se desprendía de las sandalias que aún estaban húmedas.

–Hola.

–¡Gracias al cielo! –exclamó Liz–. ¿Dónde has estado? Temía que te hubieran secuestrado o algo por el estilo.

–¿Qué? –dejó caer ambas sandalias sobre la moqueta del salón y encendió una lámpara.

–Hace horas que intento localizarte. Tu coche seguía en el aparcamiento. Pensamos que tal vez habías ido a mostrar alguna propiedad en el de un cliente, pero entonces vimos que no contestabas tu móvil.

Al dirigirse por el vestíbulo hacia su despacho, recordó que había echado el bolso en el asiento de atrás del coche de Zane, donde lo olvidó hasta que regresaron a la oficina a recoger su coche.

–Lo siento, no era mi intención preocuparte –de hecho, la conmovía que Liz hubiera notado su ausencia y se hubiera preocupado por ella. Quizá las cosas no estaban tan mal entre las dos como había pensado.

–Gallagher se crispó al no poder ponerse en contacto contigo. Creo que te ha dejado cien mensajes en el móvil y en el contestador de tu casa.

Sintiéndose culpable, miró hacia el contestador y lo vio parpadear sobre el escritorio en la oscuridad. Encendió la luz.

–¿Qué necesitaba?

–Llamó alguien de Lindsborg Associates –indicó Liz, como si leyera el nombre en algún papel.

–¿Lindsborg? –había estado tan ocupada luchando por la propiedad de Zane, que no había vuelto a pensar en Lindsborg Associates y su campo de golf desde que hablara con el departamento de adquisiciones dos semanas atrás. Habían dicho que volverían a ponerse en contacto con ella. Ni siquiera recordaba el nombre del jefe de ese departamento... Stroudsburg, Stromsburg. Dio por hecho que nunca más volvería a saber de ellos.

–Eso es lo que pone. Lindsborg Associates. Un tal Robert Stroudsburg te llamó dos veces.

–Lo llamaré a primera hora de la mañana –dijo, alargando la mano hacia la lista de *Cómo Buscar Marido*. Sabía que a Zane quizá le gustara verla algún día. Había escrito en ella con distintos colores de tinta y tachado gran parte de lo que había impreso la autora–. Gracias por llamarme, Liz. Lamento haber causado que te preocuparas.

–¿Dónde diablos estabas? Mark dijo que te había visto a las tres ante la fotocopiadora y después de eso nadie más supo nada de ti.

–He conseguido la venta de los Jacobs. Zane va a comprar la propiedad.

–Vaya, eso es estupendo. Felicidades. Le dije a Joe que sabías lo que hacías. Que sabía que llevabas muy bien a Zane Keaton.

–No lo he estado llevando, Liz –respiró hondo. Si no se lo contaba a alguien, iba a estallar–. Esta noche me ha pedido en matrimonio –soltó.

En el otro lado de la línea reinó una pausa. Breve, pero definitivamente una pausa.

–¿Y qué le respondiste?

Elise se sintió decepcionada de que su amiga no pareciera más feliz por ella.

–Que sí, desde luego. Esto es lo que he estado esperando toda mi vida adulta. Esto es de lo que hemos hablado, Liz –bajó la vista a la lista que tenía en la mano–. El libro ha funcionado. La lista ha funcionado.

–Zane no se parece en nada a lo que buscabas en un principio.

Elise dejó caer la hoja sobre el escritorio.

–Pensé que estarías feliz por mí.

–Lo estoy. Lo estoy si tú eres feliz –Liz dio marcha atrás–. Sólo espero que sepas lo que haces.

–Y yo –confesó pensativa, sentándose–. Y yo.

CAPÍTULO 9

Diferencias importantes en los estilos de vida pueden representar desastre en un matrimonio. Los opuestos quizá se atraigan, pero no se mantienen. Si buscáis un matrimonio que dure para siempre, elegid una pareja de vuestro mismo ambiente y ambiciones.

JOE GALLAGHER entró en la sala de conferencias de Inmobiliaria Waterfront y le ofreció la mano a Zane, que acababa de levantarse del sillón donde se sentaba.

–Usted debe de ser el señor Keaton –le estrechó la mano con entusiasmo–. Joe Gallagher, uno de los socios de esta empresa.

Zane miró a Elise, que hojeaba los papeles que tenía sobre la mesa de caoba, cerciorándose de que cada parte recibiera los impresos adecuadamente firmados. Zane ni siquiera tendría que ir a la firma al día siguiente, ya que el trámite lo llevaría su abogado.

–Encantado de conocerlo –dijo Zane–. Elise me ha hablado de usted.

–Estamos muy orgullosos de ella –afirmó Gallagher–. Ha hecho un trabajo magnífico en esta operación.

–Desde luego –volvió a mirarla.

–Una mujer inteligente –continuó Gallagher–. Una mujer agradable.

–Eso me gusta pensar –le guiñó un ojo.

Elise lo miró. Salvo a Liz, no le había contado a nadie en la oficina que estaban prometidos. Ni siquiera se lo había dicho a su padre. Después de todo, todavía no era oficial. No lo sería hasta el fin de semana siguiente, cuando lo anunciaran en el ensayo de la fiesta de la boda del primo de Zane. Sería entonces cuando le daría el anillo de pedida.

Hasta entonces no sería real, aunque ya habían elegido la fecha de la boda para el uno de noviembre. Nada espectacular. Se casarían en la pequeña parroquia a la que Zane había asistido toda la vida. A Elise le gustaba. Y luego habían planeado una recepción en el club de campo del que ni siquiera había sabido que Zane era socio. Él le informó de que mantenía la afiliación por si necesitaba una recepción nupcial. Una cancelación les había permitido disfrutar de una fecha con tan poco tiempo para los preparativos.

Elise movió levemente la cabeza, con la esperanza de que él recibiera el mensaje. Sabía que quería mencionarle algo de los planes de boda a su jefe, pero aún no se sentía preparada. Gallagher seguía indeciso en la elección de un nuevo socio, y quizá no le sentara muy bien la noticia. La verdad era que también ella se sentía indecisa. Era lo que había querido desde que entró a trabajar allí, pero en ese momento, ya no estaba segura. Poseer una parte de la empresa sería costoso en dinero y en tiempo. Ya no quería trabajar siete días a la semana, diez, doce horas al día. Quería tiempo para estar con Zane. Era una locura, pero después de conocer a la pequeña Alyssa, hasta pensaba en que quería un bebé.

–¿Sabe?, Elise y yo estamos prometidos –anunció Zane.

Cuando las palabras salieron de su boca, Elise quiso atravesar la mesa y taparle los labios con la mano. Quería volver a meter el gato en la bolsa. Pero se quedó quieta, con una sonrisa amable en la cara y guardando los papeles en las respectivas carpetas.

–¿Es cierto eso? –preguntó Gallagher con cierta rigidez–. Vaya, felicidades –miró a Elise y asintió–. Estoy convencido de que serán muy felices juntos.

–Gracias –Zane sonrió–. Sé que lo seremos porque amo mucho a Ellie.

Gallagher enarcó las tupidas cejas.

–Bueno, encantado de haberlo conocido. Elise, cuando tenga un momento, ¿puedo verla en mi despacho?

–Claro.

Zane aguardó hasta que Gallagher se marchó y cerró la puerta, dejándolos solos en la sala de conferencias.

–¿No se lo has dicho a nadie?

Ella cerró los ojos y gimió.

–Dijiste que haríamos el anuncio en la boda de Carter. Di por hecho...

–¿Y a tu padre? –no trató de ocultar su irritación–. ¿Has llamado a Edwin?

–Aún no hemos podido hablar –él emitió un sonido ronco–. Zane, he estado realmente ocupada con la operación Lindsborg y los papeles de tu compra, además de las casas nuevas de la urbanización próxima a la Ruta Trece.

Se quitó la chaqueta del traje gris que tan bien le quedaba.

–Ellie, ¿todavía quieres casarte conmigo?

–¡Por supuesto! –rodeó la mesa–. Zane, claro que quiero casarme contigo. Te amo.

La miró con la boca tensa.

–Y yo te amo a ti y no es algo que quiera ocultar. Quiero contárselo a todo el mundo. Se lo he contado a todo el mundo –alargó la mano–. Amo a Elise Anne Montgomery –gritó.

Ella cerró los ojos y se llevó los dedos a una sien palpitante.

–Zane, trabajo aquí.

–¿Y qué? ¿Es que los agentes inmobiliarios no se enamoran? ¿No se casan? –volvía a elevar la voz.

–Por supuesto que sí –le tomó la mano y lo hizo girar para que la mirara–. Pero los hombres miran a las mujeres de forma diferente en sus trabajos, y tú lo sabes. He de tener cuidado con mi imagen profesional en la inmobiliaria.

–Ah, ¿de modo que estamos hablando de tu carrera?

Lo miró a los ojos azules.

–No entiendo por qué estás enfadado conmigo. Dijiste que anunciaríamos nuestro compromiso el viernes próximo. Eso es en menos de dos semanas. Iba a contárselo a todo el mundo, incluido mi padre, cuando regresáramos.

Ablandándose, alargó la mano para posarla sobre su cadera.

–No quiero que me dejes.

Ella movió la cabeza.

–No lo haré –musitó, dándose cuenta de que no era la única ansiosa por los planes de boda. No se le había ocurrido pensar que también Zane podía estar preocupado. Era un paso importante. ¿Qué persona en su sano juicio no lo estaría?– Nadie me ha ofrecido un puesto de trabajo en Singapur –le informó–. Y aunque lo hicieran, no lo aceptaría.

–Te amo –sonrió.

–Yo también te amo –se puso de puntillas y le dio un beso–. Y ahora márchate de aquí que tengo que hablar con Gallagher, y luego me queda mucho trabajo antes de salir a las cinco.

Le lanzó un beso desde la puerta.

–¿Nos vemos para cenar con el abuelo?

Se había convertido en su ritual semanal. Todos los lunes, cenaban en el salón de la residencia y luego lo llevaban a dar una vuelta al aire libre.

–Nos vemos en la residencia, y no llegaré tarde.

Lo observó irse, luego recogió las carpetas y llamó a la puerta del despacho de Gallagher.

–Adelante.

–¿Quería verme, Joe?

–Cierre la puerta.

La cerró con el tacón del zapato. Al mirar a su jefe con las tupidas cejas juntas, pensó que podía dejar el trabajo. No tenía por qué escuchar lo que sabía que iba a decirle. Podía entregarle todo el papeleo acabado de la transacción y marcharse.

¿Qué haría entonces? Lo que quisiera. En el instituto, había querido ser profesora. Su padre había insistido en que los negocios era la única profesión en la que podía triunfar un Montgomery. Empezaba a comprender que su padre se había equivocado en muchas cosas. Probablemente, también en eso.

–¿Así que va a casarse?

Ella asintió.

–Buena presa.

Lo observó. El comentario no merecía una respuesta.

Él junto las yemas de los dedos de ambas manos.

–Sólo quiero cerciorarme de que usted y yo estamos en la misma página, Elise, eso es todo.

–Puedo cumplir con mi trabajo y estar casada.

La estudió por encima del borde de las bifocales.

–Claro que puede –la aplacó.

–Todos los hombres de esta oficina están casados, incluido usted –continuó–, y me molesta la insinuación de que el matrimonio podría impedirme desempeñar mi trabajo.

–Lo que pasa es que un socio, Elise... –abrió los brazos–. Requiere mucha dedicación –se quitó las gafas–. Con franqueza, querida, y si me permite la crudeza de la expresión, hacen falta pelotas.

Su irritación se había convertido en enfado. ¿Cómo se atrevía a sugerir que no tenía lo que hacía falta para triunfar en ese negocio? Era mejor vendedora que cualquiera en el edificio. De toda la manzana. Apretó los dientes.

–Las tengo, Joe. Y usted lo sabe.

–Lo que pasa es que he de reunirme con los socios...

–Creo que voy a conseguir el negocio de Lindsborg –soltó. No había tenido intención de decir nada hasta estar segura, pero la había enfadado tanto, que no había podido detenerse.

–¿Sí? –las cejas se elevaron con renovado interés.

–El vicepresidente de la compañía va a venir la semana próxima para inspeccionar la propiedad Johnston. Es perfecta para un campo de golf junto a la playa.

Es una ganga, incluso con ese precio exorbitante –explicó con orgullo. Y estaba orgullosa. Sería un buen trato para ambas partes, y Waterfront y ella ganarían mucho. No es que le importara realmente el dinero, pero su cara volvería a la página de ventas de la web y su padre, que conocía los campos de golf Lindsborg, quedaría impresionado.

Joe apoyó los codos en el escritorio.

–Haga esta venta, Elise, y creo que tendrá garantizado el puesto de socia.

–Perfecto –dijo. Ni siquiera le dio las gracias. Simplemente, salió del despacho.

Dos días después, sonó el teléfono de la mesilla de noche de Elise. Ya estaba metida en la cama, a punto de quedarse dormida. Miró el reloj al alargar la mano hacia el auricular. Eran las doce menos veinte.

–¿Hola?

–¿Ellie?

Era Zane, aunque no sonaba igual. Sucedía algo. Se sentó en la cama y encendió la luz.

–¿Qué pasa, cariño?

–El abuelo –la voz se le quebró–. El abuelo ha muerto, Ellie.

–Oh, Zane, cuánto lo siento –las lágrimas se asomaron a sus ojos, no sólo por la pérdida de él, sino por la suya propia. Había aprendido a querer de verdad al anciano, lo cual resultaba sorprendente, dado el hecho de que jamás habían compartido una conversación verbal.

–Lo dejé a eso de las ocho, arropado en la cama con el peluche que tú le regalaste –explicó con voz vacilante–. Las enfermeras me llamaron hace unos minutos. Fueron a apagarle el televisor y estaba... estaba muerto. Murió mientras dormía.

Elise se levantó y se puso unos pantalones cortos que había dejado en el suelo.

–¿Dónde estás? ¿En casa?

–En un minuto voy a la residencia. He quedado allí con Meagan.

–Puedo ir.

–No, Ellie, está bien. Vuelve a dormirte. Sólo... sólo quería decírtelo... porque sé que también lo querías –respiró hondo y ella supo que luchaba por no ponerse a llorar–. He de irme. Te llamaré por la mañana. Te quiero, cariño.

–Yo también te quiero.

Pero no volvió a la cama. Se vistió, se subió al coche y condujo hasta la residencia, donde vio la furgoneta de Zane aparcada junto al coche familiar de Meagan. Recogió el bolso y fue a la entrada.

–Hola, Elise –la enfermera de noche sonrió con tristeza–. Lamento lo de Tom. Era tan dulce.

–Gracias –sonrió y se secó los ojos.

–Zane y Meagan siguen dentro con él. Te abriré la puerta.

Entró en la habitación en penumbra donde el abuelo había dormido los tres últimos años de su vida. En ese momento Meagan salía por la puerta, el pelo revuelto, la cara roja de llorar.

–Lamento mucho lo de tu abuelo –dijo Elise, apretándole la mano.

–Gracias –le sonrió, luego miró a su hermano por encima del hombro–. Te veré por la mañana.

Zane, sentado junto a la cama donde aún yacía su abuelo, alzó una mano.

–Entonces hablaremos de todos los trámites.

Elise se acercó y apoyó una mano en su espalda. Él estaba con los codos sobre las rodillas y la cara entre las manos.

–No hacía falta que vinieras –dijo con voz apagada.

–Lo sé.

Miró al abuelo. Siempre había pensado que era una tontería cuando leía que una persona había muerto de forma apacible, pero en ese momento veía que era verdad, y sonrió, triste y feliz al mismo tiempo. Triste porque hubiera muerto, feliz por haberlo conocido.

Continuó acariciando la espalda de Zane.

–Pero quise venir.

Él levantó la cabeza, se secó los ojos y se puso de pie.

–Creo que ya estoy preparado para irme. Me he despedido.

Ella observó el rostro dulce del anciano.

–¿No quieres esperar hasta que...?

Él le tomó la mano y movió la cabeza.

–No, está bien. Donó su cuerpo a la ciencia –rió entre dientes y la condujo fuera de la habitación silenciosa–. Hizo todos los preparativos años atrás. El domingo celebraremos una pequeña recepción, probablemente después de la misa. Quizá una cena de pollo frito –volvió a reír entre dientes–. Algo tranquilo. El abuelo no aprobaría que su fallecimiento interfiriera con la boda de Amy y Carter. Siempre le encantaron las bodas. Bailar y besar a las novias.

Elise sonrió ante el recuerdo. Tomados de la mano, salieron del pabellón de pacientes de Alzheimer y de la residencia. En el aparcamiento, la acompañó al coche.

–¿Sabes?, yo no estaba listo...

–¿Para despedirte?

–Sí –corroboró con un gesto de la cabeza–. Pero era egoísta de mi parte. El abuelo estaba preparado. Lo que pasa que es duro separarse de él.

Le acarició el brazo.

–Te seguiré a casa.

Zane no discutió.

De regreso en la granja, subieron los escalones del porche y encontraron a Scootie esperándolos. Él palmeó la cabeza del perro y abrió la mosquitera.

–¿Quieres que te prepare un té o algo? –preguntó Elise.

Él se detuvo ante la cocina y la abrazó.

–Estoy bastante cansado. Creo que me iré a la cama.

–Oh. Puedo irme a casa, te veré mañana.

Apoyó la mejilla en el hombro de ella.

–¿Ellie?

–¿Mmmm? –le rodeó la cintura con los brazos.

–Sé que acordamos que esperaríamos hasta casarnos para hacer el amor, pero, ¿dormirías conmigo? ¿Sólo por esta noche? –alzó la cabeza–. ¿Sólo para probar el viejo colchón? –le sonrió.

–Eso me gustaría –le acarició la mejilla.

Tomados de la mano, subieron las escaleras y se tumbaron sobre el edredón casero que había sobre la cama de Zane. Con la cara apoyada en el hombro de él, Elise se sumió en el sueño más apacible que jamás había experimentado.

Una semana más tarde, Elise se hallaba en su despacho tratando de limpiar el escritorio. Al día siguiente, Zane y ella se irían a Carolina del Sur, junto con toda la familia Keaton para asistir a la boda de Carter y su novia Amy. Por un lado, la entusiasmaba la idea de ir, pero, por el otro, la ponía nerviosa.

La muerte del abuelo la semana anterior había sido dura, pero al lamentar la pérdida del nuevo amigo que había hecho, descubrió que Zane y ella habían adquirido una mayor proximidad. De algún modo, compartir el dolor personal había acentuado su condición de pareja. Y toda la familia se había mostrado muy amable con ella, incluso Meagan. El domingo, después del funeral, habían regresado a la granja para comer pollo tal como le gustaba cenar al abuelo, y Meagan le había pedido que cuidara de la pequeña Alyssa mientras ella freía las piezas.

Había pasado toda la tarde con el bebé, incluso un rato en el dormitorio mientras Meagan le daba el pecho a la pequeña. Había terminado el día sabiendo que aunque aún no eran grandes amigas, habían dejado de ser enemigas.

Recogió unos cuantos contratos pendientes y los guardó en la carpeta adecuada en el archivador. Al regresar al escritorio, vio un mensaje con fecha del viernes anterior. Lo recogió y lo leyó mientras rodeaba la mesa. Sabía que no lo había visto con anterioridad. Debía de haberse traspapelado en su mesa.

De: J. Lindsborg

Mensaje: Ha sido estupendo hablar con usted. Vuelo el viernes próximo. Haga reserva para cenar y hablaremos de negocios.

–Oh, no –gimió–. No, no, no –estrujó el papel, y tuvo ganas de llorar.

–¿Sucede algo? –Liz asomó la cabeza por la puerta.

–Marsha debió dejarme este mensaje en mi mesa la semana pasada. De algún modo, terminó en el último lugar.

–¿Y qué ponía? –inquirió Liz.

–Que el vicepresidente de Lindsborg Associates, John Lindsborg, va a venir el viernes para cenar conmigo.

–¿Y? Llévalo a cenar y queda con Zane más tarde.

–Liz, éste es el fin de semana –rodeó su mesa–. Vamos a la boda del primo de Zane. Vamos a anunciar nuestro compromiso. Zane me va a dar el anillo el viernes por la noche.

Liz frunció el ceño.

–Podrías llamar a Lindsborg y cambiar la fecha.

–¿Cambiarla cuando va a venir mañana?

–No, supongo que eso no funcionará –la miró–. Dile a Zane que te reunirás con él en Carolina.

–No lo entenderá –movió la cabeza y regresó detrás de su escritorio.

Liz titubeó.

–Sé que no quieres oír esto, pero si no lo entenderá, no es el hombre para ti. Esta transacción te hará socia de la empresa. ¿Tiene alguna idea de lo que eso significará para tu futuro?

Con la hoja de papel aún estrujada en la mano, recogió el bolso de la mesa.

–Volveré en una hora –dijo al salir.

De camino a la casa de Zane, practicó lo que iba a decir. Le explicaría la situación, le diría que fuera sin ella a Carolina del Sur, que tomaría el primer vuelo del día siguiente. Zane lo entendería porque la amaba. Tendría que hacerlo.

Aparcó en el patio bajo los árboles que comenzaban a perder las hojas. Sólo estaban a finales de septiembre, aún hacía una buena temperatura, pero el aire había cambiado. Contempló la granja mientras se dirigía al porche. Era tan bonita, tan idílica. La otra noche habían hablado de dónde vivirían una vez que se casaran, y Elise comprendió que ése era el lugar donde quería vivir. La granja familiar era donde quería criar a sus hijos.

–¿Zane? –subió al porche, donde el perro le dio la bienvenida y se asomó a la cocina–. ¿Zane?

No obtuvo respuesta. La furgoneta y el coche estaban en la entrada, de modo que tenía que estar por alguna parte.

Volvió a bajar los escalones y rodeó la granja seguida de Scootie, que movía el rabo entusiasmado. Llevaba unos pantalones caqui informales y una blusa blanca, ropa que últimamente parecía más apropiada a su estado de ánimo que los severos trajes que colgaban de su armario.

–¿Zane?

–¿Ellie? En el jardín.

Fue a la parte posterior de la casa y lo encontró arrancando judías verdes, cuyas raíces limpiaba de tierra antes de arrojarlas en una cesta. Llevaba puestos unos vaqueros, una camiseta verde y unas botas de trabajo; se lo veía tan bien, que habría podido comérselo.

–Hola –caminó entre las hileras de judías verdes.

–Qué sorpresa tan agradable –la agarró por el cinturón y la acercó para darle un beso–. ¿Qué sucede?

Lo miró. Deseó que no tuviera puestas las gafas de sol, para poder verle los ojos.

–Necesito hablar contigo acerca de mañana.

La observó y la expresión de su boca se endureció.

–No vas a venir –expuso sin rodeos.

–Zane...

La apartó y caminó entre las hileras de judías verdes en dirección a la casa.

–¡No me dejes plantada! Ni siquiera has oído lo que tengo que decir –dijo a sus espaldas, furiosa.

–He oído suficiente –replicó– como para saber que el compromiso queda roto, Ellie.

CAPÍTULO 10

A medida que la relación avanza, tened cuidado con los baches del camino. No os permitáis creer que sólo son simples botes causados por la velocidad. Prestad atención a esas banderas rojas y poned fin a una relación antes de involucraros emocionalmente.

ELISE permaneció en el jardín y con incredulidad lo observó marcharse.

–¿Ni siquiera vas a dejar que trate de explicártelo? –exigió, siguiéndolo.

–No hace falta ninguna explicación –siguió andando–. Has sido muy clara.

Corrió para alcanzarlo.

–Zane, hubo una confusión con mis mensajes. El vicepresidente de Lindsborg Associates me llamó hace casi una semana para informar de que vendría a la ciudad el viernes por la noche. Quieren cerrar la operación. No puedo no reunirme con él –le tomó la mano y él se detuvo, pero no la miró.

–Claro que puedes cancelarlo.

Elise nunca lo había visto tan enfadado.

–Llámalo para decirle que hubo una confusión y que no estarás en la ciudad el viernes por la noche, porque tienes que ir a Carolina del Sur con tu novio para asistir a una boda familiar.

–Zane, puedo estar allí el sábado por la mañana –se plantó delante de él, bloqueándole el camino hacia la casa–. No me perderé la boda de Carter y Amy.

–¡Su boda no es lo importante, maldita sea! –estalló–. Lo importante es nuestra boda. Nuestro compromiso. Lo que estás haciendo es cancelar nuestro compromiso.

–No –gimió con frustración, apartándose un mechón de pelo–. Quiero casarme contigo. Quiero decirle a tu familia que estamos oficialmente prometidos. Lo que pasa es que no puedo estar contigo el viernes por la noche porque tengo esta obligación.

–No puedes estar con tu novio cuando le anuncie a su familia que se va a casar contigo porque tienes una reunión de negocios –manifestó con frialdad–. ¿Qué? ¿Se supone que debo anunciar nuestro compromiso yo solo? –soltó una risa carente de humor–. A mí me suena a cancelación de compromiso. ¡Me suena como que ese campo de golf es más importante que el anillo que iba a darte! –gesticuló enfadado.

Elise bajó la vista, y cuando alzó la cabeza, su voz reflejó una ira similar a la de Zane. Había sabido que eso sucedería. ¡Lo había sabido! ¿Cómo había sido tan tonta para pensar que conseguiría que funcionara? ¡Su padre se lo había advertido, Liz se lo había advertido y hasta ese estúpido libro se lo había advertido!

–Liz dijo que responderías de esta manera –musitó.

–Por supuesto –alzó las manos–. Sabía que eso iba a suceder. ¿Qué me dices de tu padre? ¿Él no te lo advirtió? Seguro que Edwin Montgomery te dijo que no podrías casarte conmigo y ser feliz. Y, desde luego, tú le hiciste caso, ¿verdad?

Ella cruzó los brazos y apretó la mandíbula.

–Eso es injusto y no es verdad.

–Puedes mentirte a ti misma, Ellie, pero no a mí. Te has pasado toda la vida tratando de complacer a otros, tratando de ser lo que otros quieren que seas, de hacer lo que los demás quieren que hagas. ¿Ahora también tienes que amar a quien te dicen que ames?

–No sabes lo que dices –espetó.

–Creo que sí. Has pasado toda la vida tratando de conseguir que tu padre te aceptara, que te quisiera. ¿Y sabes qué? No va a suceder. Sin importar lo que hagas, no va a ofrecerte ese amor, porque él mismo no lo tiene –abrió los brazos–. Simplemente, no lo tiene.

Elise sintió que las lágrimas le quemaban los ojos, pero se negó a dejar que Zane la viera llorar.

–Tú no conoces a mi padre.

–Oh, claro que sí. ¡Lo conozco porque es igual que mi madre! Ellie...

En esa ocasión fue Elise quien se apartó.

–Esta conversación se ha terminado –afirmó–. Si no puedes aceptar el hecho de que tengo obligaciones en mi carrera, entonces no estamos hechos el uno para el otro.

Rodeó la casa por el sendero. Scootie corrió detrás de ella, delante, agitando el rabo, lamiéndole los dedos. Ellie pensó que Zane también la seguiría. No lo hizo.

Palmeó la cabeza del perro y se subió al coche.

–Se acabó –musitó.

Ese día se quedó en el trabajo hasta pasadas las diez y luego cayó en un sueño exhausto. Se esforzó en no pensar en Zane. Tenía el corazón roto, pero sabía que era mejor romper en ese momento que más adelante. Estaba decidida a no casarse y divorciarse una y otra vez, como hacía su padre. Prefería quedarse soltera antes que someterse a esa clase de agitación emocional.

Zane y ella simplemente no estaban hechos el uno para el otro. Era así de simple. Todo lo que había puesto *Cómo Buscar Marido* era verdad; pero ella había prescindido del consejo, creyendo que el libro se equivocaba. En cuanto a lo que le había dicho acerca de que escuchaba a los demás y no a sí misma... no tenía razón. Estaba enfadado cuando lo dijo; la gente decía cosas que no eran ciertas cuando estaba agitada.

Al día siguiente en la oficina, se puso su mejor traje rojo de seda, y los zapatos negros de más tacón. Esa mañana fue la primera en llegar.

Cuando Liz llegó a las nueve, entró en el despacho de Elise.

–¿Cómo fue ayer con Zane?

Elise había estado archivando unos papeles y permaneció de espaldas a su amiga.

–Tan mal como cabía esperar.

–Lo siento mucho.

Y sonaba como si fuera verdad. Se volvió para encarar a su amiga. Sentía los párpados irritados de contener tanto tiempo el llanto. Tragó saliva y sonrió. No iba a llorar.

–Gracias.

–¿Y? –Liz permaneció en la puerta.

–La boda se ha cancelado –regresó a su escritorio–. Y voy a concretar la venta de Lindsborg aunque sea lo último que haga –se sentó y comenzó a repasar cierta información que había impreso de Internet sobre los otros campos de golf de la compañía.

–¿Y estás bien? –preguntó Liz.

Se encogió de hombros, pensando que si conseguía pasar ese día, estaría bien.

–Nada que no arregle una buena venta y mucho trabajo duro.

Liz rió con ella, luego guardó silencio un rato.

–Escucha, Elise –dijo–. Quiero disculparme por mi comportamiento de las últimas semanas.

–No sé de qué estas hablando –frunció el ceño.

–Sí lo sabes –se acercó al escritorio y la obligó a levantar la vista–. La cuestión es que estaba celosa. De que tuvieras a alguien de quien preocuparte y... de que seas mejor que yo vendiendo propiedades.

–Liz...

–Deja que termine, porque no recibes a menudo una disculpa de Liz Jefferson –apoyó las manos bien cuidadas sobre la mesa–. Sólo quiero decirte que lo siento. Eres mi amiga y debería haberme sentido feliz por ti. ¿Sabes? Me reí de ti por el libro, pero en secreto estaba celosa de que te hubiera funcionado.

–Sí, justo –bufó Elise.

Liz volvió a sonreír.

–Sabes a qué me refiero. Al menos lo estás intentando. Sabes lo que quieres y vas en pos de ello –dio una palmada sobre el escritorio–. Bueno, te dejaré trabajar. Quiero que me llames en cuanto termines con Lindsborg para que me cuentes todo sobre la venta.

Elise sonrió, complacida de que las cosas se hubieran arreglado entre ellas.

Aquella noche, llegó temprano al restaurante para cerciorarse de que la mesa reservada en la cara marisquería era la apropiada. Pidió agua mineral y se sentó para esperar a John Lindsborg. Mientras bebía, sus pensamientos regresaron a Zane en contra de su propia voluntad.

No podía creer que no la hubiera llamado. Le había dicho que la amaba, pero había roto el compromiso con tanta facilidad, que se preguntó si realmente la amaba.

De pronto los ojos se le llenaron de lágrimas.

Había cometido un error. Probablemente era demasiado tarde para arreglarlo, pero...

–Señorita Montgomery –dijo un hombre distinguido de poco más de cuarenta años.

Se levantó y le estrechó la mano.

–Señor Lindsborg, encantada de conocerlo.

–No puedo decirle lo satisfecho que estoy de que se haya puesto en contacto con nosotros, señorita Montgomery. Mi padre ha quedado muy impresionado con su...

–Perdóneme, señor Lindsborg...

–Por favor, llámeme John.

–John –recogió el bolso–. ¿Podría disculparme un minuto? Vuelvo enseguida.

Antes de que pudiera contestarle, se dirigió a los aseos femeninos. Una vez dentro, se observó en el espejo mientras utilizaba el móvil. Era una mujer atractiva; le gustaba el pelo más largo, no tan peinado. Pero el traje rojo. No era su estilo. Jamás lo había sido.

El teléfono sonó hasta que Liz contestó.

–Hola.

–¿Liz?

–¿Elise? ¿Qué hora es? No puedes haber terminado ya tu reunión con Lindsborg.

–Liz, escúchame. ¿En cuánto tiempo podrías estar en el restaurante?

–¿Qué?

–Ya me has oído –volvió a mirarse en el espejo y sonrió–. ¿Cuánto tiempo tardarías en vestirte, ponerte uno de esos trajes demoledores y presentarte aquí?

–Es... estoy vestida. Puedo estar allí en diez minutos.

–Perfecto. Vas a reunirte con John Lindsborg. Tiene esposa y tres hijos. Está todo en el portafolios junto con los detalles de la transacción, que dejaré en la mesa para ti.

–¿Dejarme en la mesa? ¿De qué estás hablando, Elise? ¿Te encuentras bien?

–Estoy bien –no pudo evitar sonreírse. Quizá no funcionara. Probablemente, no, pero sin importar lo que pasara, la decisión la había tomado ella–. Estoy de maravilla, Liz.

–Pero, ¿adónde vas? Has trabajado tanto en este proyecto... la venta está prácticamente hecha. ¿Por qué no puedes quedar tú con Lindsborg?

–Me voy a Carolina del Sur a presentar mis disculpas, y luego dejo el trabajo.

–¿Lo dejas? –preguntó Liz con evidente incredulidad.

–Sí, lo dejo –se apoyó en el lavabo, sin importarle si mojaba la blusa de seda–. No me gusta el negocio de la inmobiliaria. No sé si alguna vez me gustó.

–Pero se te da tan bien –indicó Liz–. Eres la mejor.

–Pues seré la mejor en otra cosa. En algo que me guste.

–Vas a ir a buscarlo –murmuró Liz.

–Es probable que ya lo haya estropeado, que sea demasiado tarde, pero como mínimo le debo una disculpa a Zane.

–¿Y él no te debe una? –preguntó–. Para empezar, es él quien rompió contigo por todo este asunto.

–Bueno, en el amor no puedes llevar esas cuentas. Y nuestra ruptura fue algo más complicada que eso. Me voy al aeropuerto.

–¿Te vas a ir así, sin más? ¿No harás las maletas?

–No.

–Chica, tienes agallas, he de reconocértelo.

Elise rió y abrió la puerta de los aseos femeninos.

–Te llamaré cuando vuelva. Gracias, Liz.

–Gracias a ti.

Guardó el móvil y regresó al comedor.

–John –dijo al acercarse a la mesa–. Ha surgido algo y he de irme.

Él comenzó a levantarse.

–¿Hay algo que yo pueda...?

–Por favor, siéntese. Beba una copa de vino a nuestra salud. Yo debo irme, pero Liz Jefferson, nuestra mejor vendedora del mes pasado, llegará muy pronto. Toda la información que necesita está aquí en estas carpetas que dejaré para ella, así que no se preocupe, estará en buenas manos –recogió el maletín de piel del suelo y lo depositó en la silla vacía que había frente a él–. Y buena suerte con el campo de golf.

Se marchó. Al salir del restaurante miró el reloj. Aunque tuviera que hacer todo el trayecto en coche, estaría en Carolina del Sur cuando Zane se levantara al día siguiente.

Zane estaba sentado en el borde de la cama de la habitación del hotel, descalzo y en calzoncillos, con la vista clavada en la ventana. En el exterior aún estaba oscuro, pero ya podía ver pequeñas vetas de luz que aparecían por el cielo occidental. Había estado despierto toda la noche, pensando. Repasando una y otra vez en su mente lo que había hablado con Ellie, lo que ella le había dicho.

–Fue su elección –comentó obstinado en voz alta.

El silencio en la habitación a oscuras era opresivo. Echaba tanto de menos al abuelo, que dolía. Y echaba aún más de menos a Ellie.

–¿Qué piensas, abuelo? –preguntó a la habitación vacía. Lo gracioso fue que de pronto percibió como si ya no estuviera solo. Sonrió con tristeza–. Esta vez la he fastidiado, ¿verdad? –se pasó la mano por el pelo revuelto–. ¿Qué me pasaba? ¿Es que buscaba una excusa para dejarla o qué?

Escuchó el silencio.

–Supongo que me asusté, abuelo. Estaba trastornado por tu muerte. Tú me habías dejado. Mamá me había dejado. Papá me había dejado. Judy me había dejado. Quizá pensé que si cortaba con Ellie, no tendría que experimentar el dolor de que también ella me dejara –rió sin ganas–. Bastante estúpido, ¿verdad?

Otra vez silencio.

–¿Y ahora qué? –musitó–. No va a querer hablar conmigo. Ella tenía tanto miedo como yo de que esto no funcionara. Pero había avanzado tanto en los últimos meses. Sé que tú lo viste, abuelo.

Sonrió al pensar en ello.

–Algunas cosas eran sutiles. Ya sabes, dejarse crecer el pelo, ponerse ropa que nunca antes se había puesto. Pero estaba descubriendo cosas sobre sí misma, acerca de lo que le gustaba y lo que no le gustaba. Quién era realmente. Hizo falta agallas para abrirse contigo. Para quererte. Desde luego, hizo falta agallas para plantarle cara a Meagan.

Rió, y casi pudo oír la risa entre dientes de su abuelo.

–Supongo que no tengo que preguntar lo que debería hacer, ¿verdad? –giró la cabeza, y mentalmente pudo ver al abuelo sentado a su lado, sonriéndole–. ¿Quieres venir conmigo? –se levantó de la cama–. ¿No? –sonrió–. Sí, si quedé como un imbécil delante de ella, supongo que voy a tener que disculparme yo solo también.

Fue a la maleta y sacó unos vaqueros y una camiseta.

–Supongo que Carter y Amy entenderán que me pierda su boda, ¿verdad? –se puso los pantalones–. Desde luego, todo el trayecto de vuelta va a ser una pérdida de tiempo. Ella no querrá escucharme. Ya es demasiado tarde para disculparse. No va a querer casarse conmigo. Diablos, yo tampoco querría casarme conmigo después del modo en que me comporté.

Se puso la camiseta y luego unos mocasines de piel.

–¿Nos vemos, abuelo?

Sintió una oleada de calidez y cerró los ojos unos momentos, perdido en el abrazo de su abuelo.

–Te llamaré. Te haré saber si te esperan unos bisnietos en el futuro.

Con una sonrisa, recogió la maleta y salió de la habitación y del hotel, a la temprana luz de la mañana.

Elise contó los semáforos mientras atravesaba la ciudad. Recordaba el hotel donde Zane le había dicho que había reservado las habitaciones, y se había detenido en todos los supermercados nocturnos para pedir indicaciones sobre cómo llegar. Había realizado el trayecto en buen tiempo. Cuando Zane despertara, pensaba estar plantada ante su puerta. Sabía que estaría enfadado. Era posible que ni siquiera deseara escuchar lo que tenía que decirle, pero lo obligaría.

Al ver el letrero luminoso del hotel, puso la luz intermitente y giró para entrar en el aparcamiento. Al hacerlo, un coche pasó a su lado.

Un coche que se parecía al de Zane, con un conductor que tenía un parecido notable con Zane...

Al pasar, giró la cabeza para mirarlo. Empezaba a amanecer y no pudo ver bien, pero tuvo la certeza de que se trataba de Zane. ¿Adónde iba tan temprano?

Él giró la cabeza al mismo tiempo y la miró igual de sorprendido que ella.

Elise aparcó en el espacio más próximo y apagó el motor, pero durante un minuto permaneció con las manos en el volante. Temblaba.

Zane dio la vuelta y aparcó a su lado.

Los dos abrieron la puerta y bajaron. Él estaba tan atractivo como siempre y daba la impresión de que acababa de levantarse... o de que no había dormido nada.

–¿Ellie?

Las lágrimas le anegaron los ojos al rodear el coche de él por la parte delantera, enfundada en el traje rojo arrugado y los zapatos de tacón alto que la estaban matando. Lamentó no haber tenido el sentido común de parar en una tienda de a dólar para comprarse unas zapatillas.

–¿Qué haces aquí? –preguntó Zane yendo a su encuentro–. ¿El avión de Lindsborg sufrió algún retraso?

–Zane, lo lamento tanto –lo tomó por ambos brazos y agradeció que él no la apartara–. Tenías razón y yo estaba equivocada.

Él apoyó las manos en las caderas de ella y el contacto fue magnífico para los dos.

–No –contradijo–. Yo estaba equivocado. Fue un error lanzarte un ultimátum. Ya he estado en esa posición antes. De haber sido tú, habría hecho lo mismo.

–Tú no habrías abandonado tu vida por la persona que quieres sólo para demostrar algo –susurró ella–. Para demostrarte algo a ti mismo.

–Casi lo hice –repuso sin dejar de mirarla.

–Oh, Zane –musitó. Pero no trató de contener las lágrimas. Se abrazaron–. Hacía lo que todo el mundo me decía. Me apoyaba en ellos. En mi padre, en Liz, en el señor Gallagher –rió y lloró al mismo tiempo–. Hasta compré un libro estúpido que me decía cómo buscar al marido apropiado para mí. Y todos se equivocaban –alzó la cabeza–. Todos. Yo era la única que sabía quién me haría feliz. Tú me hiciste feliz.

–Jamás debí compararte con Judy o con mi madre. Desde el primer instante en que te conocí, supe que no te parecías en nada a ellas. Diablos, el abuelo lo supo –ella rió y se secó los ojos–. Lamento mucho lo que dije sobre tu padre.

–Pero tenías razón –confirmó–. A menos que sea como él, con igual éxito e igual infelicidad, jamás va a aceptarme. Pero ése es su problema, no el mío.

Zane le sonrió y le acarició las mejillas con las yemas de los dedos.

–¿Sabes lo que descubrí esta mañana? Bueno, lo que el abuelo me ayudó a descubrir –ella negó con un gesto de la cabeza–. Que no me importa que te entregues a tu carrera. No me importa si quieres trabajar siete días a la semana, doce horas al día. Te amo, Ellie. Y te amaré de cualquier modo que pueda tenerte, y si eso significa que he de casarme con la agente inmobiliaria de más éxito de toda la costa este, entonces así es como será.

Ella se puso a reír.

Él la tomó por los hombros.

–Háblame. Di algo.

–Bueno, puede que haya un pequeño problema con eso –juntó los labios, incapaz todavía de creer lo que había hecho–. Porque me parece que he dejado mi trabajo.

–¿Qué?

–Me di cuenta de que no me gustaba –confesó–. No quiero trabajar tantas horas. No quiero perderme todo lo bueno de la vida. No quiero perderme el crecimiento de nuestros hijos.

–¿Qué quieres? –preguntó él, acariciándole el pelo.

–Aún no estoy segura –repuso pensativa–. Sé que quiero casarme contigo. Sé que quiero tener hijos contigo. Creo que tal vez me gustaría enseñar, aunque me agradaría disponer de cierto tiempo para pensarlo. ¿Qué te parece mantener a una mujer desempleada?

–Creo que eso se puede arreglar –sonrió–. Entonces, Ellie Montgomery, ¿quieres casarte conmigo?

–Sólo si tú quieres casarte conmigo, Zane Keaton.

No tuvo que contestar. La tomó en brazos, le cubrió la boca con los labios y con un beso desterró cualquier incertidumbre que hubiera podido tener alguna vez acerca de que él pudiera ser el marido perfecto para ella.

EPÍLOGO

Una año después

ELISE estaba sentada en la hamaca del porche cortando las últimas judías verdes del huerto, cuando vio el nuevo Mercedes descapotable de Liz entrar y aparcar debajo del roble, junto a la furgoneta de Zane. Bajó y siguió el sendero que conducía a la casa escoltada por el perro.

–Qué imagen –comentó Liz. Llevaba un elegante traje amarillo con zapatos de tacones altos que hacían que sus piernas parecieran elevarse eternamente.

Elise abrió los brazos para mostrar el vientre redondeado.

–Sólo estoy de siete meses, pero tengo toda la pinta de estar a punto de reventar, ¿verdad?

–Oh, no sé –sonrió, sentándose al lado de ella–. A mí me pareces muy feliz –bajó la vista a los pies de Elise y los señaló–. Pero eso podría ser excesivo.

Elise movió los dedos y soltó una carcajada.

–Lo sé... descalza y embarazada. Bueno, fui yo quien convenció a Zane de que deberíamos tener un hijo un año después de habernos casado... él quería esperar. En cuanto a los zapatos –se encogió de hombros–. Tengo los pies hinchados y hace calor.

Liz rió y sacó una judía verde de la cesta que había entre las dos.

–Sólo puedo quedarme un momento, porque tengo que enseñar una casa cerca de aquí. Quería ver cómo estabas.

–Muy bien, pero me gustaría que vinieras más a menudo –comentó–. Te echo de menos.

—¿Pero no echas de menos trabajar? –preguntó esperanzada.

–En absoluto. Voy a tener el bebé, no moverme una temporada y cuando estemos listos, creo que volveré a la universidad.

Liz movió la cabeza.

–Sigo sin poder creerme que lo dejaras de esa manera. ¿Te das cuenta de la cantidad de dinero que perdiste con la operación Lindsborg? Realmente eres feliz, ¿verdad? –le tomó la mano.

Elise asintió.

–Para mí, ésta es la elección correcta por ahora –se frotó el vientre–. Es lo que quiero.

Liz se puso de pie.

–Bueno, he de irme –alzó las manos–. Por favor, no te levantes. No querrás romper aguas.

Elise rió.

–Vuelve pronto... cuando puedas quedarte.

–Lo haré –se despidió con un gesto de la mano.

Justo cuando el coche se alejaba, Zane subió los escalones del porche.

–¿Era Liz?

–Sí, andaba por aquí y pasó a saludar –alargó la mano y Zane la ayudó a incorporarse.

–¿Estás bien? –le preguntó.

Le pasó los brazos por la cintura.

–Mejor que bien. De maravilla.

Le besó la punta de la nariz y ella le acarició la mejilla guiándole la boca hacia la suya.

–¿Estás ocupado? –murmuró.

–Nunca demasiado para ti –musitó con voz ronca–. ¿Qué tenías en mente?

Ella se puso de puntillas y susurró algo en su oído.

–Creo que puedo complacerte –bromeó con tono sexy.

Tomados de la mano, entraron en la casa, atravesaron la cocina, avanzaron por el pasillo, más allá de la lista enmarcada de *Cómo Buscar Marido,* y subieron las escaleras.

Elise había aprendido que una de las mejores cosas que tenía no ser una mujer trabajadora, era que podía hacer el amor con su marido en cualquier momento. No sabía cuánto tiempo sería esposa y madre a tiempo completo antes de volver a incorporarse al mercado laboral, pero iba a aprovechar las ventajas el tiempo que pudiera...

JAZMÍN™

JESSICA HART

LOS MEJORES AMIGOS

HARLEQUIN™

CAPÍTULO 1

AHÍ ESTÁ Bella –Aisling le dio un codazo y Josh se volvió para mirar a Bella y Phoebe, que acababan de entrar en la iglesia.

Siendo las mejores amigas de la novia, se habían vestido para matar. Phoebe estaba preciosa con un vestido amarillo, mientras Bella había elegido uno más romántico en color rosa... y una pamela espectacular, calculada, evidentemente, para que las demás invitadas pasaran desapercibidas.

Josh no sabía mucho de moda, pero hasta él se daba cuenta de que se había salido con la suya. La pamela de Aisling, que le hizo levantar una ceja, parecía pequeña en comparación. Típico de Bella, pensó, con afecto. Siempre hacía que la gente volviese la cabeza.

Phoebe los saludó con la mano antes de volverse para hablar con su marido, Gib, que era el padrino y esperaba en el altar con el novio.

Bella se acercó al banco donde estaba Josh con una expresión rara, como molesta. Era su mejor amiga, pero últimamente estaba un poco distante.

–Perdona que no te bese –murmuró, señalando la pamela–. Esto no está diseñado para el contacto íntimo.

–Sí, ya veo –sonrió él, inclinándose de todas formas para darle un beso en la mejilla. Pero sintió que se ponía tensa.

–¿Pasa algo?

–No, nada –contestó Bella, sin mirarlo–. Ya sabes cómo son las bodas. Uno nunca llega a tiempo.

Ah, eso debía explicar su nerviosismo, se dijo Josh.

–¿Cómo está Kate?

–Un poco nerviosa, pero bien. Llegará enseguida.

Al otro lado del banco, Aisling asomó la cabeza para hablar con Bella.

–Tú deberías ser la madrina. Al fin y al cabo, eres su mejor amiga.

–Phoebe también es muy amiga suya. Además, Kate no es muy alta y quedaría mal con una madrina que le sacara una cabeza.

–Sí, pero Phoebe está casada.

–¿Y qué?

–Pues que estando tú soltera, lo lógico sería que fueras tú la madrina –insistió Aisling.

–Soy un poco vieja para eso –intentó sonreír Bella. Sin embargo, sentado entre las dos, Josh se dio cuenta de que había tensión entre ellas.

–No eres tan vieja. No puedes tener más de treinta y cinco.

Josh se aclaró la garganta. Aisling acababa de meterse en terreno peligroso. Bella era muy sensible sobre el tema de la edad.

Efectivamente, cuando miró a su izquierda, vio que los ojos azules de su amiga se habían oscurecido.

–Pues no. Resulta que sólo tengo treinta y dos.

Y cuando miró a Josh lo que quería decir estaba claro: «Y no se te ocurra decir que estoy a punto de cumplir treinta y tres».

–¿Ah, sí? –siguió Aisling, sin ningún tacto–. Como eras compañera de Josh en la universidad, pensé que tendríais la misma edad.

–No, él es un poco mayor que yo –replicó Bella, con los dientes apretados.

Josh decidió que era el momento de cambiar de tema.

–Entonces, ¿quién es la madrina, Phoebe?

–No, Phoebe es la dama de honor. La madrina es Alex, la hija de Finn. Está emocionada, no podía parar de saltar mientras ayudábamos a Kate a vestirse. Además, es mejor que sea su hijastra. Si yo hubiera sido la madrina, no habría podido ponerme esta pamela.

–Y eso habría sido un crimen –sonrió Josh.

–¿Qué te parece?

–Es... muy grande –contestó él diplomáticamente.

Bella soltó una risita y, por un momento, fue la Bella de siempre; su expresión vívida y los ojos azules llenos de alegría. Josh se dio cuenta entonces de cuánto la había echado de menos.

Eran muy buenos amigos, pero últimamente no parecía la misma. Algo pasaba, era como si hubiera perdido la alegría.

Quizá tenía problemas con Will, se dijo. Pero había visto a Bella pasar por más crisis románticas de las que quería recordar y eso nunca había afectado a su relación.

Quizá aquella vez sería diferente. Quizá Will era más importante para Bella que los demás.

Por alguna razón, esa idea no le gustaba en absoluto. Will no era suficientemente bueno para ella.

–¿Dónde está Will? –preguntó, intentando disimular su desagrado–. Pensé que vendría a la boda.

Bella carraspeó.

–¿Will? Está en Hong Kong.

–¡Hong Kong! ¿Y qué hace allí?

–Tenía una reunión –contestó ella.

–¿Una reunión? ¿Precisamente hoy?

–Pues no sé... una reunión de trabajo.

–¿No podría haberla dejado para la semana que viene? ¿No sabía que Kate y Finn se casaban hoy?

–Sí, pero era una reunión muy importante.

Ha tenido que dejarlo todo para solucionar una pequeña crisis.

–Tú también eres importante –dijo Josh.

Qué típico de Will. Marcharse al otro lado del mundo, en lugar de estar con Bella cuando era más necesario.

No entendía por qué su amiga siempre salía con hombres como él. Por supuesto, Will era guapo y tenía un Porsche, pero a él no lo impresionaba. No era un hombre en el que se pudiera confiar.

–Pero es que la reunión era fundamental. No sé qué problema con el mercado de valores –dijo Bella.

–No creo que fuera una cosa de vida o muerte. Will no hace nada. Sólo se sienta detrás de un escritorio para jugar con el dinero de los demás. ¿Por qué era tan importante? –insistió Josh, irritado.

–Es su trabajo –contestó ella–. Y no juega con el dinero de los demás. Invierte millones de dólares y, si algo va mal, puede afectar a los mercados internacionales, a nuestros sueldos y a nuestro nivel de vida –añadió, desafiante.

Pero Josh no estaba dispuesto a creer que Will hacía una contribución interesante a la sociedad.

–Si la estabilidad económica del mundo dependiera de Will, yo estaría muerto de miedo.

Además, a la economía mundial no le pasaría nada por haber dejado esa reunión para el lunes.

Bella lo miró entonces, irritada.

–Oye, ¿qué te pasa? Si yo entiendo que Will no haya podido venir y Kate y Finn lo entienden también, ¿por qué no lo entiendes tú?

–Porque creo que debería haber estado aquí contigo –insistió él.

–¡No necesito que vaya conmigo a todas partes! Estoy en la boda de una de mis mejores amigas, rodeada de gente que me conoce. ¿Para qué necesito a Will?

–Yo creo que a Josh le preocupa que te sientas sola –intervino Aisling–. Me contó que Phoebe, Kate y tú no os separabais nunca y ahora que las dos están casadas... en fin, que podrías sentirte un poco fuera de lugar.

Bella la fulminó con la mirada.

–Si intentas decir que estoy celosa, te equivocas. Me alegro muchísimo por Kate y por Phoebe. Las dos han encontrado al hombre perfecto, pero yo no me siento fuera de lugar porque también yo lo he encontrado. Will y yo somos muy felices y no necesito que esté conmigo a todas horas.

–Pues no pareces muy feliz –dijo Josh.

–A lo mejor es porque uno de mis mejores amigos y su novia están intentando que sienta pena de mí misma. ¿Eso te haría feliz?

Josh abrió la boca, pero antes de que pudiera replicar Phoebe lo interrumpió.

–¡Aquí llega la novia! –exclamó, empujando a Bella con la cadera para hacerse un sitio en el banco.

En ese momento empezaron a tocar la Marcha Nupcial.

Bella se encontró apretujada contra Josh y, de un caderazo, lo lanzó contra Aisling, que acabó pegada a la pared.

No era un comportamiento muy digno para una boda, pero se sintió mejor. ¿Por qué tenía Aisling que meterse en su vida?

Sin embargo, un segundo después se olvidó del asunto.

Al ver a Kate entrando en la iglesia del brazo de su padre se le hizo un nudo en la garganta. El tópico de que la novia estaba radiante era la mejor forma de describirla. Kate parecía brillar y los ojos, que tenía clavados en el novio, estaban llenos de amor.

Y la expresión de Finn casi la hizo llorar.

¿La miraría alguien así alguna vez? Intentaba imaginarse a sí misma en el lugar de Kate, pero no podía ver la cara del hombre que estaría esperándola.

Y no iba a ser Will, a pesar de lo que le había dicho a Josh y Aisling. Aisling, qué nombre tan tonto. Había algo en ella que le ponía de los nervios.

Sintiéndose culpable por pensar en eso cuando debería estar concentrándose en la boda, Bella volvió la mirada hacia el altar.

Kate le había dado su ramo de novia a Alex, que estaba preciosa con un vestidito blanco. Era una boda tradicional, en la iglesia del pueblo de Kate, y Bella se sintió extrañamente conmovida. Phoebe y ella no fueron las únicas que tuvieron que secarse las lágrimas varias veces durante la ceremonia.

–Esto es horrible –le dijo a Phoebe cuando terminó–. No había llorado tanto desde que vi *La fuerza del cariño*.

–Es que parecen tan felices... –sollozó su amiga.

–¿Qué os pasa? –preguntó Josh–. Se supone que las bodas son ocasiones felices.

–Cosas de mujeres. Aparentemente, lloriquear así es una muestra de felicidad –dijo Gib, el marido de Phoebe–. Pero se les pasará en cuanto tomen un poco de champán.

Aisling no estaba llorando. Claro, ella no permitiría que se le corriera el rímel. Iba del brazo de Josh, monísima con un vestido de color aguamarina y una pamela muy elegante. Bella estaba orgullosa de su pamelón, pero al ver la de Aisling se sintió exagerada y ridícula.

Todo en Aisling la hacía sentir así. Mientras Aisling hablaba bajito, ella hablaba a voces.

Aisling era elegante, ella llamativa. Aisling era montañera, ella una chica de ciudad.

Aisling era perfecta para Josh y ella era sólo su amiga.

Bella se colocó en posición para las fotografías, organizadas por Gib. En una de ellas aparecían las antiguas compañeras de piso: Caro, Phoebe, Kate y Bella, las tres primeras con sus maridos, claro.

Y luego la foto de Kate y Finn con Phoebe, Gib, Josh, Aisling y ella.

Bella se dio cuenta de que, en las fotos, era la única que no tenía pareja. Y le resultaba raro. Ella siempre había sido la que tenía novio, mientras Phoebe y Kate lloriqueaban porque era imposible ligar en Londres, de modo que esta situación le resultaba irónica.

No pensaba darle a Aisling la satisfacción de decirlo en voz alta, sino todo lo contrario. Sonrió, bromeó y habló con todo el mundo hasta que se dirigieron a la carpa que habían montado en el jardín de la casa de los padres de Kate.

Pensaba que lo estaba haciendo bien, pero a Josh no lo engañó. Seguramente la conocía demasiado bien, se dijo. Y no quería contarle que estaba triste porque entonces le preguntaría por qué... y no sabía por qué.

Aunque eso no era cierto del todo. Sí lo sabía.

Tenía que ver con Aisling. Tenía que ver con

que Josh ya no era el estudiante larguirucho al que conocía desde tanto tiempo atrás.

Para Bella, era como ver a un extraño. No había nada extraordinario en Josh. Tenía un rostro normal, los ojos azules grisáceos, el pelo castaño...

Pero hasta entonces no se dio cuenta de que en aquellos catorce años había adquirido una presencia sólida, madura, y un aire de competencia que resultaba impresionante.

Nunca se había fijado en su boca o en sus manos. Nunca se fijó en que tenía un cuerpazo. No era excepcionalmente alto, pero sí fibroso y se movía con gracia.

Y ahora que lo había notado, no podía dejar de mirarlo.

Eso la hacía sentir incómoda. Era Josh. Su mejor amigo, al que contaba todos sus disgustos, sus penas y sus alegrías. Había llorado en su hombro más veces de las que quería recordar. Josh la había visto sin maquillaje, en pijama, con resaca... Estar con él era como estar con Phoebe o Kate, tan cómodo como ir en zapatillas.

Pero, de repente, no se sentía cómoda con él y no entendía por qué.

En ese momento, Josh se dirigió hacia ella y Bella tomó un sorbo de champán para calmar los nervios. El mismo Josh de siempre. Era una tontería pensar que algo había cambiado entre ellos.

–¿Estás bien?

–Sí, claro. ¿Por qué?

–Porque pareces un poco tensa. No sé... ¿Will y tú tenéis problemas?

Bella dejó escapar un suspiro.

–¿Por qué te empeñas en que mi relación con Will sea un desastre? –le espetó, irritada–. Will es estupendo. Es increíblemente atractivo, generoso, inteligente, tiene éxito en la vida...

Era, pensó, angustiada. Cuando conoció a Will se volvió loca por él. ¿Por qué ya no podía sentir lo mismo?

–Ya, claro.

–Es que lo echo de menos. Y la casa está muy vacía sin Kate.

–Ya me imagino. ¿Vas a quedarte allí?

–Supongo. El alquiler es muy bajo. Phoebe no necesita el dinero... una de las ventajas de tener un marido rico, claro. Así que puedo pagar el alquiler yo solita.

–Pues si Will es tan perfecto como dices, no sé por qué no te vas a vivir con él. ¿Es que no quiere comprometerse? –preguntó Josh, sarcástico.

–¡Y eso lo dices tú! Tú, que nunca te has comprometido con nadie.

–Estoy esperando a la mujer perfecta –contestó él.

–De eso nada. Lo que pasa es que te da miedo.

–¿Cómo puedes decir eso, Bella?

–Sí, sí, ya sé que viajas en convoyes por zonas de guerra, que rescatas gente de la montaña y todo eso.

Antes de abrir su propia empresa, Josh se dedicaba a dar apoyo logístico a las expediciones de organizaciones no gubernamentales y a otras como Cruz Roja Internacional. La mayoría tenían como objetivo ayudar en zonas en las que había ocurrido una catástrofe, pero también organizaban expediciones para personas que, sencillamente, querían vivir una aventura.

Bella no entendía por qué alguien pagaría dinero para estar muerto de frío y de miedo durante un mes, pero el negocio de Josh iba viento en popa.

–Sé que has estado en muchas zonas de peligro, pero eso son riesgos físicos. ¿Te has arriesgado alguna vez de otra forma?

–Abrir mi empresa fue un riesgo –replicó Josh.

–Un riesgo económico, sí. Pero yo hablo de riesgos emocionales.

–Todos los riesgos son iguales. Tienes que mirar la situación de forma lógica, no emocional, y comprobar hasta dónde puedes llegar.

Cuando se ponía así de lógico, Bella se preguntaba cómo podían ser amigos.

–Y en cuanto a las relaciones sentimentales, nunca me ha parecido que mereciese la pena el riesgo –seguía diciendo él–. Pero no es una cuestión de tener miedo.

–¿Ah, no?

–No todos somos como tú, Bella. No todo el mundo invierte su vida en una relación cinco minutos después de conocer a alguien. La experiencia debería haberte enseñado a ser más cauta, pero no. Apenas has salido de una relación desastrosa cuando ya te has embarcado en otra.

–Eso es mejor que no profundizar en ninguna relación y preguntarte siempre si has perdido la oportunidad de tu vida –replicó ella.

–¿Y eso es lo que tienes con Will?

Bella levantó la barbilla, desafiante.

–Pues sí.

–Entonces, ¿por qué no vivís juntos?

–Porque nos va muy bien así. Todo el mundo necesita tener su propio espacio.

Josh no se molestó en esconder su incredulidad.

–¿Tú? Pero si eres la persona más sociable que conozco. No creo que tú necesites tu propio espacio.

–A lo mejor no me conoces tan bien como crees –replicó ella, irritada–. De hecho, estoy deseando vivir sola. Llevo acostumbrándome desde que Kate conoció a Finn, así que ahora no me siento tan rara. Y aunque acabe compartiendo la casa con otra persona, no será lo mismo.

¿Dónde voy a encontrar a alguien con quien me lleve tan bien como con Phoebe y Kate?

–¿Qué tal Aisling? –preguntó Josh.

Bella lo miró, sorprendida. ¿Aisling?

–¿Y eso?

–Está buscando piso y seguro que os llevaríais bien. Yo diría que es perfecta para ti.

¿En qué planeta vivía aquel hombre? Bella lo miró, incrédula. ¿Creía que Aisling y ella podían llevarse bien? Evidentemente, Josh no la conocía tan bien como había creído.

–No creo que tengamos mucho en común.

Él pareció sorprendido.

–¿No? Pues yo creo que os parecéis mucho. Aisling se dedica al márketing y tú a las Relaciones Públicas. No son trabajos tan diferentes, ¿no? Y también a ella le gustan las relaciones sociales.

–Creí que se pasaba el día escalando montañas y bajando ríos en canoa –replicó Bella, irónica.

–Le gusta el aire libre, pero también es una chica de ciudad, como tú.

Ya, seguro. Así que Aisling era perfecta. Podía abrirse paso a través de una jungla y, además, llevar los labios perfilados. Bella tomó otro sorbo de champán.

–Aunque no es una princesa como tú –siguió Josh, con menos tacto del habitual en él–. No necesita un secador cuando va de camping.

Ella hizo una mueca. Un par de años antes

habían ido de camping a Yorkshire y se quedó helado al descubrir que llevaba un secador a pilas. Nunca lo olvidó. Bella estaba segura de que se lo había contado a Aisling y que ésta se habría reído a carcajadas.

–No creo que mi casa sea muy conveniente para Aisling. Está lejos de tu oficina.

–Aisling ha estado de excursión en el Sáhara. No creo que tomar el metro sea un problema para ella.

–Sí, bueno, hablaré con Phoebe –murmuró Bella, sin ningún entusiasmo–. Es su casa, así que es ella quien debe decidir.

–Estupendo –sonrió Josh–. Seguro que a Phoebe no le importará.

–¿Dónde está Aisling, por cierto?

Tenía que encontrar a Phoebe antes de que Josh lo hiciera porque no estaba dispuesta a compartir casa con su novia.

Él miró alrededor.

–Ahí, hablando con la hermana de Finn.

Como si los hubiera oído, Aisling se volvió y le hizo señas a Josh para que se acercara. A pesar de que quería librarse de él, Bella se quedó atónita al ver que obedecía. Podría tener un poquito más de orgullo, ¿no?

De todas formas, era su oportunidad para hablar con Phoebe.

–Así que dile que no, ¿eh? –le suplicó, después de contarle la historia.

–Pero es que... Aisling parece una chica encantadora y no sé qué excusa voy a poner.

–No me cae bien –dijo Bella.

–¿Por qué?

–No lo sé. Demasiado encantadora, diría yo. Y no creo que sea mujer para Josh.

Phoebe la miró, sorprendida.

–¿Seguro que no estás celosa?

–¿Celosa? ¿Celosa yo? ¡No seas ridícula! Yo nunca he estado celosa de Josh. Siempre me he llevado muy bien con sus novias.

–Porque ninguna de ellas se parecía a ti.

–¡Aisling no se parece a mí!

–Sí se parece. Y seguro que es por eso por lo que no te cae bien.

Bella se volvió para buscar a Aisling con la mirada. La muy pesada no podía quitarle a Josh las manos de encima. Y, conociéndolo, seguro que no le hacía ninguna gracia.

Por otro lado, tampoco estaba apartándose.

–Yo no me parezco a Aisling. ¡Para empezar, ella es pelirroja!

–Bueno, cámbiale el color del pelo y el de los ojos ¿y qué tienes? Es muy guapa, tiene unas piernas larguísimas y es la única novia sofisticada que Josh ha tenido en su vida –sonrió Phoebe–. Admítelo, Bella, es un clon tuyo.

Bella no estaba dispuesta a admitir nada.

–Además de ser completamente diferentes y tener personalidades opuestas, yo diría que lo único que tengo en común con Aisling es que las dos somos mujeres.

Phoebe se encogió de hombros.

–Lo que tú digas.

–Además, Josh y yo sólo somos amigos. ¿Por qué iba a estar celosa?

–¿Nunca lo has encontrado atractivo?

–No es mi tipo.

–¿Y crees que tú eres su tipo?

Bella se encontró a sí misma preguntándose aquello por primera vez.

–Nunca me lo ha dicho. Además, él siempre ha salido con chicas que no se pintan y que se pasan el día al aire libre.

–Eso no importa.

–Claro que importa. Josh y yo somos muy buenos amigos y nunca hemos querido estropearlo acostándonos juntos. Además, antes no me parecía atractivo. Era demasiado delgado y tan estudioso...

Phoebe miró hacia el otro lado del jardín.

–Ha cambiado.

–Sí –murmuró Bella.

Josh, tan seguro, tan sólido, le parecía casi un extraño.

En ese momento estaba hablando con alguien y cuando lo vio soltar una carcajada se le encogió el estómago. Tenía la sensación de estar cayendo al vacío y era tan intensa que tuvo que cerrar los ojos.

–Sí, ha cambiado mucho.

Asustada, Bella tomó un sorbo de champán. Entonces se dio cuenta de que Phoebe la estaba observando.

–¿Qué?

–No he dicho nada.

Eso era lo peor de tener amigos que te conocen demasiado bien. No tienen que decirte nada porque saben lo que estás pensando.

–No estoy celosa, ¿de acuerdo?

–De acuerdo. Entonces, ¿cuál es el problema?

–¿Quién ha dicho que hay un problema?

Phoebe dejó escapar un suspiro.

–Por favor, Bella, es evidente. ¿Es por Will?

–No... sí, bueno...

–¿Qué ha pasado?

–Nada –suspiró ella–. Ese es el problema, que no pasa nada. Es que últimamente me siento... inquieta. No hemos discutido ni nada, pero... fue Will quien sugirió que nos diésemos un tiempo y creo que es lo que nos hace falta. Pero es estupendo, de verdad.

–Parece buena persona –dijo Phoebe.

–Y es guapísimo, inteligente, solvente, no está mal de la cabeza... ¿qué más se puede pedir? Si le hubiera dicho que viniera a la boda, habría venido –suspiró Bella–. La verdad, estoy loca por dejarlo irse a Hong Kong. ¿Qué me pasa?

–No te pasa nada. Will no es el hombre de tu vida, nada más –sonrió Phoebe.

–Pero si alguien como Will no es el hombre de mi vida, ¿quién lo es?

–No lo sé –contestó su amiga–. Pero lo sabrás cuando lo encuentres.

CAPÍTULO 2

BELLA deseaba tener tanta confianza como Phoebe. Y empezaba a preguntarse si estaba mal de la cabeza. No era particularmente engreída aunque se sabía guapa y nunca había tenido problemas para encontrar novio. Pero nunca llegaba a ninguna parte. Se enamoraba tan fácilmente como dejaba de estarlo.

Quizá nunca encontraría al hombre de su vida, pensó tomando un canapé. Y quizá entonces ya no tendría a Josh para apoyarla. Aunque habían acordado que si llegaban a los cuarenta sin haber encontrado pareja, se casarían.

La verdad, nunca se le ocurrió pensar que Josh se casaría antes que ella. Era tan discreto, tan tímido, que le resultaba difícil imaginarlo viviendo con alguien. Nunca había vivido con ninguna de sus novias.

Pero allí estaba Aisling, agarrada de su brazo. Y aunque quería pensar que Josh parecía irritado, no era verdad.

Josh, que estaba hablando con Gib, llevaba

una camisa blanca que destacaba su bronceado; un bronceado natural de pasar tanto tiempo al aire libre.

Estaba muy guapo. Incluso con chaqué, como todos los demás, tenía el aire de un hombre que debería estar abriéndose paso en la jungla o caminando por una carretera polvorienta en medio del desierto, no bebiendo champán y tomando canapés en la campiña inglesa.

La verdad, era asombroso que hubiera tardado tantos años en darse cuenta de que Josh tenía un cuerpazo. Si no lo conociese de nada, se habría fijado en él inmediatamente.

No era guapo como Will, por supuesto, pero tenía unos ojos muy bonitos que parecían siempre un poco burlones.

Su boca también era bonita. No llamaba la atención de inmediato, pero si la mirabas atentamente tenía algo que te hacía estremecer.

En aquel momento Bella sintió un escalofrío y tuvo que apartar la mirada.

No era normal pensar en Josh de esa manera. Era su amigo, la única persona con la que podía hablar de cualquier cosa.

Excepto de aquello.

Bella se imaginó a sí misma acercándose para decirle: «Oye, Josh, estaba pensando que tienes un cuerpazo. ¿Te importa si te doy un beso?».

No, no podía hacerle eso. Y, desde luego, no

podía hacérselo a sí misma. Una cosa era ser sincera y otra humillarse ante él.

En ese momento, Josh se inclinó para darle un beso a Aisling. El dolor que le produjo ese gesto la pilló tan de sorpresa que casi tiró el champán.

Bella se volvió abruptamente. Ella era el alma de las fiestas, no alguien que se queda fuera. Había llegado el momento de circular... y de mostrar sus encantos.

Lo hizo tan bien que uno de los hermanos de Kate, que tenía veinte años, le pidió que se casara con él. Emocionada y divertida, Bella lo rechazó con toda amabilidad, pero no pudo evitar sentirse victoriosa. Tenía treinta y tres años y no era la reina de la montaña, pero aún había hombres interesados en ella... aunque fueran unos críos y llevasen varias horas bebiendo champán.

De repente, parecía haber desarrollado un gran atractivo para los jóvenes. Sus atenciones eran muy halagadoras, pero no estaba segura de que fuese una buena señal. ¿De verdad parecía tan mayor como para atraer a los críos?

Aun así, era agradable sentirse deseada.

Decidida a mostrarle a Josh que lo estaba pasando de maravilla, salió a bailar con uno de sus admiradores. Y bailó y bailó, moviendo la melena.

Josh la observaba desde el otro lado de la carpa. El chico que bailaba con ella no debía tener más de dieciséis años y, aparentemente, no parecía creer la suerte que había tenido. Llevaba toda la noche observando cómo hechizaba a los hombres. Ni siquiera el famoso tío gruñón de Kate era inmune a los encantos de Bella Stevenson.

Siempre era igual con ella. Josh recordaba el día que se conocieron. Bella entró en clase, rubia, preciosa e imposiblemente sofisticada entre las demás estudiantes, y cuando se sentó a su lado Josh tragó saliva como el chico con el que estaba bailando en aquel momento.

Siempre había sido una estrella y durante las primeras semanas se conformó con mirarla a distancia. Bella no estaba a su alcance y ni se le pasó por la cabeza que podrían ser amigos, pero cuando empezó a conocerla mejor se sorprendió al descubrir lo encantadora que era. Y lo divertida. Parecía una princesa, pero tenía una risa contagiosa.

Aunque nunca intentó aprovecharse de esa amistad. Él era sólo su amigo, un hombro sobre el que llorar sus vaivenes románticos.

Y no le importaba, se decía a sí mismo. Al menos así la veía a menudo, y lo hacía como los hombres que salían con ella no podían verla. Además, ninguno de ellos duraba mucho. Bella Stevenson parecía sofisticada, pero en realidad era una romántica incurable, dispuesta a encontrar a su príncipe azul.

Quizá lo había encontrado en Will. A él no le parecía precisamente un príncipe azul, pero nunca había entendido los gustos de su amiga.

Josh sonrió al verla dando vueltas en la pista de baile, riendo y moviendo la falda con aquellas piernas espectaculares.

–¡Josh! –lo llamó Aisling, tomando su mano para llevarlo a la pista.

No pudo hablar con Bella hasta mucho después, ya casi al final del banquete.

–¿Bailamos?

–Estoy cansada.

–¿Cansada? Pero si tú nunca estás cansada.

–De verdad. Llevo toda la noche dando vueltas –Bella se abanicó con la mano, decidida a no bailar con él–. Pídeselo a Aisling.

–Está bailando con Gib.

–En serio, estoy agotada.

–Para esto no hace falta energía –sonrió Josh, cuando la orquesta empezó a tocar una canción lenta–. Además, es lo único que sé bailar. Venga, anímate.

No podía seguir rechazándolo o empezaría a sospechar que pasaba algo. Y sólo era Josh, se dijo. Sólo Josh.

Sólo los brazos de Josh alrededor de su cintura, sólo el ancho torso de Josh, sólo la mejilla de Josh apoyada en su pelo. Habían bailado montones de veces. Entonces, ¿por qué le parecía diferente? ¿Por qué sentía el deseo de enredar los brazos alrededor de su cuello?

Bella tragó saliva.

–Una boda estupenda.

–Desde luego, tú lo estás pasando estupendamente. ¿Y ese repentino interés por los chicos jóvenes? Supongo que sabrás que acabas de destrozarles la vida. Se pasarán años soñando con encontrar una mujer como tú y la mayoría acabará decepcionado. ¡Deberías llevar un aviso pegado al vestido!

–Nunca antes te había molestado –dijo ella. Josh se apartó un poco para mirarla.

–Conmigo era diferente.

–Lo sé.

¿Por qué?, se preguntó. ¿Por qué Josh no la deseaba como otros hombres? Él nunca le había dado a entender que quisiera ser algo más que un amigo. Y, sinceramente, Bella se habría quedado atónita si lo hubiera hecho.

Entonces, ¿por qué de repente le resultaba tan difícil bailar con él? Era como si estuviera creciendo algo en su interior y no sabía lo que era ni cómo pararlo.

Tenía la boca seca y se sentía más tímida que nunca. Pero como el silencio se alargaba, se vio obligada a preguntar por el trabajo.

–Muy bien –dijo Josh, como si también él se sintiera aliviado–. Desde que Aisling empezó a trabajar con nosotros, las cosas van de maravilla. Como había trabajado con C.B.C., nuestro mejor cliente, sabe muy bien cómo funcionan ambas organizaciones.

–¿Ah, sí? –murmuró Bella, intentando parecer interesada.

–Existe la posibilidad de conseguir un contrato estupendo. Podría ser el que lo cambie todo.

–¿Por qué es tan importante?

–Porque significaría una expansión internacional –dijo Josh–. El cuartel general de la C.B.C está en París, pero tienen oficinas por todo el mundo.

–Eso suena muy bien.

–Las grandes empresas se resisten a recibir formadores de fuera. En algunos países es vital establecer relaciones personales con sus ejecutivos antes de empezar a hacer negocios.

–Pero no puedes ir por todo el mundo...

–Claro que no, pero C.B.C. organiza un encuentro anual. Una especie de vacaciones pagadas. Es una ocasión para las relaciones sociales y una recompensa para sus mejores ejecutivos. Además, sirve para comprobar que todos mantienen la misma ética de trabajo.

–Yo compartiría ética con cualquier empresa que me regalase unas vacaciones –dijo Bella, alegrándose de que la conversación la hubiera distraído de otros asuntos más preocupantes, como por ejemplo, que le gustaría apoyar la cara en el cuello de Josh.

–¡Esa es mi Bella, la moralista!

–¿Y dónde tienen lugar esas vacaciones?

–Este año, en las Seychelles. Me han invitado porque les parece una buena oportunidad para que conozca a los ejecutivos más importantes.

¡Sólo Josh podía decir con total tranquilidad que lo habían invitado a pasar unas vacaciones en las Seychelles!

–¿Y piensas ir?

Él se encogió de hombros.

–Ese tipo de reuniones corporativas no es lo mío, pero Aisling piensa que debo ir.

Sorpresa, sorpresa.

–Supongo que ella irá también.

–Sí, es ella quien tiene los contactos y, en su opinión, es importante que me relacione con esa gente.

–¿De verdad? –murmuró Bella, sin poder disimular la ironía.

Ella llevaba años diciéndole eso, pero Josh jamás le había hecho caso. Tenía que llegar Aisling...

Al menos se le habían pasado las ganas de apoyar la cara en su cuello.

–Aisling tiene razón, pero no te veo tumbado en la playa durante una semana.

–Me volvería loco si no tuviera nada que hacer más que tomar el sol, pero Aisling dice que en estos eventos hay muchas actividades.

–Ah, vaya.

«Aisling dice, Aisling hace, qué hartura».

–Actividades como escalar o navegar son excelentes para conocer a la gente. Cuando tienes un reto delante de ti debes comunicarte con los demás.

–Eso dicen –murmuró Bella, que nunca había tenido problemas para comunicarse desde su propio sofá, con un teléfono en la mano.

Josh sonrió.

–Ya sé que tu idea del aire libre consiste en salir al balcón, pero a mucha gente le gusta hacer cosas que no han hecho antes.

–¿Qué más tenéis que hacer?

–No estoy seguro. Aisling dice que organizarán deportes náuticos, así que no creo que me aburra.

Bella dejó escapar un suspiro.

–¿Y qué tiene de malo tumbarse en la arena? También se pueden hacer relaciones sociales mientras te pones crema bronceadora.

–No todos tenemos tu habilidad para relacionarnos.

–Pues yo creo que sería más eficaz. ¿Cómo vas a relacionarte si estás bajo el agua? Sólo habrá burbujas y más burbujas.

–¡Ah, ahora eres una experta en deportes acuáticos!

–Lo he visto en la tele.

Josh soltó una carcajada.

–Lo que pasa es que no te gusta la idea de mojarte el pelo. Afortunadamente, Aisling no es una princesa como tú.

Claro que no. Aisling se haría una coleta, se pondría ropa sencilla y dejaría los tacones en Londres.

Pues mucha suerte. Si quería pasarse unas vacaciones bajo el agua, con un traje de baño de neopreno y un tubo en la boca era su problema.

–Por cierto, ¿has hablado con Phoebe? –preguntó Josh, apretando suavemente su cintura.

El corazón de Bella dio un salto y se puso a latir como loco.

–¿Hablar con Phoebe?

–Sobre lo de que Aisling se mude a la casa.

–Ah, sí. He hablado con ella.

Ojalá parase la música y Josh la soltara. Así sería más fácil hablar con él.

–¿Y qué ha dicho?

Por un momento, Bella se preguntó si debía echarle la culpa a Phoebe, pero no sería justo.

–Ha dicho que lo decida yo. Pero la verdad, me gustaría vivir sola durante un tiempo.

Eso había sonado bastante razonable, ¿no? Mejor que: «Antes que vivir con Aisling prefiero clavarme agujas en los ojos», por ejemplo.

–Pues se llevará un disgusto. Ella pensaba que os llevaríais de maravilla.

–¿Ah, sí?

–Sí, le caes muy bien.

Bella no creía eso para nada. Aisling sonreía dulcemente, pero en sus ojos verdes siempre había un brillo de frialdad.

–¿De verdad?

–Me lo ha dicho varias veces.

Bueno, si iba a creer todo lo que Aisling le dijera...

¿Cómo podía ser tan ingenuo? Josh debería ser más perceptivo. Debía estar loco por Aisling si creía todo lo que ella decía. La idea le pareció absolutamente deprimente.

Por fortuna, la música terminó en ese momento y Josh la soltó.

–Espero que encuentre apartamento –sonrió Bella, intentando ser amable.

–Hasta entonces, puede venirse a vivir conmigo. Eso sería conveniente porque la oficina está muy cerca.

–¿Qué? –exclamó Bella.

–Tiene que vivir en alguna parte. Debe irse de su apartamento a finales de la semana que viene..

–¡Pero tú nunca has querido vivir con nadie!

–Aisling es diferente. Es una chica especial. Nos llevamos muy bien y tenemos muchas cosas en común.

Bella se sintió enferma.

–¿No crees que trabajar juntos y vivir juntos será demasiado?

–Habrá que probar, ¿no? Por ahora, no ha sido un problema trabajar y salir juntos.

Bella no podía creer lo desastrosa que había resultado su negativa a compartir casa. Nunca se le habría ocurrido pensar que se irían a vivir juntos. Josh siempre había sido tan solitario... sus otras novias solían pasar algún fin de semana en su casa, pero nunca les había pedido que dejaran el cepillo de dientes.

¡Y ahora iba a pedirle a Aisling que se fuera a vivir con él!

A Bella no le gustó nada. Pero nada de nada.

Unas semanas después de la boda de Kate volvió a verlo y buscó alguna señal de que estaba harto de Aisling. Pero no la encontró.

Y la culpa era suya. Ella los había empujado a vivir juntos.

Echaba de menos a Josh. Horriblemente. Sólo su amistad, claro, pero aun así, era muy triste.

Durante un tiempo pensó que la tristeza pasaría cuando Will volviera de Hong Kong. En cuanto volviese a verlo se daría cuenta de lo importante que era para ella.

Pero no fue así. Le alegró verlo, pero algo había cambiado definitivamente. Y Will también se dio cuenta.

–Lo siento, no eres tú –le dijo Bella, con tristeza–. No sé lo que me pasa.

–No te preocupes –sonrió Will–. Podemos seguir siendo amigos.

En realidad, acabó adoptando el papel de

Josh, aunque Will nunca la conocería tan bien como él. Bella sabía que encontraría otra mujer, era demasiado guapo como para estar solo mucho tiempo, pero por el momento se llevaban mejor que nunca.

Su vida era más tranquila que antes... ¿antes de qué? La verdad era que no le apetecía ir de fiesta y prefería encontrarse con sus amigos para tomar una copa tranquila o ir al cine.

El teatro nunca le había interesado mucho, pero cuando Will le dijo que tenía dos entradas para el estreno de un musical, le hizo ilusión. En otro momento, seguramente habría levantado los ojos al cielo, protestando porque ella quería ir a bailar.

Llegaron al teatro cuando faltaban quince minutos para el comienzo de la función y subieron al bar a tomar algo.

Y allí se encontraron precisamente con Josh y Aisling.

El corazón de Bella dio un vuelco terrible al ver a Josh, pero él no parecía muy afectado.

–¡Bella! ¿Dónde has estado escondida todo este tiempo?

Claramente, su corazón no había dado un vuelco porque la besó con toda naturalidad.

–Hola, Josh.

–¡Hace siglos que no te veo...! Ah, hola, Will. Veo que has vuelto.

–¿Cómo? –preguntó él, sorprendido.

–Según Bella, estabas salvando la economía mundial en Hong Kong y por eso no pudiste ir a la boda de Kate.

–Yo no diría tanto –sonrió Will, modesto–. Pero conseguimos sobrevivir a esa crisis.

–¿Cuándo has vuelto? –el tono de Josh no era precisamente amistoso.

–Hace un par de semanas...

–Siento no haber llamado –intervino Bella, tomando a Will por la cintura–. Pero ya sabes cómo son las cosas. No hemos visto a nadie, ¿verdad, cariño?

Will le pasó un brazo por los hombros, un poco sorprendido.

–Sí, la verdad es que no hemos salido mucho.

–Me alegro de que todo os vaya bien –dijo Josh, que no parecía alegrarse en absoluto.

–Sí, todo es perfecto. ¿Verdad, Will?

–Perfecto –repitió él.

–Bueno, ¿y vosotros qué tal?

Josh le pasó a Aisling un brazo por la cintura, como si quisiera imitarlos.

–Estupendamente.

¿Lo había imaginado o estaba a la defensiva?

–Qué raro verte en el teatro, Bella –dijo Aisling entonces–. Josh siempre dice que como tú eres la reina del drama no te gusta ver a otra en el escenario.

Seguramente Josh había dicho eso, pero no en el tono que Aisling pretendía.

–Sí, bueno, la verdad es que a mí también me sorprende encontraros aquí. Pensé que preferiríais estar en medio de una montaña, compitiendo para ver quién tiene más barro en las botas.

–Nos gusta estar activos –dijo Aisling, con una sonrisa tan falsa como la de Bella–. Pero también disfrutamos de la cultura.

Sin embargo, Josh no parecía estar disfrutando en absoluto.

–Si quieres tomar una copa antes de que se levante el telón, será mejor que nos demos prisa –dijo Will entonces.

–Claro. Nos vemos luego –sonrió Bella, dirigiéndose a la barra–. ¡Cultura! –explotó en cuanto se alejaron–. Pero si es un musical... ¡Y Josh los detesta!

–¿Te importaría decirme qué está pasando? –preguntó Will.

–No quería decirles que hemos roto.

–Ya me lo he imaginado –sonrió él.

–Gracias por hacer tu papel.

–Pensé que, siendo Josh tu mejor amigo, se lo habrías contado.

–En otras circunstancias... pero en la boda de Kate fue muy desagradable conmigo. Además...

–¿Además qué?

–Nada –suspiró Bella. No podía contárselo–. Es que no he tenido oportunidad.

–Pero acabas de encontrártelo y, en lugar de

decírselo, le has hecho creer que seguimos juntos –insistió Will.

–Es que no quiero que Aisling se compadezca de mí –dijo Bella entonces–. Empezaría a decir «Ay, qué pena, con lo bien que estamos Josh y yo». Es una bruja. ¿Sabes que ahora viven juntos?

–Ah –dijo Will.

–¿Qué significa eso?

–Eso explica que estés tan enfadada.

–No estoy enfadada. Es que Aisling no me cae bien. Josh y yo nos llevábamos divinamente hasta que ella apareció.

–Pero Aisling no es el problema, ¿verdad? El problema eres tú.

–¿Yo?

–Estás enamorada de Josh –dijo Will.

Bella abrió la boca para negarlo con vehemencia. Iba a decirle que no sabía lo que estaba diciendo, que era imposible que ella estuviera enamorada de Josh, que era su mejor amigo..., pero no le salieron las palabras. En lugar de eso, experimentó una sensación peculiar, como si estuviera al borde de un precipicio.

–Tengo razón, ¿verdad? –preguntó Will. En ese momento sonó el timbre que avisaba del comienzo de la obra–. Pobrecita... ¡parece como si te hubiera atropellado un camión!

Así era exactamente como se sentía. Sin decir nada, Bella dejó que Will la llevase hasta el patio de butacas. La verdad estaba mirándola a la cara. No podía evitarla y se sentía asustada, terriblemente asustada.

¿Cómo podía pasarle eso? Nunca había estado enamorada de Josh, no podía ser.

No quería estar enamorada de él. Quería que siguieran siendo amigos, que todo fuera como antes, pero la certeza de que eso ya no podría ser era como un puño apretando su corazón.

Las palabras de Will habían hecho que el genio saliera de la lámpara y no había forma de esconderlo otra vez.

Era la verdad, implacable, indiscutible.

Después de tantos años, estaba enamorada de Josh.

CAPÍTULO 3

BELLA miraba a los actores en el escenario, pero no los veía. Entonces recordó lo que Phoebe le dijo el día de la boda: «Lo sabrás cuando lo encuentres».

Pero no había sabido quién era el hombre de su vida. Tuvo que ser Will, normalmente no el más perceptivo de los hombres, quien le hiciera darse cuenta de la verdad. Y su vida había cambiado para siempre.

¿Qué podía hacer? Cuando tenía problemas siempre hablaba con Josh, pero él era la única persona a la que no podía contarle aquello.

Si acostarse con él habría roto su amistad, mucho peor sería confesarle lo que sentía. Josh estaba con Aisling, se recordó a sí misma. Tendría que hacer un esfuerzo para seguir siendo su amiga y aceptar a Aisling de una vez.

No sería fácil, pero tendría que intentarlo.

No podía contarle a Josh cómo había cambiado su vida, pero sí podía decirle la verdad sobre Will. Era una estupidez seguir aparentando que eran novios. Además, ella nunca le había mentido. Si seguían siendo amigos sería absurdo no admitir que Will no era el hombre de su vida.

Durante las siguientes semanas no encontró oportunidad de verlo y cuando, por fin, recibió un e–mail de Josh preguntando si podían tomar una copa al día siguiente, decidió que era el momento de contárselo todo. O casi todo.

«Por supuesto», le escribió. «Tengo muchas cosas que contarte. ¿El mismo sitio de siempre a la misma hora?».

«Yo también tengo cosas que contarte», escribió Josh. «Nos vemos mañana».

Bella pasó todo el día ridículamente nerviosa. Era peor que su primera cita.

No podía creer que estuviera tan excitada por quedar con Josh. Pero iba rezando para que, al verlo, todos sus males se curasen. Pensaba que, al verlo, se daría cuenta de que sus miedos eran desproporcionados, que descubriría al mirarlo a los ojos que no estaba enamorada de él.

Pero intuía que no iba a ser así.

Le temblaban las manos mientras se pintaba los labios en el lavabo de la oficina.

–Estás muy guapa. ¿Tienes una cita? –le preguntó la secretaria de su jefe.

–No –contestó Bella–. He quedado con un amigo.

Un amigo. Eso era Josh. Debía recordarlo.

Aunque cada vez que pensaba en él se le hacía un nudo en el estómago.

Llegó al bar diez minutos antes de la hora, algo rarísimo en ella. Era una broma común entre sus amigos decir que llevaba el reloj atrasado a propósito. Nerviosa, pidió una copa y se sentó cerca de una ventana, sin saber qué hacer.

Era horrible. No sabía si quería ver a Josh o estaba temiendo el momento.

Cuando entró, ni siquiera echó un vistazo alrededor. Miró su reloj, suponiendo que ella llegaría tarde y se acercó a la barra.

El corazón de Bella empezó a latir como loco. Menos mal que no la había visto porque no hubiera podido decir una sola palabra. Y ella esperando que, al verlo, se daría cuenta de que no estaba enamorada...

No podía dejar de mirarlo, sentado frente a la barra con un pantalón de color caqui y una vieja chaqueta de ante. Llevaba años regañándolo porque se negaba a ir a la moda y porque siempre se cortaba el pelo igual... y ahora, con sólo mirar su espalda se le encogía el corazón.

Josh no vestía a la moda, pero exudaba una gran masculinidad y no era un hombre fácil de ignorar. Ni siquiera por los camareros, que le sirvieron de inmediato.

Diez segundos después, se volvió con una cerveza en la mano y, tragando saliva, Bella levantó un brazo para llamar su atención.

–¡Has llegado a tu hora! –exclamó Josh, dejando la cerveza sobre la mesa–. ¿Estoy en otro universo paralelo sin darme cuenta? ¿Qué te ha pasado?

«Que estoy enamorada de ti».

La mejilla, donde Josh le había dado un beso, parecía temblarle. Estaba absurdamente nerviosa.

–Es que no tenía mucho trabajo y salí antes.

–¿No tenías mucho trabajo en el mundo de las Relaciones Públicas? ¡Estoy en un universo paralelo! –rió Josh, levantando su cerveza–. ¡Salud! Bueno, estás muy guapa.

–Tú también.

Estaba más que guapo, estaba maravilloso. Bella no podía apartar los ojos de él. Hubiera querido sentarse en sus rodillas, echarle los brazos al cuello, darle besos en la boca...

Atónita por la fuerza de un deseo que no había sentido antes, tomó un sorbo de vino. Tantos años con Josh y ahora no podía apartar las manos de él... figuradamente. Menos mal que estaba sentado al otro lado de la mesa. Aun así, sujetó la copa con las dos manos. Por si acaso.

–¿Cómo te va todo?

–Bien, ¿y a ti?

–Sí, bien.

Bella tenía ganas de llorar. Todo había sido siempre tan fácil con Josh. Solían pasarse las tardes hablando y tomándose el pelo...

–¿Te vas a ir a las Seychelles?

Él asintió.

–Dentro de tres semanas.

–Qué suerte. Ojalá yo pudiera irme de Londres en noviembre. Aquí hace un tiempo tan triste...

Genial, y encima hablaba del tiempo.

Josh tomó un sorbo de cerveza, en silencio, y Bella se concentró en hacer dibujitos sobre la mesa con la copa de vino. Debería contarle lo de Will, pero entonces le preguntaría por qué y una cosa llevaría a la otra y... mejor no contarle nada.

–Dijiste que tenías muchas cosas que contarme.

–Tú primero –murmuró Bella–. Tú también dijiste que tenías noticias.

–Sí, sí, es verdad.

Parecía incómodo. Evidentemente, tampoco él sabía por dónde empezar.

–¿Es bueno o malo?

–Bueno –dijo Josh.

–Pues no pareces muy seguro.

–No, es bueno. De verdad, es bueno.

Era estupendo. Entonces, ¿por qué no estaba dando saltos de alegría?, se preguntó Josh. Cuando Aisling lo sugirió le pareció una buena idea. Debería subirse a la mesa y contárselo a todo el mundo.

Pero no había esperado que le resultase tan difícil contárselo a Bella.

–¿Es sobre el trabajo?

–No, no tiene nada que ver –contestó él, tomando otro trago de cerveza.

Bella movió la melena de un lado a otro, con uno de sus típicos gestos de impaciencia.

–Pues cuéntamelo de una vez.

–Aisling y yo vamos a casarnos.

Al decirlo, se sintió culpable sin saber por qué. Quizá no debería haber sido tan brusco.

Bella parecía haberse quedado congelada, con una expresión vacía, ausente. Entonces miró su copa y Josh empezó a preguntarse si lo había oído.

–¿Bella?

–¡Felicidades! –exclamó ella entonces, levantándose para darle un beso.

Podía oler su colonia. Siempre llevaba la misma: *Allure*, le dijo un día, cuando le preguntó el nombre. «Puedes comprarme un frasco cuando quieras». Cuando iba a su casa podía oler ese perfume en todas partes.

¿Qué perfume usaba Aisling? ¿No era eso algo que un novio debería saber?

–¿Cuándo ha sido? –preguntó Bella con una sonrisa que, por alguna razón, hizo que Josh se sintiera incómodo.

Era la misma Bella de siempre, la de los ojos azules, la que apartaba la melena rubia con un gracioso movimiento.

Pero había algo en esa sonrisa que no... no era la habitual.

–La semana pasada.

Acababan de conseguir un buen contrato y fueron a celebrarlo. Cuando llegaron a casa, Josh intentó decirle a Aisling cuánto le agradecía su trabajo...

–No podríamos haberlo conseguido sin ti. Creo que hacemos un equipo fantástico.

–Creo que tú y yo seríamos un buen equipo hiciéramos lo que hiciéramos –sonrió Aisling entonces–. ¿Por qué no lo convertimos en algo permanente?

Y a Josh no se le ocurrió ninguna razón para decir que no. Aisling era preciosa e inteligente y compartían muchos intereses. Era fácil vivir con ella, no tenía ninguna costumbre irritante...

Bella, por ejemplo, lo volvería loco. Nunca cerraría los cajones ni pondría el tapón a la pasta de dientes y habría ropa suya tirada por toda la casa. Le llenaría el baño de cosméticos, monopolizaría el teléfono y se embarcaría en complicadas cenas que, al final, tendría que tirar a la basura.

No había nada de eso con Aisling. Josh no podía imaginar a nadie que cupiera en su mundo sin turbarlo como ella.

De modo que, ¿para qué iba a esperar? Bella estaba saliendo con Will y si no era Will sería cualquier otro ejecutivo insoportable.

Su amiga llevaba años diciéndole que no era romántico y Josh no discutía. Los románticos, como ella, tenían una visión muy poco realista de las relaciones sentimentales. Querían que todo fuera perfecto y la vida no era así.

Josh estaba entrenado para sobrevivir y para eso había que adaptarse a todas las situaciones y comprometerse cuando no quedaba más remedio. Y cuando había que tomar una decisión, tenía que hacerlo rápido.

Aisling tenía razón: formaban un buen equipo y formar parte de un equipo lo era todo. ¿Por qué no comprometerse de forma permanente?

–¿La semana pasada? –repitió Bella–. ¿Por qué no me lo habías contado?

–Quería contártelo en persona –dijo él, incómodo–. Aún no se lo he contado a nadie.

–¿Por qué no?

–Quería que tú fueses la primera en saberlo. Sé que es un poco precipitado, pero... ¿qué te parece?

–Creo que es una noticia fantástica. Y me alegro mucho por ti.

–¿De verdad?

–Por supuesto. Estoy un poco sorprendida, pero... claro que estoy contenta. Yo creo que Aisling es perfecta para ti.

–Lo es, ¿verdad? –Josh no parecía muy seguro.

–Absolutamente –dijo Bella, intentando sonreír.

–Te cae bien, ¿no?

–Claro que sí –mintió ella–. ¿Cuándo es la boda?

–Aún no lo hemos decidido.

–¿Vais a hacer una boda tradicional o algo diferente?

–Eso depende de Aisling. Pero creo que aún no ha hecho planes.

A Bella empezaba a dolerle la mandíbula del esfuerzo que hacía por sonreír.

–¿Puedo ser tu padrino? Se supone que debe ser tu mejor amigo, ¿no?

–Siempre lo serás, Bella.

–Bueno, pues entonces hay que celebrarlo –sonrió ella, intentando ocultar su desesperación–. ¡Pero ahora quiero una copa de champán!

–Voy a por una botella. Tú quédate aquí –dijo Josh, levantándose.

Fue un alivio, pero Bella se dio cuenta de que respiraba con dificultad. Y estaba temblando. Había tenido que hacer un esfuerzo sobrehumano para sonreír cuando, por dentro, se sentía desolada.

Sabía que iba a pasar, sabía que llegaría aquel momento. Pero en lugar de ponerse a llorar tenía que sonreír, costase lo que costase.

Josh no debía saber lo que sentía. No debía

imaginarlo siquiera. No sería justo para él. Se sentiría avergonzado y, aunque eso no iba a cambiar sus sentimientos por Aisling, haría que le resultase doloroso celebrar el compromiso.

De modo que Bella volvió a sonreír cuando él se acercó con una botella de champán.

–Fenomenal –murmuró, quitándole el tapón sin ningún tipo de ceremonia, como solía hacer en las celebraciones–. Enhorabuena, Josh –sonrió, levantando su copa.

–Gracias, Bella. Es una tontería, pero me preocupaba decírtelo.

–No tenías por qué. Sabes que quiero verte feliz.

–Seguiremos siendo amigos, ¿verdad?

–Claro que sí. Pero, ¿quién va a casarse conmigo cuando cumpla los cuarenta? –bromeó Bella, aunque le costaba la vida–. ¡Pensé que podía confiar en ti!

–No creo que tengas ningún problema. Desde que te conozco, siempre ha habido una cola de hombres esperando por ti. ¿Qué pasa con Will?

Ella estudió su copa de champán.

–Bueno, digamos que en este momento hay un puesto vacante en la cola.

–Bella... –murmuró Josh.

–Sí, me temo que mis noticias no son tan emocionantes como las tuyas. Will y yo hemos roto.

–Pero parecías tan feliz con él. ¿Qué ha pasado?

–Bueno, ya sabes...

–No lo sé. Cuéntamelo.

–Pues ya sabes, esas cosas que pasan –insistió Bella, evitando su mirada.

Había decidido contarle la verdad, pero eso fue antes de saber que iba a casarse con Aisling. Todo había cambiado. Si le decía que fue una decisión mutua, Josh se preguntaría por qué parecía tan triste. Y no quería hablar del asunto.

No, mejor decirle que estaba enamorada de Will. Eso le daría una excusa para dejar de fingir alegría.

–Will no está dispuesto a sentar la cabeza.

Eso, al menos, era verdad. Will no tenía más deseos de casarse que ella.

–Ya, claro.

–Lo pasa demasiado bien siendo soltero.

Lo cual también era cierto. Will la encontraba atractiva, pero nunca estuvo enamorado de ella. Por eso eran capaces de llevarse tan bien después de haber roto.

–Nuestra relación era demasiado intensa para él.

–¿No es eso lo que tú sueles alegar cuando cortas con alguien? –preguntó Josh, levantando una ceja.

–Sí. Qué ironía, ¿verdad? Tantos años dejando a los hombres en cuanto se ponen un poco serios... y ahora estoy recibiendo mi propia medicina –Bella se obligó a sí misma a sonreír–. ¡Y seguro que vas a decirme que me lo merezco!

–No, voy a decirte que Will nunca me gustó. Ya sé que a ti te parecía perfecto, pero ese hombre tiene muy mal gusto. Encontrarás a alguien mucho mejor –sonrió Josh.

–El problema es que no quiero a otro mejor –dijo Bella en voz baja–. Sólo quiero a uno.

–Eso suena muy serio.

–Creo que lo es. Ya sé que me he enamorado muchas veces, pero esto es diferente. No es que me guste porque tenga un cochazo, es... que lo necesito con toda mi alma. Y sé que lo he perdido. Ya es demasiado tarde.

–¿Es demasiado tarde?

Bella levantó la mirada. Allí estaba Josh, tan familiar, tan querido y, de repente, tan guapo.

Y tan comprometido con Aisling.

Pero no podía decir nada.

Josh se sentó a su lado y le pasó un brazo por los hombros.

–Pobrecita...

Horrorizada, Bella notó que sus ojos se llenaban de lágrimas. Intentó secárselas frenéticamente, pero no podía hacer nada.

–Se me pasará –dijo en voz baja.

No quería mirarlo porque si lo hacía se abrazaría a él y empezaría a darle besos por todas partes, rogándole que no se casara con Aisling. Le diría que era de él de quien estaba enamorada, le pediría que la besara y le hiciera el amor allí mismo...

Pensar en la reacción del flemático Josh ante una escena tan melodramática fue suficiente para que las lágrimas se convirtieran en un ataque de risa. Pobre Josh, nunca podría hacerle eso.

–¡Pero bueno...!

–No me pasa nada, de verdad –murmuró Bella, sacando un pañuelo del bolso.

–¿Quieres que mate a Will?

–Gracias, pero eso no serviría de nada. No es culpa suya. Él no puede evitarlo.

–Podría darte una oportunidad.

–Tuve mi oportunidad y la dejé escapar –suspiró ella–. Bueno, perdona... Ya se me ha pasado. Además, deberíamos estar celebrando tu compromiso. Venga, vamos a tomar más champán.

Josh llenó las copas obedientemente, pero estaba preocupado. Al menos ahora sabía la razón para aquella sonrisa tan forzada.

Y no bromeaba del todo cuando se ofreció para matar a Will. Él no era un asesino, pero cuando vio el dolor en sus ojos azules sintió tal rabia que casi deseó que Will entrase en el bar para liarse a puñetazos.

¿Qué le pasaba a aquel hombre? Debía estar

ciego. Bella era guapísima, encantadora, tenía buen corazón... ¿Cómo podía un hombre darle la espalda, con esas piernas, ese cuerpo, esos preciosos ojos azules, ese sentido del humor, esa risa contagiosa?

A veces podía ser irritantemente frívola, pero había una cabeza bien amueblada bajo aquella pinta de rubia tonta, como Josh sabía muy bien. Aunque a él no le hacía ni caso.

En aquel momento sonreía, intentando poner al mal tiempo buena cara. Josh hubiera querido abrazarla, pero sabía que no debía hacerlo porque no eran sus brazos los que añoraba.

–Tenemos que hacer una fiesta para celebrar tu compromiso.

–Ya sabes que las fiestas no me gustan demasiado.

–Muy bien. ¿Qué tal una cena, como hicimos cuando Phoebe y Kate se prometieron? ¿Tú crees que a Aisling le gustaría?

¡Aisling! Josh se quedó sorprendido al descubrir que se había olvidado de ella.

–Sí, sí... seguro que le gustaría.

–¿El fin de semana que viene? Te enviaré un e–mail con el día y la hora –sonrió Bella, levantando su copa–. Por ti, Josh.

Había sido culpa suya no reconocer antes lo importante que era Josh para ella. Bella no quería pensar en todos los años que había perdido saliendo con unos y otros, dando por sentado que Josh estaría allí cuando quisiera llorar en su hombro o cuando estuviese aburrida.

Ahora estaba allí para otra persona y tendría que aguantarse. Aisling había visto en Josh lo que ella, demasiado ocupada con otras cosas, no había sabido ver: que era un hombre, no el crío con el que estudió en la universidad, que era tranquilo y competente. Que sus ojos brillaban con humor. Que tenía unas manos grandes, muy masculinas, y un cuerpo duro...

Bella se ponía nerviosa sólo de pensarlo.

Habían sido amigos durante mucho tiempo y seguirían siéndolo, se prometió Bella a sí misma. Ocultaría sus sentimientos, se alegraría por él y le organizaría una cena estupenda para celebrar el compromiso.

De modo que planeó algo fantástico, algo que nadie olvidase nunca... y luego tuvo que llamar a Kate para suplicarle que fuese a ayudarla.

–¿Tiene que ser tan elaborado? –preguntó su amiga, estudiando el libro de recetas.

–Quiero que sea memorable.

–¡Desde luego que sí! Un *croquem–bouche*. ¿Qué es eso?

–Profiteroles rellenos de crema. Lo que pasa es que yo quería rellenarlos de chocolate y... no me ha salido muy bien.

Bella contempló con tristeza los profiteroles que se había pasado horas haciendo en el horno. Los bollitos de la fotografía se habían convertido en una especie de tortitas gruesas, yaciendo sobre una bandeja.

–Ya –murmuró Kate–. ¿Qué más? Canapés, soufflés individuales, ternera Wellington... ¿No podías haber elegido al menos un plato que no fuese complicado?

Bella dejó escapar un suspiro.

–Es que me pareció buena idea.

–Josh estaría encantado con una tortilla francesa.

–Ya lo sé. Pero quiero que sepa que he hecho un esfuerzo por Aisling.

Kate se puso un mandil.

–Porque no soportas que se case con ella.

–Sí... ¡no! –exclamó Bella–. Bueno, supongo que es evidente.

–Lo es para nosotros, cariño. Te conocemos desde hace mucho tiempo.

–Josh también me conoce hace mucho tiempo.

–Sí, pero es diferente. Ya sé que a veces es muy perceptivo, pero es un hombre. Seguramente ni siquiera sabe que no te cae bien Aisling.

–No, no lo sabe –suspiró Bella–. Y no quiero que lo sepa. Le dolería mucho.

–¿No crees que Aisling sea la mujer ideal para él?

–¿Y tú?

Kate lo pensó un momento.

–La verdad, no me puedo creer que vaya a casarse con ella. Supongo que Phoebe y yo siempre hemos creído que acabaríais juntos.

Bella estaba de espaldas y cuando se volvió había conseguido controlar su expresión de angustia.

–Ya es demasiado tarde para eso.

Kate tomó la tabla y empezó a cortar los champiñones, pensativa.

–A lo mejor, al final no se casa con ella.

–No lo creo. Ya conoces a Josh. Es un hombre de palabra y si ha decidido que se casa con Aisling, se casará con ella.

–Puede que Aisling cambie de opinión.

Pero cuando Josh y Aisling llegaron, no había ninguna señal de que ella hubiese cambiado de opinión. Todo lo contrario, no dejaba de mover la mano para que admirasen el anillo de compromiso.

–Es precioso –dijo Bella.

–Josh me llevó a la joyería este fin de semana. Tardé horas en decidir cuál me gustaba, ¿verdad, Josh?

–Horas –asintió él.

Aisling lo abrazó.

–Pobrecito. Al final estaba aburridísimo. Ya sabes cómo es, Bella.

Ella le dio una copa de champán, sin mirar a Josh.

–Sí, sé cómo es.

CAPÍTULO 4

ME TEMO que es carísimo –estaba diciendo Aisling–. Pero él me dijo que podía elegir el que quisiera.

–Porque te lo mereces –murmuró Bella, intentando sonreír mientras le servía una copa de champán a Josh–. Ya sé que prefieres una cerveza, pero en estas ocasiones es obligatorio tomar champán.

–Gracias –dijo él, alargando la mano para tomar la copa.

Cuando sus dedos se rozaron, Bella se puso tan nerviosa que tiró la mitad del champán al suelo.

–¿Estás bien?

–Sí, sí, es que estoy un poco nerviosa por la cena –se disculpó ella–. Creo que he sido demasiado ambiciosa.

–Siempre haces lo mismo. Planeas una cena de escándalo y luego no te sale. ¿Por qué no le ofreces canapés a tus invitados? Yo me conformaría con eso.

–Puede que tenga que hacerlo –suspiró Bella,

sonriendo cuando sus ojos se encontraron por primera vez.

Y, como siempre, fue como si estuvieran solos en la habitación. Pero Josh fue el primero en apartar la mirada.

–Muchas gracias por hacer un esfuerzo.

–Sí, todo está precioso –dijo Aisling, que había observado el intercambio de miradas con expresión ceñuda.

Bella había encontrado un antiguo mantel de damasco para la mesa de pino donde Kate, Phoebe y ella habían pasado tantas horas arreglando el mundo. Y con las velas y la flores estaba preciosa.

Había conseguido un efecto muy romántico... Claro que el efecto quedaba destruido por los platos sucios que inundaban el fregadero.

–Me gusta esta cocina tan grande –dijo Aisling–. Por eso quería vivir aquí.

–Lo siento –dijo Bella, colocando las servilletas.

El intercambio de miradas con Josh la había puesto nerviosa, rara, como si estuviera caminando en la oscuridad.

–No pasa nada.

–Debió parecerte muy antipático que no quisiera compartir la casa con nadie.

–No te preocupes –insistió Aisling, mirando el anillo de compromiso–. Además, tal y como han ido las cosas, fue lo mejor que podía pasarnos. Si hubiese venido a vivir aquí, Josh y yo no habríamos descubierto que somos compatibles, ¿verdad, Josh?

–Es difícil saberlo –contestó él.

–Así que todo ha sido gracias a ti, Bella –sonrió Aisling, levantando su copa–. Gracias.

–Toma un canapé –murmuró ella, apartando la mirada.

–No debería –dijo Aisling, inspeccionando la bandeja.

–Es lo único que me ha salido bien, así que deberías probarlos.

–Bueno, probaré uno... Ah, muy rico.

–Toma otro.

–No, gracias –dijo Aisling entonces, tocándose el estómago–. Ya he visto el vestido de novia y no puedo engordar ni un gramo.

–¿Ya has decidido la fecha de la boda?

Bella se sintió muy agradecida por la intervención de Phoebe. Posiblemente se había dado cuenta de que estaba a punto de tirarle encima la bandeja de canapés.

–En mayo. Yo creo que una boda en primavera sería preciosa, ¿no os parece?

Aisling parecía eufórica. Y no podía culparla. También ella lo estaría si Josh le hubiera regalado un anillo de compromiso. Pero no había anticipado que cada palabra sería como un cuchillo en su corazón.

–Perdonad. Tengo que ir a ver cómo va la cena –dijo, desesperada por esconderse.

Phoebe se quedó escuchando los planes de Aisling mientras Josh miraba su copa de champán con el ceño arrugado.

–No te preocupes –le dijo Gib al oído–. No sé por qué las mujeres insisten en tomar champán cuando hay algo que celebrar. Tómate eso, te serviré una cerveza.

Josh se tomó el champán obedientemente. Gib siempre conseguía hacerle sonreír.

La cena no podía ser descrita como un éxito culinario (las cenas de Bella nunca lo eran) pero había mucho vino y buena compañía. Aunque Aisling no dejaba de hablar sobre la boda.

Cuando Bella se levantó para hacer café, Josh la acompañó con la excusa de que iba a echarle una mano.

–En caso de que no pueda decírtelo más tarde, gracias.

–Siento lo de la ternera –se disculpó ella–. Y lo de los profiteroles aplastados. Ha sido un desastre, ¿verdad?

–Estaba todo riquísimo –mintió Josh–. Además, eso da igual. Lo que importa es lo que has trabajado. Ha sido una noche muy especial y te lo agradezco. Y Aisling también –dijo entonces, abrazándola.

Bella le devolvió el abrazo con todo su corazón, pero se apartó a toda prisa para llenar la cafetera.

–¿Sabes algo de Will?

–Lo veo de vez en cuando, pero ya no es lo mismo.

–¿Te sigue doliendo?

Bella dejó de hacer lo que estaba haciendo y lo miró a los ojos.

–Sí, mucho.

Pero iba a tener que seguir adelante con su vida, se dijo a sí misma al día siguiente, mientras fregaba la monumental pila de platos. Lo que daría por un lavavajillas...

Pero los milagros no existían. Aisling iba a casarse con Josh y, a juzgar por la conversación de la noche anterior, no pensaba dejarlo escapar:

–Dentro de una semana nos vamos a las Seychelles, así podremos comprobar si nos gusta para la luna de miel. Seguramente serán unas islas preciosas, pero puede que no haya mucho que hacer además de nadar.

–Los recién casados no suelen tener problemas para buscar cosas que hacer –rió Gib.

–Josh y yo no somos así –insistió Aisling, que todo se lo tomaba en serio–. Nosotros tenemos que escalar, navegar o hacer algo. Nos moriríamos de aburrimiento todo el día en la playa.

Bella intercambió una mirada de complicidad con Phoebe y Kate.

–Pues nosotras no.

Más tarde, cuando las tres estaban solas en la cocina, Phoebe tuvo que disimular la risa.

–Yo creo que odia hacer deporte.

Pero Bella no estaba de acuerdo. Aisling, como Josh, disfrutaba escalando o haciendo rafting. Y cuando terminase la boda del siglo, porque eso era lo que parecía, sería una buena esposa para él.

Y eso significaba que tenía que calmarse. No más tristezas, ni más sueños de que todo podría ser diferente. Había llegado la hora de rehacer su vida.

Pero era más fácil decirlo que hacerlo. Bella fue a bailar, al cine, a fiestas, pero no podía dejar de pensar en Josh. Era en lo primero que pensaba al despertarse y en lo último que pensaba al acostarse. Y durante el día era una obsesión constante.

Perdió peso, tenía ojeras... Kate y Phoebe se asustaron al verla una semana después.

–¡Estás horrible!

–Gracias.

–En serio, Bella, no estarás enferma, ¿verdad?

«No, estoy enamorada», pensó ella.

–Es que estoy cansada. Necesito unas vacaciones, pero no puedo irme a ninguna parte. La factura de mi tarjeta de crédito es tan enorme que casi me desmayo al verla. Ojalá alguien me regalase una semana de vacaciones en las Seychelles.

Una semana tumbada en la playa, sin hacer nada más que tomar el sol... Ni navegar, ni pasear, sólo tumbarse en la playa con los ojos cerrados... sí, eso le iría de perlas.

–Qué suerte tienen Josh y Aisling.

–¿Cuándo se van? –preguntó Phoebe.

–Pronto, creo.

–No los he visto desde la cena. ¿Cómo está Josh?

A Bella se le encogió el corazón.

–No lo sé. Yo tampoco lo he visto.

–Qué raro que desaparezca. ¿No te ha llamado?

–Me dejó un mensaje para darme las gracias por la cena, pero no le he devuelto la llamada.

–¿Por qué?

–Porque sólo quería darme las gracias.

–¿Y qué?

–Que no tengo nada que decirle –contestó Bella, encogiéndose de hombros–. Además, no quicro molestarlo. Seguro que está muy ocupado con Aisling.

–Seguramente pensarán que no quieres saber nada de ellos –dijo Kate–. ¿No querías hacerle creer que Aisling te cae bien?

–Sí, pero... es que necesito tiempo para acostumbrarme a la idea de que va a casarse.

–Has tenido tres semanas, Bella. Vas a tener que acostumbrarte de una vez.

Ella dejó escapar un suspiro.

–Lo sé.

El problema era que no podía imaginar una conversación normal con Josh cuando sólo podía pensar: «Te quiero, te quiero, te quiero». Aunque podría llamar y desearles feliz viaje.

–Le llamaré.

Afortunadamente, Phoebe y Kate dejaron el tema.

–¿Qué podemos hacer para animarte? –preguntó Kate–. Mañana es viernes. ¿Por qué no vienes a cenar con nosotros? Te convendría comer un poco.

–Tengo una fiesta en Battersea –dijo Bella, sin entusiasmo.

Al día siguiente, cuando salió de trabajar, estaba menos entusiasmada todavía. Era una tarde oscura y fría de noviembre y, con aquel viento huracanado, su paraguas no servía de nada. No le apetecía ir a casa, arreglarse, salir a la calle otra vez y pasar la noche fingiendo que lo estaba pasando bomba.

Pero la alternativa era quedarse en casa echando de menos a Josh.

A lo mejor una copa la animaba, pensó. Pero seguía intentando encontrar fuerzas para meterse en la ducha cuando sonó el timbre.

Su corazón dio un salto mortal al ver a Josh en la puerta, empapado.

–¡Josh! ¿Qué haces aquí?

–Tenía que verte.

No sabía qué decir. Estaba allí por instinto. No podía explicárselo por teléfono, tenía que verla personalmente. Pero cuando abrió la puerta se dio cuenta de que no sabía qué decirle.

Allí estaba Bella, con su melena rubia, su falda corta y sus zapatos de tacón de aguja. Su Bella.

–Entra. Estás empapado –dijo, ayudándolo a quitarse la gabardina–. Siéntate. Voy a prepararte una copa.

Debía tener un aspecto terrible, pero ya se sentía mejor. Había algo increíblemente consolador en aquella casa y, especialmente, en aquella cocina llena de cosas.

–Gracias.

–Toma –murmuró Bella, poniéndole un vaso de whisky en la mano–. Y ahora, dime qué te pasa.

–Aisling me ha dejado –dijo Josh.

–¿Que te ha dejado? ¿Cómo que te ha dejado?

–Se ha ido. Ya no quiere casarse conmigo.

Fue casi un alivio percatarse de que la noticia era tan sorprendente para Bella como para él.

–Pero... ¿por qué? El otro día estaba tan emocionada... sólo podía hablar de la boda.

–Estaba intentando convencerse a sí misma de que eso era lo que quería –suspiró Josh–. Pero no es así. Lleva mucho tiempo enamorada de otro hombre.

–¿Quién es? ¿Lo conoces?

–Se llama Bryn. Es un ejecutivo de C.B.C. Hoy me ha dicho que tuvieron un apasionado romance y que estaba loca por él. Pero, por supuesto, él está casado. Le decía que iba a divorciarse, pero luego le daba todo tipo de excusas y, al final, cortó con él. Por eso vino a trabajar conmigo.

–Así que todo eso de que quería un puesto más interesante, más dinámico... era mentira.

–No exactamente. Pero tampoco ha sido lo que esperaba. ¿Te acuerdas del contrato que esperábamos conseguir con C.B.C? Si lo conseguimos, será gracias a sus contactos... y sus contactos eran directamente con el tal Bryn, lo cual no ha sido fácil para ella.

A Bella no le apetecía sentir pena por Aisling.

–Por favor, Josh, qué bueno eres.

–No, en serio. Aisling hizo lo que pudo para olvidarse de él, pero no pudo hacerlo. Y hablando con Bryn todos los días...

–Yo tendría más respeto por ella si no te hubiera utilizado –lo interrumpió Bella.

–Aisling no es una mentirosa. Yo le gustaba y pensó que podríamos llevarnos bien, pero... no siente por mí lo que sentía por Bryn. Al final, no ha podido resistirlo.

–¿Y pensó en ti en algún momento? No.

–Yo creo que lo intentó. Teníamos muchas

cosas en común y algunos matrimonios se basan en menos que eso. Aisling pensaba que si hacía planes para la boda se olvidaría de Bryn.

–¿Y por qué cambió de opinión? –preguntó Bella.

–Porque él la llamó ayer. Por lo visto, va a pedir el divorcio, así que... en fin, Aisling me dijo que no podía engañarme, que lo que sentía por Bryn era muy fuerte.

–Qué noble por su parte –murmuró ella, irritada

–Al menos es sincera. Ha sido una típica relación de rebote y prefiero que me lo haya dicho antes de que nos casáramos.

–Sí, claro. Lo siento, Josh. Es que no me puedo creer que te lo tomes tan bien. Aisling parecía tan feliz contigo y... y hacíais buena pareja.

–¿De verdad? –murmuró él, tomando un sorbo de whisky. Allí, sentado con Bella en el sofá, todo parecía más fácil–. Ahora ya no lo sé.

–Lo siento mucho.

–Y yo siento venir a contarte mis penas.

–Creo recordar que yo he llorado en tu hombro un par de veces –sonrió Bella, cruzando las piernas–. ¿Cómo estás? Pero de verdad, no me des la versión para el público.

Josh sonrió.

–Un poco sorprendido, supongo.

No podía contarle que su primera reacción

fue de alivio. No supo que tenía reservas sobre aquel matrimonio hasta que Aisling anunció que no quería casarse. Entonces fue como si le hubieran quitado un peso de encima.

–Era lo último que esperaba oír. Aisling llevaba una semana haciendo planes para la boda y trabajamos juntos... pero yo no había notado nada. Se le da muy bien separar la vida profesional y la vida personal.

Bella lo dudaba. Aisling se había acostado con su jefe, en al menos dos ocasiones, y no había forma más clara de mezclar vida profesional y personal.

–¿Qué le dijiste?

–¿Qué podía decirle? Si está enamorada de Bryn no tiene sentido que se case conmigo.

Bella había soñado que no se casaba con Aisling, pero llegado el momento sólo podía pensar en el dolor que debía estar sintiendo. No era el momento de echarse en sus brazos para decirle que lo amaba y lo amaría siempre. Josh seguía enamorado de Aisling y no estaba preparado para otra relación.

–A lo mejor vuelve contigo. A lo mejor cuando viva con el tal Bryn se da cuenta de que ya no lo quiere –dijo, para consolarlo–. El romance se termina cuando tienes que lavar los calcetines de alguien.

–Es posible –murmuró él.

–Y si no, Aisling es tonta. No sabe la suerte

que ha tenido. No podría encontrar un hombre mejor que tú.

–Pero yo no soy el hombre que quiere... Perdona, Bella, soy un idiota. Sé que tú también estás pasando un mal momento –dijo Josh entonces, tomando su mano.

–Sí. Sé lo que es.

Todo debería ser perfecto. Josh estaba libre, ella estaba libre. ¿Qué más se podía pedir? Pero no era tan fácil. Si no había podido decirle lo que sentía por él antes de Aisling, en aquel momento sería aún más difícil. Josh estaba poniendo al mal tiempo buena cara, pero seguramente estaba muy dolido. Necesitaba su apoyo, no que le complicase la vida.

¿Para qué iba a decírselo, además? ¿De verdad quería que estuviese con ella de rebote, como Aisling? No, lo mejor sería hacerle creer que seguía enamorada de Will. Por el momento.

–Menudo par –rió Josh entonces–. Nos han rechazado a los dos. ¿Qué nos pasa?

–¿Qué les pasa a ellos? –intentó reír Bella.

–Me alegro de que estés aquí –dijo él entonces, besando su pelo.

–Siempre estaré aquí, tonto.

–Lo sé.

–¿Qué vas a hacer ahora?

–No hay nada que hacer. Aisling y yo seguiremos trabajando juntos como dos personas civilizadas.

–¿Quieres decir que va a seguir trabajando contigo después de lo que te ha hecho? –exclamó Bella, indignada.

–No puedo despedirla porque no esté enamorada de mí. Además, es muy buena en su trabajo. La necesitamos para conseguir el contrato con C.B.C.

Bella no podía creer que Aisling fuese tan importante.

–Pero será muy incómodo, ¿no? Todo el mundo sabe que habéis vivido juntos y pensabais casaros.

Josh se encogió de hombros.

–Tendremos que soportarlo. Además, la semana que viene estaremos en las Seychelles, así podrán hablar todo lo que quieran.

Ella lo miró, perpleja. ¿Cómo podía seguir siendo un caballero? ¿Cómo podía irse con Aisling a las Seychelles?

–Ah, genial. ¿Por qué no le dices a Bryn que vaya a las Seychelles también? Puedes incluso hacerle las maletas y llevarlo al aeropuerto.

–Bryn irá a las Seychelles –contestó Josh–. Trabaja en C.B.C e irá con Aisling, en lugar de con su mujer.

–Pero... ¿y tú?

–Mentiría si dijera que me apetece ir. Francamente, lo último que quiero en este momento es estar en una isla haciéndole la pelota a unos clientes. Por eso es importante que Aisling vaya. A ella se le dan muy bien esas cosas. Aunque será incómodo, lo reconozco.

–¿De verdad tienes que ir?

–Claro que sí –suspiró Josh–. C.B.C. insiste en que me relacione con los ejecutivos y el contrato es demasiado importante como para dejarlo pasar. Hay mucha gente en mi oficina que depende de ese contrato –añadió, tomando un sorbo de whisky–. Pero tendré que llamar mañana para decir que no voy con mi prometida.

–¿Por qué?

–Porque nos habían dado una habitación doble.

–Ya, bueno... pero podrías ir con «otra» prometida –dijo Bella entonces.

–¿Qué quieres decir?

–Bryn ha cambiado el nombre de su esposa por el de Aisling y tú puedes hacer lo mismo, ¿no?

–¿Para qué? Aisling ya tiene su billete.

–No estoy hablando de Aisling. Estoy hablando de mí.

CAPÍTULO 5

DE TI? –repitió Josh.

–Parece que hay un billete de avión para las Seychelles, ¿no? Puede que a ti no te apetezca pasar una semana en una isla tropical, pero yo hace siglos que no tengo vacaciones.

No podía soportar que el pobre Josh tuviera que estar solo esa semana. No le pasaría nada, por supuesto, Josh podía con todo, pero aun así, tener que ver a Aisling con el tal Bryn...

–¿Lo dices en serio?

–La verdad, pasar una semana de vacaciones con los gastos pagados suena de cine.

–¿Podrías soportarlo?

–Por supuesto. Además, te estaría echando una mano. ¿Quién va a saber que yo no soy tu prometida?

–Aisling y Bryn.

–Después de lo que te han hecho, supongo que tendrán la boca cerrada. Yo no tengo los contactos de Aisling, pero puedo hablar con todo el mundo igual que ella. Probablemente, mejor –insistió Bella.

–Eso desde luego, tú puedes hablar con toda Inglaterra.

–Pues eso. Sería una forma de quedar bien... y así no estarías solo. Además, ya sabes que muchas veces la gente cree que somos pareja.

–Pero tendríamos que compartir habitación –objetó Josh.

–No sería la primera vez.

–Entonces éramos estudiantes. Ya no es lo mismo, Bella.

No, no era lo mismo. Entonces sólo era un compañero de facultad. Antes de convertirse en alguien tan necesario para ella como el aire.

–Tienes razón, no es lo mismo. Pero no será fácil para ti estar con Aisling y Bryn... que, por cierto, vaya nombre más idiota. Seguro que se llama Bryan y para hacerse el interesante... en fin, bueno, ¿qué estaba diciendo?

Josh soltó una carcajada.

–Ahora no podré mirar a Bryn sin reírme.

–Bueno, el caso es que es una buena idea ir contigo –insistió Bella–. Necesitas ir con una amiga, ¿no crees?

–Supongo que eso depende de la amiga –sonrió él–. Pero sí, la verdad es que no estaría mal un poco de apoyo.

–Pues eso digo yo. Y si tengo que hacerme pasar por tu prometida, no me importa. Y no me importa en absoluto compartir habitación.

–¿Y si tenemos que compartir cama?

Bella tragó saliva.

–Los dos sabemos cómo están las cosas. Yo sé que estás enamorado de Aisling y tú sabes que yo estoy enamorada de Will. No creo que haya malentendidos. Piénsatelo mientras te sirvo otra copa.

Josh ya había tomado dos whiskies. Quizá por eso la idea empezaba a parecerle perfecta. ¿Qué había de malo en que dos amigos compartieran cama? Especialmente cuando ella había dejado claro que estaba enamorada de Will. No podía haber malentendidos.

Y en cuanto a él, naturalmente estaba dolido por lo de Aisling. Ningún hombre decente estaría allí, apenas unas horas después de romper un compromiso, preguntándose cómo sería compartir cama con otra mujer.

No estaría pensando en la suavidad de su piel, en la fragancia de su pelo o en su boca cuando sonreía...

No estaría pensando que dormir con ella no iba a ser tan fácil.

Descubrir que uno no es el hombre decente que cree ser era lo único que le faltaba aquel día, pensó Josh, resignado.

No se merecía el cariño de Bella. Sabía que se había ofrecido a ir con él a las Seychelles por compasión, pero lo cierto era que le iría bien unas vacaciones. Después de su ruptura con

Will y debido a su caótica situación financiera, seguramente no podría pagar unas vacaciones.

No le importaba hacerle creer que necesitaba su apoyo después de la ruptura con Aisling y, además, sería estupendo ir con ella. Le caería bien a todo el mundo, excepto a Aisling y Bryn, y su presencia haría que todo fuera menos incómodo.

Sí, había muchas razones para llevarse a Bella con él de vacaciones, pero la verdad era que quería estar con ella. Sería divertida, sería una amiga.

–¿Te lo has pensado? –preguntó Bella, ofreciéndole otro whisky.

–Sí.

–¿Y?

–Creo que es buena idea. Así sería todo más fácil para Aisling.

–Claro, claro, que la pobre Aisling no sufra –replicó Bella.

–¿Te estás poniendo sarcástica?

–¡Es uno de los servicios de mi empresa! –rió ella–. Por favor, Josh, acaba de dejarte... No te preocupes tanto por Aisling, preocúpate de ti mismo. Y podrías enfadarte un poco, ¿no? Sería lo más natural.

–Tú no estás enfadada con Will, ¿verdad? Sin embargo, sé que te rompió el corazón.

Bella abrió la boca, pero decidió no tocar el tema.

–No esperarás que sea amable con Aisling, ¿no? Yo no soy tan tolerante como tú.

–No va a ser fácil para ninguno de los dos, pero debemos centrarnos en el contrato de C.B.C. Tenemos que enseñar a esos ejecutivos a trabajar en equipo y no les haría ninguna gracia que Aisling y yo estuviéramos discutiendo.

–Ah, ya, claro. Seré buena –sonrió Bella.

Josh sonrió también, mientras estiraba las piernas. Para ser un hombre al que acababan de romper el corazón se sentía sorprendentemente feliz. Le gustaba estar de nuevo con Bella; con Aisling no era lo mismo.

–¿Cuándo nos vamos? –preguntó ella.

–El lunes a las doce tenemos que estar en el aeropuerto. Vendré a buscarte para ir juntos a Heathrow.

–Porque crees que si voy sola llegaré tarde.

–Si vas sola llegarás cinco minutos después de que haya despegado el avión –rió Josh–. Además, como se supone que estamos prometidos lo mejor será hacer las cosas bien. Y, por una vez, espero que estés lista a tu hora.

Bella le sacó la lengua. Ella nunca había perdido un avión. Cierto, estuvo a punto varias veces, pero la verdad era que los aviones nunca despegaban a su hora.

–Y supongo que vendrás a buscarme al amanecer.

Entonces empezó a pensar en qué ropa iba a

llevarse... quizá debería ir de compras, se dijo. Josh no lo entendería, pero para enfrentarse con Aisling necesitaba un buen vestuario.

–¿Y tu trabajo? ¿Te darán una semana de vacaciones sin problema?

¿Por qué se preocupaba de su trabajo? Había cosas más importantes en qué pensar.

–A mi jefa no le hará mucha gracia, pero me debe un mes de vacaciones. Afortunadamente, Louise es una romántica. Si se pone pesada le diré que voy a casarme y que te has empeñado en llevarme a las Seychelles para celebrarlo.

Josh no parecía muy convencido.

–No le digas que nos conocemos desde hace catorce años.

–Louise lo sabe, pero puedo decirle que todo ha cambiado de repente. Que, de pronto, hemos descubierto que queremos ser algo más que amigos.

–¿Y se lo creería?

–Esas cosas pasan, ¿no? El amor aparece cuando menos lo esperas.

–Si lo dices así, suena hasta convincente.

Los dos se quedaron en silencio. El corazón de Bella latía a toda velocidad. «No le mires», se decía. Pero era como si una fuerza invisible la obligase a mirarlo.

–Mientras pueda convencer a Louise... Es lo más importante –dijo por fin.

–Sí, claro. Lo más importante.

Silencio de nuevo. Ojalá pudiera decir algo, pero se le había quedado la mente en blanco. Sólo podía pensar en lo cerca que estaba Josh y en lo fácil que sería tocarlo.

Al final, fue él quien habló primero. Después de aclararse la garganta, preguntó:

–¿Seguro que quieres venir?

–¿Quién diría que no a una semana de vacaciones en las Seychelles?

–Cuando Aisling lo contó a ti no te pareció tan buena idea.

–No tendré que bucear, ¿verdad?

–Si me quisieras, lo harías –sonrió Josh–. Si quieres convencer a la gente de que eres mi prometida, tendrás que hacer un esfuerzo.

Lo había dicho muy serio, pero Bella descubrió un brillo burlón en sus ojos. Le estaba tomando el pelo.

–Le diré a todo el mundo que nuestra relación se basa en la atracción de los polos opuestos. Después de un par de días tirada en la playa, te aseguro que podré ser amable con todo el mundo... incluso con Aisling.

–¿Que te vas dónde? –exclamó Kate a la mañana siguiente, cuando Bella la llamó por teléfono–. ¿Con quién?

Impaciente, Bella volvió a explicarle la situación, como había hecho con Phoebe poco antes.

–A ver si lo entiendo. ¿Josh y tú os habéis prometido sin consultarnos ni a mí ni a Phoebe?

–Sólo será una semana –suspiró Bella–. Y no es un compromiso de verdad. Además, Finn y tú hicisteis exactamente lo mismo.

–Sí, y mira lo que pasó. Debes tener cuidado. En esa situación, aparentar no será tan fácil.

–Lo sé –dijo Bella, para quien el problema no sería fingir que estaba enamorada de Josh sino fingir que no lo estaba.

–Será difícil para los dos. A Josh no le hará ninguna gracia ver a Aisling con otro hombre. Ni siquiera una persona tan tranquila como él puede pasar por ese trago sin que le afecte.

–¿Qué estás intentando decir, Kate?

–Que tengas cuidado. Sé que Josh y tú sois muy amigos, pero os encontraréis en una situación muy íntima y es fácil imaginar que... acabaréis buscando consuelo.

–Pensé que Phoebe y tú queríais que acabásemos juntos –dijo Bella entonces, intentando bromear.

–Josh se merece algo más que una novia que no sabe lo que quiere y tú mereces algo más que ser su novia de rebote.

Bella seguía pensando en aquella conversación cuando fue a comer con Josh unas horas más tarde.

Kate tenía razón, lo sabía, y tendría cuidado, pero cuando su jefa, a regañadientes, aceptó que se tomara una semana libre estuvo a punto de dar saltos de alegría.

Se sentía como en los viejos tiempos. Era sábado, iba a comer con Josh y los dos estaban relajados, charlando y riendo como si la tensión de la noche anterior no hubiera existido. Tanto que Bella debía recordarse a sí misma el asunto de Aisling. Pero Josh no la había olvidado.

–He llamado a Aisling esta mañana.

–¿Y qué tal se lo ha tomado?

–Bien. Le dije que tú irías en su lugar y me ha prometido que ni ella ni Bryn le dirán a nadie que no somos una pareja. Y si ellos no dicen nada será fácil convencer a los demás. Sólo necesitas un anillo de compromiso.

Bella se miró los dedos. Llevaba un anillo de plata, pero nadie pensaría que era un anillo de compromiso. Necesitaba un diamante, de mentira claro. Tenía pendientes de fantasía y varios collares, pero...

–Yo no tengo ningún anillo.

–Te compraré uno –dijo Josh, levantándose–. Venga, vamos ahora mismo.

–¡No puedes comprarme un anillo de compromiso!

–¿Por qué no?

–Pues... porque no me parece bien. ¿Qué pasó con el anillo que le compraste a Aisling?

–Le he dicho que puede quedárselo.

–¿Y se lo ha quedado? –preguntó Bella, indignada.

–¿Qué iba a hacer yo con él?

–¡Podrías haberlo devuelto!

Josh abrió la puerta del restaurante.

–Yo creo que eso hubiera sido un poco mezquino, ¿no?

–No me puedo creer que Aisling se haya quedado con el anillo después de lo que te ha hecho. Debió costarte una fortuna... De verdad, Josh, a veces eres demasiado bueno.

–Si me hubiera tirado el anillo a la cara hubiera sido mucho peor. Además, a Aisling le encanta ese anillo y si quería conservar algo mío, no me importa.

Bella se mordió los labios. No debía hablar mal de ella. Que Josh pusiera buena cara no significaba que no le hubiese hecho daño. Quizá incluso pensaba que Aisling quería conservar el anillo porque se acordaba de él.

Y cuando Aisling se diera cuenta de que Josh era un hombre generoso que le había dejado darle una patada y marcharse con un anillo que valía un dineral, seguramente se lo pensaría dos veces.

–Comprar dos anillos me parece tirar el dinero.

–Esta semana no voy a pagar por nada más, así que puedo considerarlo un gasto justificado. ¡Y si así consigo el contrato incluso podría deducirlo de mis impuestos! –rió Josh–. Mira, ahí es donde compré el anillo de Aisling.

–No podemos comprarlo en la misma joyería –protestó Bella.

No había precios en el escaparate y eso era una mala señal. Pero él no parecía intimidado.

–¿Por qué no?

–Puede que recuerden que hace poco compraste otro anillo de compromiso.

–Tonterías. Venga, vamos. Deben de tener miles de clientes, no se acordarán de mí.

–Buenas tardes –sonrió el joyero–. Me alegro de volver a verlo, señor.

–¿Lo ves? –murmuró Bella.

Pero Josh no parecía arrepentido.

–Queremos ver anillos de compromiso.

–Por supuesto. ¿Ha pensado en algo en particular? ¿Diamantes, esmeraldas?

–No, esmeraldas no. La última vez compramos esmeraldas –sonrió Josh–. Pero esta señorita es diferente. ¿Tienen zafiros?

–Debe de estar pensando que eres un don juan –murmuró Bella cuando el joyero se alejó para buscar la bandeja de zafiros.

–No es asunto suyo. Pero si cree que voy a venir a menudo igual me ofrece un descuento.

Bella miró, encantada, la bandeja de anillos que el hombre colocó frente a ella.

El problema era que no había etiquetas con los precios.

–No elijas el más pequeño. Elige uno que te guste de verdad –dijo Josh.

–No sé... –Bella eligió un anillo con un zafiro rodeado de diamantes.

–Pruébatelo.

–Pero es que...

–No te preocupes por el precio. Si así te sientes mejor, lo devolveré la semana que viene.

–Sí, bueno, si tú lo dices... Pero éste no, seguro que es demasiado caro. ¿Qué tal éste?

Por fin, eligieron un anillo con un zafiro cuadrado que le quedaba de maravilla. Nunca había llevado algo tan bonito y después de ponérselo no estaba segura de querer quitárselo.

Pero pensaría en ello más tarde, se dijo. Nada había cambiado. No podía decirle a Josh lo que sentía, pero tenían por delante una semana de vacaciones... y un anillo que brillaba como el sol.

–Es precioso. Te aseguro que no lo perderé.

–Por tu bien –sonrió Josh–. Espera un momento, voy a la caja.

Bella se preguntó qué pensaría el joyero. Seguramente, que Josh era el tipo de hombre que tenía mujeres esperando a la cola para casarse con él. Josh, un hombre tan decente, tan bueno. Aun así, el joyero no sabía nada y sería divertido hacerle pensar que era un casanova.

–Eres un cielo –exclamó, echándole los brazos al cuello–. Te daré las gracias adecuadamente cuando lleguemos a casa.

Pero si quería que el joyero lo envidiase no podía darle un besito en la mejilla. Entonces, sin pensar, le dio un beso en los labios. Y no le pareció raro, ni atrevido, le pareció completamente normal.

Josh le pasó un brazo por la cintura. El problema fue que, una vez empezado el beso, Bella no sabía cómo terminarlo.

Peor, no quería hacerlo.

Con un esfuerzo sobrehumano, apartó la cara... para volver a besarlo inmediatamente. Y entonces fue Josh quien parecía no querer apartarse.

Era como si aquellos besos tuvieran vida propia y, de repente, se volvieron peligrosos. Bella sintió un escalofrío de miedo. Josh debió sentir lo mismo porque levantó la cabeza.

Se miraron a los ojos durante unos segundos, sorprendidos los dos.

–Será mejor que nos vayamos.

El joyero, con una sonrisa de complicidad, estaba colocando los anillos y Bella intentó recuperar la calma. Siempre había pensado que eso de «me tiemblan las rodillas» era un tópico, pero le estaba pasando de verdad. No sólo las rodillas, estaba temblando de pies a cabeza.

Josh tomó su brazo para llevarla hacia la puerta y una vez fuera de la joyería la soltó abruptamente.

CAPÍTULO 6

TE IMPORTARÍA decirme qué ha pasado –le espetó, una vez en la calle.

Y Bella notó, irritada, que Josh parecía muy tranquilo.

–Sólo era una broma –contestó, pero la voz le había salido temblorosa.

Le contó a Josh su plan para impresionar al joyero, pero sonó a estupidez, a cosa de niños.

–No quiero que pienses que no te lo agradezco, pero ya le había contado yo la verdad.

–¿Qué?

–Me imaginé lo que estaba pensando y no quería dar la imagen de un casanova.

–Qué típico de ti. Pues debe haber pensado que yo era una idiota.

–No lo creo. Además, ahora soy su cliente favorito. No sólo le compro joyas, además le doy espectáculo gratuito –rió él.

Qué humillante. Bella intentó sentirse ofendida, pero con Josh era difícil. Y era más fácil tratar el incidente como una broma, sobre todo después de aquellos besos...

Debía tener cuidado, se dijo. Seguramente había revelado más mientras lo besaba de lo que debería.

Lo último que deseaba era que Josh pensara que quería ocupar el sitio de Aisling. No quería ser una segundona. No, ella quería ser la niña de sus ojos, lo más importante para él. Quería que la quisiera y la necesitara, quería ser la persona que hiciera su vida completa. Que reconociese, como ella, que había estado buscándola siempre sin saberlo.

Pero Josh tenía que descubrir eso por sí mismo. Mientras tanto, debía ser paciente.

Y tener mucho cuidado.

–¿Te das cuenta de que sólo va a ser una semana? –exclamó Josh al ver su maleta el lunes por la mañana.

Bella miró su bolsa de viaje.

–¿Y tú te das cuenta de que vamos a estar fuera más de media hora?

–Niños, niños, no os peleéis –rió Phoebe, cerrando el maletero del coche en el aparcamiento del aeropuerto–. Que lo paséis bien. Todos esperamos que sigáis la tradición y que vuestro falso compromiso se convierta en uno de verdad –añadió, besándolos a los dos.

–No lo creo. Sólo tienes que comparar lo que Bella y yo consideramos imprescindible para pasar una semana y verás que somos incompatibles.

–En el amor hay cosas más importantes que el equipaje, hombre –dijo Phoebe.

Después, entró en el coche y se alejó dejándolos con sus respectivas maletas frente a la terminal.

–Está convencida de que acabaremos como Kate y ella –suspiró Bella–. Y me alegro que le hayas recordado lo de las incompatibilidades.

–No creo que eso les importe mucho.

–No, pero se darán cuenta de que es una bobada cuando volvamos de las Seychelles y sigamos como siempre.

–Ya, claro –murmuró Josh.

El único problema era que ya no recordaba cómo eran las cosas antes. El beso en la joyería lo había trastocado todo. ¿Cómo iba a recordarlo después de dormir con Bella?

No estaba preparado para besarla, ni para lo que sintió entonces. Aún recordaba el calor de su cuerpo, el sabor de sus labios... Pero estaba claro que era sólo una broma, que no lo había hecho en serio y él debía hacer lo mismo.

Después de todo, Bella no era una misteriosa y extraña seductora, era su amiga.

La miró entonces, y vio su carita roja de frío, el viento moviendo su pelo... Sí, era su amiga Bella. Como siempre vestida de forma inadecuada. Llevaba un vestido precioso, pero sólo con un ligero cárdigan para protegerla del frío y unas sandalias de tacón. ¡Una sandalias de tacón!

Durante aquellos años, los zapatos de Bella se habían convertido en una broma entre sus amigos, pero aquellas sandalias de tacón de aguja eran el colmo.

Aisling nunca subiría a un avión con sandalias de tacón porque cuando se le hincharan los pies de estar inmóvil no sería capaz de caminar.

Pero Bella estaba preciosa con sus largas piernas, sus ojos azules rodeados de pestañas oscuras...

Josh tuvo que apartar la mirada. Siempre había sido guapa, pero era absurdo pensar en ello. Bella era su mejor amiga. No podía haber malentendidos.

–Vamos –dijo tomando la pesada maleta–. Por Dios bendito, ¿qué llevas aquí?

–Un par de cositas.

–¿Un par de cositas? Pero si sólo vas a tumbarte en la playa. Además de unos biquinis y una toalla, ¿qué más podrías necesitar?

–No es sólo ropa –protestó Bella–. El sol es malísimo, así que llevo cremas protectoras y luego está el pelo... el pelo se queda fatal con el agua de mar, así que llevo cremas hidratantes y mascarillas protectoras. Y los cosméticos...

Siguió dándole la lista mientras entraban en la terminal. Josh sacudía la cabeza, atónito.

–Bueno, ¿cómo estás? –preguntó entonces.

¿Cómo estaba? Sorprendido. Alarmado. Turbado por el recuerdo de aquel beso. Sintiéndose culpable por ciertos pensamientos inadecuados...

–Bien.

–Soy tu amiga, Josh, puedes decírmelo. ¿Te da miedo encontrarte con Aisling y su novio?

–No puedo decir que esté deseando verlos.

–Sé que no va a ser fácil, pero no olvides que yo estoy aquí para ayudarte –dijo Bella entonces.

–Gracias –murmuró él, sin mirarla–. Eres una buena amiga.

–Siempre lo seré.

Fue un alivio llegar a la cola de embarque. Josh se sentía raro. ¿No era un experto en situaciones complicadas?, se preguntó. Pero era fácil rescatar a un colega en apuros, lanzarse por una pared vertical o sacar a alguien enfermo de la jungla. Incluso conseguir el contrato con la C.B.C. le parecía fácil comparado con aquella repentina atracción por su mejor amiga. Él podía instruir a ejecutivos para analizar una situación comprometida y resolver cualquier problema, pero no sabía cómo lidiar con aquello.

–Vamos a buscar a los demás. Seguramente estarán en la cafetería.

Fue Bella quien vio primero a Aisling y le dio un codazo para advertirlo.

–Prometiste ser agradable –le recordó él–. Recuerda que de este viaje depende un contrato.

–Lo seré.

Estaba tan preocupado por Bella que no tuvo tiempo de pensar en su reacción al enfrentarse con Aisling. Aunque, en realidad, no sintió nada en absoluto.

–Hola. Estás muy guapa.

Era cierto. Estaba radiante. Si tenía alguna duda, allí estaba la respuesta. Aisling era feliz con Bryn.

Como había supuesto, iba perfectamente vestida para la ocasión con unos pantalones de color caqui, una blusa blanca y unas sandalias que eran prácticas y elegantes al mismo tiempo. De tacón plano, por supuesto.

–Hola, Josh –lo saludó ella–. ¿Cómo estás? –le preguntó en voz baja.

Josh empezaba a cansarse de que le preguntaran eso.

–Bien –contestó, aunque seguramente, como Bella, Aisling no se lo creería. ¿Por qué no podían aceptarlo?

–Hola, Aisling –dijo Bella.

–Hola –la saludó ella, sin disimular su frialdad–. Y felicidades. Me han dicho que Josh y tú os habéis prometido. Un romance rápido, ¿no?

–No, en realidad hemos tardado catorce años en darnos cuenta de cómo nos queremos –replicó Bella.

–Qué suerte haberos dado cuenta justo antes de un viaje a las Seychelles –comentó Aisling, irónica.

Josh se puso tenso, pero Bella parecía controlar la situación.

–¿Verdad que sí? Yo estoy encantada.

–No me extraña.

Josh se volvió hacia el hombre que iba con Aisling. Era alto, guapo y parecía encantado consigo mismo. En realidad, sería el tipo ideal para Bella.

–Seguro que se llama Bryan –le dijo ella al oído–. A ver si puedes ver su pasaporte.

–Se supone que debes comportarte –murmuró Josh, pero no pudo evitar una sonrisa.

Eran dieciséis personas en total y, aunque naturalmente los que trabajaban para C.B.C. se conocían todos, sus maridos y esposas no.

La conversación se animó en cuanto Bella llegó al grupo. Ella siempre había tenido la habilidad de animar las fiestas y poco después hacía reír a todo el mundo. Seguramente no sabría abrirse camino en la jungla, pero nadie mejor que Bella Stevenson para animar una reunión.

Sin embargo, le pareció que miraba demasiado al prometido de Aisling.

–¿Por qué miras tanto a Bryn?

–Porque no sé qué ha visto Aisling en él. Es absolutamente soso.

–Está enamorada –contestó Josh.

–Ya lo veo, pero no lo entiendo.

–Es muy guapo, ¿no?

–Sí, supongo que sí –murmuró Bella, haciendo una mueca.

–Pensé que sería tu tipo.

–¿De verdad?

–Tiene ese aspecto orgulloso que tanto te gusta. Debes admitir que se parece a Will.

–No se parece en absoluto.

Josh no estaba de acuerdo, pero sabía que ella había estado enamorada de Will. Debía tener tacto, se dijo.

–Entonces, ¿Bryn no es tu tipo?

–Para nada.

–Me alegro –dijo Josh entonces, mirándola a los ojos.

Se sentía un poco raro. Él, que nunca había estado enfermo, empezó a preguntarse si le pasaba algo. Eso explicaría su incapacidad para concentrarse, por ejemplo. O quizá estaba cansado.

Bella estaba hablando con otra mujer.

–Me encanta tu anillo. Es precioso.

–Gracias, es mi anillo de compromiso –contestó Bella, muy coqueta.

–¿Lleváis mucho tiempo prometidos?

–No, sólo desde el viernes.

–Qué romántico.

–La verdad es que nos conocemos desde hace muchos años.

–¿Y por qué habéis decidido casaros ahora?

Bella miró a Josh y después se volvió hacia la mujer.

–Ha sido algo curioso. Un día lo miré y me di cuenta de que quería pasar el resto de mi vida con él.

–¿Y él sentía lo mismo?

–Eso tendrás que preguntárselo a Josh.

Era muy convincente, desde luego, pensó Josh. Casi lo había convencido de que era verdad.

Unos segundos después, Aisling se acercó a él, contrita.

–Oye, quiero darte las gracias. Podrías habérmelo puesto muy difícil.

–¿Por qué iba a hacerlo? A los dos nos interesa el contrato con C.B.C.

–Espero que sepas que nunca quise hacerte daño.

–No te preocupes. Me alegra verte feliz –dijo Josh.

–Y espero que tú también lo seas.

Involuntariamente, Josh miró a Bella.

–Hubiera sido un error casarme contigo. Bella siempre habría estado entre los dos –dijo Aisling entonces.

–Ella no es así –replicó Josh, indignado.

–Quizá no lo sea, pero habría estado entre nosotros de todas formas. No me sorprendió nada saber que vendría en mi lugar. Siempre pensé que estabas enamorado de ella.

Josh sintió como si acabara de entrar en un túnel oscuro.

–Eso es una bobada. Bella y yo sólo somos buenos amigos. Nos has visto juntos, Aisling. No estamos enamorados.

Aisling sonrió.

–¿De verdad?

¿Enamorado de Bella? No podía ser. ¿De qué estaba hablando? La quería, por supuesto, como se quiere a una hermana.

Aunque él no sabía qué perfume usaba su hermana. No podía cerrar los ojos y recordar cada rasgo del rostro de su hermana, incluso las pestañas. Y, aunque la quería mucho, no se sentía mejor sólo por estar a su lado.

Como le pasaba con Bella.

Estaba enamorado de ella.

Era como si el mundo se hubiera puesto patas arriba. ¿Cuándo había ocurrido? ¿Cómo había ocurrido?

–¿Qué quería Aisling? –preguntó Bella entonces, acercándose.

–No, nada...

Sólo quería hacerlo dudar, pensó. Sólo quería que se volviera loco.

–Quería darme las gracias –dijo por fin, intentando recuperar la calma.

–¿Por qué?

–Por ser tan comprensivo.

–Ya podía serlo ella –replicó Bella–. ¿Te ha dicho algo más?

–Que hubiera sido un error casarse conmigo.

–Pues no es la única que lo piensa. He estado hablando con Sally y me ha dicho que se alegra de que hayas cortado con ella.

Josh la miró, pensativo.

–¿Te pasa algo?

–No, nada. Es que Aisling ha dicho una cosa...

Bella se sintió culpable. A pesar de todo, Josh había estado enamorado de Aisling y ella no dejaba de hacer comentarios desagradables sobre su ex prometida.

–Lo siento, perdóname.

–No es culpa tuya –murmuró él, como si estuviera pensando en otra cosa.

¿Qué le habría dicho Aisling? Fuera lo que fuera, le había dolido.

–Todo saldrá bien, Josh.

–¿Tú crees?

El hotel estaba situado bajo una colina cubierta de exuberante vegetación, frente a una playa de arena blanca en medio del océano Índico. Todo era de un verde imposible y el mar de un azul casi transparente. En contraste con la grisura de Londres, aquello parecía casi irreal.

El autobús los dejó en el bar del hotel y allí fueron recibidos por la representante de C.B.C., una joven rubia que se presentó como Cassandra, que iba de grupo en grupo con un cuaderno en la mano.

–¿Josh Kingston? Ah, aquí está –sonrió, mirando a Bella–. Su mujer, supongo.

–Mi prometida. Bella Stevenson.

–¿Ah, sí? Yo me caso el año que viene –sonrió Cassandra, mostrando su anillo–. Deberíamos intercambiar impresiones.

Bella sonrió también.

–Aún no hemos pensado en la boda. Acabamos de comprometernos.

–Puedo prestarte revistas de novia. Así podrás leerlas en la playa.

¿Qué podía decir, que ella no iba a necesitar revistas?

–Muchas gracias.

–Os va a encantar la habitación. Es muy romántica –sonrió Cassandra.

Sería romántico si las circunstancias fueran diferentes. Si Josh no estuviera enamorado de Aisling, por ejemplo, pensó Bella.

La habitación era maravillosa, con un balcón que daba al mar... pero lo primero que vio fue la cama de matrimonio, una cama enorme con sábanas de lino y pétalos de flores sobre las almohadas.

–Muy romántico –le dijo a Josh. Intentaba fingir que la situación le parecía divertida, pero no era así–. Cassandra tenía razón. Una pena que no hayan dejado una botella de champán. Si vamos a fingir que estamos prometidos, por lo menos disfrutemos del asunto.

Josh no contestó y Bella se dio cuenta de que parecía preocupado. La charla con Cassandra debía haberle recordado su fracaso con Aisling.

Pensó que después del largo viaje todo sería más fácil, pero... Durante las largas horas en el avión había tenido que hacer un esfuerzo para concentrarse en el libro que estaba leyendo, pero no fue capaz. Porque no podía dejar de mirarlo de reojo. Habría sido tan fácil apoyar la cabeza en su hombro, echarle los brazos al cuello...

Pero tendría que darle tiempo. Y espacio. Mejor guardar las distancias que recordarle continuamente que estaba con la mujer equivocada.

Bella miró la cama de nuevo. Aunque iba a ser difícil mantener las distancias por la noche.

Era absurdo soñar que ocurriese algo, era absurdo soñar que caerían sobre esa cama riendo y besándose, quitándose la ropa para hacer el amor arrullados por el sonido del mar.

No, lo que debería hacer era dejar en paz a Josh.

CAPÍTULO 7

JOSH apenas se había fijado en la cama. Estaba en el balcón, en silencio, mirando el mar. A Bella le dio un vuelco el corazón. No podía soportar verlo tan triste.

–Es un paisaje precioso, ¿verdad? ¿Te apetece que vayamos a nadar?

–Ahora mismo, no. Voy a ducharme.

–Ah, muy bien. Bueno... yo voy a nadar un rato.

Era como si estuviese intentando evitarla deliberadamente.

Mientras se ponía el biquini, Bella se dijo a sí misma que era una estupidez sentirse ofendida, que era normal que Josh estuviera triste.

Pero, por primera vez, le dio vergüenza estar en biquini delante de él. La había visto miles de veces así, pero las circunstancias habían cambiado y decidió cubrirse con un pareo.

–Nos vemos más tarde.

–Muy bien –dijo Josh, sin mirarla.

Pero la miró cuando paseaba por la playa, su pelo rubio iluminado por la luz del sol.

Cuando se miró las manos, le temblaban. ¿Cómo iba a soportar aquella semana?

Todo era culpa de Aisling. Si no hubiera dicho nada, él habría seguido como hasta entonces, confuso por la atracción que sentía por Bella, pero capaz de echarle la culpa al rechazo de Aisling, capaz de decirse a sí mismo que no pensaba con claridad.

Pero ya no podía hacerlo. Todo estaba demasiado claro. Hasta que Aisling lo dijo, él no había considerado la profundidad de sus sentimientos por Bella, pero tenía razón. Claro que estaba enamorado de ella y seguramente siempre lo había estado.

Mientras podía decirse a sí mismo que la quería como amigo todo iba bien, pero ya no podía decirse eso. No sólo quería a Bella, la necesitaba y la deseaba tanto que le temblaban las manos sólo con mirarla. Estaba deseando acariciarla, explorar su cuerpo, hacerla suya...

Pero no podía ni pensar en ello. Bella había dejado claro que sólo estaba allí como amiga y no podía aprovecharse de ella, especialmente en aquel momento, cuando era tan vulnerable por su ruptura con Will.

Y aunque pudiese decirle que la quería, ¿por qué iba ella a creerlo? No podía estar prometido con una mujer y unos días más tarde estar enamorado de otra, se recordó Josh a sí mismo. Si Aisling no hubiera decidido que su amor por Bryn era más fuerte, se habría casado con ella.

¿O no? Su compromiso siempre había tenido un aire de irrealidad para Josh. La sugerencia del compromiso partió de Aisling y él aceptó porque le parecía lo más lógico.

Ahora entendía que sólo había querido olvidarse de Bryn, pero no estaba resentido. Todo lo contrario; se alegraba infinitamente de que le hubiese dicho la verdad antes de que fuera demasiado tarde.

Y no podía pensar en nada más que en Bella. En su piel, en el brillo de su pelo, en su forma de caminar, en su risa, en el perfume que iba con ella a todas partes.

Había tenido que hacer un esfuerzo sobrehumano para no abrazarla en el avión. Y aquella noche tendrían que dormir juntos... ¿cómo iban a hacerlo?

El contrato, se recordó a sí mismo. Si se concentraba en eso, quizá podría controlar un poco la situación.

Cuando se cansó de estar en el balcón, Josh decidió bajar a tomar algo al bar y se encontró con su ex prometida. Y, para aprovechar el tiempo, decidieron estudiar la estrategia de la semana, qué querían contar y qué ejecutivos debían ser su objetivo.

Se sentía un poco mejor. Ducharse y ponerse a trabajar era justo lo que necesitaba. Afortunadamente, Aisling también estaba deseando aprovechar el tiempo y así se sentían cómodos. De hecho, era difícil recordar que hubieran tenido otro tipo de relación.

Josh estaba felicitándose a sí mismo cuando Bella entró en el bar, descalza. Llevaba el pareo atado a la cintura y tenía el pelo mojado todavía. Estaba guapísima.

Inevitablemente, había hecho un montón de amigas en la playa y entraban riendo, sin fijarse en ellos.

Josh no reconoció a ninguna de las mujeres, pero sí reconoció las expresiones lujuriosas de los hombres que miraban a Bella. Debería ponerse algo de ropa, pensó, irritado.

–Perdona –le dijo a Aisling–. ¿Qué estabas diciendo?

Intentó seguir trabajando, pero era difícil concentrarse. Y mucho más cuando Bella se acercó a la mesa.

–Hola. ¿Dónde está Bryn?

–Durmiendo –contestó Aisling–. Está acostumbrado a viajar en *business* y no ha podido pegar ojo en esos asientos tan pequeños.

–Ah, qué pena. Podríais haber cambiado los billetes, si los asientos os parecían tan incómodos.

–Uno de los propósitos de esta semana es crear espíritu de equipo –replicó Aisling, con igualmente «sincera» amabilidad–. No viajar con el resto del grupo no habría quedado como un gesto muy solidario.

–Bueno, veo que estáis trabajando, así que no os molesto más. Nos vemos más tarde.

Josh la siguió con la mirada. Dos hombres se habían unido al grupo... y seguramente no podían creer su suerte. Uno de ellos era calvo, el otro tenía barriga. ¿Dónde estaban sus mujeres?

–¿Por qué no le dices lo que sientes? –le preguntó Aisling entonces.

–¿Cómo?

–No puedes dejar de mirarla, Josh. ¿Por qué no le dices que estás enamorado de ella?

–No puedo –contestó él–. Bella está enamorada de otro hombre y aunque no lo estuviera, no quiero arruinar nuestra amistad.

Aisling lo miró con curiosidad.

–Qué raro. Llevas toda tu vida arriesgándote... no habría pensado que fueras un cobarde. Te arriesgaste conmigo, ¿no?

–No es lo mismo.

–¿No merece la pena arriesgarse por Bella?

–Es demasiado importante como para eso –murmuró Josh entonces–. No quiero perderla.

–Quizá a ella le pasa lo mismo. ¿Lo has pensado? Desde luego, no le caigo nada bien. Está celosa, Josh.

–No, lo que pasa es que Bella es muy protectora. Ella cree que me has hecho daño. Además, acaba de cortar con Will y sé que estaba enamorada de él.

–Pero...

–Vamos a dejarlo, Aisling –la interrumpió Josh–. Quiero que repasemos esto de nuevo...

Pero era imposible concentrarse oyendo la risa de Bella a su espalda.

–¿Quieres que lo dejemos? –preguntó Aisling.

–Tienes razón –suspiró él–. Lo mejor será que nos reunamos con ellos.

Después de invitarla a una copa en la barra, se acercaron a la mesa y Josh miró al hombre que estaba sentado al lado de Bella en el sofá... demasiado cerca en su opinión.

–¿Le importa?

–No, no, en absoluto.

Estaba preciosa con aquel biquini rojo. Y, a pesar de la crema protectora, su piel había empezado a adquirir un tono tostado...

Josh tuvo que tragar saliva. Cuánto le hubiese gustado que desapareciera todo el mundo para poder tocarla, para poder tumbarla en aquel sofá con estampado de flores tropicales y...

–Hola a todo el mundo. Perdona, Josh, te he asustado –sonrió Cassandra al ver que daba un respingo–. ¿Lo estáis pasando bien? Necesito saber quién quiere apuntarse al curso de esquí acuático. ¿Quién se apunta?

–Yo no quiero hacer esquí acuático –dijo Bella–. Prefiero quedarme en la playa con un buen libro.

–¿Y los demás, alguien se apunta al curso?

–Bryn quiere ir de pesca, pero a mí me gustaría aprender a hacer esquí acuático –dijo Aisling.

–Estupendo. ¿Alguien más?

Josh vaciló, pero la piel desnuda de Bella lo estaba poniendo tan nervioso que tomó una decisión.

–Yo también quiero hacer el curso.

–¡Pero si ya sabes hacer esquí acuático! –exclamó Bella–. No tienes que hacer un curso.

–No hay nada malo en refrescar viejas nociones.

–¿Alguien más se apunta? –preguntó Cassandra.

–Yo no, ya tengo suficientes emociones en casa, con los niños –rió una mujer.

–Entonces, sólo Josh y Aisling para el curso –anotó Cassandra en su cuaderno–. Bueno, voy a buscar a alguien que haga de carabina para que Bryn y Bella no tengan que preocuparse –añadió, con una irritante risita.

–Yo no estoy preocupada –dijo Bella.

Pero estaba furiosa con Josh. ¿Por qué no se alejaba de la tentación? Si estaba dispuesto a hacer el ridículo yendo tras Aisling con la lengua fuera, era su problema. Pero podía pensar en cómo la hacía quedar a ella.

–Te admiro por ser tan independiente –dijo una de sus compañeras–. Cuando mi marido y yo éramos novios no me separaba de él, por si acaso.

–A mí no me da miedo –dijo Bella, poniendo una mano sobre la pierna de Josh.

Pero al hacerlo notó que él daba un respingo. Genial, ¿por qué no se levantaba y se ponía a gritar a pleno pulmón que no quería que lo tocase?

Pero no podía ser porque ella estaba haciendo su papel. Aunque Josh no supiera hacerlo.

–Sé que mi novio nunca me sería infiel. ¿Verdad, cielito?

Conociendo a Josh, odiaría que lo llamase cielito. Peor para él. Si se portase como tenía que hacerlo, ella no tendría que usar diminutivos.

–Nunca –dijo Josh, con una voz extrañamente ronca.

–¿Has leído la revista que te di, Bella? –preguntó entonces Cassandra.

–Sí, está muy bien.

Siempre había pensado que leer revistas de novias si una no va a casarse daba mala suerte, pero era una pena no mirar esos vestidos tan bonitos. Además, Cassandra había insistido tanto...

–¿Sabes una cosa? Creo que deberíamos organizar el banquete al estilo árabe –dijo entonces, burlona–. Yo podría llevar un vestido inspirado en *Las mil y una noches* y tú irías vestido de jeque...

–Ni muerto.

–Venga, sería muy divertido. Y muy apropiado, además. Tú has pasado mucho tiempo en el desierto.

–Y también paso mucho tiempo en Inglaterra. No pienso ir más allá de un chaqué.

Imaginar a Josh en la iglesia del pueblo de sus padres, esperándola en la puerta... había querido hacer una broma, pero se le encogió el corazón.

Cassandra estaba contando que la suya sería una boda convencional.

–Pero los niños irán vestidos de marineritos y las mesas estarán decoradas con conchas y estrellas de mar.

–¿Cuándo te casas?

–En mayo del año que viene. ¿Y tú?

«Nunca», estuvo Bella a punto de decir.

–Cuanto antes, mejor. ¿Verdad, Josh?

–Sí –contestó él, levantándose abruptamente–. Se está haciendo tarde. Deberíamos ir a cambiarnos.

Aisling se levantó también.

–Sí, será mejor que despierte a Bryn.

Genial. ¿Por qué no anunciaban públicamente que estaban buscando una excusa para quedarse a solas?

Humillada por el brusco rechazo de Josh, Bella se levantó, con los ojos relampagueantes.

–Yo también voy. Tengo que ducharme.

Tomó su mano para salir del bar, pero en cuanto estuvieron en el pasillo Josh la soltó. Bella dejó escapar un suspiro. Era una pena sentirse triste en un sitio tan romántico. Tenían que hablar, se dijo.

–¿Quieres que vayamos a dar un paseo por la playa?

–¿No querías ducharte?

–Sí, pero no hay prisa.

–Deberías haberte quedado en el bar. Parecías estar pasándolo muy bien.

Bella empezaba a perder la paciencia.

–Se supone que soy tu prometida, Josh. Y ninguna prometida dejaría que su novio se fuera con otra.

–No iba a ninguna parte con Aisling. Ha ido a despertar a Bryn.

–Pues tengo la impresión de que la gente no piensa lo mismo. Sólo llevamos aquí un par de horas y las has pasado con ella.

Habían llegado a su habitación y Josh sacó la llave del bolsillo de la camisa.

–Aisling y yo trabajamos juntos.

–Ya, claro, pero se supone que tu prometida soy yo.

–Por favor, Bella, si acabamos de llegar...

–Mira, sólo digo que no eres un prometido

muy convincente –lo interrumpió ella, quitándose el pareo–. Das un respingo si te toco, te pasas las horas con Aisling y no quieres saber nada de mí. Si no quieres que esté aquí, puedo marcharme.

Josh se pasó una mano por el pelo.

–Lo siento. Tienes razón. No se me da bien fingir, ya lo sabes.

La exasperación de Bella desapareció al ver su expresión de derrota.

–No, es culpa mía. Sé que esto es duro para ti. Es fácil decir que debes seguir adelante con tu vida después de que Aisling te haya dejado, pero cuando de verdad amas a alguien resulta muy doloroso tener que olvidarlo. Te entiendo, de verdad.

–Eso parece –murmuró Josh.

–Espero que no lo pases muy mal –dijo ella entonces, buscando un cepillo en su maleta.

Josh la miró, medio desnuda en una habitación con una cama de matrimonio...

–Creo que va a ser mucho más difícil de lo que esperaba.

Bella se sentó en la cama y empezó a cepillarse el pelo vigorosamente. A pesar de todas las mascarillas y las cremas, lo tenía lleno de nudos por el agua salada.

–¿Sabes una cosa? Creo que no deberías rendirte. A Aisling le gustas mucho. Ahora está con Bryn, pero... ¿quién sabe? Yo creo que dentro de un par de semanas le dirá que se vaya con su mujer. Y entonces volverá contigo.

Josh la miraba con las manos en los bolsillos del pantalón.

–Entonces, ¿sólo tengo que ser paciente?

–Si eso es lo que quieres, sí.

–¿Y tú, Bella? Hasta ahora no he sido buena compañía para ti. Y lo siento.

–No te preocupes, lo entiendo –sonrió ella–. Estoy en las Seychelles, ¿qué más podría pedir?

–¿A Will?

Bella, que estaba buscando algo en la maleta, se detuvo inmediatamente.

–No se puede tener todo. A veces uno tiene que conformarse.

Josh pensó en ello por la noche, mientras intentaba dormir. La luz de la luna entraba a través de las persianas y Bella estaba de espaldas a él, con el pelo extendido sobre la almohada, respirando acompasadamente.

Sólo podía mirarla de ese modo cuando dormía.

Durante la cena estaba guapísima, pero no había podido mirarla como deseaba. Había demasiada gente alrededor, demasiada gente buscando su atención, demasiada gente entre Bella y él.

Llevaba un vestido rojo sin mangas y unas sandalias de tacón. Josh no sabía mucho sobre moda femenina, pero se daba cuenta de que el vestido la convertía en el objeto de todas las miradas.

La vio reírse, charlar con todo el mundo... Aparentemente, no pasaba nada si ella no le hacía ni caso, pensó, irritado.

Pero era difícil no admirarla. Llevaba con aquella gente menos de veinticuatro horas y ya se había hecho amiga de todo el mundo. Y, no sabía si a propósito o por casualidad, sobre todo de los ejecutivos que eran clave para conseguir el contrato con la C.B.C. Todos le decían lo encantadora que era Bella, lo guapa que era Bella, lo simpática que era Bella.

Como si él no lo supiera.

Debería estar encantado y agradecido. Pero lo único que deseaba era estrecharla entre sus brazos y decirle a todo el mundo que era suya. Como no podía hacerlo, se limitaba a sonreír.

Y cuando subieron a la habitación, peor todavía.

Unos días antes se habrían reído y Bella habría criticado a todos y cada uno de los invitados. Pero aquella noche se quedaron en silencio, sin saber qué decir.

Josh se puso un pantalón de pijama y ella un camisón que, seguramente, había elegido a propósito porque era blanco, de algodón, por encima de la rodilla. Nada de encajes, nada de transparencias. Y, sin embargo, la hacía parecer increíblemente deseable.

Oyendo el murmullo del mar e intentando no pensar en quitarle aquel camisón mientras se cepillaba los dientes, Josh esperó en la terraza. Cuando quiso darse cuenta, Bella ya estaba en la cama, tapada hasta la barbilla.

–¿Tienes frío? Puedo quitar el aire acondicionado si quieres.

–No, estoy bien.

Josh se metió en la cama. Podía tumbarse sin tocarla en absoluto, pero la sabía tan cerca...

–¿Quieres que apague la luz? –preguntó, con una voz que no parecía la suya.

–Sí, gracias.

Con la habitación a oscuras, sólo el sonido del aire acondicionado los acompañaba.

–Esto es muy raro.

–Lo sé –dijo ella–. Menos mal que somos amigos, ¿verdad? Imagínate lo que fue para Phoebe, que acabó compartiendo cama con un completo extraño.

Josh se preguntó si alguien se habría sentido más incómodo quc él en ese momento, tumbado al lado de Bella y sabiendo que no podía tocarla.

–Qué suerte tenemos –murmuró, burlón.

CAPÍTULO 8

JOSH esperaba que las cosas fueran más fáciles a medida que transcurría la semana, pero no fue así. Los días no eran tan difíciles porque pasaba la mañana en el curso de esquí acuático o charlando con los ejecutivos, pero las noches...

Se dijo a sí mismo que debía tratarlas como si fueran un reto, como subir una montaña durante una ventisca, o caminar por la jungla con una mochila al hombro, intentando evitar la picadura de los mosquitos. Si había sobrevivido a aquello, podría sobrevivir a esto.

Claro que sí.

Aisling era una tapadera estupenda para sus sentimientos y Josh intentó no separarse de ella. No fue difícil. Bryn estaba obsesionado con la pesca y, además de pasarse horas en el mar, después los martirizaban a todos con sus hazañas machistas durante la cena.

Josh se dio cuenta de que, en esos momentos, Aisling se quedaba callada y empezó a preguntarse si la teoría de Bella no sería tan descabellada.

–Ya te lo dije. Debería hacerte feliz –replicó ella cuando se lo mencionó.

¿Hacerle feliz? Josh recordó entonces que, supuestamente, estaba enamorado de Aisling.

–Sí, claro...

–Me alegro mucho por ti.

–Pues no pareces muy alegre.

–Es que es difícil estar alegre cuando me dejas sola todo el día en la playa mientras estás con Aisling en el curso de esquí acuático.

–Pero si tú misma has dicho que lo estás pasando de maravilla...

–No es divertido que los demás sientan compasión por ti, Josh.

–¿Qué quieres decir?

–¡Tú sabes perfectamente lo que quiero decir! Sé que quieres estar a solas con Aisling, pero podrías pensar un poquito en mí, ¿no? Todo el mundo cree que estamos a punto de romper.

–¿Qué?

–Lo que has oído. ¿Qué van a pensar si no te separas de Aisling? –exclamó Bella, con los ojos llenos de lágrimas.

También ella se había dado cuenta de la fría actitud de Aisling con Bryn. Cualquier día se daría cuenta de lo que había perdido al dejar a Josh y entonces... Debería alegrarse por él, pero no sabía si iba a ser capaz de soportarlo.

Durante el día estaban rodeados de gente y

por la noche se tumbaba a su lado intentando no moverse y deseando tocarlo con todas sus fuerzas. Nunca estaba sola, pero nunca se había sentido más sola.

Además, estaba claro lo que sentía Josh. En una ocasión, al cambiar de postura, lo rozó sin querer con el brazo y él prácticamente se apartó de un salto.

«Perdona», murmuró, avergonzada.

No sabía si estaba deseando que la semana en las Seychelles terminase o temiendo que fuera la última oportunidad de estar con él.

–El curso de esquí acuático termina mañana. Quizá podríamos hacer algo juntos el viernes.

–Muy bien –dijo Bella, intentando controlar los latidos de su corazón. Al menos, tendría algún tiempo a solas con Josh antes de que Aisling se diera cuenta de que había cometido un error al dejarlo por Bryn.

–Aisling me ha dicho que hay una excursión en barco para visitar las otras islas. Podríamos ir con ellos si te parece.

Bella dejó escapar un suspiro. Aparentemente, Josh no podía estar un sólo día sin Aisling.

–Sí, claro.

A pesar del disgusto, el viernes por la mañana se levantó contenta. Josh desayunó con ella y Aisling no apareció por ningún lado. Quizá había cambiado de opinión. Fuera como fuera, tenía a Josh todo el día para ella.

Y hacía un día precioso. El cielo era de un azul profundo y el sol creaba sombras curiosas con las palmeras de la playa. Era un retrato del paraíso. Imposible estar deprimida en un día como aquel en un sitio como ese.

Al infierno con Aisling, pensó, desafiante.

Desgraciadamente, Aisling apareció. Estaba en el muelle, con Bryn, que aparentemente, había sido persuadido para dejar a los peces en paz durante un día y parecía estar ya lamentándolo.

En total eran once personas, incluida Cassandra.

–¿Está todo el mundo?

–¿Vamos a ir en eso? –preguntó Josh, señalando el barco.

–¿Qué le pasa?

–Es muy viejo y la barandilla es de madera. No parece seguro.

–¿Cuál es el problema? –intervino Bryn.

–No me gusta el barco.

–Por favor, está perfectamente protegido del sol.

–No estaba pensando en el sol –replicó Josh–. Pero no sé qué pasará si atravesamos una corriente en ese cascarón.

–¿Qué corriente? Este océano es como un lago.

Josh miró el horizonte, haciendo una mueca.

–Creo que habrá tormenta.

–Venga, subamos a bordo –insistió Bryn.

–Un momento. ¿Quién está a cargo de este barco?

–Es de Ron –contestó Cassandra–. Siempre hace las excursiones con nosotros, pero hoy no puede venir y ha enviado a Elvis –dijo, señalando a un adolescente–. Sólo tiene trece años, pero lleva toda la vida ayudando a su padre.

–Sí, claro, y Elvis nos sacará de cualquier apuro –replicó Josh, irónico–. ¿Hay salvavidas para todos?

–No vamos a necesitar salvavidas con este sol –protestó Bryn.

–Sí, por favor Josh, deja de protestar –intervino Aisling.

Los demás se quejaron también y, a regañadientes, Josh tuvo que subir al barco. Bella, que estaba charlando con una chica y no se había enterado de la discusión, ya estaba a bordo.

Josh miró el horizonte de nuevo. Quizá estaba equivocado.

Y durante casi todo el día creyó que lo estaba. La gente iba muy alegre, como si quisieran disfrutar de lo poco que les quedaba en aquellas islas paradisíacas. Sólo él miraba el cielo de vez en cuando.

Por fin, echaron el ancla en un atolón de coral.

–¿Lo ves? Si le hubiéramos hecho caso a Josh no estaríamos aquí, disfrutando de este paisaje –dijo Bryn.

–¿Dónde están las gafas y las aletas? –preguntó Bella para cambiar de tema–. Quiero bucear un rato.

Josh deseaba poder quitarse de encima la sensación de que iba a pasar algo. Pero tenía que tirarse al agua con Bella. A pesar de lo que dijera Bryn las corrientes podían ser peligrosas y en aquella zona había tiburones, aunque no solían cruzar la barrera de coral.

Unos minutos después estaban en el agua y Bella señaló una tortuga que nadaba entre ellos.

–¡Qué bonita! –sonrió, sacando la cabeza.

En fin, Bella estaba contenta y eso era lo único importante, se dijo Josh.

Poco después volvió a subir al barco y esperó charlando con Elvis hasta que volvieron los demás. Bella fue una de las últimas. Cuando se quitó las gafas tenía una marca roja en la cara, pero estaba preciosa, como siempre.

–Ha sido fabuloso. Qué colores tan increíbles. ¿Habéis visto la tortuga? Parece mentira que naden tan bien, con lo mal que andan sobre la arena...

Todos hablaban sobre lo que habían visto y sobre el almuerzo, que les había organizado el hotel.

–Estoy muerta de hambre –dijo Bella–. Vamos a comer ahora para poder bucear más tarde.

Iba caminando por encima de la montaña de

aletas para buscar su pareo, pero perdió el equilibrio y tuvo que agarrarse a Josh.

Estaba empapada y caliente. Sin poder evitarlo, él la abrazó, con el corazón acelerado.

–¿Estás bien?

Bella asintió con la cabeza, pero se apartó enseguida, antes de hacer una tontería como echarle los brazos al cuello, por ejemplo. Se había quedado impactada por el roce de su piel desnuda. Y eso fue suficiente para hacerle olvidar sus nobles propósitos de alegrarse si volvía con Aisling.

¿A quién intentaba engañar? Ella quería mucho más que ser su amiga. Quería cubrirlo de besos, quería sentir sus manos por todas partes, quería tumbarlo en el suelo del barco y hacerle el amor.

Tragando saliva, Bella se concentró en ponerse el pareo.

Mientras tanto, Josh intentaba no preguntarse por qué se había apartado tan rápido. ¿Habría visto el deseo en sus ojos?

Para olvidarse del asunto, miró el cielo de nuevo y se puso tenso. Había una fea línea negra avanzando inexorablemente hacia ellos.

–Creo que deberíamos volver a puerto.

Inmediatamente hubo un coro de protestas.

–¡Pero si hace un día estupendo!

–Mirad –dijo él entonces señalando el cielo.

–¡Está a muchos kilómetros!

–Aquí se está de maravilla.

–Tenemos que irnos –insistió Josh. La autoridad que había en su voz hizo que el coro se quedara en silencio–. ¿Falta alguien?

–Bryn –contestó Aisling–. Ha dicho que quería bucear en una zona más profunda.

–¿Sabes hacia dónde ha ido?

–Al otro lado de la barrera de coral.

Elvis puso el motor en marcha mientras Josh levantaba el ancla. Recorrieron el atolón de coral buscando a Bryn y, unos minutos después, Aisling señaló con la mano:

–¡Ya lo veo!

Pero Bryn estaba buceando y no se percató de su presencia.

–Voy a buscarlo –suspiró Josh.

Ninguno de los que estaban a bordo del barco, incluida Bella, podía oír la conversación, pero estaba claro que Bryn no quería subir.

–¿Puedes hacer algo, Aisling? –preguntó, nerviosa.

–Si cree que quiero convencerlo para que obedezca a Josh, será imposible –suspiró ella–. Bryn está celoso porque... bueno, ya sabes.

Sí, Bella lo sabía muy bien.

Afortunadamente alguien gritó entonces que los dos hombres volvían al barco. No estaba claro qué le había dicho Josh pero a juzgar por la expresión de Bryn no debía haber sido nada agradable.

–No sé por qué tenemos que volver. Esas nubes están muy lejos de aquí. Además, a mí no me da miedo una tormenta tropical.

–Aquí no tenemos refugio, Bryn.

–Puede que nos mojemos un poco, pero no pasa nada. Las tormentas tropicales duran sólo unos minutos –insistió él.

–Esto va a ser algo más que una tormenta tropical –dijo Josh entonces–. Tenemos que poner rumbo a la isla más cercana. Este barco no está hecho para soportar una tormenta fuerte con doce personas a bordo.

–Yo digo que nos quedemos aquí –insistió Bryn–. ¿Quién está conmigo?

–No habrá votación –dijo Josh, encarándose con él. Bella sintió un escalofrío. Nunca lo había visto así y se alegraba de que la furia no fuese dirigida a ella–. Se acerca una tormenta y no estoy dispuesto a arriesgar la vida de Bella ni la de los demás en mar abierto. Vamos a volver ahora mismo, así que sugiero que te sientes y te calles.

Bryn se sentó.

Josh se acercó a Elvis, que no parecía saber qué hacer.

–Muy bien, chico. A toda vela.

–¿Por qué le da órdenes a todo el mundo? –protestó Bryn–. Si me hubieran dicho que iba a entrar en el ejército, no me habría apuntado a este viaje.

–Una pena que lo hayas hecho –murmuró Cassandra.

–Josh sabe lo que está haciendo –dijo Bella, nerviosa.

–Sí, es verdad. Cállate, Bryn –le espetó Aisling entonces.

Hacía mucho calor. El agua era tan clara que podían ver a los peces que nadaban cerca del barco. Pero había algo raro en aquella idílica escena. Por delante todo parecía perfecto, pero si miraban hacia atrás, la nube negra parecía perseguirlos de forma inexorable, acercándose cada vez más.

–¿No puede ir más rápido, Elvis? –preguntó Josh.

–No, señor. Ya va a toda velocidad.

–Bueno, no pasa nada.

Todos empezaron a parecer más positivos, pero Bella sospechaba que era por la actitud de Josh.

–¿Crees que nos pillará la tormenta? –preguntó Cassandra.

–Es posible que nos mojemos un poco, pero cuando lleguemos a la isla estaremos a salvo. Tenemos comida y agua, no pasará nada.

Había algo muy tranquilizador en él. No era el hombre más guapo del barco y, desde luego, no era el mejor vestido, pero era la persona con la que uno querría estar en una situación de peligro. Tan tranquilo, tan seguro. Josh no dejaría que les ocurriera algo malo.

–Lo estás haciendo muy bien, Elvis –lo animó, al ver que el chico parecía nervioso.

–¡Sí, genial! –dijo Bryn, sarcástico–. Personalmente, yo me guardaría los halagos para alguien que hubiese comprobado el informe del tiempo antes de salir. Pienso exigir en el hotel que contraten gente más profesional...

–Si volvemos al hotel será gracias a Elvis no a ti –lo interrumpió Bella–. Y cállate de una vez. Es un crío y está asustado.

–No es el único –murmuró Cassandra.

Todos estaban tensos. Era increíble que unos minutos antes hubieran estado riendo y buceando en el mar. Pero cuando alguien vio una isla a lo lejos, todos se animaron de nuevo.

–Vamos hacia allí.

–Pero habrá tormenta y en este barco no podemos cobijarnos –protestó Bryn de nuevo.

–Permanecer secos sería el menor de nuestros problemas si seguimos en el barco –dijo Josh.

La brisa se había convertido en viento y la tela que cubría una parte del barco se movía violentamente.

Era increíble cómo había cambiado el tiempo. Un segundo después el sol desapareció tragado por la gran nube gris y la lluvia los golpeó con la fuerza de un camión de diez toneladas.

–¡Bella! –Josh tenía que gritar para hacerse

oír–. Organiza a todo el mundo para achicar agua.

Desgraciadamente, la lluvia estaba llenando la cubierta de agua y muchos de los pasajeros empezaban a marearse.

–Tengo ganas de vomitar –dijo Cassandra.

–Ayúdame a achicar agua. Si tienes algo que hacer se te pasará el mareo.

Sacudido por las olas, que cada vez eran más altas, el pequeño barco parecía una cáscara de nuez en medio del mar. Era como estar en otro océano, como una pesadilla.

Mientras achicaba agua, Bella se preguntó qué hacía allí. Ella, una chica de ciudad, achicando agua en medio de una tormenta en el océano Índico.

Alguien a su lado estaba llorando, pero no podía ver quién era.

A pesar de su aparente calma estaba asustada. Pero sólo tenía que mirar a Josh para seguir trabajando. Josh estaba allí, controlando la situación y no dejaría que le pasara nada.

Era como estar atrapada en un mal sueño, un sueño con consecuencias imprevisibles. Unos minutos después, afortunadamente, se acercaron a las rocas que bordeaban la isla. Josh se subió entonces a la barandilla.

–¿Qué haces? –gritó Bella para hacerse oír.

–No podemos echar el ancla junto a las rocas. Elvis se acercará todo lo que pueda y entonces yo podré tirarme al agua.

–¿Vas a tirarte al agua? ¿Para qué?

–Para tirar del cable, pero no te preocupes. No me pasará nada.

Bella no podía creerlo. Las olas eran altísimas y el mar, antes de un azul transparente, parecía casi negro.

Observó angustiada toda la operación, rezando para que no le pasara nada, y afortunadamente así fue. Cuando estaban cerca de las rocas, Josh se lanzó al agua y tiró del cable del barco para llevarlos hasta la playa.

Después, dio órdenes para que sacasen las neveras y las bolsas de comida.

La tormenta había empeorado, como enfadada porque hubiesen escapado de sus garras. El viento doblaba las palmeras casi hasta partirlas por la mitad mientras la lluvia caía en un torrente ensordecedor.

–¡Bienvenidos al paraíso! –gritó Bella. Y todos rieron histéricamente.

En esas condiciones era difícil saber qué condiciones ofrecía la isla, pero al final decidieron explorar un poco para ver si encontraban algún refugio.

Josh se quedó atrás con Elvis para intentar asegurar el barco a las rocas, pero observó a Bella llevando una pesada nevera con Cassandra. Sonreía animosamente e incluso se permitía hacer bromas a pesar de la situación.

No tardaron mucho en explorar la isla, que

no era más que un grupo de rocas y arena cubierta de vegetación. Al final, encontraron una cala rodeada de palmeras y colocaron entre dos de ellas un plástico que habían sacado del barco para refugiarse, aunque el refugio era más psicológico que real.

Para entonces estaban todos agotados y se dejaron caer sobre la arena, suspirando de alivio.

CAPÍTULO 9

SÓLO Josh resistió la tentación de sentarse con los demás.

–Creo que sería buena idea traer el barco hasta esta cala. Aquí estaría más protegido.

Bryn dejó escapar un exagerado suspiro.

–Vaya por Dios, ahora se cree Robinson Crusoe. ¿Eso no puede esperar? Acabamos de sentarnos –protestó de nuevo.

–Sería más seguro hacerlo ahora –contestó Josh–. Sé que estamos todos muy cansados, pero no sabemos cuándo podremos salir de aquí. No quiero hacer de Robinson Crusoe, pero me vendría bien que alguien me echara una mano.

–Llévate a Elvis. Es su responsabilidad.

–Elvis es un crío y está agotado...

–¡Estamos todos agotados!

–¿Por qué no descansamos un rato? –sugirió Aisling–. Luego podríamos intentar traer el barco hasta aquí.

Josh vaciló un momento. Bella vio que parecía realmente preocupado y decidió levantarse.

–Yo iré contigo –dijo, aunque le pesaban las piernas y no estaba segura de poder meterse en el agua para tirar de un barco.

Estaba empapada. Josh la recordó entonces en la boda de Kate, impecable con aquel vestido y el pelo brillante. Siempre había pensado que era una princesa, pero no había duda: era una princesa con arrestos.

Su oferta avergonzó a uno de los hombres, que se apresuró a ofrecer su ayuda también. Afortunadamente, porque el barco se balanceaba sacudido por las olas y podrían haberlo perdido.

Bella sabía que iba a ser un trabajo duro, pero fue mucho más difícil de lo que esperaba. Hubo momentos en los que pensó que iba a caer desmayada.

El agua les llegaba por la cintura, pero era difícil manejar el barco con aquella tormenta. Llovía con tanta fuerza que apenas podían abrir los ojos y las olas los lanzaban contra las rocas.

Se sumergió varias veces y en una ocasión desapareció por completo bajo el barco hasta que Josh, frenético, la sacó del agua. Pero no se rindió, siguió tirando del cable con todos los demás. Y cuando creía que las piernas no iban a responderle llegaron a la playa. Allí se dejó caer sobre la arena, exhausta, incapaz de moverse.

Josh la tomó en brazos.

–Estoy bien –protestó Bella–. Suéltame.

–Deja de moverte y cállate –le ordenó él.

–¡Qué amable! Se supone que estamos prometidos, ¿no te acuerdas?

Había querido que Josh sonriera, pero aunque lo hizo, su expresión era muy seria.

–No se me ha olvidado.

Fue Cassandra quien notó que a Bella le sangraba un pie y rápidamente limpió la sangre con una toalla.

–Es un corte profundo.

–Debe haber sido con las rocas, pero no me he dado ni cuenta. Estas sandalias están hechas para caminar sobre la arena... qué lástima, con lo bonitas que eran –suspiró Bella.

–Deberías preocuparte por el pie, no por las sandalias –le regañó Josh, inspeccionando la herida–. Cassandra tiene razón. Es un corte profundo. ¿Por qué no has dicho algo?

–No me he dado cuenta. La verdad es que no me duele.

Normalmente ella era terrible con la sangre y las heridas, pero observaba el corte como si no fuera su propio pie. Seguramente, debido al cansancio. En Londres se habría puesto a gritar como una cría, corriendo hacia el hospital para ser atendida por un médico que se pareciese a George Clooney.

Qué raro pensar en la serie *Urgencias* cuando estaban abandonados en una playa desierta en medio del océano Índico, con el viento soplando como un huracán, se dijo.

–¿Hay que amputar, doctor? –intentó bromear.

La sonrisa de Josh la calentó más que un montón de mantas.

–Creo que sobrevivirás. Pero habrá que darte algún punto.

Después de buscar improductivamente una venda, Josh rasgó su camisa y le vendó la herida.

–¿Qué tal ahora?

–Mejor que una pedicura –contestó Bella.

Empapada y dolorida, se sentía absurdamente feliz. La tormenta ya no le daba miedo, sólo era un ruido de fondo. Poco después sacaron la comida de las neveras, pero Cassandra parecía preocupada.

–¿Crees que deberíamos guardar algo, Josh?

–Sería buena idea. Y deberíamos sacar la nevera para llenarla de agua de lluvia. Por si acaso.

Bryn levantó los ojos al cielo.

–Yo no diría que la falta de agua vaya a ser uno de nuestros problemas.

–Si pasa la tormenta, lo será. No hay agua potable en la isla –contestó Josh–. Y si no podemos arrancar el motor del barco puede que tengamos que quedarnos aquí más tiempo del que creemos.

–Y eso te gustaría, ¿verdad? Así podrías demostrar tus habilidades. Seguro que estás deseando frotar unos palos para hacer fuego.

–Eso impresionaría a las chicas –dijo uno de los hombres–. Y a mí también.

–¡Cállate, Bryn! –le espetó Aisling–. Te estás portando como un niño mimado.

–Sólo porque no salto cuando tu precioso Josh da órdenes, ¿verdad? ¿Quién le ha dicho que es el jefe?

–Él sabe lo que debemos hacer y eso es algo más de lo que puedo decir de ti –replicó Aisling.

–Si es tan perfecto, ¿por qué no te quedaste con él?

–¡Estoy empezando a lamentar no haberlo hecho!

–¿Porque yo no soy *macho man?* –replicó Bryn, burlón.

Bella levantó los ojos al cielo.

–¿Sabes que se llama Bryan? –le dijo Cassandra al oído.

Bella estaba encantada de ver su teoría confirmada, pero le molestaba que Bryn estuviese hablando de Josh delante de todo el mundo.

–¿Qué está diciendo de Aisling y Josh? –preguntó Cassandra entonces–. ¿Es que antes salían juntos?

Ella dejó escapar un suspiro.

–Estuvieron prometidos durante un tiempo.

–Ah, ahora entiendo por qué no te hacía gracia lo del curso de esquí acuático. Pero no te preocupes, es evidente que Josh te adora.

Bella sabía que Josh la adoraba... como amiga. «La adoro» solía decir cuando alguien le preguntaba por ella.

Pero no era así como quería que la adorase.

Afortunadamente, Josh no estaba prestando atención a las protestas de Bryn porque había ido a comprobar el estado del barco. Cuando volvió, se sentó al lado de Bella y le pasó un brazo por los hombros.

–¿Cuánto crees que durarán los sándwiches?

–Hasta el desayuno –contestó él–. Pero si no podemos poner el motor en marcha...

–Espero que no tengamos que optar por el canibalismo. Seguro que me comerían a mí la primera –dijo Bella. Josh soltó una carcajada–. Es verdad. Una Relaciones Públicas no vale de nada en una isla desierta.

–Pero haces reír a la gente y eso es muy importante. Tú vales más que la mayoría de los que estamos aquí, pero si tuviéramos que comernos los unos a los otros yo me encargaría de que no fueras la primera.

–Gracias –sonrió Bella, pasándole un brazo por la cintura–. Aunque creo que el honor de ser el primero en la olla iba a ser para Bryn.

–Está asustado, como todos nosotros.

–¡Tú no estás asustado!

–Claro que sí.

Josh estaba asustado por Bella y, aunque no podía hacerlo, le gustaría decirle lo importante que era para él. Pero al menos estaban en la isla, a salvo. Y la tenía entre sus brazos.

La tormenta pasó tan repentinamente como había empezado. El ruido del viento y la lluvia eran ensordecedores y, de repente, cesó como por arte de magia. Bella se sintió culpable por ser la única que lo lamentaba. La tormenta le había dado la oportunidad, al menos, de estar en los brazos de Josh.

Pero no podían hacer nada porque se había hecho de noche y tuvieron que dormir bajo el plástico, apretados los unos contra los otros.

Por la mañana, cuando intentó levantarse, el pie le dolía muchísimo. Se sentía mojada, sucia, incómoda y apenas podía caminar.

El grupo estaba rodeando al barco, donde Josh y Elvis intentaban poner el motor en marcha.

–No pueden –le explicó Cassandra–. Menos mal que no nos comimos todos los sándwiches. ¿De verdad Josh sabría hacer fuego?

–No lo sé. Pero sí sé que los motores se le dan muy bien –contestó Bella.

Acababa de decirlo cuando el motor se puso en marcha y todos empezaron a gritar, alborozados.

–Estupendo. Vamos a desayunar y después saldremos de aquí.

Aunque la tormenta había pasado, el mar estaba revuelto y el cielo cubierto por oscuras nubes. La llovizna era casi más deprimente que el temporal. No hacía frío, pero todos estaban empapados y muy nerviosos por la situación.

Aisling y Bryn no se dirigían la palabra y el ambiente era tan desagradable que cuando oyeron la sirena de los guardacostas lanzaron gritos de júbilo. Todos subieron a bordo del barco patrulla excepto Josh, que decidió quedarse con Elvis para volver en el viejo cascarón.

Mientras se alejaban, Bella lo observó ayudando al chico y se le encogió el corazón.

Con su poderoso motor, el barco patrulla los llevó a la isla en menos de quince minutos. En el hotel los recibieron como reyes y, después de pasar una noche al raso, la habitaciones parecían de un lujo increíble.

Un médico que no se parecía en absoluto a George Clooney subió a su habitación para curarle el pie y Bella deseó, como una niña pequeña, que Josh estuviese allí para apretar su mano. Debía dejar de ser tan patética, se dijo.

Al menos pudo darse una ducha, la mejor de su vida. Se lavó el pelo tres veces porque lo tenía lleno de arena y después se tumbó en la cama dispuesta a esperar a Josh.

Podía oír el ruido de la lluvia golpeando la barandilla del balcón y las hojas de las palmeras, pero quería esperarlo despierta.

Bella esperó y esperó y, al final, se quedó medio dormida. Por fin, cuando ya se había hecho de noche, Josh entró en la habitación.

–Cuánto has tardado. ¿Ha ido todo bien?

–El dueño del hotel quería echarle una bronca a Elvis, pero creo que he podido convencerlo de que no fue culpa suya –contestó Josh, sentándose en la cama.

Había estado horas esperándolo y allí estaba, tan seguro y tranquilizador como siempre. Entonces vio que llevaba una camisa de flores.

–¿Y esa camisa?

–Como la mía estaba rota, me han dado esta en conserjería. ¿Te gusta?

–No te pega nada.

Josh sonrió y sus ojos se encontraron un momento, hasta que ambos apartaron la mirada.

–¿Qué tal el pie?

–Me duele –contestó Bella–. Me han dado tres puntos, mira.

Josh levantó el pie para observar el vendaje.

–Debería haber insistido en que nos quedásemos. Estaba claro que se aproximaba una tormenta. Era demasiado peligroso para ti...

–Si era demasiado peligroso para mí, también lo era para ti –lo interrumpió ella–. Además, sólo es un corte. No me ha mordido un tiburón.

–Podrías haberte ahogado. Anoche dijiste que yo no estaba asustado, pero lo estaba.

Cuando te vi desaparecer bajo el barco me llevé un susto de muerte.

Sin darse cuenta, estaba acariciando su pierna y Bella tragó saliva.

–Sabía que tú me salvarías.

–Ya, claro.

–No sé si habríamos salido de esta sin ti, Josh. Los demás nos asustamos, pero tú lo tenías todo controlado. Estoy muy orgullosa de ti, de verdad. Ahora entiendo por qué la gente va de expedición contigo.

–Tú podrías ser mi ayudante –sonrió él.

–¿Yo? Pero si no sabía qué hacer.

–Sabías por instinto que, cuando las cosas se ponen difíciles, es necesario que alguien intente aliviar la tensión. Sabes tranquilizar a la gente y eso es importante. En serio, hasta he pensado en llevarte conmigo a alguna expedición. ¿Te gustaría?

–Depende. ¿Puedo llevarme el secador? –bromeó Bella, intentando disimular la angustia que le producía el roce de su mano.

–Puedes llevártelo. Lo que no sé es si podrías enchufarlo.

–Y mis mejores zapatos, claro.

–Me temo que ahí tengo que ponerme serio. Nada de tacones en la jungla. Necesito mantener cierta autoridad con mi equipo.

–¿Tendría que llamarte «señor»?

–Sólo en privado.

Los dos soltaron una carcajada, pero cuando se miraron a los ojos la risa terminó abruptamente.

–No quiero perderte, Bella –dijo Josh, muy serio–. Eres mi mejor amiga.

–Y tú mi mejor amigo.

–Bella...

–¿Sí? –el corazón de Bella latía tan fuerte que casi no podía respirar.

Josh no podía pronunciar en palabras lo que sentía. Pero tenía que hacer algo. Lentamente, se inclinó hacia ella, dándole la oportunidad de apartarse, de bromear, de romper el hechizo.

Pero no lo hizo. Se quedó muy quieta, con los ojos oscurecidos por un deseo que lo atraía de forma irremediable.

Josh se detuvo, sabiendo que aquél era el momento o no lo sería nunca. Se miraron a los ojos y, al final, fue Bella quien lo atrajo hacia sí.

No era demasiado tarde. Podría apartarse, podría hacer que el beso no fuera más que un roce amistoso en los labios. Además sabía que eso era lo que debía hacer.

Pero no quería. De modo que la besó, como había querido besarla durante tanto tiempo. Bella enredó los brazos alrededor de su cuello, devolviendo beso por beso hasta que quedaron los dos tumbados sobre la cama.

Perdido en su perfume, Josh se incorporó un poco para apartar el pelo de su cara y su corazón dio un vuelco al ver la sonrisa de Bella.

–Los amigos no hacen estas cosas.

–¿No?

–Normalmente, no.

–Esta noche no es normal –dijo ella, acariciando su espalda–. Hemos sobrevivido a una tormenta en el mar y ahora todo es distinto. Nos preocuparemos por lo que hacen los amigos cuando todo sea normal.

–Puede que entonces sea demasiado tarde –le advirtió Josh, pero sus caricias negaban esa advertencia.

–Lo sé –murmuró Bella–. Pero no quiero pensar en eso ahora. No pensemos en nada.

Mucho más tarde, Josh acariciaba suavemente el brazo de Bella. Estaba como en las nubes. Nunca había sido así, nunca había experimentado aquella sensación de paz... mezclada con cierta aprensión.

Nada volvería a ser lo mismo. A partir de entonces no sería capaz de mirar a Bella como una amiga sin recordar aquella noche en el trópico, con el sonido de la lluvia, su calor, su dulzura y el fuego que los había consumido a los dos.

¿Cómo podían volver a ser amigos? «Nada es normal» había dicho ella, y tenía razón. Aquello había sido para Bella la respuesta normal ante una crisis. No iba a olvidarse de Will tan fácilmente.

Josh se dijo a sí mismo que debía aceptarlo y encontrar la forma de seguir siendo amigos.

–Menos mal que no estamos a menudo en situaciones peligrosas.

Con una pierna sobre la de Josh y los ojos cerrados, Bella se sentía como en el cielo. Casi le sorprendía que su cuerpo no resplandeciese en la oscuridad.

No quería que aquello terminase, pero el comentario burlón la había devuelto a la realidad. Parecía como si todo hubiera cambiado, pero no era así. Sabía que Josh estaba pensando en Aisling y, aunque ya no había nada entre Will y ella, eso era lo que le había contado.

No, no era el momento de decirle que estaba enamorada de él. Josh pensaría que sólo lo decía porque es la clase de frase que una mujer dice cuando se acuesta con un hombre.

Pero quizá podría decírselo cuando volviesen a Londres. No podía haberle hecho el amor de forma tan apasionada si seguía enamorado de Aisling, pensó. Josh no era así.

Por otro lado, era un hombre. Estaba tan acostumbrada a pensar en él como amigo que a veces olvidaba ese pequeño detalle.

No, no iba a estropear el momento hablándole de amor. Josh tenía que descubrir que no estaba enamorado de Aisling y entonces, quizá, podría decirle lo que sentía por él.

–¿Es así como reaccionas siempre ante una crisis? –intentó bromear.

–Yo no diría eso, pero el sexo es una reacción humana muy común después de una catástrofe.

–Pero esto no ha sido una catástrofe.

–Porque hemos tenido suerte –sonrió Josh–. Si no hubiéramos llegado a la isla, no sé qué habría pasado –añadió entonces, mirándola a los ojos–. ¿Esto va a cambiar las cosas entre nosotros, Bella?

–¿Quieres decir nuestra amistad?

–Sí. No quiero que afecte a nuestra amistad.

–Ni yo tampoco –dijo ella, pasando una mano por su torso desnudo como nunca haría una amiga–. Puede que para ti no lo sea, pero yo es la primera vez que me enfrento al peligro y sigue sin parecerme real del todo. Supongo que cuando estemos en Londres, todo me parecerá un sueño. Quizá deberíamos verlo así.

–¿Deberíamos fingir que no ha pasado? –preguntó Josh.

Bella estaba segura de que no sería capaz.

–No, más bien debemos pensar que éste es un momento fuera del tiempo. Las reglas normales no pueden aplicarse.

–¿Las reglas normales? ¿Cuáles son esas reglas?

–Que somos amigos. Y la amistad no puede confundirse con... con esto.

–¿Con el sexo? –preguntó Josh.

–Eso es. Mañana volvemos a casa, a la realidad. Volveremos a ser amigos y lo de esta noche será algo que ha pasado porque sí. Ha sido maravilloso, pero no tiene nada que ver con nuestra realidad. ¿Lo entiendes?

–Creo que sí. Todo será diferente mañana.

–Pero aún no es mañana –susurró Bella.

–Eso es verdad –sonrió Josh, besando la curva de sus hombros–. ¿Crees que deberíamos seguir aprovechándonos de esta sensación irreal?

–Yo creo que sí –murmuró Bella, apretándose contra él.

CAPÍTULO 10

TIENES hambre?

–Estoy desfallecida –contestó ella.

–¿Quieres que baje a ver si encuentro algo de comer? –preguntó Josh.

Bella miró el despertador.

–Las once. Se nos ha pasado la hora de cenar y aquí no hay servicio de habitaciones.

–La cocina sigue abierta –dijo él, buscando sus pantalones–. Después de haber sobrevivido a un naufragio, no puedo permitir que te mueras de hambre.

Tardó lo que a Bella le pareció una eternidad, pero sabía que no volvería con las manos vacías. Josh era un hombre de recursos. Cuando por fin apareció, llevaba una bandeja de pescado y dos cervezas.

–¿Cómo has organizado este banquete? –exclamó, impresionada.

–Elvis es sobrino de una de las cocineras –contestó Josh, preguntándose si sabría lo guapa que estaba con el pelo revuelto y la carita roja.

–Qué suerte.

–Por lo visto le han contado que hablé en su favor con el director del hotel y la mujer me ha tratado como si fuera un héroe –siguió él–. Cuando pregunté si quedaba algo de cena, me hizo tomar una copa de vino mientras preparaba el pescado.

Bella sonrió.

–Huele de maravilla –dijo, acomodándose sobre los almohadones–. Y eres un héroe. Cualquiera que pueda conseguir una bandeja de pescado a estas horas tiene que ser un héroe.

Cenaron sentados en la cama, charlando tranquilamente. Era todo muy natural, demasiado quizá, teniendo en cuenta lo que había pasado.

Pero no. Resultaba muy natural estar tumbada en la cama con Josh, charlando y riendo como habían hecho tantas veces.

Después caminaron... en el caso de Bella cojearon, hasta la playa y se sentaron bajo una palmera para ver aquel paisaje por última vez antes de volver a Londres al día siguiente. Las nubes habían desaparecido y la luna daba un brillo de plata a la superficie del mar. Sobre sus cabezas, la brisa movía las hojas de las palmeras.

–Está todo tan tranquilo... –suspiró Bella, apoyándose en el hombro de Josh.

–Lo de anoche es difícil de creer, ¿verdad?

Pronto volverían a Londres y no podía soportar que aquélla fuera la última vez que podía abrazarla.

–Me siento como si pudiera quedarme aquí para siempre, mirando el mar –dijo entonces Bella.

–Olvídate del paisaje –murmuró Josh, tumbándola suavemente sobre la arena. Un beso siguió a otro y, poco después, la arena era un estorbo.

–No vas a poder quitártela del pelo.

–Quizá debería cortármelo antes de ir a esa expedición contigo.

–No te lo cortes nunca. Tienes un pelo precioso.

–Pensé que te parecería bien. Sería mucho más práctico.

–Es posible, pero no serías tú con el pelo corto. Yo... me gustas así –dijo Josh.

Cuando volvieron a la habitación, la hizo sentar en el baño mientras le pasaba el cepillo por el pelo para quitarle la arena. Después volvieron a la cama e hicieron el amor con urgencia, como si los dos sintieran que era la última vez.

El aeropuerto estaba abarrotado. Era una terminal muy pequeña y, a juzgar por la cacofonía de idiomas, había vuelos con destino a diferentes países.

Josh se encargó del equipaje mientras Bella esperaba sentada porque le dolía un poco el pie.

Al despertar, apenas habían intercambiado palabra. Quizá porque no había nada que decir.

–¿Qué tal el pie?

Bella levantó la mirada. Era Aisling.

–Bien, gracias. En realidad, no es nada –ella era la última persona con la que deseaba hablar en aquel momento, pero tenía que ser amable–. ¿Y tú qué tal?

–Creo que he cometido un gran error –suspiró Aisling–. Bryn y yo tuvimos una bronca monumental anoche. Me he dado cuenta de que no es la mitad de hombre que Josh. He sido una idiota –siguió, con una franqueza que dejó a Bella sorprendida–. Pensé que amaba a Bryn, pero me he equivocado. Ni siquiera estoy convencida de que me quiera. Me dijo que sí, que iba a divorciarse de su mujer, pero no sé si lo hará. Debería haberme quedado con Josh.

–Josh se merece ser algo más que una opción entre dos hombres –replicó Bella–. No pensarás que va a estar esperando a ver si te decides, ¿no?

–Lo sé. Y sé que es demasiado tarde. Pero me he dado cuenta de que he cometido un error. Tienes mucha suerte.

Bella se mordió los labios. Aisling quería volver con Josh y ella tendría que apartarse. La burbuja que habían creado la noche anterior estaba a punto de desaparecer. Hubiera querido decirle que lo dejase en paz, que ya le había hecho suficiente daño...

Quería estar con Josh, pero él no había dejado claro cuáles eran sus sentimientos. Y siempre se preguntaría si estaba con ella porque Aisling lo había rechazado.

–Sólo somos amigos, ya lo sabes. Él mismo te dijo que lo del compromiso era una farsa.

–Sí, bueno... pero no sé si habéis... –Aisling no terminó la frase.

–Somos amigos y seguiremos siéndolo –insistió Bella.

–En ese caso, es posible que hable con él.

–Haz lo que quieras. No tiene nada que ver conmigo.

El viaje de vuelta fue mucho más difícil que el de ida. Bella estaba muy cansada y más triste. Ninguno de los dos había querido desperdiciar la noche durmiendo y a ella se le cerraban los ojos, pero tenía tantas cosas que decirle...

Lo miró para ver si veía en su rostro alguna señal, para ver si Aisling había hablado con él, pero no vio nada.

Ojalá pudieran estar otra vez en aquella habitación iluminada por la luna, donde el tiempo parecía suspendido.

Al recordar cómo se besaron, cómo se acariciaron por la noche... ¿por qué Josh no veía que estaban hechos el uno para el otro? Pero entonces recordó que la amistad era lo más importante para él. Ser amiga de Josh significaba desear que fuera feliz y si era feliz con Aisling...

Cuando llegaron a Heathrow estaba tan cansada y tan angustiada que tuvo que hacer un esfuerzo para no llorar.

–Vamos a tomar un taxi –murmuró Josh.

–Puedo dejarte de camino...

En ese momento vieron a Aisling sola en la puerta de la terminal, esperando un taxi.

–¿Dónde está Bryn?

–Se ha ido. Ha vuelto con su mujer –dijo ella, conteniendo las lágrimas–. ¿Qué voy a hacer? Iba a dormir en su apartamento.

Bella suspiró. Lo que se temía.

–Será mejor que vengas con nosotros. Puedes quedarte en casa de Josh. No te importa, ¿verdad?

¿Qué podía decir él? Bella parecía empujarlo hacia Aisling. Seguramente temía que olvidase el acuerdo de volver a ser amigos cuando estuvieran en Londres y se lo estaba recordando. Como si todo pudiera ser como antes...

No lo decía con palabras, pero lo notó en su rostro, en sus gestos, en su silencio.

Se sentía dolido, pero la dejaría en paz si eso era lo que quería.

–Claro que puedes quedarte en mi casa. Ni siquiera he guardado tus cosas.

–Lo siento, Josh –se disculpó Aisling cuando

el taxi salía del aeropuerto–. Creo que no vamos a conseguir el contrato con C.B.C. Bryn está convencido de que la tormenta fue culpa tuya y no me va a perdonar por lo que le dije anoche. Tiene mucho peso en C.B.C. y no creo que se ponga de nuestro lado.

–No te preocupes por eso. Tendremos que esperar a ver qué dice el consejo de administración.

–Si quieres que deje la empresa...

–Claro que no –la interrumpió él–. Hemos hecho muchos contactos y creo que ha merecido la pena, aunque no consigamos el contrato con C.B.C.

Por supuesto, no quería que Aisling se fuera, pensó Bella. Aisling podía hacer lo que le diera la gana: dejarlo, humillarlo y poner en peligro un contrato importante, pero Josh seguía deseando que se quedara a su lado.

Media hora después, el taxi se detenía frente a la casa de Josh.

–Nos veremos –dijo Bella.

–Sí –él vaciló un momento, como si hubiera querido decir algo más–. Nos veremos.

Mientras el taxista arrancaba de nuevo, lo vio abriendo la puerta para Aisling.

De modo que ese era el final. El final de las vacaciones y el principio de la realidad.

Afortunadamente, el taxista la ayudó con la maleta, pero no iba a ser capaz de subirla al dormitorio.

Bella fue cojeando hasta la cocina y encendió todas las luces. Siempre le había encantado aquella casa, pero de repente le parecía vacía y solitaria. Demasiado grande para una sola persona. Ojalá Josh estuviera allí.

Pero no estaba allí. Estaba con Aisling. Bella se dejó caer sobre una silla de la cocina, desolada. ¿Estarían en el sofá, besándose? Quizá Aisling le estaba diciendo cuánto lamentaba haberlo dejado por Bryn... y entonces Josh la abrazaría y le diría que no pasaba nada, que había estado esperándola.

Bella escondió la cabeza entre los brazos y se puso a llorar.

A pesar de la tristeza, estaba tan cansada que se quedó dormida en cuanto puso la cabeza sobre la almohada. Se despertó a la mañana siguiente, sintiéndose fatal. Además del dolor en el pie, le dolían la cabeza y el estómago.

Y por si eso no fuera suficiente, tenía que ir a trabajar.

Cuando se miró al espejo, casi se asustó. Y además de ir a trabajar, tenía que enfrentarse con Phoebe y Kate, que le habían dejado un mensaje en el contestador: «Mañana iremos a verte. Y tendrás que contárnoslo todo».

Al menos seguía teniendo cierto colorcito de la playa. Aunque ni eso engañó a sus amigas.

–Bella, ¿qué te ha pasado? ¡Tienes muy mala cara!

–No estoy tan mal, ¿no? Es que me hice una herida en el pie. No voy a poder ponerme zapatos de tacón en siglos.

–Bueno, cuéntanoslo todo –dijo Kate, sentándose frente a la mesa donde solían charlar sobre lo humano y lo divino.

–No sé por dónde empezar.

–Por lo más importante. ¿Qué tal con Josh?

–Pues... –Bella no podía hablar porque sus ojos se habían llenado de lágrimas.

–Me lo temía –suspiró Phoebe–. Voy a comprar tónicas, enseguida vuelvo.

Cuando volvió, diez minutos después, además de tónicas llevaba varias chocolatinas.

–Gracias.

–Creo que te hace falta chocolate.

Phoebe preparó tres vodkas con tónica, pero para entonces Bella estaba llorando desconsoladamente.

–Venga, cariño. Vamos, toma un traguito, te animará.

Ella levantó la cabeza y tomó un trago, pero estaba tan fuerte que casi se atragantó. Y eso le hizo llorar de nuevo.

Kate le dio una caja de pañuelos.

–No te preocupes. Todas hemos llorado en esta mesa.

–Sí, es verdad.

–Bueno, ahora cuéntanoslo todo.

Bella les contó la historia de la tormenta, la noche en la habitación...

–No sé por qué te preocupas –dijo Kate–. Es evidente que Josh está enamorado de ti.

–Entonces, ¿por qué se ha ido con Aisling? Ni siquiera me ha llamado para preguntar cómo tengo el pie.

–Podrías llamarle tú –sugirió Phoebe.

–No puedo. Seguramente sigue en la cama con Aisling.

–Por favor... mira, Bella, sois amigos desde hace muchos años y no vais a dejar de serlo.

–No creo que podamos ser amigos si está con Aisling. No puedo soportar verlo con ella. Pero si no somos amigos no volveré a verlo, así que no sé qué hacer... –Bella rompió a llorar de nuevo–. Le echo tanto de menos...

Phoebe le pasó un brazo por los hombros.

–No creo que Josh vuelva con Aisling.

–Entonces, ¿por qué no me llama?

–A lo mejor no ha podido librarse de esa pesada –sugirió Kate–. Seguramente quiere dejarle claro que ya no hay nada entre ellos antes de venir a hablar contigo.

Pero Josh no apareció. Ni llamó. Ni mandó un e–mail.

Bella se pasaba el día comprobando los mensajes del contestador. El teléfono de Josh podría estar estropeado, pero era muy improbable que también lo estuviera el de la oficina y la conexión a Internet.

–¿Tú crees que podría estar enfermo? –le preguntó a Phoebe un día.

–No, yo creo que está esperando que lo llames tú. Por lo que me has contado, seguramente piensa que ya no quieres ser su amiga.

–No, seguro que es tan feliz con Aisling que ya no se acuerda de mí –suspiró Bella.

–No lo sabrás hasta que hables con él.

Al final, Bella envió un e–mail que tardó horas en redactar. Se disculpaba por no haber llamado y, al final, sugería que fuesen a tomar una copa. Supuestamente, aquello debía sonar como el e–mail de una amiga, como el que habría escrito antes de estropearlo todo acostándose con él.

Después, comprobó el correo cada cinco minutos para ver si había respuesta y cuando el nombre de Josh apareció por fin, abrió el mensaje con el corazón en la garganta. Le temblaban las manos.

«¿Tienes algo que hacer esta noche?», decía el mensaje.

«Nada especial», contestó ella. «¿Por qué no vienes a casa? Podemos tomar una copa de vino y charlar, como en los viejos tiempos».

Eso sonaba muy normal, ¿no?

La respuesta de Josh llegó unos minutos después y Bella abrió el correo inmediatamente. Quizá le diría que la había echado de menos, que estaba deseando verla...

«Muy bien», decía el mensaje.

Los correos de Josh eran como él: breves, concretos, sucintos.

Estuvo horas intentando elegir lo que iba a ponerse. Nunca había tenido problemas para impresionar a un hombre. Kate incluso solía decir que tenía un doctorado en coqueteos, pero nunca se imaginó a sí misma flirteando con Josh. No podía sonreír con picardía ni cruzar las piernas seductoramente porque él pensaría que estaba loca.

Cuando sonó el timbre tuvo que pararse un momento para tomar aire, pero se quedó sin él en cuanto lo vio en la puerta.

–Hola –dijo, con voz entrecortada–. Perdona, es que me he atragantado. Pasa.

Estaba exactamente igual que siempre, pensó. No había ninguna señal de que la hubiera echado de menos o de que aquella noche fuera diferente de otras noches, cuando iba a verla como amigo.

Parecía un poco cansado, pero podría haber muchas razones para eso. Desde luego, no tenía los ojos rojos de llorar toda la noche, como ella.

–¿Has tenido mucho trabajo? –preguntó, buscando un sacacorchos en el cajón.

–Muchísimo. Nos llamaron de C.B.C. nada más volver de las Seychelles. Hemos conseguido el contrato.

–¿En serio? ¿A pesar de Bryn?

–Por lo visto, el hombre que realmente toma las decisiones en C.B.C. naufragó con nosotros.

Fue el que nos ayudó a mover el barco y parece pensar que somos la empresa que necesita.

–¡Josh, es una noticia estupenda!

–La verdad es que está encantado contigo.

–¿Conmigo?

–Pues sí, le pareces muy simpática. Y sospecho que tú eres responsable de que hayamos conseguido el contrato.

–Eso no es verdad.

Bella sirvió dos copas de vino y las llevó a la mesa, pero se sentó al otro lado del sofá, donde no había peligro de rozarse con Josh.

–Gracias de todas formas –dijo él.

Después hubo una pausa. Acababa de conseguir un gran contrato, pero no parecía muy contento.

–¿Qué tal estás tú?

–Bien. ¿Y tú?

–Bien.

Bella tragó saliva. Aquello no era lo de siempre.

–No sabía si ibas a llamarme, por eso te mandé el e–mail. ¿Dónde está Aisling?

–¿Aisling? –repitió Josh–. No tengo ni idea.

La garra de hielo que apretaba el corazón de Bella pareció aflojarse un poco.

–Entonces, ¿no estáis...?

–¿No estamos qué?

–¿No estáis juntos otra vez?

–Claro que no –contestó él.

–Ah, perdona.

–¿Por qué?

–Pues... siento que estés disgustado.

–No estoy disgustado... al menos, no lo estoy por Aisling –dijo Josh entonces.

–Si no es por ella, ¿por qué pareces tan triste? –preguntó Bella. Josh vaciló un momento–. Puedes contármelo. Para eso están los amigos, ¿no?

–Ése es el problema –dijo él entonces, dejando la copa sobre la mesa–. No creo que podamos ser amigos.

Lo había dicho tan serio que Bella se quedó sin respiración.

–No podemos dejar de serlo.

–Creo que sería más fácil si no volviéramos a vernos.

–Pero... ¿por qué?

–Porque ser amigos ya no es suficiente para mí –suspiró Josh, apartando la mirada–. Lo siento, Bella. No puedo. Lo último que deseo es hacerte daño, pero no puedo soportarlo más. No deberíamos haber hecho el amor... lo ha estropeado todo. Lo sabía, sabía que no podríamos volver a tratarnos como antes. Voy a echarte de menos más que a nadie, pero estoy demasiado enamorado como para ser tu amigo. No sé cómo voy a soportar estar sin ti...

Bella nunca lo había visto tan incoherente y tardó unos segundos en entender lo que estaba diciendo.

–Josh...

Pero le había salido como un suspiro y Josh seguía hablando.

–No sabía qué hacer. Estaba desesperado por verte, pero sabía que si lo hacía querría besarte y... sé que tú quieres que sigamos siendo amigos, pero no puedo hacerlo. No soy capaz.

–Josh...

–Lo siento, lo siento, no quiero que lo pases mal. Esto es horrible, pero tengo que decírtelo: te quiero, Bella. Te quiero. No puedo vivir sin ti, pero sé lo que sientes por Will y sé que nada será lo mismo...

–¡Josh! ¿Quieres callarte un momento?

–Sí –contestó él, cortado.

–Yo no estoy enamorada de Will –dijo Bella–. Estoy enamorada de ti.

Entonces fue Josh quien se quedó sin voz.

–¿Qué? –consiguió decir al fin.

–Sólo te conté que estaba enamorada de él porque tú estabas comprometido con Aisling. Pensé que te sentirías incómodo y que sería más fácil hacerte creer que estaba enamorada de Will...

–¿Más fácil?

–Yo no sabía que tú me quisieras.

–¿Estás enamorada de mí? –preguntó Josh entonces.

Bella dejó escapar un suspiro.

–Yo creo que siempre he estado enamorada de ti. Pero tardé demasiado en darme cuenta.

Josh seguía teniendo problemas para asimilar aquella información.

–¿Estás enamorada de mí?

–Sí –contestó ella, con una sonrisa que lo reconfortó por dentro–. Sí, estoy enamorada de ti.

–Bella... –Josh seguía mirándola sin entender, pero por fin empezó a reírse–. Bella... –dijo entonces, sentándola sobre sus rodillas–. ¿Sabes cuántos años llevo esperando que dijeras eso? ¡Catorce!

–¿No irás a decirme que llevas todo ese tiempo enamorado de mí?

–Claro que sí. Me enamoré en cuanto te vi –murmuró él, buscando sus labios.

–¿Por qué no me lo dijiste?

–Porque nunca me habías mirado más que como un amigo. Eres tan guapa, tan seductora... así que decidí que sólo podíamos ser amigos. Me decía a mí mismo que ser tu amigo era mejor que nada. Supongo que es por eso por lo que me comprometí con Aisling, pero no funcionó... ¿cómo iba a funcionar? Aisling no eres tú. No sabes el alivio que sentí cuando rompió el compromiso.

–¿De verdad?

–Pero tú no hacías más que hablar de nuestra amistad y nuestra amistad... por eso pasaba tanto tiempo con Aisling. Era la única forma de no abalanzarme sobre ti.

Bella suspiró, feliz.

–Para conocernos hace tanto tiempo, parece que no nos enterábamos de nada. ¿Debo saber algo más para evitar malentendidos?

–Sólo que te quiero –dijo él, tomando su cara entre las manos–. Te quiero y te necesito. Quiero volver a casa cada noche y encontrarte a ti. ¿Qué dices, Bella? ¿Podemos ser amantes además de amigos?

–Sí –contestó ella–. Podemos y lo seremos siempre.

–Todo esto es muy misterioso –dijo Gib cuando Bella abrió la puerta–. Phoebe me ha dicho que teníamos que venir a cenar y que era muy importante, pero no ha querido contarme por qué.

–Te he dicho todo lo que sé –protestó Phoebe–. Díselo, Bella.

–Es verdad. Nadie sabe nada –admitió ella–. Kate y Finn ya están aquí.

–¡Menos mal que habéis llegado! –exclamó Kate–. Finn y yo nos morimos de curiosidad.

–Yo estoy al borde del infarto –dijo él, irónico.

Bella miró a Josh y él tomó su mano.

–Vamos a casarnos.

Hubo un momento de silencio y entonces los cuatro se echaron a reír.

–¡Eso ya lo sabíamos! –exclamó Kate.

–Menuda sorpresa –dijo Phoebe–. Pensé que ibais a decirnos que esperabais un niño.

–Pues para nosotros ha sido una sorpresa –protestó Bella. Pero Josh también se estaba riendo.

–Eso es lo malo de tener tan buenos amigos. Que nos conocen mejor que nosotros mismos.

–Pero nos alegramos muchísimo de que, por fin, os hayáis dado cuenta –dijo Phoebe.

–Ya era hora –añadió Kate–. Estábamos empezando a desesperar.

–Desde luego, esto es increíble –sonrió Gib, abriendo una botella de champán–. Tres compromisos falsos y tres finales felices.

Josh estrechó a Bella contra su corazón.

–Tres comienzos felices.

JAZMÍN™

PATRICIA THAYER

LA MEJOR OFERTA

HARLEQUIN™

PRÓLOGO

SÓLO había vuelto por su hermano.

Jared Trager Hastings entró en el despacho de su padre. Era una habitación oscura, con pesadas cortinas. El escritorio de roble y los sillones eran los mismos que su abuelo había comprado tantos años atrás.

Tras la muerte de su hermano Marshall, Jared había pasado a ser el primero en la lista para dirigir la empresa familiar, la inmobiliaria Hastings. Pero eso no iba a pasar. Jared siempre fue una decepción para su padre, incapaz de estar a la altura de las expectativas de Graham Hastings. Marshall, en cambio, había sido el hijo perfecto. Pero acababa de morir a los treinta años, de leucemia.

No pudieron haber sido más diferentes; uno hacía todo lo posible para complacer a su padre, el otro todo lo posible para alejarse de él, incluyendo irse de casa a los veinte años. Lo único que lamentaba era no haber conocido mejor a su hermano. Y ahora era demasiado tarde.

Jared miró su reloj. Tenía que volver a la carretera cuanto antes; Nevada estaba muy lejos de allí.

De repente se abrió la puerta y Graham Hastings

entró en el despacho, con la esposa de Marshall, Jocelyn, una mujer tan delgada que parecía enferma. Llevaba el pelo oscuro, sujeto por un moño y tenía unos ojos demasiado grandes para su cara. Sin embargo, era ella quien ayudó a entrar a GH en la habitación.

–Pensé que ya te habrías ido.

Graham Hastings, su padre, había envejecido mucho. Tenía cincuenta y nueve años, pero aparentaba diez más. Aquel día iba encorvado, tembloroso.

–Me pediste que me quedara porque querías hablar conmigo.

–¿Y desde cuándo te importa lo que yo quiero?

–¿Y cuándo te ha importado a ti?

–Por favor, no os peleéis –intervino Jocelyn–. A Marshall no le gustaría.

Jared se sintió avergonzado.

–Lo siento.

–Soy yo quien quería que te quedases. Para decirte lo agradecida que te estoy por haber venido. Si hubiéramos podido localizarte antes...

–Tu hermano se estaba muriendo y no sabíamos dónde encontrarte –lo acusó Graham.

Jared apretó los puños.

–¿Qué decías, Jocelyn?

Ella miró a su suegro.

–¿Nos perdonas un momento, Graham?

–Como si a alguien le importase lo que yo opine... –murmuró el hombre, dejándose caer en un sillón.

Jocelyn fue al otro lado de la habitación y Jared la siguió.

–Tengo que darte algo –dijo en voz baja, sacando un sobre del bolso–. Marshall te escribió una carta antes de morir –añadió, con los ojos llenos de lágrimas–. Tu hermano pensaba que debías saber ciertas cosas.

–¿Saber qué? –murmuró Jared, abriendo el sobre.

–No, aquí no. Léela cuando estés solo –le pidió Jocelyn, dejando escapar un suspiro–. Marshall no era perfecto. Cometió errores, como todos, pero yo lo quería. Y sé que fue un alivio para él decir la verdad. Te quería, Jared. De verdad.

Como respuesta, él le dio un abrazo de corazón antes de despedirse.

Más tarde, sentado en su camioneta, abrió el sobre. Había varios papeles sujetos con un clip. El primero era una carta de Marshall.

Jared,

Supongo que te resultará extraño que te escriba. Ha pasado mucho tiempo y nadie siente más que yo que hayamos perdido el contacto. Siempre he pensado que si las cosas hubieran sido diferentes, por ejemplo si mamá no hubiera muerto, tú no te habrías marchado de casa.

Siempre te he envidiado, Jared. Tú nunca has vivido como querían los Hastings porque te has marcado tus propias metas. Por supuesto, ahora es fácil mirar atrás y ver los errores. Y yo he cometido muchos.

Hace seis años, mientras miraba entre las cosas de mamá, descubrí una fotografía y una vieja carta que me llevó hasta San Ángelo, Texas, en busca de un hombre llamado Jack Randell. Un hombre al que nuestra madre amó una vez. Localicé a su familia, pero no seguí adelante. Ahora lo lamento porque en mi búsqueda descubrí cosas... cosas que tú tienes derecho a saber.

Hay algo más. Mientras estaba en Texas me enamoré de una chica llamada Dana Shayne. No dije nada porque estaba prometido con Jocelyn y casarme con ella es una elección que no he lamentado nunca. Pero hace poco me enteré de que Dana había tenido un niño. Es una noticia que me emociona, pero también me entristece saber que jamás podré ver a mi hijo, Evan. Así que te pido que vayas a San Ángelo en mi lugar. He dejado un fideicomiso para el niño, pero quiero que conozca a su familia.

Sé que es mucho pedir, pero por favor, Jared, no dejes que nuestro padre se involucre en la vida de Evan. Temo lo que pueda hacer si descubre la existencia de mi hijo. Y no puedes dejar que GH destroce a otro Hastings.

Además, puede que San Ángelo también tenga respuestas para ti. Siento no poder ayudarte, pero lee la carta de mamá. Explica muchas cosas.

Con mi cariño eterno,

Tu hermano Marshall

Jared no podía creer lo que estaba leyendo. Y cuando se pasó una mano por la cara no le sorprendió encontrar lágrimas. Marshall tenía un hijo, un niño al que no había conocido. Con mano temblorosa, abrió un sobre amarillo dirigido a Audrey Trager, su madre. Dentro había una carta y una fotografía de ella tomada treinta años antes. Llevaba una coronita en la cabeza y una banda que la proclamaba Reina del Rodeo 1971. A su lado había un hombre con camisa de cuadros y sombrero Stetson que, sonriendo para la cámara, apretaba a Audrey posesivamente contra su costado.

En el reverso de la foto estaba escrito:

Audrey Trager, Reina del Rodeo 1971, y Jack Randell, campeón del Rodeo

Jared desdobló la carta y comenzó a leer:

Audrey,

Lamento saber la noticia, pero ya te dije desde el principio que lo nuestro sólo era para pasar el rato. Ahora ha llegado el momento de marcharme. En cuanto al niño, lo siento pero no puedo hacer nada. Se me olvidó decirte que estoy casado, de modo que, por mí, puedes librarte de él.

Jack Randell

El corazón de Jared golpeaba su pecho con violencia mientras leía la nota, escrita seis meses antes de su nacimiento. De modo que no era hijo de Graham Hastings. Eso lo explicaba todo. La rabia del hombre, su resentimiento... su odio. Jared arrugó la carta, furioso.

De modo que era hijo de un canalla y había sido criado por otro. Pero eso no iba a detenerlo. Tenía que saber toda la verdad.

CAPÍTULO 1

TENÍA que hacerlo por Evan.

Dana Shayne cerró la puerta y bajó los escalones del porche con su hijo de la mano. Evan iba bien peinado, con sus mejores vaqueros y unas botas que, para horror de Dana, Bert le había enseñado a abrillantar con saliva.

–¿Podemos comprar un helado, mamá? –preguntó el niño, usando su expresión más irresistible.

Dana dudaba que tuviesen algo que celebrar aquel día, pero no iba a negarle el placer de tomar un helado.

–Claro que sí, cariño.

Abrió la puerta de la vieja furgoneta de su padre, colocó al niño en el asiento de seguridad y se sentó frente al volante. Llevaba una falda estampada en rosa y una camiseta blanca de manga corta, pero estaba sudando. Sin embargo debía dar una buena impresión, tenía que parecer tranquila, segura de sí misma. Lo último que deseaba era que el director del banco, el señor Wilson, la viera sudar.

Cuando pasó bajo el cartel del Rancho Lazy S, que su abuelo había colocado orgullosamente cuando se instaló en Texas, sintió una pena enorme.

¿Durante cuánto tiempo seguiría siendo de un Shayne? Aquél había sido el único hogar de Evan. ¿Cómo iban a marcharse? Pero, tras la muerte de su padre, resultaba imposible llevar el rancho sólo con el capataz, Bert, que tenía más de sesenta años. Y en San Ángelo no había muchos peones que quisieran trabajar por lo que ella podía pagarles.

Debería haber comprado más ganado, pensó. Quizá si lo hubiera hecho hace un año podría pagar la hipoteca que pesaba sobre el rancho. Pero no tenía dinero. Había tantas cosas que arreglar: la carretera llena de baches, el tejado de la casa, el establo, las cercas...

Dana suspiró. Tenía que convencer al director del banco para que le concediera un préstamo.

–Mamá, quiero que el helado sea de chocolate –dijo Evan desde el asiento de atrás.

Ella sonrió.

–Me parece muy bien.

Su hijo había crecido mucho. Pronto cumpliría cinco años y aquel otoño empezaría el colegio. Y, sin duda, la separación sería más dura para ella que para Evan.

Estaba tan perdida en sus pensamientos que sólo al oír un claxon se dio cuenta de que iba por el centro de la carretera. Asustada, dio un volantazo y acabó en el arcén. Inmediatamente oyó un ruido de frenos seguido de una colisión.

Dana consiguió detener la furgoneta y se volvió, con el corazón en la garganta.

–¿Te has hecho daño, Evan?

–¡Qué susto!

–No ha pasado nada, cariño –murmuró ella, acariciando la carita de su hijo–. Tengo que ir a ver qué ha pasado, tú quédate aquí.

–Date prisa, mamá.

–Vuelvo enseguida, cielo.

Con las piernas temblorosas, Dana se dirigió a la camioneta con matrícula de Nevada que había chocado contra un árbol. Salía humo del motor.

–Por favor, que no le haya pasado nada –murmuró al ver a un hombre apoyado sobre el airbag. Cuando abrió la puerta él levantó la cabeza, mareado.

–Espere, no se mueva. Podría estar herido.

–Si cuenta el dolor de cabeza, creo que me estoy muriendo.

Tenía el pelo negro y los ojos azules. Y un hoyito en el mentón. Gracias a Dios no había sangre por ninguna parte.

–¿Le duele algo... además de la cabeza? –murmuró Dana, observando la camisa vaquera y las largas piernas envueltas en gastados vaqueros. Pero en lugar de las típicas botas vaqueras de la zona llevaba botas de trabajo.

–No, y si no hubiera saltado el airbag estaría perfectamente.

–Pero le ha salvado la vida.

El hombre miró el humo que salía del capó.

–Al menos estoy mejor que Blackie.

–¿Blackie? ¿Quién es Blackie?

–Mi camioneta –murmuró él, intentando salir.

–No, espere, no se mueva.

–Sólo voy a estirar las piernas.

Dana lo ayudó a salir, pero enseguida se dio cuenta de que podía mantenerse en pie.

–Creo que debería sentarse.

–Estoy bien, no se preocupe.

Estaba pálido, pero no parecía haberse hecho daño.

–¿Quiere que lo lleve al hospital?

–¿Para qué?

–Porque podría tener algún daño interno... además, he sido yo quien lo ha sacado de la carretera.

–Desde luego.

–Es que miré un momento a mi hijo y... supongo que me despisté. Esta carretera sólo lleva a mi rancho y nadie suele venir por aquí. Sé que no es excusa... –murmuró Dana entonces, apartándose el pelo de la cara–. Lo siento, de verdad. Soy Dana Shayne, la propietaria del rancho Lazy S.

–Hola, me llamo Jared Trager.

Dana no reconoció el nombre y llevaba toda la vida en San Ángelo. Sin duda el hombre no era de allí.

–¿Seguro que está bien, señor Trager?

–Jared. Aunque me vendría bien algo para el dolor de cabeza.

–Vamos a mi casa. Desde allí podremos llamar a la grúa.

El hombre, que debía medir más de un metro ochenta y cinco, sacó una mochila del asiento trasero y luego abrió el maletero para sacar una caja de herramientas.

–Puede dejar eso aquí.

–De eso nada. Esta caja de herramientas es mi vida.

Dana conocía a muchos hombres que pensaban así, pero normalmente sobre sus caballos, no sobre sus herramientas.

–Mamá, ¿quién es este señor? –preguntó Evan.

–El señor Trager, cariño. Señor Trager, éste es mi hijo, Evan.

–Encantado de conocerte, Evan. Llámame Jared –dijo él, observando con atención al niño.

–Tu camioneta se ha roto.

–Sí, Blackie está un poco hecha polvo.

Los ojos de Evan se iluminaron.

–¿Tu camioneta se llama Blackie? Yo tengo un pony que se llama Sammy.

–Bonito nombre.

–Pero yo quiero un caballo de verdad. Mi mamá dice que soy muy pequeño, pero cuando tenga seis años ya podré montar.

Jared lo miró, sonriendo.

–Yo diría que para entonces ya serás suficientemente grande. Pero eso es algo que tu madre debe decidir.

–No me ha dicho por qué venía al rancho –dijo Dana entonces.

–Iba a verla, señorita Shayne.

Jared había llegado a San Ángelo el día anterior y enseguida descubrió que los Shayne y los Randell eran vecinos. Como no estaba preparado para hablar con los Randell, decidió ir primero al Lazy S.

Seguramente así fue como Marshall conoció a Dana Shayne.

Jared la miró de reojo. No era lo que había esperado. Alta, esbelta, de constitución atlética, tenía el pelo rojo y unos ojos verdes que parecían atraerlo, como si escondieran muchos secretos. Aunque era guapa, no parecía el tipo de mujer que le gustaba a su hermano. Aunque él no sabía mucho sobre eso. Además, sólo había ido allí para cumplir su último deseo, nada más.

Jared dejó escapar un suspiro. Llevaba ensayando el discurso para la señorita Shayne desde que salió del pueblo. Sólo quería darle la información sobre el fideicomiso y decirle adiós. Las familias no eran lo suyo.

Pero sus planes acababan de torcerse. ¿Cómo iba a predecir que se daría de bruces con ella?

Cuando pasaban bajo el cartel del rancho, miró alrededor. El Lazy S debió haber sido un gran rancho, pero había visto días mejores. El granero, pintado de rojo, y la casa de dos pisos necesitaban una mano de pintura. La cerca del corral debía ser reparada, como las puertas del establo. Había muchas cosas que hacer allí, un par de semanas de trabajo al menos.

¿Por qué estaba pensando eso? Él no necesitaba un trabajo. Tenía uno esperándolo en Nevada.

Dana detuvo la furgoneta frente a la puerta y ayudó a su hijo a bajar.

–¿Quieres ver mi pony? –preguntó el niño, mirándolo con los ojos muy abiertos.

A Jared no le había pasado desapercibido el parecido de Evan con su hermano. Los mismos rasgos, los mismos ojos castaños. Curiosamente, conocer a aquella versión diminuta de Marshall no lo entristeció.

–Ahora no, Evan. Al señor Trager le duele la cabeza –dijo Dana.

–Quizá más tarde.

Los tablones del porche necesitaban reparación urgente, pensó Jared. Sí, allí había mucho que hacer.

La cocina era grande, pintada de color melocotón, con cortinas de flores en las ventanas. En el centro de la habitación, una mesa redonda con seis sillas y un frutero de adorno.

El sitio era tan hogareño que a Jared se le encogió el corazón. Eso era lo que él nunca había tenido.

–¿Seguro que está bien? –insistió Dana. Él asintió, apoyándose en la encimera–. ¿Quiere beber algo?

–Si tuviese algo fresco, se lo agradecería.

Ella abrió la nevera, donde estaban pegados algunos dibujos, sin duda obra de Evan.

–Mira, ése es mi pony –dijo el niño, señalando un dibujo de algo parecido a un caballo.

–Está muy bien pintado.

–Mi abuelo me lo compró en mi cumpleaños. Cuando tenía tres –explicó Evan levantando tres dedos–. Ahora casi tengo cinco.

Jared sonrió.

–¿Tu abuelo te enseñó a montar?

El niño asintió.

–Y luego se puso enfermo y se fue al cielo. Lo echo de menos.

–Ya me imagino.

Dana le ofreció un vaso de té helado.

–Siéntese, por favor. Evan, ve a ponerte la ropa de diario.

–¿No vamos al pueblo? ¿Y qué pasa con mi helado?

–Ahora no puede ser, cariño. Tenemos que cuidar del señor Trager.

–¿Va a quedarse hasta que se ponga mejor?

–Deja de hacer tantas preguntas y ve a cambiarte, anda.

–Vale –dijo el niño, corriendo hacia la escalera.

–Perdone, mi hijo es muy preguntón.

–No me molesta –sonrió Jared–. Además, soy yo quien está molestando.

–Y yo quien lo echó de la carretera.

–No pasa nada. Ha sido un accidente.

–Pero su camioneta... y no estoy convencida de que se encuentre bien. Está muy pálido.

–Ha sido el airbag. Debería haberme apartado.

Dana mojó un paño de cocina y se lo puso en la frente. Lo hacía de forma natural, pero despertó una reacción... inesperada en Jared.

–Podría haberse matado.

–Pero no ha sido así. No se preocupe –dijo él, quitándole el paño.

Pero Dana no se apartó. Estaba tan cerca de él que podía oler su perfume. No sabía cuál era, pero sí que podría acostumbrarse a él; y a sus ojos, de un verde muy claro, con puntitos dorados. Jared empezaba a tener mucho calor y no tenía nada que ver con el sol de Texas.

–Yo... voy a llamar al doctor Turner para que le eche un vistazo –dijo Dana descolgando el teléfono.

–No hace falta...

–Sí hace falta. Quiero quedarme tranquila.

Cinco minutos después, un hombre mayor entró en la cocina.

–¿Ya habéis vuelto del pueblo? ¿Te han dado el préstamo? –entonces se fijó en Jared–. Ah, perdona. No sabía que tuvieras compañía.

–Bert, te presento a Jared Trager. Jared, Bert Marley. Hemos tenido un pequeño accidente en la carretera. Yo conseguí apartarme, pero la camioneta de Jared chocó contra un árbol.

Bert hizo una mueca.

–Lo que nos faltaba. ¿Cómo ha quedado tu furgoneta?

–Se puede conducir –suspiró Dana–. Pero estoy preocupada por el señor Trager. Se ha hecho daño en la cabeza.

Bert examinó al extraño ajustándose las gafas.

–¿Qué estaba haciendo en la carretera?

Jared se percató de la hostilidad que había en esa pregunta. Pero, ¿cómo podía decirles que era el hermano del padre de Evan, del hombre que dejó a Dana embarazada?

–Pasaba por aquí.

–¿Por qué?

–Quería hablar con la señorita Shayne.

–Ah, entonces ha venido por lo del trabajo –sonrió Bert.

Jared lo miró, sin entender. Iba a negarlo, pero lo que dijo fue:

–Pues sí, no me vendría mal un trabajo.

Más tarde, después de cenar, Dana entró en el despacho de su padre. ¡Qué día! pensó. En lugar de hablar con el señor Wilson para pedirle un préstamo, había estado a punto de matar a un hombre.

Afortunadamente, el doctor Turner dijo que no tenía nada y le recomendó tomar un simple analgésico.

Siendo una mujer sola, no quería contratar a un extraño, pero tardarían un par de semanas en reparar su camioneta, de modo que no podía marcharse. Además, le debía un favor.

En realidad, sentía que le debía algo a todo el mundo, incluido el banco. Pero no quería pensar en ello. Por el momento debía acostar a Evan que, como todas las noches, no tenía ganas de irse a la cama.

Cuando entró en el cuarto de estar, encontró a Jared sentado en el viejo sillón de cuero, leyéndole un cuento al niño. Se le encogió el corazón al verlos juntos porque sabía que no podía darle a su hijo lo que más deseaba: un padre.

Jared levantó la cabeza, sonriendo.

Evan también parecía feliz.

–Jared me está leyendo un cuento, mamá. Lo hace muy bien y ni siquiera tiene niños.

Él se encogió de hombros, un poco incómodo.

–Es hora de irte a la cama, Evan.

El niño iba a discutir, pero cuando miró a Jared éste asintió con la cabeza y, para sorpresa de Dana, Evan bajó de sus rodillas y fue corriendo a abrazarla.

–Subiré dentro de un momento para darte las buenas noches.

–¡No tardes! –gritó el niño, corriendo hacia la escalera.

–Le agradezco que se haya ocupado de mi hijo –suspiró Dana–. En cuanto al trabajo, debe saber que no puedo pagarle mucho. Pero puede comer y cenar aquí. Y dormir en la barraca... la habitación de los peones.

–No soy un peón experimentado. Soy carpintero de profesión, pero sé montar a caballo y he pasado algún tiempo en un rancho.

Dana vaciló. No necesitaba más complicaciones en su vida... y mucho menos en su corazón. Pero no podía elegir. Necesitaba un hombre en el rancho.

–Creo que podría funcionar.

–Estupendo. Gracias.

–No me dé las gracias. Nos levantamos a las cinco y media de la mañana y estará encima del caballo a las seis. Y el día no termina hasta que se pone el sol. ¿Cree que podrá hacerlo, señor Trager?

Jared le ofreció su mano.

–Me llamo Jared. Y sí, creo que puedo hacerlo.

Cuando Dana estrechó la ruda mano del hombre, su corazón dio un vuelco inesperado. Quizá él podría hacer el trabajo, pero de repente empezó a tener dudas sobre su capacidad para controlarse ante el atractivo Jared Trager.

CAPÍTULO 2

DEBÍA haberse vuelto loco.

Jared tiró su mochila sobre una litera en la barraca. Debería haberle dicho para qué estaba allí y...

Se quedaría unos días para echar una mano, hacer algunas reparaciones. Incluso podría pasar algún tiempo con el niño. Y después le daría la información sobre el fideicomiso y se marcharía a Las Vegas.

–Maldita sea –murmuró, sacando el móvil para llamar a Stan Burke.

–Construcciones Burke.

–Stan, soy Jared.

–Hola, Jared. ¿Dónde demonios estás?

–Me temo que no estoy en Nevada. Y tardaré unos días en llegar.

–¿Qué ha pasado?

–Para empezar, me he dado un golpe con la camioneta. Y tengo que solucionar unos asuntos de mi hermano.

–¿Has tenido un accidente? ¿Estás bien?

–Sí, sólo me duele un poco la cabeza, pero estoy bien.

–¿Cuánto tiempo vas a tardar? Tenemos un plazo para terminar el Casino.

–Un par de semanas como máximo. Pero llamaré a un amigo mío, Nate Peterson. Es un buen carpintero y te echará una mano hasta que llegue.

–Me parece bien.

–Gracias, Stan. Te compensaré cuando vuelva.

–Yo sólo quiero tener aquí a mi mejor carpintero.

Jared sonrió. Llevaba tres años trabajando en Construcciones Burke y apreciaba mucho a su jefe, que estaba haciéndose mayor y quería retirarse. Stan había ofrecido venderle el negocio y Jared quería comprarlo porque era una empresa muy próspera. Tendría el dinero al cumplir treinta y cinco años... o cuando se casara, según el testamento de su madre. Dudaba que fuera a casarse, de modo que sólo le quedaban dos años.

–Además, tú vas a ayudarme a tener una jubilación de oro –siguió Stan.

–Eso espero.

–¿Va todo bien, Jared?

No, no iba todo bien, pero él no era de los que compartían sus problemas.

–Es un asunto familiar. Tengo que estar en Texas durante unos días.

–Tómate el tiempo que haga falta. La familia es lo más importante.

Una pena que Jared no supiera cuál era su familia.

Después de darle a Stan el número del rancho llamó a Nate. Afortunadamente, el carpintero no tenía trabajo en ese momento y aceptó la oferta de trabajar para Burke hasta que él llegase a Nevada.

–¿Puedo pasar?

Era Dana. Se había quitado la coleta y el pelo rojo le caía sobre los hombros. Estaba preciosa.

–Sí, claro.

–Perdona que te moleste. Sólo he venido para hacerte la cama.

–No tienes por qué. Puedo hacerla yo.

Pero Dana insistió y sus manos se rozaron al tomar las mantas. Ella se apartó, como si acabara de recibir una descarga eléctrica. Sonriendo, Jared extendió la sábana blanca sobre el colchón.

–He puesto toallas en el baño –dijo Dana, pensativa–. Perdona, pero te he oído hablar cuando entraba... ¿tenías un trabajo pendiente? Pensé que habías venido aquí buscando empleo.

Jared se quedó helado. «Dile la verdad y podrás marcharte».

–No pude llegar a tiempo –dijo, sin embargo–. Tuve un problema familiar, así que me quedé en Texas. Pero no pasa nada, tendré el trabajo esperando cuando vuelva. Hay mucho trabajo en Las Vegas, especialmente en la construcción.

Dana pareció aliviada.

–Aquí no hay mucho, la verdad. Los peones prefieren trabajar en los ranchos grandes porque pagan más.

–¿Estás intentando librarte de mí?

–Necesito un peón. Pero no puedo pagarte mucho.

–Ahora mismo no necesito dinero. ¿El rancho es muy grande?

–Diez mil acres. Podría tener más ganado, pero hemos sufrido una sequía muy larga y tuve que vender muchas cabezas el año pasado...

–Parece que no lo estás pasando muy bien.

–La mayoría de los ganaderos de la zona están igual que yo.

–¿Por qué no vendes el rancho?

Dana sonrió.

–Porque esto es lo único que sé hacer. Y este rancho ha sido mi hogar desde siempre. No sé si podría vivir en una ciudad. ¿Y tú?

Jared vaciló.

–He vivido en muchos sitios, sobre todo en ciudades grandes, trabajando en la construcción.

–Aquí hacemos las cosas despacio. Después de vivir en Las Vegas, ¿crees que lo aguantarás?

En aquel momento, a Jared no se le ocurría ningún otro sitio en el que quisiera estar.

–Sí, creo que podré aguantar. Suelo levantarme muy temprano.

Dana miró su reloj.

–Pues deberíamos irnos a la cama –dijo, sin pensar–. Quiero decir... bueno, yo debería irme para que puedas acostarte.

Jared asintió. Pero no podía dejar de imaginarse en la cama con ella. Un pensamiento absurdo, desde luego.

–Hasta mañana.

–Buenas noches.

Mientras se alejaba, Jared tuvo que hacer un esfuerzo para apartar los ojos de sus caderas. Sabía que lo último que debía hacer era pensar en ella de esa forma. Dana Shayne no estaba a su alcance.

Suspirando, se quitó las botas y se tumbó en la cama, con las manos bajo la nuca. ¿Por qué había aceptado el trabajo? Era absurdo. Debía olvidar lo que Marshall le había contado de su madre y marcharse de Dodge.

Entonces sacó la carta de Jack Randell, que llevaba en el bolsillo. ¿Por qué no podía olvidar el asunto? Lo último que necesitaba era que lo rechazasen en otro sitio. Y dudaba que los hermanos Randell quisieran un bastardo.

Pero tenía que saber.

Dana entró en la casa, pensativa. Por increíble que le pareciese, había estado tonteando con Jared Trager. Aquel hombre era peligroso, con aquella sonrisa, aquellos ojos azules... Además, él tenía su casa en Las Vegas. Y probablemente una mujer esperándolo.

Como su padre solía decir: «Los extraños van y vienen tan rápido como las estaciones del año». Si hubiera recordado esas palabras cuando conoció a Marshall Hastings...

Nunca había experimentado el amor... hasta que conoció a Marshall Hastings, a los veintitrés años. Un guapísimo extraño que apareció en el rancho porque se había perdido.

Y luego se marchó, sin mirar atrás. Dejándole un regalo: Evan. Por su hijo, nunca lamentaría lo que pasó.

A los veintiocho años, Dana había abandonado la idea de encontrar el amor. El matrimonio de sus padres fue maravilloso, pero ella estaba segura de que nunca encontraría al hombre de su vida. Y no quería volver a sufrir lo que sufrió tras la partida de Marshall.

Si se casaba alguna vez, iría a lo seguro. Buscaría un hombre bueno, sensato... como Hal Parks. El sheriff era simpático y nada feo. Lo conocía de siempre, además. Solía ir a tomar café al rancho y estaba segura de que, si lo animaba un poco, la invitaría a salir con él.

¿Era eso lo que quería?

Quizá. Tenía que pensar en Evan. Su hijo necesitaba una figura masculina. A Hal le gustaban los niños, incluso entrenaba a los chicos de la liga infantil de béisbol.

–Si me gustase un poco... –murmuró.

Entonces pensó en Jared y sintió un escalofrío. Sólo con mirarlo se ponía nerviosa. ¿Cómo sería una caricia suya?

–Deja de pensar tonterías –se regañó a sí misma.

Una vez en su cuarto, cerró la puerta y encendió la lamparita. Era la habitación en la que había dormido desde pequeña. Y seguía pintada de rosa, aunque había cambiado la cama de noventa por una doble. Tras la muerte de su padre, no le apeteció mudarse al dormitorio grande.

Entonces miró la barraca desde la ventana. Todo

estaba tranquilo. Como a ella le gustaba. Pero, ¿durante cuánto tiempo? ¿Cuánto iba a poder aguantar? ¿Hasta cuándo el rancho Lazy S pertenecería a los Shayne? El rancho estaba hipotecado... una hipoteca que su padre tuvo que pedir cuando ella tuvo problemas durante el embarazo. Evan nació prematuro y tuvo que permanecer dos semanas en el hospital. Eso costó dinero, mucho dinero.

Cuando le contó lo de su embarazo, su padre no le echó una bronca ni se puso furioso. No la juzgó cuando le dijo que el padre del niño había desaparecido. Y lo quiso con todo su corazón.

Ahora sólo quedaban Evan y ella. Y no podía perder el legado de su padre. No sabía qué le esperaba en el futuro, pero no pensaba rendirse. Haría lo que hiciera falta.

A la mañana siguiente, Dana estaba poniendo el desayuno en la mesa cuando Bert entró en la cocina, seguido de Jared. La camisa de franela y los vaqueros parecían haber visto ya mucho trabajo y sólo eran las ocho de la mañana.

–Espero que tengáis hambre –sonrió Dana, apartando la mirada de su guapo empleado.

–Mi mamá ha hecho bollos de mantequilla –dijo Evan.

Bert colgó el sombrero tras la puerta y Jared hizo lo mismo. Era uno de los viejos sombreros que había en la barraca, de modo que ni siquiera tenía un sombrero propio.

–¿Es el cumpleaños de alguien? –preguntó Bert.

–No, es que me apetecía hacer bollos –contestó Dana–. Pero si no los queréis...

–Claro que los queremos –rió el viejo capataz–. Esta chica es la mejor cocinera de la zona, Jared. Yo lo sé bien –dijo entonces, golpeándose el estómago– porque llevo años disfrutando de sus comidas. Sólo por eso merece la pena trabajar aquí.

Dana dejó sobre la mesa una bandeja de huevos revueltos con beicon.

–Sí, una pena que no sea verdad. Si lo fuera, tendría peones esperando en la puerta.

–Mamá, yo trabajaré para ti –dijo Evan entonces.

–Gracias, cariño, pero lo que me gustaría es que limpiases tu habitación y me dejaras darte un par de besos –rió Dana.

–Bueno, pero Bert y Jared también tienen que darte un beso.

Ella se puso colorada.

–Yo soy muy tacaña con mis besos. Los guardo para el hombre de mi vida: tú –dijo entonces, haciéndole cosquillas.

Jared observó la complicidad de madre e hijo. Marshall estaría contento al ver lo felices que eran, pensó.

De nuevo se recordó a sí mismo que debía marcharse. Habían pasado muchos años desde la última vez que trabajó en un rancho; una sola vez doce años atrás, cuando se fue de la casa de Graham Hastings. Y cuando tenía doce o trece años, que fue con Marshall a un campamento.

Quizá debería esperar hasta el fin de semana y después quedarse en el pueblo hasta que su camioneta estuviese arreglada. Pero mientras estaba en el rancho podía reparar algunas cercas y arreglar la puerta del establo. ¿Cuánto tardaría en hacerlo? Sabía que Bert tenía suficiente con ocuparse del ganado.

Eso era lo que habían estado haciendo desde las cinco y media de la mañana. Como no había dormido mucho, cuando Bert fue a buscarlo ya estaba despierto, por culpa de Dana Shayne. Y la dirección de sus pensamientos era muy peligrosa... de ahí que tuviera que marcharse lo antes posible. Su jefa era un problema.

–¿Qué haces? –le preguntó Evan.

Jared dejó de golpear con el martillo y se volvió.

–Arreglando el cajón de Sammy. Algunos de los tablones estaban podridos y los estoy cambiando. No quieres que tu pony se haga daño, ¿verdad?

El niño negó con la cabeza.

–No, yo quiero mucho a Sammy. ¿Dónde está?

–Lo he llevado fuera para que no se asustase con el ruido.

Evan se quedó pensativo.

–¿Tú tienes caballo?

–No.

–¿Y quieres uno?

Jared sacó un clavo del podrido madero.

–Seguramente a tu edad, querría uno.

–¿Sabes montar?

Jared tuvo que sonreír ante la artillería de preguntas.

–Probablemente no tan bien como tú.

–Seguro que mi mamá te deja montar a Scout. Es muy bueno y no da patadas.

–Me alegra saberlo, pero ahora mismo estoy ocupado –dijo Jared, colocándose el martillo en el cinturón.

–¿Qué es eso?

–Soy carpintero. En este cinturón llevo todas mis herramientas.

–¿Puedo ayudarte? Yo sé usar un martillo. Bert me enseñó una vez.

Jared se rascó la cabeza, como si lo estuviera meditando.

–Supongo que me vendría bien un poco de ayuda. Podrías darme las herramientas.

Los ojos castaños del niño se iluminaron.

–¿De verdad?

–Si a tu madre no le importa...

–Se ha ido al pueblo. Bert me está cuidando.

–Pues entonces deberíamos preguntarle a él. A lo mejor te deja traer madera.

–¡Voy a decírselo! –gritó Evan, corriendo hacia la puerta.

Jared sonrió al ver al niño preguntando al capataz. Le gustaba estar con él; era un crío estupendo.

Las siguientes horas pasaron volando. Curiosamente, Evan no parecía cansado ni se quejó en ningún momento. Hacía todo lo que le pedía sin protestar.

Aunque no dejaba de hablar. En aquel momento, sobre los mesteños salvajes, los famosos Mustangs de las películas del Oeste.

–¿Hay mesteños en el rancho? –preguntó Jared.

Evan negó con la cabeza.

–Viven en el valle, pero está muy cerca. Cerca del Círculo B, el rancho de Hank Barrett. Es amigo de Bert, pero Bert dice que Hank ha convertido el rancho en un parque de atracciones para tontos.

Jared soltó una carcajada.

–¿Por qué dice eso?

–Porque va mucha gente para ver a los mesteños. Y hacen como que son vaqueros. Bert dice que son bobos, que la gente de la ciudad es tonta.

–¿Es un rancho muy grande?

–Enorme –contestó el niño–. Quieren que mi mamá les venda unas tierras, pero ella no quiere porque cuando yo sea mayor el rancho será mío.

–¿Hank quiere comprarle el rancho?

Evan negó con la cabeza.

–Él no, sus hijos. Bueno, no son sus hijos de verdad, sólo viven en su casa.

–¿Y cómo sabes que no son sus hijos?

–Porque Bert dice que Hank los adoptó y los salvó de ser criminales.

–¿Cómo se llaman?

–Randell.

Dana volvió del pueblo. Pero el director del banco no estaba interesado en su proyecto de comprar más cabezas de ganado. Peor, se había negado a concederle el préstamo. Sólo le dio sesenta días más para pagar la hipoteca. Las cosas estaban muy mal.

¿Por qué no se rendía? Podría venderle parte del rancho a los Randell. Cade le había pedido varias veces que le vendiese las tierras que lindaban con su rancho.

Dana se secó las lágrimas. No quería pensarlo. Seguía habiendo una oportunidad de conseguir el dinero para pagar la hipoteca si vendía el ganado. Pero, ¿de qué iban a vivir Evan y ella? Podría buscar un trabajo en San Ángelo...

Pero, ¿qué podía hacer? ¿Trabajar de camarera? Además, Evan sólo estaría en el colegio por las mañanas y Bert tenía tanto trabajo...

Cuando llegó a casa le sorprendieron los martillazos que salían del establo. Jared y Evan estaban midiendo un trozo de madera, muy serios. Dana miró alrededor y comprobó que varios de los cajones estaban arreglados. De modo que eso era lo que su nuevo peón había estado haciendo todo el día.

–Evan.

El niño se volvió, sonriendo.

–¡Mamá!

Fue corriendo a abrazarla y Dana lo apretó contra su corazón. Sólo eso le alegraba el día.

–Mira lo que hemos hecho Jared y yo.

Dana miró los tres cajones con tablones y cerrojos nuevos.

–Parece que no habéis perdido el tiempo.

–Le pedí permiso a Bert antes de dejar que me ayudase –dijo Jared.

–Mira el cinturón que lleva, mamá. Tiene de todo.

Dana miró el cinturón de cuero del que colgaban varias herramientas... colocado precisamente sobre la zona donde más se gastan los vaqueros de los hombres. De repente sintió mucho calor y cuando levantó la mirada vio un brillo extraño en los ojos azules.

–Sí, es estupendo. Pero no deberías haber molestado a Jared, cariño. Tiene otras cosas que hacer.

–He terminado todo lo que Bert me pidió. Como no me gusta estar sin hacer nada y aquí hay tantas cosas que arreglar...

Dana se puso tensa. No tenía por qué recordarle que el rancho estaba hecho una ruina.

–Evan, he dejado unas bolsas en la furgoneta. ¿Te importaría llevarlas a la cocina?

–Pero es que estoy ayudando a Jared...

–Recuerda lo que te dije antes, Evan. Tienes que hacer tus tareas antes de ayudarme –lo interrumpió él.

El niño asintió, con el ceño arrugado.

–Bueno, pero volveré enseguida.

Después salió corriendo del establo.

–Te agradecería que hablases conmigo antes de reclutar a mi hijo –le espetó Dana entonces–. Te contraté para cuidar del ganado y reparar las cercas.

Jared se quedó un momento en silencio.

–Evan sólo me ha ido dando las herramientas. ¿Por qué te enfadas? Si no quieres que me acerque a tu hijo, sólo tienes que decirlo.

Ella apartó la mirada, nerviosa.

–No es eso. Es que... no puedo pagarte las horas extra.

–No creo habértelo pedido.

Dana parpadeó para contener las lágrimas. Estaba siendo una tonta. ¿Sentía celos de aquel hombre porque se llevaba bien con Evan?

Como llevaban tanto tiempo solos... El niño había tenido una estupenda relación con su abuelo, pero aquello era diferente. No era un secreto que Evan quería un padre y Dana temía que se encariñase con cualquier hombre. Aunque Jared no tenía la culpa.

–Tienes razón. Te pido disculpas. Y te agradezco lo que has hecho –dijo por fin, apartándose el pelo de la cara–. Es que he tenido un mal día.

Jared levantó una ceja.

–¿Puedo ayudarte en algo?

Ella dejó escapar un suspiro.

–Esto es algo que sólo puedo solucionar yo. Y lo peor es que no hay más que una forma de hacerlo.

CAPÍTULO 3

JARED estuvo a punto de acostarse con el estómago vacío, pero al final decidió ir a cenar. Si Dana no quería que estuviera con el niño, seguramente no le haría gracia compartir mesa con él... pero para trabajar tenía que comer.

Habían pasado horas desde que le dijo, más o menos claramente, que no se acercara a su hijo. En general a él los niños no le interesaban, pero Evan era especial. Sin duda, el crío estaba buscando un padre.

–Te necesita, Marshall. Deberías haber estado ahí para él.

Jared tuvo que detenerse en el porche, emocionado. No quería hacer aquello. No quería sentir nada. Desde pequeño aprendió a esconder el dolor que le producía el desapego de su padre, aprendió a esconder sus emociones. Cuando se fue de casa, intentó evitar las ataduras, las relaciones serias. Cada vez que salía con una mujer le advertía que no buscaba algo permanente, nada que pudiera ponerlo en peligro. Y ahora estaba en medio de aquel... lío. Un niño sin padre que era su sobrino. Y por si eso no fuera suficiente, a tres kilómetros de allí tenía otro problema.

Jared miró hacia el oeste, en la dirección donde vivían los Randell. Lo último que necesitaba, o quería, era otra familia. Si alguna vez tuvo alguna. Debería marcharse de allí, se dijo.

Demasiado tarde. Después de convertirse en un héroe para el crío y de querer echarle una mano a su guapísima madre, estaba metido hasta el cuello.

Además, le debía eso a Marshall, para quien nunca fue un hermano mayor. Tenía que quedarse. Debía hacerlo por la única persona que lo había querido.

–¿Jared?

–Hola, Evan.

–¿Estás enfadado conmigo?

Jared se puso en cuclillas.

–Claro que no. ¿Por qué dices eso?

–Mi mamá no me deja que te ayude. Me ha dicho que tengo que limpiar mi habitación.

–Y siempre debes obedecer a tu madre. Además, cuando te fuiste ya no hice mucho más. Tenía otras tareas.

–¿Mi mamá también se ha enfadado contigo?

–No. Sólo se preocupó por si te habías hecho daño.

–Siempre tiene miedo –suspiró Evan–. Pero ya no soy un niño.

–Lo siento, amigo, pero así es la vida. A los ojos de tu madre, nunca dejarás de ser un niño. Sólo se preocupa porque te quiere.

–Pero dentro de poco es mi cumpleaños, en julio –insistió Evan, levantando cinco dedos–. Y entonces cumpliré cinco años. Y voy a ir al colegio.

–Te estás haciendo mayor. Pero tienes que obedecer a tu madre de todas formas.

–Seguro que tú no lo haces.

Jared se entristeció al pensar en la frágil mujer que permaneció en la sombra mientras Graham Hastings llevaba la casa como llevaba su empresa, con mano de hierro. Cuando él tenía diez años Audrey Trager murió, llevándose con ella muchos secretos.

–Yo soy mayor que tú.

–¿Tanto como para ser papá?

Dana apareció entonces en el porche.

–Supongo que lo suficiente para serlo, sí. Pero no estoy casado.

–Mi mamá tampoco está casada. Es guapa y tú podrías...

–Evan –lo interrumpió Dana entonces.

Los dos se volvieron, sorprendidos.

–Es hora de cenar –dijo, sin mirar a Jared–. Y tenéis que lavaros las manos, los dos.

Volvió luego a la cocina, sabiendo que debía tener una charla muy seria con su hijo. No quería que intentase casarla, especialmente con un extraño.

Durante la cena, Jared se sintió invisible porque Dana se dedicó a hablar de las tareas del rancho con Bert, y Evan, intuyendo el enfado de su madre, comía sin decir una palabra.

Un chico listo.

También él debía tener cuidado. Dana Shayne no era una mujer frágil en absoluto. Llevaba el rancho mientras criaba a un niño de cuatro años ella sola. Pero algo había pasado aquel día, algo que parecía haberla puesto nerviosa. ¿Tendría algo que ver con su visita al director del banco? Bert le había contado que tenía problemas económicos. Incluso ella había admitido que el año anterior fue muy duro por la sequía.

«Métete en tus cosas», se dijo a sí mismo. Se quedaría las dos semanas que habían acordado, le daría la carta de Marshall y se iría de allí. Seguramente habría algún dinero para ella, además del fideicomiso del niño.

–Jared...

–¿Perdón?

–Quiero darte las gracias por reparar los cajones del establo. Bert dice que has hecho un trabajo estupendo –le estaba diciendo Dana.

–He tenido mucha ayuda –sonrió Jared, guiñándole un ojo a Evan.

–¡Ése soy yo, mamá! –exclamó el niño–. ¿Puedo ayudarlo mañana? Hay muchas cosas rotas.

Aunque el precario estado del rancho era evidente para cualquiera, le dolía que hasta su hijo se diera cuenta.

–Lo sé, Evan, pero no puedes ir detrás de Jared todo el tiempo. No es su responsabilidad...

–El niño no me molesta –la interrumpió él.

–No quería decir eso. Sólo quería decir que no espero que lo arregles todo.

–No me importa hacer trabajos de carpintería. Y hay mucha madera para hacerlos.

–Sí, mamá. Jared arregla bien las cosas y yo le ayudo –insistió Evan.

Dana y Jared intercambiaron una mirada.

–Es verdad, es el mejor ayudante que he tenido nunca.

–¿Lo ves, mamá? Jared quiere que le ayude. Por favor, por favor...

De nuevo, Dana miró a su nuevo peón. Gran error. Esos ojos azules eran letales.

–Si has terminado con todas tus tareas...

–¡Jo, mamá! –exclamó el niño, echándose en sus brazos–. ¡Te quiero!

Después de abrazarla, se puso a comer la verdura que más odiaba: judías verdes. De modo que los milagros existían, después de todo.

–¿Quién quiere postre? –preguntó Dana entonces, sacando del horno un pastel de manzana.

Los ojos de Bert se iluminaron.

–¡Esto sí que es bueno! Jared, tú no sabes lo que es un pastel hasta que hayas probado el pastel de manzana de Dana Shayne. Ha ganado el primer premio en la feria cuatro años seguidos.

–Pues entonces habrá que probarlo. ¿Alguien quiere café?

–Si lo haces tú... –dijo Bert.

Dana se volvió para cortar el pastel y Jared se fijó en lo bien que que le quedaban los vaqueros. Tan bien que tuvo que tragar saliva.

–¿Quieres helado con el pastel?

Él sólo pudo asentir con la cabeza. Sí, definitivamente necesitaba algo frío.

Dana no podía dormir y, por fin, harta de dar vueltas en la cama, salió al porche. Se había sentado tantas veces en el balancín, disfrutando de la paz nocturna, del canto de los grillos y el olor a jazmín que tanto la relajaba... El rancho era su santuario y no quería perderlo. Pero, por primera vez, empezaba a pensar seriamente que podría perderlo.

Suspirando, colocó los pies sobre el balancín y se cubrió con el albornoz. ¿Dónde podría ir? ¿Qué haría? Nunca en su vida había pensado en hacer otra cosa más que llevar el rancho. No había terminado la carrera y no sabía si podría darle a su hijo una vida digna. Había tantas cosas que decidir...

Estaba tan desesperada que incluso había pensado buscar al padre de Evan, Marshall Hastings. Aunque lo último que deseaba era imponerle la presencia de un hijo no deseado. Marshall había elegido seis años atrás. Si le importase, habría vuelto para saber si pasó algo después de su única noche juntos. Pero no volvió a llamarla nunca.

Dana se secó una lágrima. Ya no le dolía, pero la entristecía por su hijo. Evan necesitaba un padre.

Entonces oyó ruido de pasos y cuando levantó la cabeza se encontró con Jared.

–Perdona, no quería asustarte –dijo él, apoyando el pie en el primer escalón.

–No me has asustado.

–¿No podías dormir?

–Estoy un poco inquieta. A veces vengo aquí cuando no puedo dormir.

–Parece que los dos tenemos el mismo problema. Pasear me tranquiliza –dijo Jared–. Y aquí se está muy bien.

–No se parece a Las Vegas, ¿eh?

Él negó con la cabeza.

–En Las Vegas no es fácil saber cuándo es de día y cuándo es de noche –contestó, pensativo–. Bueno, me voy a dormir. Hay que levantarse muy temprano.

Una soledad insoportable se instaló en el corazón de Dana al ver que se alejaba. Había pasado tantas noches despierta, deseando tener una conversación o tocar a otra persona...

–¿Jared?

Él se volvió.

–Dime.

–¿Tienes un momento?

–Claro.

Jared subió los tres escalones de un salto y se colocó frente a ella, grande y amenazador. Por un segundo, Dana pensó que iba a sentarse a su lado, pero se apoyó en la barandilla del porche. Aunque seguía estando muy cerca, tanto como para oler su colonia.

–Quería pedirte disculpas por lo de esta tarde –dijo por fin.

–Está olvidado.

–No tenía derecho a ponerme tan antipática. Es que... no estoy acostumbrada a que alguien me ayude.

–Me pagas por trabajar, pero te entiendo. Apenas me conoces.

–Sé que el rancho necesita muchas reparaciones... desde que mi padre murió ha sido difícil mantenerlo todo en orden.

–Ya sé que estás atravesando un mal momento. Nos ha pasado a todos y me alegra poder ayudarte.

–Pero es que... mi hijo es muy importante y se está encariñando contigo.

–A mí también me parece un chico estupendo.

Dana sonrió.

–Gracias. Pero tú te irás pronto y no quiero... no quiero que lo pase mal.

–No puedes protegerlo para siempre, Dana –dijo Jared entonces.

Era la primera vez que la llamaba por su nombre.

–Pero debo intentarlo. Sólo tiene cuatro años.

–Casi cinco –sonrió él–. Y la gente tiene que decirse adiós. Si soy sincero con Evan, entenderá que debo irme. ¿No se han marchado otros peones?

Dana dejó escapar un suspiro.

–Sí, tienes razón. Pero desde que murió su abuelo no ha habido muchos por aquí...

Jared sabía que debía marcharse, que aquella conversación era demasiado íntima. Pero no lo hizo. Quizá porque Dana estaba guapísima con la luz de la luna iluminando su pelo. O quizá era su triste tono de voz. Con aquel albornoz de algodón blanco, Dana Shayne no parecía la mujer seria y segura de sí misma que lo había contratado. Aquella noche parecía vulnerable... y demasiado tentadora.

–¿Y tú? ¿Hay alguien en tu vida?

–No, hace mucho tiempo que no –contestó ella, sin mirarlo.

–¿Y el padre de Evan?

Dana negó con la cabeza.

–Nunca conoció a su hijo.

–Te hizo daño y por eso no quieres otro hombre en tu vida, ¿es eso?

Ella sonrió con tristeza.

–Como puedes ver, no hay muchos llamando a mi puerta.

–Pues entonces los hombres de este pueblo están locos.

–No, son listos. No muchos hombres querrían criar a un niño que no es suyo... y aguantar a una mujer testaruda con un rancho que está casi en la ruina –Dana hizo una pausa, como si hubiera dicho demasiado–. Creo que me voy a dormir.

Cuando bajaba del balancín se enganchó el pie con el albornoz y Jared la sujetó por la cintura.

Era una mujer delgada, pero llena de curvas. Un deseo que no había experimentado nunca lo sorprendió. Y empeoró cuando Dana levantó los ojos. Jared se dijo a sí mismo que era porque no había estado con una mujer desde hace algún tiempo. Pero fuera cual fuera la razón, tenía que detener aquello. Lo último que necesitaba era sentir algo por Dana Shayne.

–Veo que las cosas no han ido bien en el banco –dijo, apartándose bruscamente.

Ella se apartó el pelo de la cara.

–No creen que una mujer pueda dirigir sola un rancho.

Por lo que Jared había visto, Dana era más que capaz de dirigir el rancho y le hubiera gustado preguntarle cuánto dinero necesitaba.

–¿Podréis sobrevivir?

–No lo sé. Si consigo un buen precio por las terneras en septiembre, quizá. Pero estos próximos seis meses van a ser difíciles.

–¿Podrías perder el rancho?

Dana dejó escapar un suspiro.

–Podría ser. Aunque hay una solución.

–¿Cuál?

–Vender parte de mis tierras a los Randell.

Estaba harto de oír hablar de los Randell. Llevaba oyendo hablar de ellos desde que leyó la carta de Marshall y descubrió la posibilidad de que Jack Randell fuera su padre biológico.

Suspirando, Jared apretó la cincha de Scout y el caballo se movió, nervioso. Esperaba no haber olvidado nada. Hacía mucho tiempo que no ensillaba un caballo, pero Bert había mostrado su confianza en él cuando le pidió que fuera a comprobar el estado de las cercas.

Jared sacó al caballo del establo y subió a la silla de un salto. Curiosamente, no le resultaba raro, aunque sólo había montado cuando era pequeño.

–Se te ve muy bien ahí arriba –rió el capataz.

–Espero estar igual de bien cuando vuelva. Si vuelvo.

–Sólo tienes que seguir la cerca y buscar cualquier sección que se haya caído. Hay un cobertizo a unas millas de aquí, allí encontrarás todo lo que necesitas. Y si ves a Romeo intenta devolverlo a este lado de la cerca.

Jared se preguntó cómo iba a hacer que Romeo, un enorme toro de la raza Brahma, lo obedeciese.

–¿Seguro que debo hacerlo a caballo?

–Es la mejor forma. Además, Dana se ha llevado la furgoneta. Y si te pierdes, llevas ese telefonito tan elegante en el bolsillo –rió Bert–. Si todo falla, ata las riendas a la silla y dile a Scout que te traiga a casa –añadió, golpeando al caballo en los cuartos traseros.

Media hora después, a pesar de que el sol de Texas le abrasaba la piel, Jared iba disfrutando del paseo. Había varias secciones rotas en la cerca, pero ni rastro de Romeo. Encontró luego el cobertizo con los materiales y estuvo dos horas arreglando la cerca. A las doce se dio un respiro y se sentó bajo un árbol para disfrutar de la sombra y de los dos sándwiches que Dana le había preparado. Bebiendo ansiosamente de la cantimplora, se quitó la camisa y se echó agua por encima.

No podía dejar de pensar en Dana. Quería ayudarla, ¿pero cómo? Reparar la cerca no evitaría que el banco se quedara con el rancho. Marshall, pensó. Su hermano había dejado dinero para el niño. ¿Podría usar Dana ese dinero para pagar la hipoteca? ¿O tendría que venderle parte de sus tierras a los Randell? Sería mejor perder parte del rancho que perderlo todo...

–Gracias, hermano, por meterme en este lío.

Suspirando, volvió a montar a Scout. Un kilómetro después el caballo se dirigió hábilmente hacia una zona con árboles y grandes arbustos. Bajo los robles, apenas penetraba el sol y la temperatura era considerablemente más baja. Era como un oasis en medio del desierto.

Scout continuó hasta un riachuelo para beber agua y Jared desmontó para llenar la cantimplora. A unos cincuenta metros, unos ponys comían hierba. Quizá ya no estaba en el rancho de los Shayne, pensó. Al otro lado del riachuelo vio unas cabañas...

¿Sería aquél el valle de los mesteños?

Entonces vio a un hombre montado a caballo que se dirigía hacia él. Era mayor, de unos sesenta años.

–¿Se ha perdido?

–No lo sé. Soy Jared Trager y trabajo en el Lazy S. Estaba reparando una cerca y... no sé si estoy en las tierras de los Shayne.

–Sigue en el Lazy S. Ese riachuelo es el límite entre ambos ranchos. ¿Le ha mandado el viejo Bert para molestarme? –preguntó el hombre, bajando del caballo–. Soy Hank Barrett. Y éste es el valle de los mesteños.

Hank Barrett se quedó mirando inquisitivamente al extraño. Dos cosas eran seguras, Jared Trager no era de la zona y tampoco era un peón. Pero había algo en él que le resultaba familiar.

–¿De dónde eres, Trager?

–De Colorado, pero ahora vivo en Las Vegas. Llevo tres años trabajando allí.

–¿En qué rancho?

–No trabajo en un rancho. Soy carpintero. Estoy

trabajando en el Lazy S hasta que arreglen mi camioneta. Tuve un accidente hace un par de días.

–No sabía que Dana hubiera contratado a nadie.

–¿Dana le cuenta todo lo que hace?

Hank levantó una ceja. Aparentemente, el chico estaba a la defensiva.

–No, pero nos cuidamos mutuamente. Su padre y yo éramos amigos.

–¿Por eso quiere comprarle las tierras?

Hank lo miró, sorprendido.

–De eso tendrá que hablar con mis chicos. Yo estoy retirado. Vengo por aquí para disfrutar de la paz y la tranquilidad del valle.

–¿Sus chicos se llaman Randell de apellido?

Hank estudió al extraño de nuevo. Tenía el pelo negro y los ojos azules, como sus tres chicos: Chance, Cade y Travis.

–Podría ser.

–¿Puedo hablar con ellos?

–Depende. ¿De qué quiere hablar?

–De Jack Randell.

Aquella tarde, Jared iba en su recién alquilado jeep Cherokee en dirección al rancho Círculo B.

Iba a enfrentarse con los Randell. Hank lo había invitado a charlar con Chance, Cade y Travis. Sus hermanos... o hermanastros, más bien.

Cuando pasó bajo el cartel del rancho vio una casa de dos pisos y, a su lado, varias construcciones pintadas de blanco. Antes de salir del coche, Jared miró la carta de nuevo, incómodo.

Todo cambiaría en su vida si compartía aquel secreto, aunque no tenía más prueba que esa carta. Sin embargo, la prueba más fehaciente era el odio de Graham Hastings. Nunca sintió que aquella casa era su hogar y no esperaba encontrar otra familia... de hecho, no sabía qué iba a encontrar.

Por fin, bajó del jeep y cuando iba a llamar al timbre un hombre moreno abrió la puerta.

–Supongo que tú eres Jared Trager.

–Así es. He venido para hablar con los Randell.

–Mira, no sé lo que quieres, pero si tiene algo que ver con Jack Randell no puede ser bueno. Ni mis hermanos ni yo queremos saber nada de él.

Entonces una chica rubia salió al porche.

–Chance, no seas maleducado. Dile que pase –lo regañó–. Hola, soy Joy Randell y éste es mi marido, Chance.

Jared estrechó su mano.

–Soy Jared Trager.

–Pase, señor Trager.

–Por favor, llámeme Jared.

La casa, con las paredes pintadas de amarillo, era muy acogedora. En el salón, dos sofás de cuero frente a una enorme chimenea. Y dos hombres de pie, muy serios. Sin duda, los otros Randell.

–Le presento a mis cuñados, Cade y Travis. Sus mujeres, Abby y Josie están en la cocina. ¿Le apetece un café?

–No, gracias.

–Bueno, os dejo solos para que habléis –dijo Joy entonces, besando a su marido en la mejilla–. Compórtate, Chance. Escucha al señor Trager antes de echarlo.

Chance esperó hasta que su mujer hubo desaparecido.

–¿De qué quieres hablar?

Jared se aclaró la garganta.

–Mi hermano murió hace dos semanas. Y me dejó una carta de mi madre –dijo, sacando el sobre del bolsillo para ofrecérselo a Chance–. Es de Jack Randell.

Chance abrió el sobre y sacó la fotografía. La estudió un momento y después de pasársela a sus hermanos abrió la carta.

Jared tenía el corazón en la garganta, esperando lo que le pareció una eternidad. Por fin, Chance le dio la carta a sus hermanos y se quedó mirándolo.

–¿Qué quieres de nosotros?

¿Qué esperaba, un abrazo, que le dieran la bienvenida a la familia?

–No quiero nada.

Jared tomó la carta y salió de la casa, airado. Subió al jeep y pisó el acelerador con todas sus fuerzas. Iba tan furioso que apenas podía ver la carretera. Durante años había aguantado la soledad, el rechazo de quien creía su padre, pero en aquel momento era insoportable.

De vuelta en el Lazy S, frenó ante la barraca y saltó del jeep. Quería liarse a golpes con alguien, con algo; cualquier cosa para olvidar su frustración. Entonces oyó la voz de Dana.

–Jared...

Llevaba una falda larga y una blusa de color rosa, el pelo sobre los hombros. Dana Shayne despertaba algo en su interior que Jared no deseaba, algo que le daba miedo.

–No es buen momento –dijo, intentando controlar su rabia.

–¿Qué te pasa? A lo mejor no es asunto mío, pero...

–Cierto, no es asunto tuyo. Es mejor que te marches.

Ella iba a darse la vuelta, pero entonces Jared la sujetó del brazo. Al respirar su perfume, se sintió perdido. La necesitaba... desesperadamente.

Dana no se apartó. Parecía sorprendida, excitada. Tanto como él.

–Estamos jugando con fuego –musitó Jared, antes de buscar su boca.

No quería pensar. Guardaría los remordimientos para el día siguiente. En aquel momento sólo quería besarla, apretarla contra su corazón. En aquel momento la necesitaba más que nada en el mundo. Aunque sólo fuera durante unos segundos, necesitaba creer que le importaba a alguien.

Que alguien lo quería.

CAPÍTULO 4

DANA nunca había sentido nada igual. Jared la besaba con fuerza y con ternura a la vez, exigiendo y rogando al mismo tiempo. Y ella se rindió sin oponer resistencia, abriendo los labios para permitir que la devorase. Sentía un deseo tan fuerte como nada que hubiera conocido hasta entonces. Y quería más. Había pasado tanto tiempo desde que alguien la besó, la abrazó... desde que alguien la había deseado.

Con un gemido ronco, Jared la apretó contra su evidente deseo. Sus pechos temblaban, suplicando sus caricias y él no la hizo esperar. Cuando metió la mano por debajo de la blusa, Dana lanzó un gemido. Jared se apartó un momento, besándola en el cuello y en el escote mientras acariciaba sus pezones.

–Oh, Jared...

Las manos del hombre se hicieron sitio bajo la falda y, apretando su trasero, la movió hacia él, loco de deseo.

Un ruido lo devolvió a la realidad y se apartó, con la respiración agitada.

–Hola... ah, hola, Dana, no sabía que estuvieras aquí –dijo Bert, sorprendido. Ella estaba colorada hasta la raíz del pelo.

–Sólo ha venido para decirme las tareas que hay que... hacer mañana –consiguió decir Jared. Aunque sabía que Bert no era tonto.

El capataz se quitó el sombrero y empezó a rascarse la cabeza.

–Qué curioso. Creí que ése era mi trabajo.

–Es que... Jared quería saber si me importa que Evan lo ayude mañana –consiguió decir Dana–. Me marcho. Nos vemos en el desayuno.

Jared hubiera querido explicarle lo que había pasado. Pero, ¿qué había pasado? Cuando miró a Bert, el hombre también parecía estar esperando una explicación. Pero no iba a dársela. Tenía que hablar con Dana.

–Espera, tengo que hablar contigo.

Ella no se volvió.

–Me parece que no hay nada que decir.

–Yo creo que sí –insistió él–. Sobre lo de antes... no debería haber pasado. Lo siento.

–Ah, qué bien. Eso es lo que una mujer quiere oír, que un hombre lamenta haberla besado.

–No ha sido un beso, ha sido un asalto.

Dana se volvió entonces.

–¿Me he quejado yo?

–Tú te mereces algo más. Te mereces algo mejor.

–No siempre conseguimos lo que nos merecemos, ¿verdad?

Jared masculló una maldición. Su relación con Marshall había dejado huella, desde luego. Y si le decía quién era, empeoraría las cosas.

–Sólo estaré aquí unos días. Tengo que irme a Las Vegas.

–Mira, ¿por qué no olvidamos lo que ha pasado?

Jared pensó en la escena en casa de los Randell, deseando olvidar eso también. Pero no podía. Como no podía olvidar los besos de Dana Shayne. Pero si eso era lo que ella quería...

–Buenas noches. Hasta mañana.

La vio entrar en la casa. Hubiera querido seguirla, contárselo todo. Contarle lo de Marshall, lo de los Randell. Pero sabía que ella lo echaría del rancho. Y lo curioso era que no quería irse. Quería quedarse allí. Dana lo necesitaba. Y sorprendentemente, él la necesitaba también. Y a Evan.

A la mañana siguiente, Jared no fue a desayunar. Según Bert, tenía que arreglar algo antes de ir a los pastos.

–Mamá, ¿puedo ayudar a Jared? –preguntó Evan.

–Cariño, Jared tiene otras cosas que hacer.

–Pero tú eres su jefa. Puedes decirle que trabaje en el establo.

–Bert es el capataz y necesita que Jared lo ayude. Tienen que mover el ganado.

–¿Y no pueden hacerlo otro día?

–Las vacas tienen que comer. Y en los pastos del sur hay hierba fresca.

–Y así engordan.

–Claro –sonrió Dana–. Y así nos pagarán más dinero por ellas.

–¿Puedo ir con ellos, mamá?

–Evan, ya hemos hablado de esto muchas veces. No puedes hacerlo hasta que seas un poco mayor.

El niño la miró, derrotado. Siempre había estado solo, sin nadie con quien jugar. Aunque Dana rezaba para que hiciese amigos en el colegio.

«Si seguimos en el rancho», pensó.

–¿Sabes una cosa? Joy viene hoy a visitarnos y va a traer a Katie Rose.

Evan hizo una mueca.

–Pero mamá... es una niña.

Dana sonrió. Algún día olvidaría el desagrado que sentía por las niñas.

–Ya sé que sólo tiene tres años, pero te quiere mucho.

–No me gusta. Siempre me abraza y le gusta jugar con muñecas. Y yo quiero estar con Jared. Él me necesita.

–Evan –oyeron entonces una voz familiar.

Era Jared, con vaqueros y camisa de cuadros.

–¡Jared! Mi madre dice que no puedo ayudarte.

–Esta mañana tengo muchas cosas que hacer. Pero cuando vuelva a lo mejor puedes ayudarme.

Los ojos del niño se iluminaron.

–¿Puedo, mamá?

–Si todo lo demás está hecho, sí.

–Hoy tengo que jugar con una niña, Jared –suspiró Evan.

–Bueno, a veces los vaqueros tienen que hacer cosas que no son divertidas. Pero recuerda, a las señoritas hay que tratarlas con respeto.

–¿Qué significa eso?

–Que debes ser agradable con ellas.

El niño suspiró.

–Bueno.

–Y debes hacer tus tareas sin quejarte. Y hacer todo lo que te diga tu madre.

–Vale.

Jared revolvió su pelo, sonriendo.

–Nos veremos cuando vuelva.

Entonces miró a Dana, conteniendo un suspiro. Lo recordaba todo, los besos, las caricias...

–¿Necesitas algo?

–¿Queda algún bollo?

–No, pero he hecho unos sándwiches –contestó ella, sacando unas fiambreras de la nevera–. Toma, con esto tendréis para unas cuantas horas.

–Gracias.

Jared se quedó mirándola como si fuera a decir algo más, pero después se volvió hacia la puerta.

Dana hubiese querido llamarlo, pero era mejor dejarlo estar. Una semana más tarde se marcharía. Y Evan y ella volverían a estar solos.

Jared se encontraba cómodo sobre Scout. Era fácil montarlo. Y el calor no lo molestaba demasiado. Lo molesto era el gesto fastidioso de Bert. El capataz no iba a decir lo que pensaba, pero era evidente.

No podía preguntarle directamente lo que había pasado, no. Sencillamente se limitaba a no dirigirle la palabra. Mejor, Jared no necesitaba hablar.

Y cuando descubriese que él era un Randell...

Estaban cerca de los pastos del sur y el capataz sugirió descansar un rato cerca del riachuelo.

–Me han dicho que ayer fuiste al Círculo B.

Sorprendido de que las noticias volasen, Jared se puso en guardia.

–¿Te lo ha dicho Hank Barrett?

–No sabía que tuvieras asuntos pendientes con ellos –murmuró Bert.

–No los tengo. Sólo quería enseñarles algo.

–Entonces, no vas a hacer negocios con los Randell.

–No.

–Mejor. Porque si has venido para que Dana venda el rancho... Se hace la dura, pero esto es lo único que tiene.

–No pienso hacerle daño, Bert.

–No estoy yo tan seguro. Lo de anoche...

–Lo que pasó anoche es asunto nuestro. Pero si te importa de verdad, le pedí disculpas. No volverá a pasar.

–Me alegro –dijo el capataz, levantándose–. Será mejor que volvamos a trabajar.

El hombre estaba enfadado, pero era leal a Dana y quería protegerla. Jared lo entendía.

Siguieron trabajando hasta que encontraron una cerca rota. En la masa de alambre de espino había dos terneros muertos.

Dos terneros muertos.

Bajo las órdenes de Bert, Jared tuvo que apartar a sus madres. No era fácil porque las vacas no querían dejar a sus crías, pero al final lo consiguieron entre los dos.

Varias horas después habían reparado la cerca y

reunido a todo el ganado para llevarlo a los pastos del sur.

Sólo quedaba volver a la casa y darle a Dana la mala noticia.

–Estoy embarazada.

Dana se llevó una mano al corazón.

–Qué alegría, Joy. Seguro que Chance está encantado.

–Sí, pero van a ser siete meses muy largos. Aunque le he hecho prometer que esta vez me llevará al hospital.

Dana se sentía feliz y celosa al mismo tiempo. Su amiga tenía un marido, una hija y otro niño en camino. Lo tenía todo.

–No quieres tener al niño en el establo como la última vez, ¿eh?

Joy soltó una carcajada.

–Ni loca. Pero te digo una cosa: cuando un hombre te ha visto en la peor situación y te sigue queriendo, sabes que es de los que se comprometen. Te recomiendo que lo pruebes.

–No, una vez es más que suficiente para mí. Me conformo con Evan.

–¿No te sientes sola? Un hombre bueno podría hacerte muy feliz.

Dana negó con la cabeza. El recuerdo de Marshall Hastings le había hecho renegar de toda esperanza.

–Y un hombre que no se acuerda de ti puede amargarte la vida.

En ese momento Jared entró en la cocina. Con los vaqueros y la camisa cubiertos de polvo, tenía un aspecto formidable. La sombra de barba aumentaba su atractivo, sobre todo en contraste con sus ojos azules.

–¿Ha ido todo bien? –preguntó Dana, intentando controlar los latidos de su corazón.

Jared vaciló al ver a Joy.

–Nos vemos de nuevo, señor Trager –dijo ella entonces.

–Hola, señora Randell.

–Lamento lo de anoche. Supongo que le habría gustado ser recibido de una forma más agradable.

–Recibí lo que esperaba.

Jared se volvió hacia Dana, que miraba con sorpresa de uno a otro.

–Hemos encontrado una cerca rota... y dos terneros muertos.

–¿Qué?

–Lo siento. Se engancharon con el alambre de espino.

–No es culpa tuya –suspiró Dana, levantándose–. Debería haber arreglado esas cercas hace tiempo, pero no he podido.

–Ya están arregladas.

–¿Habéis llevado al ganado a los pastos del sur?

–Sí, claro. Bueno, voy a cepillar a Scout.

–Siento lo de los terneros –dijo Joy–. Sé lo importantes que son para la venta...

–Eso me temo –suspiró Dana. No podía perder más terneros o tendría serios problemas–. Es una suerte que Chance, Cade y Travis se hayan unido para mantener el rancho.

–Sí, pero hay muchísimo trabajo. Y como ahora estoy embarazada, Chance tiene que contratar a alguien para dar las clases de equitación infantil... Dana, ¿por qué no lo haces tú?

–No puedo. Tengo que llevar mi rancho.

–Bert puede hacerlo. Y si hay algún problema, tú estarás cerca. Incluso podrías llevarte a Evan. Sólo será hasta octubre y te vendría bien el dinero.

–No creo que Bert pueda encargarse de todo –murmuró Dana, incómoda.

–Por si no te has dado cuenta, tienes un peón guapísimo. Oye, háblame de Jared Trager.

Dana la miró, sorprendida.

–Creo que eres tú quien debería hablarme de él. Pareces saber más que yo.

–Chance no ha querido contarme nada. Sólo sé que tiene algo que ver con Jack Randell –suspiró Joy–. Y eso sólo puede significar una cosa: problemas.

Aquella noche, tras una larga ducha, Jared se sentía casi como un hombre nuevo. Casi. Pero el agua fresca no consiguió tranquilizar el caos que había dentro de su cabeza. Debía decirle la verdad a Dana. Y lo antes posible. No sabía que fuera amiga de los Randell.

Al salir de la barraca, echó un vistazo a la valla que rodeaba la casa. Con la ayuda de Evan, había reemplazado varios tablones sueltos. Quizá podría darle una mano de pintura... Qué absurdo, seguía pensando en hacer cosas como si fuera a quedarse allí.

Pero sabía que cuando Dana descubriera su identidad lo echaría a patadas. Aunque llevase dinero para Evan. Aunque fuera un millón de dólares.

Jared dejó escapar un suspiro. Pero, por el momento, seguía allí. Y eso lo llenaba de paz. Estaba acostumbrándose a aquel rancho, pero no podía quedarse.

Además, los Randell no querían saber nada de él y cuando Dana supiera que era el hermano de Marshall lo echaría sin contemplaciones. Quizá debería ponerse en contacto con un abogado en San Ángelo para que él la informase sobre el fideicomiso.

Suspirando de nuevo, apoyó los brazos en la valla y se quedó mirando la oscuridad. Había pasado la tarde con Evan, que no dejaba de hablar... Dana era una buena madre, pero el niño se sentía solo y necesitaba atención masculina. Y él era su tío, alguien de su propia sangre.

Debería quedarse por él. Jared no sabía ser padre, pero estaba encariñándose con Evan. Unos días más, una semana quizá. No le haría daño a nadie.

Iba de vuelta a su habitación cuando vio luz en el porche. Y la silueta de Dana recortada contra la oscuridad.

Aunque se dijo a sí mismo que debía alejarse, no podía hacerlo. Se sentía atraído por ella como por un imán. Era así desde que llegó al rancho. Y el beso de la noche anterior había encendido una mecha difícil de apagar. Normalmente, cuando sentía eso por una mujer era la señal de que debía marcharse. Pero allí estaba, ignorando todas las señales de alarma.

–Parece que esta noche hace un poco de fresco.

–Si lloviera... –suspiró Dana–. Nos vendría bien un poco de lluvia.

Después, hubo un largo silencio.

–Siento lo de los terneros –dijo Jared por fin.

–Esas cosas pasan. Ojalá hubiera podido contratar antes a un peón. Lo que no soporto es que los animales hayan sufrido.

–Puedo volver mañana para comprobar el resto de las cercas.

–No hace falta. El ganado está en los pastos del sur... y esa sección ya está reparada.

–Sé que dependes de la venta de esos animales. ¿Conseguirás dinero suficiente?

–Eso espero. Tengo un hijo... así que necesito el dinero. Ésta es nuestra casa –la voz de Dana se rompió entonces–. No podemos perderla.

–Pero va a resultar difícil, ¿verdad?

Ella se encogió de hombros.

–¿Crees que debería venderles el rancho a tus amigos, los Randell?

La pregunta lo pilló desprevenido.

–¿Quién ha dicho que son mis amigos?

–Anoche fuiste a verlos.

Jared se quedó pensativo.

–Mi madre los conoció... hace mucho tiempo.

–Qué casualidad que sean mis vecinos –replicó Dana, mirándolo a los ojos.

En lo único que Jared podía pensar era en los besos de la otra noche, en el calor de su cuerpo.

–Hay cosas de las que no puedo hablar, pero créeme, no quiero que le vendas tu rancho a los Randell.

–Es un poco difícil de creer, ¿no? Apareces aquí, luego me entero de que has ido a ver a los Randell... Ellos están muy interesados en comprarme el rancho y tú pareces muy interesado en mis negocios.

–Pero sólo quieren comprarte parte de las tierras, ¿no? ¿Por qué no las vendes? El dinero te vendría bien.

–Tú no sabes nada –contestó Dana, con un brillo fiero en los ojos verdes–. Mi abuelo trabajó mucho para levantar este rancho y antes de que mi padre muriese le prometí que no lo vendería nunca. Así que dile a los Randell que no hay trato.

Después se dio la vuelta, pero Jared la agarró del brazo.

–No tengo nada que ver con los Randell, Dana. Pero no puedo contarte nada más. Puedes creerme o no... si quieres, me marcho ahora mismo.

–No me amenaces, Trager. Apareces aquí, te haces amigo de mi hijo, me besas...

–Me gusta Evan, es un niño estupendo. En cuanto al beso, de acuerdo, me pasé. Ya te dije que lo lamentaba.

–Y yo te dije que una mujer no quiere oír eso.

–Muy bien, pues no lo siento. ¿Quieres que admita que me gustó mucho besarte, que quiero hacerlo otra vez? Pues así es. Quiero besarte. Pero sólo tienes que decirme que no y me iré.

Dana no dijo nada y él tomó su cara entre las manos.

–Te lo he advertido.

De nuevo, ella permaneció callada y Jared buscó su boca con desesperación. Sabía a una mezcla de menta y café que le resultaba afrodisíaca. No quería pensar en nada, sobre todo en lo que no podía tener. En aquel momento, con Dana entre sus brazos, sentía que podía tenerlo todo.

Pero por fin se apartó y apoyó la cabeza en su pelo.

–Te prometo no volver a decir que lo siento.

Después se alejó. Antes de hacerle alguna promesa que no sería capaz de cumplir.

A la mañana siguiente, Dana despertó con una sonrisa en los labios. Después de ducharse bajó a la cocina, temblando al pensar que estaba a punto de ver a Jared de nuevo.

Hizo tortitas, huevos revueltos y beicon suficiente para un regimiento y luego se preparó una segunda taza de café. A las ocho se abrió la puerta y Dana esperó con el corazón en un puño. Pero era Bert. Solo.

–Buenos días –sonrió el capataz, tomando una taza de café–. Jared no va a venir. Ha decidido arreglar no sé qué en el establo. Dice que desayunará más tarde.

Evan entró entonces en la cocina.

–¿Dónde está Jared?

–Cuánto interés por Jared –protestó Bert–. Pero si se marcha dentro de unos días....

Evan miró a su madre, asustado.

–Mamá, yo no quiero que se vaya.

–No va a irse, cariño. Todavía no. Pero se irá la semana que viene. Tiene un trabajo en Las Vegas.

–Pero tiene que quedarse –insistió el niño–. Hay muchas cosas que arreglar.

–Evan, toma tu desayuno. Hablaremos de eso más tarde.

–No, mamá. Dile a Jared que no se vaya.

Su hijo había heredado el carácter irlandés de su abuelo, desde luego.

–Ya sabías que Jared sólo iba a quedarse hasta que reparasen la camioneta.

–Pero a lo mejor ha cambiado de opinión.

–No quiero seguir hablando de eso. Venga, desayuna.

–¡No tengo hambre!

–Pues vete a tu habitación.

El niño se levantó de la silla y salió corriendo escaleras arriba.

–¿Qué le pasa a ese chico? –suspiró Bert–. Trager sólo está aquí de paso.

–Puede ser, pero se porta muy bien con él.

–Algunas personas no tienen raíces, Dana. Y Jared Trager es una de esas personas.

Como no quería seguir hablando del tema, Dana echó huevos revueltos y beicon en un plato y lo cubrió con una servilleta.

–O sea, que tengo que desayunar solo.

–Si estás comiendo no necesitas compañía –replicó ella–. Y cuando termines, quiero que vayas a comprobar el molino.

–Vaya, ahora todo son órdenes...

Dana salió de la casa y se dirigió a la barraca de los peones. Estaba harta de que Jared la evitase. ¿Qué creía, que iba a echarle el lazo? Ya había tenido que soportar a un hombre que no la quería y no tenía intención de buscar otro. Por supuesto, podría acostumbrarse a los besos de Jared, pero...

Entonces sacudió la cabeza, irritada consigo misma. Jared Trager no iba a quedarse y cuanto antes se convenciera, mejor. No iba a dejar que otro hombre le hiciese daño.

La barraca estaba desierta y dejó el plato sobre la mesa. Iba a marcharse cuando vio las cosas de Jared en el armario. Había un bote de desodorante, una pastilla de jabón y un peine, todo muy ordenado. Y un sobre que sobresalía de una bolsa de aseo.

No era su intención cotillear, pero al ver el nombre escrito en el sobre se quedó helada: Marshall Hastings. Dana se quedó sin respiración. ¿De qué conocía a Marshall? Entonces sacó la carta y empezó a leer: *Jared...*

Luego cayó sobre una silla, atónita.

Jared Trager era el hermano de Marshall.

Jared entró en la barraca secándose las manos y, al ver a Dana, se detuvo en seco. Entonces vio que tenía la carta en la mano. Su pesadilla se había hecho realidad.

–Deja que te explique...

–Sólo quiero saber si esto es verdad. ¿Marshall Hastings es tu hermano?

–Era mi hermano. Murió hace unas semanas –suspiró Jared.

Dana apretó los labios.

–Lo siento mucho –dijo entonces–. ¿Por qué no me dijiste que eras su hermano?

–No lo sé –confesó él–. Cuando tuvimos el accidente... decidí esperar. Entonces vi que tenías problemas en el rancho y quise echarte una mano.

–¿Por qué?

–Porque Evan es mi sobrino y... Marshall me lo pidió. ¿Por qué no le dijiste a mi hermano que habías tenido un hijo?

Dana intentó contener las lágrimas.

–Él no quiso saber nada de mí. No me llamó siquiera.

–Mira, yo... no sé lo que pasó entre vosotros, pero el niño me importa mucho.

–Ya has visto a Evan. Está perfectamente. Y ahora guarda tus cosas en la mochila y márchate de aquí.

CAPÍTULO 5

DANA salió de la barraca con la cabeza muy alta, intentando contener las lágrimas. Pero cuando estaba a punto de entrar en casa vio una furgoneta por el camino. Unos segundos después, Chance Randell bajaba de ella.

Era alto, de hombros anchos, guapo. Dana lo conocía de toda la vida. Siempre había sido un hombre callado, serio... hasta que conoció a Joy Spencer. A partir de entonces, siempre estaba sonriendo.

–Hola, Chance. ¿Qué haces por aquí?

–Quería hablar contigo.

–Si vas a insistir en que te venda mis tierras, olvídalo –suspiró Dana–. ¿No es suficiente con tener los mejores caballos de la zona?

–Dejemos la discusión para más tarde. Pero comprende que tengo que mantener a una familia.

–Joy me ha dicho lo del niño.

Chance sonrió.

–Sí, ésa es una de las razones por las que he venido a verte. Joy me ha dicho que podrías estar interesada en dar las clases de equitación para niños.

Ella dejó escapar un suspiro. Su amiga no le había dado mucho tiempo para pensarlo.

–Fue idea de tu mujer, pero es imposible. Sólo tengo a Bert para ayudarme, así que no puedo dejar el rancho.

–Pensé que habías contratado a Trager.

–Sí, pero se marcha. Sólo estaba aquí echando una mano mientras arreglaban su camioneta.

–¿Por qué no me dejas hablar con él? A lo mejor puedo convencerlo para que se quede unos días...

–No –lo interrumpió Dana–. Jared se marcha. Tiene que volver a Las Vegas.

–¿Te importa si hablo con él de todas formas? Sobre cosas nuestras.

Dana hubiera querido preguntarle de qué quería hablar con él, pero no era asunto suyo. Jared Trager estaba fuera de su vida.

–Claro, está en la barraca –contestó, entrando en la cocina.

Lo último que deseaba era ver a ese traidor.

Jared no quería marcharse del rancho y le entristeció profundamente despedirse de Bert. El hombre, siempre cauto, no le hizo preguntas. Aunque sí le pidió el número de su móvil.

Jared estaba furioso consigo mismo por haberlo estropeado todo. Sabía que Dana no sería capaz de levantar el rancho sin peones, pero era muy testaruda y estaba furiosa con él.

Y con razón.

Tomó su caja de herramientas, pero cuando iba a salir de la barraca se encontró con Chance Randell. Genial, las cosas se estaban complicando.

–Mira, me marcho. No tienes por qué echarme de aquí.

–No he venido a echarte –dijo Chance–. De hecho, la otra noche... actué precipitadamente.

Jared se acercó al jeep para dejar la caja de herramientas.

–Da igual. Ha sido un error venir aquí. No sé qué esperaba encontrar.

Chance se echó el sombrero hacia atrás.

–A lo mejor, una bienvenida más amistosa. Perdona, pero cuando alguien menciona el nombre de mi padre... digamos que nos ponemos a la defensiva. Menuda pieza. Te aseguro que descubrir que eres su hijo no va a aportar nada bueno a tu vida.

–Tienes razón –murmuró Jared, abriendo la puerta del jeep. No quería seguir hablando, no quería seguir soportando más rechazos.

–Pero si sigues interesado en saber la verdad... he conseguido que nos hagan un análisis de ADN mañana a las diez –dijo Chance entonces, dándole una tarjeta–. Espero verte en el laboratorio –añadió, tocándose el sombrero.

Jared se quedó mirando la tarjeta, sorprendido. ¿Por qué querían los Randell saber si eran hermanos de verdad?

Estaba abriendo la puerta del jeep cuando oyó la voz de Evan y su corazón se encogió. ¿Cómo iba a decirle adiós?

–¡Jared, no te vayas!

El niño iba tan angustiado que tropezó y cayó al suelo. Jared corrió hacia él con todas sus fuerzas.

–¿Te has hecho daño?

–No te vayas, por favor.

Jared lo abrazó con fuerza, mordiéndose los labios.

–Tengo que irme, campeón. Ya sabes que tengo un trabajo en Las Vegas.

–Pero yo quiero que te quedes. Por favor, quédate. Seré bueno.

Jared se sintió como un canalla.

–No eres tú, Evan. Es que a veces no podemos hacer lo que queremos –murmuró, con un nudo en la garganta–. Pero no voy a olvidarme de ti. Podemos escribirnos.

–Yo no sé escribir –sollozó el niño.

–Bueno, yo te escribiré y tu madre puede leerte mis cartas. Además, pronto aprenderás a escribir en el colegio. Mira, ahora me voy al pueblo, pero te prometo que volveré dentro de unos días...

–¡Evan! –lo llamó Dana–. ¿Por qué no entras en casa, hijo?

–¡Eres mala! ¿Por qué quieres que Jared se marche?

–Ésa no es forma de hablarle a tu madre –lo regañó Jared.

–Lo siento...

–Dile eso a ella.

–Lo siento, mamá.

Después, salió corriendo hacia la casa.

–Se olvidará de mí –suspiró Jared.

–Si no hubieras venido...

–Mira, sé que he metido la pata. Debería haberte contado lo del fideicomiso de Marshall el primer día. Dentro del sobre está la tarjeta del abogado con quien debes ponerte en contacto.

–Gracias –dijo ella, sacando un sobre del bolsillo–. Éste es tu dinero... por los días que has trabajado aquí.

Jared negó con la cabeza.

–No necesito el dinero.

–Y yo no quiero caridad.

Furioso, Jared tomó el sobre y rompió el cheque en pedazos.

–Es un regalo para Evan. Después de todo, es mi sobrino.

–Una pena que no hayas sido sincero desde el principio.

–Lo siento, de verdad. Pero no castigues al niño por mis errores. Deja que le escriba.

–No creo que sea buena idea.

–Y tampoco era buena idea hablarle de su padre, ¿no?

–Evan es demasiado joven para entender...

–Entonces, ¿por qué me hace tantas preguntas? Al menos no le mientas, Dana. Evan merece saber la verdad sobre Marshall. Si no ahora, cuando sea un poco mayor. Para que sepa quién es.

Jared subió entonces al jeep. Pero deseaba quedarse con todo su corazón.

Cuando llegó al motel, llamó por teléfono al taller para ver cómo iba su camioneta. Iba a tener que esperar unos días más, le dijeron.

Como no le quedaba más remedio que quedarse en San Ángelo, podía hacerse el análisis de ADN. Si había ido hasta Texas, ¿por qué no comprobar si era hijo de Jack Randell? Aunque en su corazón Jared ya sabía que lo era.

Cuando llamó a Chance para decirle que se encontrarían en el laboratorio al día siguiente, le sorprendió que lo invitase a cenar. Pensó negarse, pero la curiosidad fue más fuerte. Además, no tenía nada que hacer. Nada más que pensar en Dana Shayne.

El rancho de los Randell estaba muy bien cuidado, rodeado de hierba verde a pesar de la sequía. Dos perros, un labrador negro y otro de color chocolate se acercaron corriendo al jeep. Mientras los estaba acariciando, Joy Randell salió al porche con una niña rubia de la mano.

–Hola, Jared. Ésta es mi hija, Katie.

La cría, tímida, escondió la carita en la falda de su madre.

–Hola, Katie. Yo conozco a un buen amigo tuyo, Evan.

Los ojos de la niña brillaron entonces.

–Evan *jueba* conmigo.

–Eso me han dicho. Gracias por invitarme, señora Randell.

–Joy.

El porche, con todos los tablones en su sitio, tenía una capa de barniz para protegerlo de la lluvia. Y había macetas por todas partes.

–Tienes una casa preciosa, Joy.

–Deberías haberla visto cuando la heredamos.

Chance tuvo que trabajar muchísimo. Pero pasa, por favor.

–Tu marido hizo un trabajo estupendo.

–Sé que eres carpintero.

–Sí. Normalmente trabajo en construcciones nuevas, pero debe ser un placer restaurar una casa así.

–Hemos tardado tres años en arreglarla y sigue habiendo cosas que hacer. Sería estupendo que Chance tuviera algo de ayuda –sonrió Joy–. No tendrás algunas horas libres, ¿verdad?

–No voy a quedarme en San Ángelo.

–Ah, pensé que... bueno, Chance está en el establo. Seguro que le gustaría enseñarte el rancho.

–Muy bien.

Jared siguió las instrucciones de Joy para llegar hasta un establo pintado de blanco. Dentro, descubrió a Chance hablando suavemente con una yegua preñada.

–¿Joy sabe que hablas así con otras mujeres?

Él siguió acariciando el hinchado vientre del animal.

–Le da igual mientras el potro nazca sano y dé algo de dinero. Mira, te presento a Glory.

Glory era un animal de color bronce y ojos muy dulces.

–Hola, guapa. ¿Cuándo tiene que parir?

–La semana que viene –contestó Chance, saliendo del cajón.

Jared miró alrededor. Todos los cajones estaban recién pintados y limpios. Varios caballos asomaron la cabeza para reclamar su atención.

–¿Cuántos caballos tienes?

–Diez míos, y una docena que estamos entrenando. Ahora estoy solo, pero tengo peones que me ayudan durante el día.

–Impresionante.

–Aquí hay mucho trabajo –admitió Chance–. Especialmente ahora que hemos abierto una zona para el público. Además, Joy está embarazada.

–Felicidades.

–Sí, la verdad es que es una noticia estupenda. Y gracias por venir. Quiero disculparme por nuestro comportamiento del otro día. Después de hablar con Travis y Cade, decidimos que lo mejor era comprobar si somos familia. Además, tú no eres responsable de lo que hizo tu padre. Y te aseguro que Jack Randell no era un regalo del cielo.

–¿Sabes dónde está?

Chance negó con la cabeza.

–Ni quiero saberlo. La última vez que habló con nosotros fue hace diez años... cuando salió de la cárcel. Quería dinero. Le dijimos que no y no hemos vuelto a saber nada de él.

–Entiendo.

–Para nosotros, Hank es nuestro padre porque él nos crió. Jack sólo fue un donante de esperma. Y Hank siempre dice que no tienes que tener la misma sangre para ser familia.

Jared sabía que Graham Hastings no pensaba lo mismo. El hombre al que había creído su padre lo despreciaba.

–Oye, quiero que sepas que si la prueba de ADN

da positivo, no quiero nada. Sólo quiero saber quién soy.

Chance dejó escapar un suspiro.

–Me alegro porque aquí todos nos hemos ganado nuestro sitio. Pero tengo una preocupación, Dana Shayne. No quiero que le hagas daño. ¿Vas a quedarte mucho tiempo en San Ángelo?

–Tengo un trabajo esperándome en Las Vegas, pero también un compromiso con mi hermano. Evan es mi sobrino.

Chance lo miró, sorprendido.

–Me sorprende que Dana no te haya echado a punta de pistola.

–Sólo he intentado ayudarla. Sé que debería haberle dicho la verdad cuando llegué, pero no es un tema fácil. En cualquier caso, Evan es mi sobrino y me importa. Como sé que el rancho no va bien, me gustaría quedarme un poco más para echar una mano.

–A Dana no le haría gracia. Nosotros hemos intentado ayudarla muchas veces, pero... Claro que nos gustaría comprar las tierras del valle, pero no queremos dejarla sin rancho. El problema es que no puede llevarlo sola y Bert es demasiado mayor.

–Si el banco se queda con el rancho, ¿qué podría hacer? ¿Dónde iba a vivir?

Chance se encogió de hombros.

–Joy le ha pedido que trabaje con nosotros dando clases de equitación para niños, pero con ese dinero no podría pagar la hipoteca.

Jared no quería ni pensar que Dana perdiera el rancho. El Lazy S era su hogar, pero el dinero del fideicomiso de Evan estaba reservado para su educación. Y Jared no podía tocar el dinero que le dejó su madre hasta cumplir los treinta y cinco... o hasta que se hubiera casado.

Su corazón empezó a dar saltos entonces.

–¿Y si Dana tuviera un socio? ¿Y si alguien pusiera dinero para contratar más peones y comprar ganado? ¿Podría entonces pagar la hipoteca?

–Ésa es una pregunta que no puedo contestar. Yo crío y entreno caballos... Pero nada es imposible si te pones manos a la obra, supongo. ¿Por qué? ¿Piensas invertir dinero en el Lazy S?

–Es una posibilidad. Una posibilidad interesante.

–¿Lo dices en serio?

–Sí, pero no digas nada todavía. Tengo que hacer un par de llamadas... Si todo funciona, Dana Shayne conservará el rancho y Evan su herencia.

A la mañana siguiente, Jared hizo muchas cosas. Llamó a su abogado, fue al banco y se hizo la prueba de ADN.

Y tenía que hablar con Dana. Tenían que discutir su futuro antes de seguir adelante con las gestiones. Cuando saltó del jeep, la vio salir del establo, con unos pantalones vaqueros y una camiseta blanca. Su pelo rojo estaba sujeto en una trenza.

–¿Qué quieres, Trager?

–Tengo que hablar contigo.

–Ya nos hemos dicho todo lo que teníamos que decirnos.

–Yo creo que podrías escucharme al menos. Quiero hablarte del rancho.

–¿De mi rancho?

–Quiero ayudarte a conservar el Lazy S.

–Puedo hacer eso sin ti.

–No puedes hacer el pago de la hipoteca. Te han dado unos meses y...

–¿Cómo sabes eso? –le espetó Dana.

–No ha sido difícil enterarse.

–Vete de mi casa.

–No hasta que me hayas escuchado. Quiero ayudarte, de verdad. No puedes perderlo todo sólo porque te caigo mal. Piensa en Evan. Yo quiero que el niño conserve el Lazy S. Dame diez minutos...

–¿Por qué? No has hecho nada más que mentirme desde que llegaste aquí.

–Yo podría salvar el rancho –insistió Jared.

–Tienes diez minutos –dijo Dana entonces, cruzándose de brazos–. Muy bien. Estoy empezando a contar.

Él se aclaró la garganta.

–No es ningún secreto que has tenido unos años muy malos por culpa de la sequía –empezó a decir–. Ahora no puedes pagar la hipoteca y la venta del ganado no será suficiente. Pero yo tengo una solución.

–Bueno, no te pares ahora que viene lo interesante –replicó ella, irónica.

–También he hablado con el señor Janny, el abogado que lleva el fideicomiso de Evan. Aunque es una cantidad considerable, el niño no podrá tocar el dinero hasta que cumpla los veintiún años. Recibirás un cheque mensual para sus gastos, pero el señor Janny no dará ni un céntimo para mantener el rancho.

–No pienso usar el dinero de mi hijo. Quiero que Evan vaya a la universidad.

–¿Ni siquiera para salvar el rancho que sería su herencia?

–Es un riesgo demasiado grande. Si lo pierdo, no tendrá nada. Al menos, si le vendo parte de las tierras a los Randell puedo conservar el rancho.

–¿Y si te digo que yo tengo el dinero que necesitas? ¿Que quiero ser tu socio?

–Diría que estás loco. ¿Por qué ibas a querer ser mi socio?

–Porque Evan es mi sobrino y quiero que sea feliz –contestó Jared. Y porque no podía soportar el dolor que veía en los ojos de Dana. Pero eso no lo dijo–. Mi madre me dejó una cantidad de dinero y...

–Quieres darme una parte –lo interrumpió ella, incrédula–. ¿Y qué vas a ganar con eso?

Jared vaciló.

–Había pensado usar ese dinero para abrir una empresa de construcción en Las Vegas, pero en el testamento de mi madre hay una cláusula... por eso necesito tu ayuda.

–¿Mi ayuda? ¿Qué puedo hacer yo?

–Casarte conmigo.

CAPÍTULO 6

CASARME contigo! –exclamó Dana–. ¡No lo dirás en serio!

–Claro que lo digo en serio. Tú tienes problemas económicos y a menos que le vendas parte de las tierras a los Randell no podrás pagar la hipoteca.

–Aún me queda tiempo.

–¿Para que ocurra un milagro?

Dana había rezado para que ocurriese un milagro. Pero no podía ser eso...

–No estoy tan desesperada como para casarme contigo.

–Pues deberías empezar a estarlo porque te estás quedando sin tiempo –replicó Jared, herido–. Y podrías perder el rancho por ser tan testaruda.

–No estoy siendo testaruda. Sólo soy juiciosa...

Cuando Jared clavó en ella sus ojos azules, Dana se quedó en suspenso.

–¿Por qué haces esto?

–No tengo ni idea –suspiró él, pasándose una mano por el pelo–. Por Evan. Es por el niño. Quiero que pueda crecer aquí, en su casa. En su rancho. Ya ha tenido que sufrir suficiente por culpa de Marshall. Y también porque así no tendré que esperar hasta cumplir los treinta y cinco años. Quiero comprar la empresa de construcción de Stan Burke, el hombre para el que trabajo, que está a punto de jubilarse.

–¿Entonces cómo vas a poner dinero en el rancho?

–Puedo poner parte del dinero para que hagas las reparaciones necesarias y compres ganado. Con el resto, compraré maquinaria para mi empresa.

–¿Tú sabes lo que eso puede costar? El ganado, quiero decir.

–Ni idea, pero tengo dinero para hacerlo –contestó Jared, cruzándose de brazos–. Dana, Evan te necesita. No puedes trabajar dieciséis horas al día y, además, ser su madre.

–¿Estás diciendo que no soy una buena madre?

–No, eres una madre estupenda. Y puedes conservar el rancho mientras yo compro parte de la empresa de Stan. Los dos podemos conseguir lo que queremos, si nos ayudamos mutuamente.

–Supongo que habrá alguna otra mujer con la que quieras casarte.

–No se me dan bien las relaciones sentimentales. Sólo lo hago por Evan.

Dana no podía creerlo. Pero la oferta era tan tentadora... y podría ser su única oportunidad de conservar el rancho.

–Yo quiero tener algo más que ganado, Jared. Quiero criar caballos y tener un establo de alquiler.

De modo que estaba interesada, pensó él.

–Ésa también es una posibilidad.

–Si decidimos casarnos... ¿cuándo sería?

–En cuanto sea posible. No recibiré el dinero hasta que presente un certificado de matrimonio.

–Pero no sería un matrimonio de verdad. Quiero decir, ¿no esperarás que...?

Jared se mordió la lengua. La deseaba con todas sus fuerzas y si Dana fuera sincera, admitiría que ella también lo deseaba. Las dos veces que se habían besado... fue algo explosivo.

–¿Que consumemos el matrimonio?

Ella asintió, colorada como un tomate.

–Si tú quieres que llevemos adelante la relación... pero depende de ti.

Dana dejó escapar un suspiro.

–No, eso no sería sensato. Es mejor que sólo seamos socios.

–Muy bien.

–Pero no podrás quedarte con parte del rancho.

–No pensaba hacerlo. Sólo lo hago por el interés de Evan. Es lo único que me preocupa.

–¿Y vas a invertir dinero sin esperar una parte del rancho?

–Así es. Pero antes de decidirte, quiero que sepas una cosa: vine a San Ángelo por otra razón. La misma que trajo aquí a Marshall hace cinco años. Mi hermano encontró una vieja carta dirigida a mi madre... de Jack Randell. Y parece que hay una posibilidad de que yo sea su hijo. Esta mañana me he hecho unas pruebas de ADN con Chance y pronto tendremos los resultados. Eso no tiene nada que ver con mi oferta, pero creo que debes saberlo.

Dana no intentó esconder su sorpresa. Jared Trager podría ser un Randell. En realidad, el parecido era evidente: el pelo tan oscuro, el mentón cuadrado, los ojos azules...

–Gracias por ser sincero.

–Entonces, ¿seguimos adelante?

–Quiero hacerte una pregunta. ¿Cuánto tendría que durar el matrimonio?

–No creo que mi madre haya estipulado nada en su testamento. ¿Por qué? ¿Hay otro hombre en tu vida?

–No. ¿Hay una mujer en la tuya?

–Nadie, pero no puedo quedarme en Texas indefinidamente. Estaré aquí dos o tres meses y luego volveré a Las Vegas.

–¿Y Evan? Se encariñará mucho contigo.

–Ya lo está. Y yo con él.

Era cierto. El niño apenas le había dirigido la palabra desde que Jared se marchó.

–Pero si te quedas unos meses será peor.

–Dana, pienso seguir en contacto con Evan pase lo que pase. Vendré a verlo cuando pueda... –empezó a decir Jared dando un paso adelante–. Es mi sobrino y quiero saber cómo le va. Mi padre nunca... en fin, quiero que sepa que puede contar conmigo.

¿Y ella?, se preguntó Dana. ¿Qué iba a ser de ella cuando Jared se fuera, dejándola con el corazón roto?

–Si necesitas más tiempo...

–No. Pero tú debes tener claro que esto sólo es una sociedad. El nuestro será un matrimonio de conveniencia.

–Si eso es lo que quieres, puedo dormir en la barraca.

–No, puedes dormir en el cuarto de arriba. Ya habrá suficientes preguntas si nos casamos de repente.

–Entonces, ¿de acuerdo?

Dana dejó escapar un largo suspiro.

–De acuerdo.

–Llamaré a mi abogado. En cuanto le envíe una copia del certificado de matrimonio me hará una transferencia. Entonces podrás pagar lo que debes.

–No puedo dejar que pagues la hipoteca...

–Será mejor empezar desde cero –la interrumpió Jared–. ¿Quieres que nos casemos por la iglesia?

Actuaba como si aquello no fuera nada importante, pensó Dana. Claro, porque para él sólo era un acuerdo comercial. Y así era como tenía que verlo ella; como una forma de conservar el Lazy S para su hijo, nada más.

–Creo que sería mejor casarnos por lo civil. Pero no quiero que nadie sepa la verdadera razón de este matrimonio.

La mirada de Jared se oscureció y, por un momento, Dana pensó que iba a besarla.

–No creo que sea un problema convencer a la gente de que el nuestro es un matrimonio real.

Dos semanas más tarde, Dana seguía intentando convencerse a sí misma de que casarse con Jared era buena idea. Mientras Joy la ayudaba a vestirse en un cuartito de los juzgados de San Ángelo, luchaba consigo misma para no mandarlo todo a la porra.

Lo curioso era que Bert no intentó convencerla para que no se casara. Y en cuanto a Evan... llevaba tantos años deseando un padre que la noticia lo hizo dar saltos de alegría.

Cumpliendo su promesa, Dana sólo le contó a Joy la verdadera razón por la que iba a casarse con Jared.

–¿Estoy loca, Joy?

–¿Te cae mal Jared?

–No.

–¿Crees que está siendo sincero contigo?

–Sí.

–¿Podrías enamorarte de él?

Jared había trabajado sin descanso durante esas semanas y había sido terriblemente amable con Evan. ¿Cómo no iba a enamorarse de él?

–Sí –admitió–. Eso es lo que me da miedo.

Su amiga sonrió.

–Te entiendo. Yo sentía lo mismo por Chance. También a mí me daba miedo casarme con él. Tenía una hija y lo necesitaba tanto... Yo creo que Jared también te necesita. Los hombres se hacen los duros, pero también necesitan amor. Durante la última semana lo he conocido un poco más y, aunque a veces es distante, sé que te necesita. A ti y a Evan. Necesita una familia.

–Tiene a Chance, Cade y Travis. Ellos son su familia.

–Pero también te necesita a ti, Dana.

–No quiero encariñarme demasiado con él. Pronto se irá a Las Vegas, Joy.

–Pues entonces tendrás que buscar la manera de que se quede.

–No sé cómo –suspiró Dana–. Sólo estuve enamorada una vez, de Marshall.

–Hay más sitio en tu corazón, créeme. Yo sentía lo mismo por Blake y cuando murió pensé que nunca podría enamorarme de otro hombre. Hasta que conocí a Chance. Date un poco de tiempo. Si tiene que pasar, pasará –sonrió su amiga–. Venga, tenemos que ir a una boda.

Dana se estiró la falda del vestido color melocotón que Joy le había prestado. La cinturilla era estrecha y la hacía sentir muy femenina. Además, el escote palabra de honor mostraba más de lo que ella había mostrado nunca. En el cuello, el camafeo de su abuela. Y el pelo recogido en un moño con florecitas blancas.

–¿Cómo estoy?

–Guapísima –sonrió Joy–. La expresión de tu futuro marido lo dice todo.

Dana vio a Jared al final de la sala, con Chance a su lado. Aunque los resultados de la prueba de ADN no habían llegado todavía, no existía ninguna duda de que eran hermanos. Jared, con un traje de chaqueta azul y una corbata de rayas, se acercó a ella con una caja en la mano. Dana tuvo que tragar saliva.

–Estás preciosa.

–Gracias. Tú también estás muy guapo.

–He ido de compras –sonrió Jared.

Dana lo sabía porque se había llevado a Evan con

él. El niño volvió a casa como si tuviera un gran secreto y, por la mañana, lo encontró en la cocina con un diminuto traje de chaqueta y unos zapatos nuevos. Antes de que ella pudiera decir nada, su hijo salió corriendo hacia la barraca para que Jared le pusiera la corbata.

Pero Dana no había planeado organizar una boda tan elegante. Al fin y al cabo, sólo era un acuerdo amistoso.

–Gracias otra vez por el traje de Evan. Aunque no creo que le dure mucho.

–Quería estar guapo para la boda. Al fin y al cabo, es uno de los padrinos –sonrió Jared–. Toma, esto es para ti.

Dana abrió la caja y encontró un ramo de capullos de rosa del mismo color que el vestido.

–¡Qué precioso! Jared, es una maravilla.

Iba a decir algo más, pero entonces apareció el juez de paz y les pidió que se acercaran a la mesa. Evan y Chance como padrinos de Jared, Bert como padrino de Dana.

Toda la familia Randell acudió al evento. Hank Barrett y Ella, su ama de llaves, también estaban invitados.

Diez minutos después intercambiaban los «sí, quiero» que los convertían en marido y mujer. El juez le indicó entonces a Jared que podía besar a la novia. Eso era algo de lo que no habían hablado: el beso. Y quizá deberían haberlo hablado porque cuando él buscó su boca lo hizo de verdad, con pasión, con entusiasmo.

Cuando se apartó, guiñándole un ojo, a Dana le entraron ganas de darle un pisotón. Pero no lo hizo porque los invitados estaban dándoles la enhorabuena. Después, Joy y Chance invitaron a todos al banquete, que se celebraría en su casa.

Con la ayuda de Ella, habían preparado una enorme mesa en el comedor. Con un pastel de nata y melocotón de tres pisos colocado en el centro.

A Dana le sorprendió que Joy se hubiera molestado tanto. Saber que el matrimonio no era real no había disminuido el entusiasmo de su amiga. Pero incluso rodeada de toda la parafernalia del banquete, no pensaba dejarse llevar. Jared y ella no vivirían felices para siempre.

Jared se separó de Dana cuando las mujeres se la llevaron a una habitación para darle unos regalos «muy personales».

Era un poco tarde para lamentar lo que había hecho. Lo único que le molestaba era que sería ella quien tuviera que soportar todas las preguntas sobre tan rápido noviazgo. Aunque ambos sabían que sólo era un acuerdo amistoso.

«Ya, seguro, ¿y el beso?», se preguntó. Estaba tan guapa... ¿cómo iba a vivir con ella sin tocarla? Quizá debería seguir durmiendo en la barraca. Al recordar lo suave que era su piel, sus generosos labios... tuvo que tomar una copa de champán.

–¡Jared! –lo llamó Evan, corriendo hacia él–. ¿Ahora eres mi padre?

Jared se puso en cuclillas para hablar con el niño.

–Ya hemos hablado de esto, Evan. Mi hermano era tu padre, así que yo soy tu tío.

Se lo habían explicado unos días antes de la boda.

–Pero te has casado con mi mamá.

–¿Qué tal si me llamas tío Jared? Luego ya veremos qué pasa.

–Vale –dijo el niño, antes de salir corriendo para jugar con los Randell.

–¿Ya te están haciendo preguntas difíciles? –sonrió Chance.

–Desde luego.

–Para mí fue un poco más fácil. Katie no era suficientemente mayor como para hacerme preguntas.

–Evan quiere un padre y no sé cómo decirle que... quizá yo no estaré aquí para siempre.

–Nadie puede prometer eso, pero quizá la vida te dé una sorpresa.

–No sé lo que estoy haciendo. Yo nunca tuve una buena relación con mi padre...

–Entiendo –murmuró Chance–. Esta mañana han llegado los resultados de las pruebas, por cierto. No sé si para ti es una buena o una mala noticia, pero eres un Randell.

Jared dejó escapar un suspiro.

–Casi me siento aliviado. Eso explica muchas cosas. Pero insisto, no quiero nada de ti ni de los demás.

Su hermanastro sonrió.

–Desde luego, eres uno de los nuestros. Eres tan

testarudo como todos los Randell. Y queremos conocerte, Jared. A lo mejor podríamos ser amigos.

–También a mí me gustaría.

–Pero debes saber que por aquí hay mucha gente que conoce a Jack Randell. Y tiene muchos enemigos. La mayoría sabe que no somos como él, pero tuvimos suerte de que nos criase Hank. Para nosotros, él es nuestro verdadero padre.

Cade se acercó entonces.

–Veo que Chance te ha dado la noticia. Bienvenido a la familia. Espero que no lo lamentes.

–No lo creo –sonrió Jared.

Travis se acercó también para estrechar su mano y Jared se sintió feliz, más feliz que nunca. Si seguía así, quizá no se iría nunca de San Ángelo.

Pero tendría que irse. Al fin y al cabo, aquél no era su sitio.

A las doce, Jared llevó a su flamante esposa y a Evan, dormido como un bendito después de tantas emociones, de vuelta al rancho. Afortunadamente, lo habían llamado del taller unos días antes para que fuese a recoger la camioneta, que había quedado como nueva.

–Yo llevaré al niño dentro –dijo en voz baja, desabrochando el cinturón de seguridad.

Lo dejó sobre la cama y su madre le quitó el traje de chaqueta antes de arroparlo.

–Dame un beso, tío Jared –dijo Evan, medio dormido.

Emocionado, Jared lo abrazó.

Dana tuvo que apartar la mirada. No quería pensar en su rápida decisión de casarse con aquel hombre. Pero temía que acabaría haciéndole daño a su hijo.

Por fin, salieron del cuarto y lo llevó al dormitorio principal.

–No puedo dormir aquí. Era la habitación de tus padres.

–No hay otra.

–¿No puedes dormir tú aquí? Así yo podría dormir en tu cuarto.

Dana negó con la cabeza. Siempre había soñado compartir aquella habitación con el hombre de su vida...

–No, es demasiado lío para tan poco tiempo. Por favor, Jared, no vamos a discutir... sólo es una habitación. Hay sábanas limpias en la cama y toallas en el baño –dijo, señalando otra puerta–. Lo siento, pero sólo hay un cuarto de baño, tendremos que compartirlo.

–No me importa compartir –murmuró él, mirándola a los ojos.

Ella intentó permanecer indiferente, pero esa mirada la había hecho sentir un escalofrío. Además, estaban tan cerca que podía oler su colonia. Sólo tenía que acercarse un poco y... por mucho que se lo negara a sí misma, no podía controlar el deseo que sentía por Jared Trager. Tenía que alejarse de él.

–¿Necesitas algo más?

–No, creo que ya tengo más que suficiente.

Dana asintió, temiendo decir otra palabra. Una vez en su habitación, se apoyó en la puerta, llorando. Tenía derecho a llorar, ¿no? Lo achacó a la fatiga del día, pero... era su noche de bodas y la iba a pasar sola. Como había estado sola cuando Evan nació. Cuando pensó en los camisones que le habían regalado las Randell, camisones preciosos que sólo vería ella, sus ojos se llenaron de lágrimas otra vez.

Sí, tenía derecho a llorar.

Apenas pudo dormir, pero por la mañana consiguió saltar de la cama. Con un terrible dolor de cabeza, Dana se puso el albornoz y fue al baño a tomar una aspirina.

Pero cuando empujó la puerta se encontró con... su marido.

–Ah, perdona, no sabía que estuvieras aquí –tartamudeó, observando al hombre medio desnudo que se afeitaba delante del espejo. Bueno, había una toalla cubriendo sus partes vitales, pero el torso y los brazos estaban desnudos.

–No te preocupes. Ya estoy terminando –dijo él, secándose la cara.

Dana no podía moverse. Con aquellos pectorales marcados, los bíceps... era absolutamente guapísimo. Un suave vello oscuro cubría su torso, escondiendo apenas los diminutos pezones masculinos.

Una especie de calambre la recorrió entonces, haciendo que sus propios pezones se endurecieran.

–Volveré dentro de un rato.

–No hace falta, ya he terminado –insistió Jared–. Es todo tuyo –añadió, mirándola de arriba abajo.

Ella se mordió los labios, incómoda. Había hecho la tontería de ponerse uno de los camisones que Joy le regaló. La seda de color marfil apenas tapaba nada.

–Es un camisón precioso –dijo él–. ¿Te lo han regalado?

–Sí, me lo regaló Joy.

–Pues si quieres que las cosas estén tranquilas por aquí, sugiero que te pongas algo más de ropa encima –sonrió Jared–. Sólo soy humano, Dana.

Después, desapareció en su dormitorio.

Dana hubiera querido cerrar de un portazo. Enfadada con Jared Trager y consigo misma. Tenía razón, debería haberse puesto un albornoz. Por supuesto, tampoco él tenía por qué llevar sólo una toalla, pero no pensaba decírselo.

No, Jared no tenía por qué saber cuánto le gustaba. Debía esconder sus sentimientos como fuera.

Pero, ¿cómo iba a engañar a su corazón?

CAPÍTULO 7

DANA iba con retraso porque aquel día había estado un poco más de lo normal delante del espejo. Además de la crema hidratante, se puso colorete y un poco de brillo en los labios... incluso eligió unos vaqueros nuevos. Bajó corriendo la escalera, pero se detuvo en la puerta de la cocina al ver a Jared con una sartén en la mano.

No había esperado encontrarlo cocinando. ¡Estaba casada! Todavía le resultaba difícil acostumbrarse a la idea. Con unos vaqueros gastados y una camiseta granate que se ajustaba perfectamente a los músculos de su espalda, aquel hombre era... demasiado hombre.

–Mamá, ¿qué haces ahí mirando?

–Nada, cariño –sonrió Dana, besando a su hijo.

–Buenos días –dijo Jared–. Otra vez.

–Buenos días. No tienes que hacer el desayuno. Ése es mi trabajo –murmuró ella, después de aclararse la garganta.

–¿Quién lo ha dicho? Tú trabajas tanto como los demás. Yo creo que los hombres de la casa podemos hacer el desayuno, ¿verdad, Evan?

–Sí, claro. Mamá, he ayudado a Jared con el desayuno –dijo el niño, muy orgulloso–. ¿Qué hago ahora?

Jared recordó entonces cuántas veces GH lo había ignorado, cuántas veces lo apartó de su lado. Cuántas veces él había buscado su atención sin recibir nada.

–¿Qué tal si pones la mesa?

Evan corrió al cajón para sacar manteles y servilletas.

–¿Puedo hacer algo? –preguntó Dana.

Cuando Jared la miró, la recordó una hora antes, despeinada, con aquel camisón tan fino bajo el cual podía intuir los pezones... Recordó el deseo que había sentido de tocarla... y tuvo que atarse un paño al cinturón de los vaqueros para esconder su reacción.

–¿Por qué no te sientas?

–Sí, mamá, nosotros te serviremos el desayuno. ¿Hacemos tortitas, Jared?

–Estoy en ello –contestó él, batiendo los huevos–. Ven, ayúdame.

Unos minutos después estaban los tres sentados a la mesa.

–Mira qué bien me han salido, mamá –sonrió Evan, orgulloso, echando caramelo en sus tortitas–. ¿Quieres más?

–No, gracias, hijo. Están riquísimas.

–Le gustan, Jared.

En ese momento, Bert entró en la cocina.

–¡Bert! ¡Hemos hecho tortitas para desayunar!

El capataz colgó su sombrero en la puerta.

–Vaya, vaya, con lo que me gustan. Estamos de fiesta.

–¿Quién te enseñó a cocinar, Jared? –preguntó el niño con la boca llena.

–Cuando me fui de casa tuve que aprender por mi cuenta. Y las tortitas son fáciles de hacer.

–¿Y no te sentías solo?

Demasiadas veces, pensó él.

–Sí, alguna vez. Pero nunca he tenido hambre desde que aprendí a cocinar. Un hombre tiene que saber cuidar de sí mismo.

–Yo sé hacer mi cama –dijo Evan–. Y ahora sé hacer tortitas.

–Yo diría que para tener cuatro... casi cinco años, está muy bien.

–Cumplo cinco el mes que viene –sonrió el niño entonces, levantándose para señalar el día veinticinco de julio en el calendario–. Mira, este día es mi cumpleaños.

–Ya veo. ¿Y qué quieres que te regale?

Evan miró a su madre y luego agachó la cabeza.

–Quiero un caballo, pero mi mamá dice que hay muchas cosas que arreglar en el rancho.

Jared no sabía qué decir. Le encantaría comprarle un caballo, pero sabía que no debía inmiscuirse.

–Es verdad. El Lazy S necesita muchas reparaciones.

–No pasa nada. Ya tengo lo que quería –dijo el niño entonces.

–¿Qué es?

–Que tú fueras mi papá.

Evan quería que Jared fuera su padre. Qué forma tan maravillosa de empezar un matrimonio. Si fuera un matrimonio de verdad.

Afortunadamente, terminaron de desayunar enseguida y Bert se llevó al niño al establo. Mientras lavaba los platos, Dana decidió que debía hablar con Jared.

–Evan espera que seas su padre. No sé de dónde lo ha sacado, pero...

–Técnicamente, soy su padrastro. Y al menos soy su tío.

Dana sacudió la cabeza. Le había explicado a su hijo que Jared sólo estaría con ellos durante un tiempo, pero el niño no quería creerlo.

–No vas a quedarte. Y no quiero que Evan se lleve un disgusto.

–No voy a desaparecer de su vida.

–No es lo mismo, Jared. Mi hijo sólo tiene cuatro años y cree que puede hacer que te quedes.

–Muy bien, hablaré con él.

Dana asintió, pero sabía que Evan acabaría con el corazón roto. Ella podría soportarlo, pero un niño tan pequeño...

–Tenemos que hablar sobre lo que ha pasado esta mañana en el baño –dijo Jared entonces–. Sé que te sientes incómoda teniéndome tan cerca y, si quieres, puedo volver a la barraca de los peones.

–No pasa nada. Es que esta mañana me pillaste desprevenida. Pero podemos establecer un horario... para no coincidir –murmuró Dana, sin mirarlo.

–Yo puedo ducharme por la noche.

–Hay algo que me preocupa más que eso.

–¿Qué?

–El rancho. No sé por dónde empezar. ¿Con cuánto dinero contamos?

–Lo que necesites. He hablado con el abogado hace un rato. Sólo tengo que hacerle llegar el certificado de matrimonio y me enviará una transferencia. ¿Qué tal si vamos al pueblo esta mañana?

Dana estaba contenta y nerviosa al mismo tiempo. No le resultaba fácil confiar en la gente. En cuanto Jared pagase la hipoteca se sentiría en deuda con él. Sería su socio, lo quisiera o no.

–A Evan le haría ilusión.

–¿Y qué te haría ilusión a ti, Dana?

La miraba como la había mirado antes en el cuarto de baño y eso la puso nerviosa. Tanto que casi tiró una taza.

–Lo que me haría ilusión es pagar todas mis deudas y comprar ganado.

–He hablado de eso con Bert y me ha dicho que el martes hay una subasta en Midland. Podríamos mirar algunos toros –sonrió Jared–. Y algún caballo.

–Es un poco pronto para pensar en criar caballos. O en comprar uno para Evan.

–No creo que al niño le importase tener una yegua. Tenemos seis cajones libres y si encontrásemos una buena yegua de cría...

Dana se encogió de hombros, como si no le importase. Pero le importaba, le importaba muchísimo.

–Supongo que no haría daño echar un vistazo.

–Muy bien. Voy a hablar con Bert. Volveré a la hora de comer... a menos que me necesites para algo.

–No, estoy bien.

–¿Quieres que comamos en el pueblo?

Ella asintió, sin decir nada. Se odiaba a sí misma por aquella debilidad. Aquella debilidad... por su marido. ¿Durante cuánto tiempo podría luchar contra sus sentimientos? Y, sobre todo, ¿cuánto tiempo permanecería Jared en el rancho? Sin duda, tarde o temprano volvería a estar sola.

El lunes siguiente, Dana, Bert, Evan y Jared se encaminaron hacia Midland. Durante todo el viaje, Evan iba haciendo preguntas sobre lo que veía a su paso. A Jared no le importaba, todo lo contrario, le encantaba estar con el niño, que se había convertido en su sombra.

Había trabajado mucho en el establo, arreglando los cajones para sus futuros ocupantes. Y terminó el corral el día anterior.

No le importaría que Dana comprase un par de yeguas de cría. Si hacía realidad su sueño quizá volvería a sonreír, se dijo. Y era tan guapa cuando sonreía...

Había hablado con Chance sobre el caballo para Evan y su hermanastro le aconsejó qué tipo de animal sería más conveniente. Sólo tenía que convencer a Dana de que el niño estaba preparado.

Unas horas después llegaban al motel, en Midland. Nada más entrar en la habitación, Evan se tiró sobre la cama como un fardo.

–Evan y yo dormiremos aquí –rió Bert.

Jared miró la habitación contigua, con una cama doble.

–Me parece muy bien –murmuró, dejando su mochila en el suelo–. Había pedido habitaciones de dos camas, pero esto es todo lo que tenían –le dijo a Dana en voz baja–. ¿Quieres que vayamos a otro sitio?

–No pasa nada –contestó ella–. Sólo será una noche.

Jared asintió, nervioso. ¿Habría llevado el camisón del otro día? Ese pensamiento hizo que cierta parte de su cuerpo despertara a la vida. Los problemas acababan de empezar.

¿Cómo había podido pensar que la proximidad de su mujer lo dejaría indiferente? ¿Cómo iban a pasar la noche en la misma cama sin hacer nada?

Haría falta un milagro.

Cenaron en un restaurante cercano. Como no tenía que conducir, Jared bebió un par de cervezas, esperando que eso disminuyera su apetito sexual... pero cuando volvieron al motel y Dana cerró la puerta que conectaba las dos habitaciones, supo que estaba metido en un buen lío.

El silencio era atronador y sólo podía pensar en quitarse la ropa y meterse en la cama. No, eso no era verdad. Quería quitarle la ropa a Dana y meterla en la cama con él.

Pero no podía ser.

De modo que se dio una ducha fría y se puso un pantalón de chándal. Cuando volvió a la habitación, encontró a Dana sentada en la cama, nerviosa.

Ni siquiera lo miró mientras se levantaba para entrar en el baño, pero él la sujetó del brazo.

–No voy a hacerte nada. Los dos somos personas maduras.

–Perdona, pero este tipo de situación es nueva para mí. No estoy acostumbrada a compartir habitación con un hombre, así que no sé cómo actuar.

Después, entró en el cuarto de baño y cerró la puerta. Sabía que acababa de hacer el ridículo, pero, ¿cómo iba a meterse en la cama con Jared?

Suspirando, abrió la ducha, esperando que el agua caliente la calmase un poco. Sólo era una noche y tenía que concentrarse en la subasta del día siguiente. Iban a comprar ganado, algo que llevaba años soñando. Debería estar emocionada.

Jared incluso había dicho que podrían mirar alguna yegua.

Dana se desnudó, mirándose al espejo. Siempre fue más bien delgada, pero después de tener a Evan su cuerpo se había redondeado. Además, tenía unas piernas largas y bien torneadas. Entonces miró sus pechos. Eran más grandes desde que tuvo a Evan. Y sus pezones también habían cambiado, eran más oscuros... al pensar en Jared, se endurecieron. Gimiendo, Dana entró en la ducha y abrió el grifo del agua fría, esperando que eso la calmase un poco.

Veinte minutos más tarde, salió del baño con un camisón de algodón. Jared estaba tumbado en la cama, mirando hacia la ventana. Nerviosa, apagó la lámpara y la habitación quedó a oscuras, iluminada apenas por la luz que se colaba por las persianas.

–Me alegro de que hayas vuelto. Creí que te habías ahogado.

Ella se puso tensa. Creía que estaba dormido.

–La ducha ha sido muy relajante.

Jared se volvió.

–Siento lo de antes. No tenía derecho a decirte eso. Entiendo que estés un poco... asustada. Al fin y al cabo, apenas me conoces.

–No, tenías razón. Los dos somos personas maduras y no tengo por qué... estar nerviosa. Siempre te has portado como un caballero.

–¿Es por Marshall? ¿Por eso tienes miedo?

–No, Marshall fue muy dulce conmigo –Dana cerró los ojos, intentando recordar al padre de su hijo–. En realidad, fui yo quien iba tras él. Además de los peones, nunca había conocido a muchos hombres. Y ninguno tan encantador como Marshall. Yo era muy joven y... cuando empezó a prestarme atención, prácticamente me eché en sus brazos.

–No creo que eso molestase a mi hermano.

Dana no sabía si era la oscuridad o la suave voz de Jared lo que la hacía admitir cosas que siempre había guardado para sí misma.

–Si Marshall estuviera aquí, seguramente diría que fui una pelma.

Jared apoyó el codo en la almohada. Estaba tan cerca que podía sentir el calor de su cuerpo.

–No digas eso. Eres una mujer preciosa. Marshall no habría roto la promesa que le hizo a Jocelyn sólo por capricho. Tuviste que significar algo para él.

Se inclinó un poco para acariciar su cara y, al ver que ella no protestaba, buscó su boca. Fue un beso tierno, dulce.

Que dejó a Dana deseando mucho más.

Dana estaba soñando cuando rozó el hombro de su amante, respirando su aroma masculino. Apretó su pecho contra el torso del hombre y el contacto la hizo temblar. Sus piernas se enredaron con las de él mientras acariciaba su espalda.

Se apretó seductoramente contra el cuerpo masculino y la recompensa fue que él se colocó encima. Agradecía su peso y temblaba mientras él la besaba en el cuello. Un gemido escapó de su garganta cuando él levantó el camisón mientras le decía con voz ronca cuánto la deseaba.

Dana también lo deseaba... ¡Jared! De repente se dio cuenta de con quién estaba y lo que estaba haciendo y abrió los ojos, asustada. Jared debió notar el cambio de actitud porque levantó la cabeza. Ni sus ojos ni su cuerpo eran capaces de esconder la excitación que sentía.

–Parece que la cama no era lo suficientemente grande.

Dana intentó respirar con tranquilidad, pero no podía decir nada.

–Y creo que deberíamos decidir qué vamos a hacer.

¿Cómo iba a pensar con aquel cuerpazo masculino sobre ella?

–¿Debo apartarme o rendirme a la tentación y besar esa boca tan bonita que tienes?

Dana tenía el corazón en la garganta. Quería que la besara. Lo deseaba tanto. Entonces cerró los ojos...

–¡Mamá, Jared!

La puerta que conectaba las dos habitaciones se abrió y Evan entró corriendo. Jared se apartó de inmediato.

–Buenos días, cariño –consiguió decir Dana.

–¿Estáis levantados? –preguntó el niño, que ya estaba vestido y peinado... o, al menos, se había peinado el flequillo.

Dana miró su reloj. Eran las seis y media de la mañana.

–Dale un par dc minutos –rió Jared–. No todo el mundo se levanta con el sol –añadió, haciéndole cosquillas.

–¡Jared! –rió el niño.

–Vuelve a tu habitación y dale a tu madre quince minutos, ¿de acuerdo? Después iremos a desayunar a un restaurante, a ver si las tortitas son tan buenas como las nuestras.

–Vale. ¿Cuánto son quince minutos?

Jared le dio su reloj.

–Cuando esta manecilla llegue aquí, habrán pasado quince minutos y entonces puedes venir a buscarnos. ¿De acuerdo?

Cuando Evan desapareció, se volvió para mirar a Dana. Gran error. Estaba preciosa, despeinada, con las mejillas sonrosadas...

–Lo mejor será pensar que lo que ha pasado antes... ha sido un error. Lo siento, de verdad. No quería que pasara, pero una mujer tan guapa en la cama de un hombre es una combinación peligrosa.

–No creo que sea un problema porque no vamos a compartir cama nunca más –replicó ella.

Después entró en el cuarto de baño y cerró de un portazo, dejando a Jared excitado y hambriento... deseando lo que nunca iba a tener.

A Dana Shayne Trager.

CAPÍTULO 8

EVAN parecía feliz en la subasta y Dana sabía por qué. Estaba con Jared. La paciencia del hombre con el niño era infinita, la de un santo. Por supuesto, unas horas antes, en la cama, Dana había probado que de santo tenía poco.

Dana aún no se había recuperado de la emoción. Creyó que estaba teniendo un sueño, pero el cuerpo del hombre era muy real. Y sintió miedo al pensar en lo que podría haber pasado si Evan no los hubiera interrumpido.

–¿Me estás escuchando? –dijo Bert–. Llevo diez minutos hablando solo.

Lo siento, Bert. Es que anoche no dormí bien.

En cuanto lo dijo, se dio cuenta de lo que Bert iba a pensar. ¿Qué podía hacer? Después de todo, Jared y ella estaban casados.

El capataz sonrió antes de volverse hacia el corral para examinar el ganado. Eso era lo que debía hacer: concentrarse en el ganado, en la subasta, en su rancho. Y dejar de pensar en Jared.

Un poco nerviosa, con él a su lado, eligió dos toros, media docena de terneros y dos vacas jóvenes.

–¿Podemos ir a ver los caballos? –preguntó Evan.

Dana sabía que el tema saldría tarde o temprano.

–Yo creo que es buena idea –sonrió Jared.

No era un experto, pero sabía más de caballos que de vacas. Además, allí estaba Bert para asesorarlo. El problema era que no quería comprar nada a menos que Dana estuviera de acuerdo.

–Bueno, pero sólo vamos a mirar –insistió ella.

Al recordarla en la cama, unas horas antes, tan suave, tan preciosa... Jared tuvo que tragar saliva. Aquella mujer lo estaba volviendo loco.

Cuando llegaron al corral de los caballos, Evan frunció el ceño, muy concentrado. Quería elegir el mejor y Jared tuvo que sonreír. Quizá estaba preparado para tener un caballo, se dijo.

–¡Mamá, mira ése qué bonito!

Dana observó a una yegua de color castaño. Era pequeña y parecía muy tranquila. Entonces Evan señaló otra yegua. Era una preciosidad de crin roja y piel oscura, pero debía valer mucho dinero.

–Es bonita, ¿eh? –murmuró, comprobando el número en el programa–. Pero muy cara, Evan.

–¿Has visto algo que pudiera valer para el niño? –preguntó Jared.

Dana escondió una sonrisa. Estaba segura de que quería comprarle un caballo, de modo que era absurdo discutir.

–La yegua de color castaño. Es un poco pequeña... pero perfecta para él.

–¿Por qué no elegimos más de una? A lo mejor así nos hacen un buen precio.

–¿Cuántos caballos piensas comprar?

–Los necesarios para empezar un negocio de cría –contestó Jared.

–Pero no podemos...

–Sí podemos. Es una inversión, Dana. Chance me ha dicho que no tienen ni sitio ni personal para dar varias clases de equitación a la vez... Sería una oportunidad para llegar a un acuerdo con los Randell.

–Pero el dinero...

–Ya te he dicho que el dinero no es problema. Esto es una inversión.

Dana intentó evitarlo, pero su corazón estaba dando saltos de alegría.

–Bueno, supongo que no perdemos nada por preguntar el precio.

Jared sonrió, victorioso.

Cuando empezó la subasta y le tocó el turno a la yegua de color castaño, Evan se puso a dar saltos.

–Mira, mamá, ahí está. Es Goldie. Y prometo darle de comer y darle agua y tener el cajón limpio.

Goldie. Horror, ya le había puesto nombre.

–Ya veremos, cariño.

Dana ofreció una cantidad y otro hombre la superó. Entonces vio la carita de pena de Evan y volvió a levantar su número.

–¡Vendida! –gritó el subastador.

Evan la abrazó con todas sus fuerzas y a Dana se le encogió el corazón.

Una hora después, un vaquero llevó a la yegua negra hasta el corral de subastas. Por los murmullos de admiración, era evidente que había muchos compradores. Aunque hubiese querido, Dana no podía comprarla porque el precio era muy alto. Pero Jared le quitó el número de la mano y lo levantó. Unos segundos después, era el nuevo y orgulloso propietario de la yegua.

–¡Jared! No deberías haber gastado tanto dinero...

–Es un buen animal –la interrumpió él–. Seguro que da buenos potros.

–Sí, mamá –intervino Evan–. Jared sabe mucho de esas cosas. Ahora tenemos dos caballos. ¿Podemos ir a ver a Goldie?

–Aún no –sonrió Jared–. Tenemos que ver algún caballo más.

No podía decirlo en serio.

–¡Pero si ya te has gastado mucho dinero!

–Te pones muy guapa cuando te enfadas –le dijo él al oído.

–Pero...

–Sólo un caballo más. Es lo que necesitas.

Dana no podía creerlo. Era como su cumpleaños y el día de Navidad todo junto.

–Muy bien, pero sólo uno. Si intentas convencerme de lo contrario, me voy.

–Uno más –asintió Jared–. Y que sea bueno, Bert.

Ella dejó escapar un suspiro. Desde que Jared Trager apareció en su vida, no había podido controlar nada, especialmente sus sentimientos. Y después de lo que había pasado por la mañana, sabía que la batalla estaba perdida de antemano.

Llegaron al rancho a las siete de la tarde. Jared no lo había pasado tan bien en mucho tiempo.

–¿Qué tal el viaje? –preguntó Chance.

–Ya te lo diré mañana. Cuando lleguen los caballos.

–¿Caballos? ¿Le has comprado uno a Evan?

–Hemos comprado tres, dos yeguas y un caballo.

–¿En serio?

–Le he dicho a Dana que podría estar interesada en criar con uno de tus sementales. ¿Qué te parece?

–Primero tendré que ver a las yeguas –rió Chance–. ¿Cuándo las traen?

–Mañana por la tarde. El ganado llegará durante el fin de semana. Sé que ya te he pedido muchos favores, pero ¿podrías venir a echarnos una mano?

–Claro que sí. Y no te preocupes, me devolverás el favor –sonrió su hermanastro–. Sé que eres muy bueno con el martillo.

–¿Por qué no vienes con Joy y Katie? Podríamos hacer una barbacoa.

–No sé... quizá deberías hablar con Dana.

–¿Hablar de qué? –preguntó ella, acercándose.

–Chance va a ayudarnos con el ganado durante el fin de semana y se me ha ocurrido que podríamos organizar una barbacoa –dijo Jared.

–Pues... me parece bien.

–Ah, estupendo. Ya me conoces, yo siempre voy donde haya comida gratis –rió Chance.

Después de despedirse, Jared se volvió hacia ella.

–Supongo que debería haberte preguntado antes.

–¿Preguntarme qué?

–Si te parecía bien lo de la barbacoa.

–Me parece muy bien. Además, Joy es mi amiga y aún le debemos el banquete. Me parece una idea estupenda –dijo Dana, entrando en la casa.

–Oye...

–¿Sí?

–Lo he pasado muy bien hoy. Nunca había estado en una subasta.

¿Por qué había tenido que decir eso? ¿Por qué la miraba así, con esa expresión tan tierna?

–Pero te has gastado un dineral.

–Merece la pena.

–Sí, espero que sí. Pero...

–¿Qué?

–Es sobre lo que pasó en la habitación –dijo Dana entonces.

–Sí, ya sé. Este matrimonio no es permanente. No podemos empezar algo que... no quiero hacerte daño, de verdad. Quiero ayudar a Evan, pero no puedo quedarme. Lo de las familias no se me da bien.

Dana sabía que eso no era cierto. En muy poco tiempo había creado una buena relación con sus hermanos y se portaba con Evan como si fuera su padre.

Quizá debería intentar convencerlo de que en

aquella familia había un sitio para él... por Evan, claro.

El sábado había más gente que nunca en el Lazy S. Además de los camiones del ganado, estaban los Randell para ayudar a Jared.

Tardaron media hora en llevar a los animales al corral para que se acostumbrasen a su nuevo entorno, aunque luego tendrían que conducirlos a los pastos. Mientras esperaba que los hombres se preparasen, Dana entró en el establo para admirar a su nueva yegua, Brandy. Casi tenía que pellizcarse. ¿Cómo había tenido tanta suerte?

–Tranquila, chica. Sólo quiero acariciarte.

Entonces miró alrededor. Los cajones estaban limpios, todos los desperfectos reparados. El nuevo peón, Owen, se levantaba muy temprano para trabajar.

Jared estaba sacando a Scout de su cajón cuando oyó su voz. Estaba tan concentrada acariciando a la yegua que no lo había visto. Desde que volvieron de Midland apenas estuvieron solos, pero no había podido dejar de pensar en ella. Y con esos vaqueros ajustados...

–Hola.

–Ah, hola, Jared.

–Veo que te ha robado el corazón.

–Desde que la vi en el corral –sonrió ella–. Gracias por comprarla.

–Ya te dije que era una buena inversión.

–Eso espero –murmuró Dana, tomando una silla–. Nos vamos cuando quieras.

–No hace falta que vengas. Con Bert, Owen, Chance, Cade y Travis tenemos ayuda suficiente. Además, ¿quién va a quedarse con Evan?

–Joy se ha ofrecido a cuidarlo hasta que volvamos. Además, quiero ir. Éste es mi rancho.

–No estoy intentando quitarte nada. Sólo quería hacerte las cosas más fáciles... Pensé que querrías quedarte en casa.

–Pues te equivocas.

–Lo siento –dijo él entonces, apretando su mano–. ¿Me perdonas?

–Sí, pero que no vuelva a pasar –contestó Dana.

Estaban hablando de naderías, pero los dos pensaban en lo mismo: en la noche del motel, en Midland. Desde entonces, los dos habían tenido que darse duchas frías para evitar problemas.

Pero en ese momento, tan cerca, los dos solos en el establo...

–Lo intentaré.

–Eso espero.

Ninguno de los dos pudo evitarlo. Jared soltó las riendas de Scout y se inclinó para buscar su boca. Dana no se apartó, todo lo contrario. Entonces él la apretó contra su corazón y empezó a besarla con una ansiedad que no podía disimular.

Al oír pasos se apartó un poco, pero sin soltarla.

–Tendréis que dejar eso para luego –oyeron la voz de Chance–. Hemos de irnos ahora, cuando el sol todavía no pega demasiado.

Dana escondió la cara en el pecho de Jared, avergonzada. ¿Cómo podía haberse dejado llevar de ese modo?

–Dana, tenemos que irnos –murmuró él–. Voy a ensillar tu caballo...

–No, yo me quedo. Mientras estáis en los pastos haré un par de pasteles para la barbacoa.

Jared sonrió.

–No pienso decir ni una palabra.

Ella disimuló una risita.

–No te atrevas.

–Lamento que Chance nos haya interrumpido, pero no lamento haberte besado –dijo él entonces, tomando las riendas de Scout para salir del establo.

Dana volvió a la casa y encontró a Joy tomando un té frío en la cocina.

–¿No ibas con ellos a los pastos?

–He cambiado de opinión.

–Y yo diría que ha sido el carpintero quien te ha hecho cambiar de opinión.

Cuando se llevó la mano al pelo, se dio cuenta de que la trenza estaba deshecha.

–Creo quc cstoy metida en un buen lío –suspiró, dejándose caer sobre una silla.

–¿Por qué?

–Porque me gusta mucho.

–¿Y eso es malo?

–Él no siente lo mismo por mí, Joy. Además, se marchará pronto.

«Y yo me quedaré sola otra vez», pensó ella.

–A lo mejor ya no quiere marcharse. Aquí está su familia. No sólo Evan, sino Chance, Cade y Travis.

Dana negó con la cabeza.

–Él tiene su vida en Las Vegas. Quiere comprar una empresa de construcción.

–Yo creo que Jared está luchando contra lo que siente por ti. A mí me pasó lo mismo con Chance, ¿te acuerdas? Pero cuando me di cuenta de que estaba enamorada de él, decidí que tenía que pelear.

–¿Y cómo lo hiciste?

–Lo seduje –contestó Joy–. Me ayudó una tormenta. La rama de un árbol rompió mi ventana y fui a su habitación, fingiendo estar muerta de miedo.

Dana soltó una carcajada.

–¿En serio?

–En serio. Pero debes estar segura de que lo quieres. ¿Lo quieres de verdad?

No quería decirlo en voz alta, pero...

–Sí, lo quiero.

–Entonces es muy sencillo. Hazle saber lo que sientes. No tengas piedad, ve a por él.

CAPÍTULO 9

VE A POR él».

Dana estuvo toda la mañana preparando la barbacoa, pero no dejaba de pensar en las palabras de su amiga. Aquello era una locura. Había intentado conseguir un hombre una vez y... se quedó sola. Bueno, sola no. Dana sonrió al pensar en Evan, a quien no cambiaría por nada del mundo.

Pero la chica ingenua había desaparecido. Además, tenía la responsabilidad de llevar un rancho. No podía arriesgarse otra vez. Era mejor dejar las cosas como estaban.

Prefería que Jared fuera sólo el tío de Evan que echarlo de allí. Además, ¿cómo iba a saber si estaba interesado por ella? Sólo se habían besado un par de veces. Seguramente, un hombre como él preferiría mujeres más sofisticadas.

–Dana, ha sonado el timbre del horno –dijo Joy.

–¿Qué?

–El horno. Tus pasteles ya están listos.

–Ah, sí.

Nerviosa, se puso los guantes para abrir el horno y un delicioso olor a canela llenó la cocina.

En ese momento se abrió la puerta y Jared y Chance entraron, llenos de polvo. Jared tomó dos vasos de agua y le ofreció uno a su hermano. Los dos eran altos, fuertes, guapos. En el poco tiempo que llevaba allí, Jared se había convertido en un auténtico vaquero.

–Parecéis cansados –dijo Joy.

–Hace un calor del demonio –suspiró Chance, abrazando a su mujer–. Pero deberías haber visto a Owen montando a Roughneck. Ese chico es estupendo.

–Una pena que sólo vaya a estar aquí durante el verano –murmuró Dana, mirando a Jared. Ojalá pudieran saludarse de forma más afectuosa–. ¿Todo ha ido bien?

–Estupendamente. El ganado está en los pastos del norte.

–¿Dónde están Travis y Cade?

–Se han ido a casa –contestó Chance–. Oye, Jared, deberías darle un beso a tu mujer. Mira lo que ha sacado del horno.

Él obedeció, encantado.

–Gracias por los pasteles.

Al besarla se le aceleró el pulso. Y, aprovechando la ocasión, la apretó contra su pecho. Al fin y al cabo, no iba a poder regañarlo.

–Te habrías sentido orgullosa de él –rió Chance–. Para ser un chico de ciudad, lo ha hecho estupendamente.

–Gracias –sonrió Jared–. Pero de pequeño pasé algún tiempo en un rancho.

–Seguro que esta noche tienes ciertas partes doloridas. Dana podría darte un masaje.

Jared carraspeó, pero la idea de que Dana lo tocase...

–No es mala idea.

–Muy bien, chicos. Id a lavaros un poco mientras ponemos los filetes en la barbacoa –ordenó Joy.

Evan y Katie aparecieron corriendo en ese momento.

–¡Tío Jared! ¿Puedes llevarme a dar un paseo en Goldie?

–Evan, ya hemos hablado de esto. Tu madre tiene que montar a la yegua antes de que lo hagas tú, para comprobar si es buena.

–Se me había olvidado –suspiró el niño–. ¿Podemos cenar? Tengo hambre.

–Parece que en eso estamos todos de acuerdo –sonrió él–. Voy a darme una ducha rápida. Chance, tú puedes usar el baño de abajo.

–Mis cosas están en la barraca. Me ducharé allí.

Jared asintió. Hasta unas semanas antes eran extraños, pero estaban convirtiéndose en amigos.

–Gracias por todo, Chance. Te lo agradezco mucho.

–Para eso está la familia.

Hacer los filetes fue lo más fácil. El problema era la proximidad de Jared. Dana lo observaba, hablando con Chance frente a la barbacoa, con una botella de cerveza en la mano.

Los niños estaban por allí, jugando en la arena.

–Es el sonido más dulce –dijo Joy.

–¿A qué te refieres?

–A la risa de un niño. No hay nada más bonito en el mundo. Por eso me enamoré de Chance. Era tan bueno con Katie... Además, dicen que los niños y los animales saben juzgar a la gente –sonrió Joy, señalando la barbacoa.

Jared estaba en cuclillas, enseñando a Evan a sujetar una pelota de béisbol. A Dana se le encogió el corazón. ¿Cómo no iba a quererlo? Era tan atento, tan cariñoso con su hijo.

–Se quieren mucho, ¿verdad?

–Jared es su tío.

–Quizá quiera ser algo más.

Ella cerró los ojos un momento. No quería soñar, no podía soñar.

–Tendremos que ir despacio.

Bert y Owen se despidieron después de cenar para ver la televisión en la barraca. De modo que en la mesa quedaron las dos parejas, con los niños en una mesita cercana.

Jared se echó hacia atrás en la silla, suspirando felizmente. Nunca habían hecho una barbacoa en su casa. Curioso, acababa de conocer a Dana, Evan, Chance y Joy y ya eran como una familia para él. Y los echaría de menos cuando se fuera.

Entonces miró a Dana de reojo. Echaría muchas cosas de menos. Como verla por la mañana, recién levantada, con los ojos cargados de sueño, el pelo suelto...

Cuando se levantó para atender a los niños, Jared admiró sus pantalones cortos. O, más bien, admiró sus largas piernas y su redondo trasero. Llevaba sandalias y tenía las uñitas pintadas de rosa. El top sin mangas mostraba los brazos de una mujer que estaba en forma. Dana trabajaba tanto como cualquiera. Le habría gustado que no tuviera que hacerlo, pero el consuelo era que ella amaba el rancho.

–El pastel de manzana estaba buenísimo –sonrió Chance, golpeándose el estómago–. Dana, mientras me hagas ese pastel, puedes pedirme ayuda cuando quieras.

–Ah, entonces ése es el secreto de Joy para obligarte a hacer cosas –rió ella.

–Bueno, digamos que ése es uno de sus secretos.

Jared observó la mirada cómplice entre los dos. Era como si estuvieran solos. Y él envidiaba esa complicidad.

Deseaba tanto volver a besar a Dana. Allí mismo. Sabía que no tenía derecho, pero no podía evitarlo.

Dana estaba tardando más de lo normal en meter a Evan en la cama. Y, por supuesto, el niño no cooperaba en absoluto.

–No estoy cansado, mamá. Quiero quedarme un rato más... por favor.

–¿Y si te leo un cuento?

–Quiero que me lo lea el tío Jared.

–El tío Jared está cansado, cariño. Puedo leértelo yo –sonrió Dana, sacando un libro.

–¡Ése es para niños!

–¿Qué pasa aquí? –preguntó Jared, asomando la cabeza en la habitación.

–Tío Jared, léeme un cuento.

–Pero si yo iba a... –empezó a protestar Dana–. Bueno, déjalo, así terminaré de lavar los platos.

–¿Quieres que te lo lea yo? –sonrió Jared.

–¡Sí! –gritó Evan, encantado.

Al darle el libro sus manos se rozaron y Jared la miró a los ojos. Y en esa mirada había un deseo innegable. Nerviosa, Dana se inclinó para besar al niño.

«Hazle saber lo que sientes», recordó entonces las palabras de Joy.

Pensaba tanto en Jared, lo tenía tan presente día y noche... había pasado tanto tiempo desde que un hombre la deseó. Tenerlo cerca la hacía pensar en eso. Pero sabía que Jared no iba a quedarse en el rancho para siempre. Entonces, ¿por qué perdía el tiempo?

–Dana...

Ella se volvió al oír su voz. Jared no dijo nada, sólo se acercó y tomó su cara entre las manos.

–Jared...

–Dime, cariño. Dime lo que quieres.

–A ti...

Apenas había pronunciado las palabras cuando Jared buscó su boca desesperadamente. Acariciaba su espalda, sus costados... Dana lanzó un gemido al sentir los dedos del hombre sobre sus pezones.

–¿Quieres que pare?

–No, no, no...

Jared había llegado al límite. No podía dar marcha atrás. Llevaba a Dana de la mano hacia la escalera cuando oyó que alguien lo llamaba.

Era Owen, el peón.

–Perdona que te moleste tan tarde, pero tengo que hablar contigo.

Jared dejó escapar un largo y torturado suspiro.

–¿Me esperas dentro?

Dana asintió.

–Bert se enfadaría si supiera que he venido... –empezó a decir Owen.

–¿Qué ha pasado?

–Creo que se ha hecho daño. Se resbaló y...

Jared salió corriendo hacia la barraca. ¿Qué estaría haciendo Bert a esas horas? Trabajando hasta las tantas, como de costumbre.

–Hola, Bert. Me han dicho que te has caído.

El capataz fulminó a Owen con la mirada.

–Parece que aquí hay un bocazas. Ya le he dicho que no me pasa nada.

–Sólo estaba preocupado...

–¿Por qué? Me he caído muchas veces.

–¿Quieres que llame a un médico? –preguntó Jared.

El capataz lo miró, incrédulo.

–¿Para qué? No va a decirme nada que yo no

sepa. Que tengo la rodilla hecha un asco. Y luego me mandará unas medicinas carísimas.

–A lo mejor puede darte algo para el dolor.

–Tengo aspirinas aquí. No necesito más.

Jared lo ayudó a meterse en la cama y le hizo prometer que llamaría al médico por la mañana.

–¡Pero no le digas nada a Dana! Bastantes problemas tiene ya la pobre.

Mientras volvía hacia la casa, iba preocupado. Por Bert y por Dana, a quien había dejado esperando. Quizá se habría ido a la cama. Y quizá era mejor así... no quería hacerle daño.

Cuando subió la escalera, vio que el cuarto de Dana estaba cerrado y no había luz por debajo de la puerta. Mejor, se dijo. Pero cuando entró en su habitación, la lamparita estaba encendida y Dana sentada en la cama, con el camisón de seda y el pelo suelto.

–Dana...

–Hola –murmuró ella, nerviosa.

–¿Qué haces aquí?

–Estaba esperándote. ¿Por qué has tardado tanto? –preguntó ella, levantándose.

–Estaba ayudando a Bert a meterse en la cama.

–¿Se ha hecho daño?

–Ha sido un resbalón, nada importante.

Dana le echó los brazos al cuello.

–Mejor. Entonces no tendrás que irte otra vez –murmuró, buscando sus labios–. Evan está dormido, así que tampoco yo tengo que irme. A menos que tú quieras.

Jared cerró los ojos. Quería tenerla allí, lo quería más que nada en el mundo, pero...

–Quizá no es buena idea, cariño.

–¿Estás diciendo que me marche?

–No –contestó él–. Pero no quiero que lo lamentes mañana.

Ella le puso un dedo sobre los labios.

–No quiero pensar en nada. Jared, quiero ser tu mujer... durante el tiempo que estemos juntos.

Después lo llevó a la cama. Y entonces, con manos temblorosas, se bajó el camisón. Jared vio que caía al suelo, como flotando, y su corazón empezó a dar saltos dentro de su pecho.

–Quiero que me hagas el amor.

Sabía que no era una belleza; era más musculosa que la mayoría de las mujeres. Quizá su cuerpo no era tan perfecto como el de las chicas con las que Jared solía acostarse.

Él no se movía, parecía de hielo.

–Lo siento, no volveré a molestarte...

–No, espera. Estoy intentando ser noble, pero me lo estás poniendo muy difícil.

–¿Me deseas?

–Más que nada en el mundo –contestó Jared, estrechándola entre sus brazos.

Entonces buscó su boca como un hombre sediento mientras apretaba su trasero con las dos manos. Ella gimió suavemente, asustada y excitada al mismo tiempo.

–Ésta es tu última oportunidad para cambiar de opinión.

Dana contestó desabrochando su camisa.

–Llevas demasiada ropa –murmuró, besando su torso desnudo.

Unos segundos después, camisa, pantalones y botas estaban en el suelo. Jared apartó el edredón y la tumbó sobre las sábanas, trazando con un dedo la línea de su pecho.

–Perfecto.

Ella le devolvió el favor, trazando sus pectorales con un dedo y deteniéndose sobre un pequeño pezón. Le encantaba oírlo jadear.

–Me toca –dijo él entonces, colocándose encima–. ¿Te gusta? –preguntó, acariciando sus pechos con la lengua.

–Sí... –murmuró Dana, arqueando la espalda.

Jared sonrió. Había sido ella quien lo llevó a la cama, pero estaba seguro de que no había habido ningún hombre en su vida desde Marshall. Y tenía que ir despacio, protegerla.

Protegerla.

Entonces tomó los vaqueros del suelo y sacó un preservativo del bolsillo.

–Mírame, cariño. Lo que estamos haciendo es una locura, pero te deseo demasiado como para parar –murmuró, abriendo sus piernas–. Te deseo desde el primer día, desde que te vi.

La besaba en el cuello, en la boca, y Dana le devolvía beso por beso, apretándose contra él. Cuando metió la mano entre sus piernas y comprobó que estaba mojada, se deslizó dentro de ella.

Dana dejó escapar un gemido de placer. La llenaba por completo, nada le había parecido nunca tan maravilloso.

–Por favor...

–¿Quieres más?

–Sí –contestó ella, enredando las piernas en su cintura.

Jared no la decepcionó. Con cada embestida la llenaba hasta el fondo y el placer los dejó a los dos estremecidos, uno sobre el otro, sudando.

Sólo el sonido jadeante de sus respiraciones rompía el silencio. Tendría que estar loco para dejar que aquello ocurriera otra vez. Dana le hacía soñar con cosas que no podía tener. Que nunca podría tener.

–Vuelvo enseguida –murmuró, levantándose.

Cuando volvió, se había puesto los vaqueros.

–¿Adónde vas?

–Dana, creo que debería pasar la noche con los peones.

–¿Por qué?

Jared cerró los ojos.

–Porque...

–¿Estás diciendo que no quieres compartir mi cama?

–Sabes que no es eso, Dana.

–Demuéstramelo.

–Me marcharé pronto.

Ella se envolvió en la sábana y saltó de la cama.

–No te marchas esta noche, ¿no?

–No, esta noche no.

–Entonces vuelve a la cama conmigo. No quiero dormir sola.

–Si me meto en esa cama, volveré a hacerte el amor.

–Perfecto, eso es lo que quiero. A menos que no estés de humor.

Jared se limitó a tomarla en brazos. Iba a estar muy cansado por la mañana, pero le daba igual.

CAPÍTULO 10

EL SOL que entraba por la ventana le daba directamente sobre los ojos. Dana se dio la vuelta para seguir durmiendo, pero no había forma de escapar. Lo cual era raro porque su habitación daba al oeste. De repente, recordó... y se incorporó de un salto.

Estaba desnuda.

Cuando miró alrededor se dio cuenta de que estaba en la habitación de sus padres, no en la suya. Sola. Y eran las ocho y media de la mañana. Envolviéndose en la sábana, salió corriendo de la habitación.

¿Por qué no la había despertado Jared? Al recordar lo que había pasado por la noche se quedó parada. Jared le había hecho el amor varias veces más. Y se quedaron dormidos después de las tres de la mañana...

Dana se puso unos vaqueros y una camisa y bajó corriendo a la cocina. Un poco nerviosa, no sabía cómo comportarse. ¿Cómo actuaría él? De repente, no se sentía tan valiente como por la noche.

No había nadie en la cocina, de modo que se acercó al establo y enseguida oyó la voz de Jared. Tuvo que contener la respiración al recordar esa misma voz ronca, diciéndole lo que sentía, lo que quería...

–¿Cómo estás, Brandy? ¿Has dormido bien? Yo no...

–Hola –murmuró Dana.

Estaba guapísimo con los vaqueros y la camisa de cuadros. Y más guapo aún sin ropa, pensó.

–Buenos días, Dana. ¿Cómo estás?

–¿Por qué no me has despertado?

–Intenté hacerlo, pero me mandaste a la porra.

¿Ella lo había mandado a la porra? Debía estar profundamente dormida.

–Es tardísimo. Hay muchas cosas que hacer.

Jared se encogió de hombros.

–Para eso hemos contratado a Owen, ¿no? Para que no tuvieras tanto trabajo.

–De todas formas...

–Pensé que necesitabas descansar.

Jared vio que se ponía colorada. ¿Lamentaría lo que había pasado? Debería haberse alejado de la tentación, se dijo.

–Mira, Dana. Sobre lo de anoche... no quiero que pienses que... yo no voy a...

–Ya te lo he dicho, Jared. Lo último que una mujer desea es que un hombre se disculpe, especialmente después de haber hecho el amor con ella. Y no necesito tu compasión.

–¿Crees que te hice el amor por pena? –exclamó él, atónito–. Pero si tengo que hacer un esfuerzo para no tomarte en brazos y llevarte ahora mismo a la cama.

Dana lo miró, con los ojos muy abiertos.

–Pero...

–Te deseo con todas mis fuerzas. No sabes lo que me costó dejar esa cama cuando lo único que deseaba era hacerte el amor una y otra vez.

–Pero yo pensé... yo creí que...

Jared tomó su cara entre las manos y le plantó un beso que la dejó mareada.

–Nos vas a meter en un lío –dijo después.

Dana sonrió.

–¿Y qué piensas hacer?

–Creo que lo mejor será mantenerme a distancia.

–Eso no es nada divertido –protestó ella.

–¡Mamá, te has levantado! –oyó entonces la voz de Evan.

–Pues sí –sonrió Dana, abrazándolo.

–El tío Jared me dijo que estabas cansada de tanto cocinar.

Ella miró al hombre que había causado el cansancio y él le guiñó un ojo.

–Sí, es verdad. ¿Qué has estado haciendo?

–Cuidando de Bert. Le he leído un cuento.

–¿Se lo has leído?

–Bueno, se lo he contado –rió el niño.

–¿Cómo está?

–Se ha hecho daño en la rodilla –contestó Jared.

–¿Y por qué no me lo dijiste anoche?

–Porque anoche... Evan, ¿por qué no le pides a Owen que saque a Goldie del cajón?

–¡Sí! –gritó el niño.

–No te lo conté porque Bert me pidió que no lo hiciera. No quería preocuparte.

–Pues me preocupa. Bert es mi familia.

–Voy a llevarlo al médico esta mañana.

–¿Que Bert va a ir al médico? –preguntó Dana incrédula–. Asombroso, yo llevo años intentando que le miren esa rodilla y ahora resulta que...

–Déjalo, Dana. No quiere que una mujer sienta compasión por él.

–Pero es mi trabajo...

–Y yo soy tu marido. A menos que no quieras mi ayuda.

«Soy tu marido». Cómo le gustaba oír esas palabras.

–Bueno, de acuerdo. Será mejor que lo lleves tú.

Jared la tomó por la cintura.

–¿Quieres otro beso?

–Sí.

–Eres muy avariciosa –rió él–. Me parece que esta noche voy a tener mucho trabajo. Y no sabes cuánto me alegro.

Dana salió al porche para recibir a Jared y Bert, que volvían del médico. El capataz no parecía muy contento.

–¿Nadie va a contarme qué ha pasado?

–Quieren hacerme una operación en la rodilla y ponerme una de plástico –dijo el capataz por fin–. ¿Tú sabes lo que eso cuesta? –masculló, entrando en la cocina.

–¿No se puede hacer nada más?

–Es una opción –suspiró Jared–. También podría tomar medicación, pero Bert dice que le da sueño.

–¿Cuánto cuesta la operación? –preguntó Dana.

–Eso da igual. El seguro pagará una buena parte de los gastos y yo tengo dinero para pagar el resto. El problema es convencer a Bert.

–Es un hombre muy orgulloso y yo lo quiero como si fuera de mi familia. Jared, tenemos que ayudarlo.

–No te preocupes, lo convenceré para que se opere.

–Gracias. No sé cómo voy a pagártelo.

–No hace falta. Como tú misma has dicho, Bert es de la familia.

En ese momento vieron la camioneta de Chance Randell entrando en el rancho.

–No sabía que iba a venir –murmuró Dana.

–Va a ayudarme con el corral –contestó Jared–. Si vas a dar clases de equitación, habrá que hacer algunos arreglos.

¿De dónde habían salido esos planes?, se preguntó ella.

–¿Y se puede saber dónde vas a poner ese corral?

–Detrás del establo.

Dana observó a Chance bajando de la camioneta. Se alegraba mucho de que la relación entre los dos hombres fuera tan cariñosa. Y, secretamente, esperaba que eso fuera una razón más que para que Jared se quedase en Texas.

–Invítalo a comer y podremos discutir los detalles.

–Está bien. Luego te veo –sonrió él, guiñándole un ojo.

Dana volvió a la cocina y preparó una buena ensalada. Como tenía tiempo, decidió hacer también un pastel de melocotón.

Cuando estaba cerrando el horno sonó el teléfono.

–Rancho Lazy S.

–Hola, estoy buscando a Jared Trager.

–Ahora mismo está ocupado. ¿Quiere dejar un mensaje?

–Sí, por favor, dígale que ha llamado Nate Peterson, de Construcciones Burke. Tengo que hablar con él urgentemente.

Ella copió el número de teléfono y salió hacia el establo, preocupada. Ese mensaje podría llevárselo de allí.

Los encontró detrás del establo, en una zona que Jared había limpiado el día anterior. Iba a llamarlo cuando oyó lo que Chance estaba diciendo:

–Si Dana construyera unas cabañas en sus tierras del valle podríais poner el establo allí. Los clientes se distribuirían entre mi rancho y el suyo y así ganaríamos dinero todos.

A Jared le sorprendió que Chance lo incluyera en el negocio. Aunque ciertamente sería un buen suplemento económico para el Lazy S. Pero cuando iba a responder vio a Dana por el rabillo del ojo. Y, por su expresión, también ella había oído la oferta.

–No te había oído...

–Menos mal que he llegado a tiempo, antes de que entregases todas las tierras de los Shayne –lo interrumpió ella–. Tienes un mensaje urgente de Las Vegas, Nate Peterson.

Después, se dio la vuelta sin decir nada más.

Jared miró a Chance.

–Creo que deberías explicárselo.

–No creo que quiera escucharme. Sigue pensando que quiero sus tierras.

–Pues tendrás que convencerla de que no es así.

–Díselo tú, Jared. La conozco lo suficiente como para saber que no querrá ni hablar conmigo.

Jared no quería discutir con Dana, pero tenía que hablar con ella, por difícil que fuera.

–No me he unido a los Randell para quitarte las tierras –dijo, nada más entrar en la cocina.

–No podrías aunque quisieras. El rancho es mío –replicó Dana.

–Lo sé. Y la verdad es que a mí me sorprendió la oferta de Chance tanto como a ti. Dice que lo ha hablado con sus hermanos porque yo soy de la familia, pero no quieren tus tierras. Te están ofreciendo la posibilidad de compartir con ellos la parte del negocio que tienen abierta al público, Dana. Y yo creo que sería buena idea.

Ella lo miró sin decir nada.

–Por favor, no seas cabezota. Es una buena inversión.

Después fue al estudio para usar el teléfono, pero le seguía doliendo que no confiara en él. Durante esas semanas habían compartido trabajo, comidas... y cama. Todo menos la confianza mutua, aparentemente.

–Construcciones Burke –contestó una voz.

–Hola Nate, soy Jared.

–Hola, Jared. Siento molestarte, pero he de darte una mala noticia. Stan sufrió un infarto ayer.

Él cerró los ojos. No sólo había olvidado llamar a la empresa últimamente, se había olvidado de la precaria salud de Stan. Su amigo y mentor.

–¿Cómo está?

–Ha salido de ésta, pero tienen que operarlo. Tienes que venir a Las Vegas.

Al volverse, vio que Dana estaba en la puerta. No parecía enfadada y estaba preciosa. Y recordó entonces la noche anterior, cuando la tenía entre sus brazos. No merecía su confianza porque iba a romperle el corazón.

–Iré lo antes posible, Nate.

Dana observaba a Jared mientras guardaba sus cosas en la mochila. Lo único que no guardó fue el traje de chaqueta que se puso el día de la boda. Eso le dio cierta esperanza.

–¿Cuánto tiempo estarás en Las Vegas?

–No lo sé. Stan tendrá que quedarse unos días en el hospital después de la operación. Supongo que unas semanas.

–Ya.

–No creo que esté en muy buena forma, Dana. Así que yo tendré que llevar la constructora. Y ahora mismo hay varios proyectos en marcha, con plazos firmados.

«De modo que vas a dejarme a mí y a Evan sin mirar atrás», pensó ella.

–Te comprendo. Y siento mucho lo de tu amigo. Pero hazme un favor, no te vayas sin hablar con mi hijo.

–¿Crees que me iría sin despedirme? ¿No te das cuenta de que me mata tener que dejar al niño... y a ti? Te dije desde el principio que lo de las familias no se me daba bien, pero eso no significa que no me importéis.

Ése era el problema, le importaban demasiado.

Ella lo miró con sus preciosos ojos verdes. Y Jared se dio cuenta de que estaba conteniendo las lágrimas.

–Cariño, tengo que irme. Tengo que ir a cuidar de Stan –dijo, abrazándola.

–Lo sé. Es que me gustaría...

Jared no quería oírlo. Si se quedaba cinco minutos más acabaría rindiéndose. De modo que tomó su mochila y salió de la habitación.

Evan estaba sentado en su sillita, pintando, y lo miró durante unos segundos, como intentando grabar esa imagen en su cabeza.

–Evan.

El niño se volvió, con una sonrisa en los labios.

–Mira lo que he pintado, tío Jared.

Era un dibujo de tres personas al lado de un caballo.

–Somos nosotros. Mamá, tú y yo. Y Goldie. Ahora somos una familia.

Una familia.

–Es muy bonito.

–Es para ti. Puedes quedártelo.

–Gracias, Evan. He venido para despedirme... Tengo que irme a Las Vegas a cuidar de un amigo enfermo.

–Pero eso está muy lejos.

–Tengo que irme...

–¡No quiero que te vayas! –gritó Evan entonces, abrazándolo.

Jared tuvo que morderse los labios para no llorar.

–Volveré dentro de poco. Para entonces, seguro que ya montas a Goldie como un campeón.

–¿Volverás para mi cumpleaños? Prometiste hacerme un fuerte.

Sólo quedaban dos semanas y Jared no estaba seguro de haber podido solucionarlo todo para entonces.

–Lo intentaré, de verdad. Y si no puedo venir, te llamaré.

El niño asintió.

–Bueno.

–Y tú puedes llamarme también. Dejaré el número en la cocina y si te sientes solo, me llamas.

–Te quiero, Jared.

–Yo también te quiero, Evan –murmuró él, apretando al niño contra su corazón.

Cuando se volvió, Dana estaba en la puerta. Pero no podía abrazarla, no podía... Jared pasó a su lado y bajó los escalones de dos en dos.

Dana tuvo que controlar el deseo de ir tras él. ¿De qué valdría? Tenía que irse. Pero el dolor era insoportable.

Angustiada, corrió hacia la cocina y miró por la ventana.

Jared tiró la mochila dentro de la camioneta y se acercó a la barraca, seguramente para despedirse de Bert. Cuando salió se quedó mirando hacia los pastos, como para despedirse de ellos también. Luego miró hacia el porche y el corazón de Dana se encogió. Rezaba para que entrase y le prometiera que iba a volver.

Pero no lo hizo. Se despidió con la mano, subió a la camioneta y arrancó a toda velocidad.

Ella dejó que una lágrima corriera por su rostro. Sabía que Jared Trager no volvería nunca más.

CAPÍTULO 11

JARED llevaba cinco largos días y cinco interminables noches en Las Vegas. Y no la había llamado siquiera.

No la sorprendía. Había sido sincero con ella. Desde el principio le dijo que tenía que marcharse, que su matrimonio sólo sería algo temporal. Pero, ¿por qué le había prometido a Evan que lo llamaría, por qué le prometió que volvería si no iba a volver?

Otro hombre que desaparecía de su vida porque no la quería lo suficiente.

Desde la cocina, Dana oyó el ruido de un coche e intentó contener la loca esperanza de que fuera Jared. Pero se llevó una desilusión al ver que era Chance Randell.

–Buenas tardes, Dana. ¿Podemos hablar un momento?

A ella no le apetecía lo más mínimo discutir el asunto del valle.

–Entra, aquí se está más fresco. ¿Quieres un té helado?

–Sí, por favor. Llevo todo el día trabajando.

–¿De qué querías hablar?

–Primero, quiero aclarar una cosa. El día que

vine a ayudar a Jared en el corral, él no tenía ni idea de que iba a proponerle lo de las tierras del valle.

–Ya da igual porque Jared se ha ido.

–Sé que está en Las Vegas, pero piensa volver.

–¿Te lo ha dicho?

–Me dijo que volvería dentro de unas semanas.

Dana no estaba muy convencida. Además, si pensaba volver, ¿por qué no la había llamado?

–Lo dudo, ya que este arreglo no era permanente –dijo entonces–. Jared sólo ha querido echarnos una mano.

–Creo que Joy y yo empezamos igual –sonrió Chance.

–No, esto es diferente. La vida de Jared está en Las Vegas.

–También tiene una vida aquí. No creo que sea el tipo de hombre que deja a su familia colgada. Eres su mujer y Evan es su sobrino.

–De todas formas, nos arreglaremos –murmuró Dana, sin mirarlo.

–Y si no fuera así, ¿le pedirías ayuda a tu vecino?

–No me resulta fácil aceptar caridad.

–Somos vecinos y debemos ayudarnos unos a otros. Hasta hace poco había gente en San Ángelo que no quería saber nada de un Randell. Mis hermanos y yo sabemos lo que es que te den de lado. Y yo no le haría eso a nadie.

Dana vio dolor en los ojos de Chance. Ella era muy joven cuando se fueron a vivir con Hank, pero imaginaba lo mal que lo habían pasado teniendo que pagar por los pecados de su padre.

–Lo que le ofrecí a Jared era un trato comercial. Lo siento, Dana, debería haberlo dicho cuando estuvieras tú, pero sigo creyendo que es un buen plan.

–¿Qué plan?

–El valle necesita un corral de monta. Ahora mismo no tenemos sitio suficiente para los clientes, pero si nos uniéramos... Yo creo que sería un buen negocio. La única razón por la que se lo dije a Jared es porque... en fin, tú y yo no hemos tenido las mejores relaciones últimamente. Pero créeme, nosotros no necesitamos más tierras. Sólo queremos que el negocio de los mesteños prospere. Y como nuestras tierras lindan en el valle, no veo por qué no podemos cooperar.

Dana no podía creer que le estuviera ofreciendo participar en el negocio.

–¿Y si Jared no vuelve?

–No lo conozco demasiado bien, pero yo diría que volverá. Jared no ha tenido tanta suerte como el resto de los Randell. Nosotros tuvimos a Hank, pero él ha estado solo casi toda su vida y seguramente... en fin, le cuesta reconocer sus sentimientos.

–Pero ahora tiene a Evan... y a mí.

Chance sonrió.

–Yo creo que lo sabe, pero a veces los hombres tardamos algún tiempo en darnos cuenta de esas cosas –dijo, levantándose–. Bueno, puedes tomarte unos días para pensar la oferta.

–No tengo que pensármela. Me encanta.

–Estupendo, pues habrá que ponerse a trabajar. Mientras tanto, si necesitas algo, dímelo.

–Lo haré –sonrió Dana, estrechando su mano.

–Por cierto, un hombre fue a mi rancho esta mañana preguntando cómo llegar al tuyo. Era un hombre mayor, un extraño, que preguntaba por ti y por Evan.

¿Quién podría ser?, se preguntó ella.

–¿Cómo se llamaba?

–Graham Hastings.

Dana se llevó una mano al corazón.

–¿Sabes quién es? –preguntó Chance.

–El abuelo de Evan. Quiere llevarse a mi hijo.

Jared apoyó la cabeza sobre los brazos, intentando echar una cabezadita. En los últimos diez días sólo había podido dormir un par de horas por noche. Tenía que terminar dos proyectos a tiempo y lo hacía trabajando en varios turnos con diferentes obreros. Afortunadamente, tenía un equipo estupendo.

Recordaba un tiempo en que le encantaba tener tanto trabajo. Pero ya no. Quizá se estaba haciendo viejo.

Jared pensó entonces en la mujer de pelo rojo que lo esperaba en un rancho cerca de San Ángelo. El tiempo que estuvo con ella fue como un sueño. Quizá que lo llamaran de Las Vegas fue lo mejor porque en cualquier caso tenía que terminar.

Pero, ¿qué hombre no se haría adicto a Dana Shayne?

En ese momento se abrió la puerta del camión.

–Jared, aquí hay alguien que pregunta por ti. Dice que es pariente tuyo.

–¿Cómo se llama?

–Randell.

Jared se levantó de la silla en cuanto vio a Chance.

–¿Qué haces aquí? ¿Hay algún problema en el rancho?

–He venido para ver si recuperas el sentido común. Y sí, hay problemas. Pero se resolverían si volvieras a Texas, que es lo que tienes que hacer.

–No puedo volver ahora, Chance. Tengo mucho trabajo...

–¿Cómo puedes vivir en esta ciudad? Está llena de gente.

–Pero aquí es donde está el dinero.

–En la vida hay cosas más importantes que el dinero, Jared. ¿Cuándo vas a darte cuenta de que tu vida está en Texas, con tu familia?

Eran unas palabras que él estaba deseando oír, pero temía estar soñando.

–Yo no soy como tú, Chance. No tengo raíces. No tuve a Hank...

–Pero nos tienes a nosotros. Y tienes a Dana y a Evan.

–Pensaba llamarlo mañana, para su cumpleaños –dijo Jared, con la voz entrecortada.

–Vaya, qué generoso. ¿No le habías prometido a tu hermano Marshall que cuidarías de él?

–Y lo haré. Es que ahora mismo no puedo...

–Pues es una pena porque los niños no pueden esperar. Antes de que te des cuenta se han hecho mayores... y sufren porque nadie ha mirado por ellos.

–Tengo responsabilidades aquí.

–Con esa actitud, quizá habría sido mejor que no hubieras pasado por el Lazy S.

–Mira, yo no sé ser padre...

–Si piensas que eres como Jack Randell, olvídate. Te he visto con Evan. Quieres a ese niño y quieres a Dana.

Jared apartó la mirada. No quería pensar en eso. Él no había querido hacerle daño a nadie, pero al final...

–Veo que venir hasta aquí ha sido una pérdida de tiempo –suspiró Chance entonces–. Pues nada. Pero imagina otro hombre en la vida de Dana, otro hombre besándola, otro hombre haciéndole el amor... otro hombre siendo el padre de Evan.

Jared apretó los puños.

–No digas eso.

–Te duele, ¿verdad? Ah, una cosa más antes de irme: Graham Hastings está en San Ángelo. Ha estado preguntando por su nieto.

–¿Qué?

–Lo que has oído. Graham Hastings está buscando a Evan.

–Si se acerca al niño...

–Si quieres proteger a tu hijo, tendrás que volver al rancho.

Cuando la puerta del camión se cerró, Jared se quedó mirándola, angustiado.

No podía marcharse de Las Vegas. Stan acababa

de salir del hospital y tenía responsabilidades hacia la empresa. Aunque en aquel momento era lo menos importante. Su familia estaba siendo amenazada y, gracias a él, Dana y Evan estaban solos. ¿No era su familia la primera y más importante responsabilidad?

Jared se pasó una mano por el pelo, nervioso. Dana debía odiarlo. La había dejado, como hizo Marshall. ¿Cómo podría convencerla de que la quería?

Tuvo que apoyarse en la pared. La amaba. Amaba sus pecas en la nariz, el pelo rojo, el carácter fuerte y las caricias nocturnas con las que había borrado años de soledad. Y a cambio ella no le había pedido nada. Bueno, le había robado el corazón, eso sí.

De repente, las paredes del camión parecían ahogarlo. ¿Cómo podía haber estado tan ciego? Aquélla no era la vida que quería. Lo que quería era estar con su familia. Nada le importaba más que Dana y Evan.

Sólo rezaba para que ella siguiera queriéndolo.

Era casi medianoche cuando Dana salió al porche con un vaso de té helado. Esperaba que eso pudiera curar su insomnio. Y aquella noche precisamente necesitaba descansar porque al día siguiente era el cumpleaños de Evan.

Había planeado una fiesta para él y gracias a los Randell y a sus hijos, sería un día muy especial para el niño.

Una vez sentada en el balancín, tomó un sorbo de té, respirando el aroma de las rosas y cerró los ojos, deseando poder estar contenta por su hijo, pero...

Habían pasado dos semanas y tenía que enfrentarse con la realidad: Jared no volvería nunca. Sus ojos se llenaron de lágrimas que no se molestó en contener. Estaba intentándolo todo, pero nada parecía funcionar. Jared había dejado un hueco insoportable en su vida y en la vida de su hijo. Pero aunque quería despreciarlo, era incapaz.

Entonces vio los faros de un coche al final del camino.

Bert y Owen estaban en la barraca, de modo que no tenía por qué tener miedo. Pero, ¿quién iría al rancho tan tarde? A menos que fuera una emergencia...

La luz de los faros la cegó momentáneamente. Pero cuando abrió los ojos vio una camioneta negra.

Jared.

A la luz de la luna lo vio acercarse al porche, como en un sueño. Llevaba vaqueros y una camisa oscura. El sonido de sus botas sobre los tablones de madera era casi tan fuerte como los latidos de su corazón.

–Hola, Dana. Me alegro de que estés despierta.

–¿Qué haces aquí? –preguntó ella, cuando pudo encontrar la voz.

–Tengo que hablar contigo.

–¿Va todo bien, Dana? –oyó entonces la voz de Owen.

Antes de que pudiera decir nada, Jared contestó:

–Hola, Owen, soy yo. Siento haberte despertado.

–Ah, hola Jared. Me alegro de que estés en casa.

Dana esperó hasta que el peón volvió a cerrar la puerta de la barraca.

–Si has venido a buscar el resto de tus cosas, date prisa. Y no despiertes a Evan. Y no te preocupes por el dinero, te pagaré hasta el último céntimo.

–He dicho que tenía que hablar contigo, Dana. No tiene nada que ver con el dinero.

–¿Qué quieres?

–He cometido muchos errores –empezó a decir Jared–. Pero nunca he querido hacerte daño. Ni a ti ni a Evan.

–No necesito tu compasión, Jared Trager. Hace tiempo aprendí a cuidar de mí misma. Evan y yo estábamos perfectamente antes de que tú llegaras y seguiremos estándolo sin ti.

–Pero yo no, Dana. Yo no estaré bien sin ti.

Ella tragó saliva. Pero no quería tener esperanzas, no quería hacerse ilusiones.

–Pensé que todo lo que quería estaba en Las Vegas hasta que te conocí. Ahora me doy cuenta de lo solitaria que ha sido mi vida. Dana, quiero volver... quiero que seamos un matrimonio.

–¿Cómo vamos a hacer eso si nunca has querido una familia?

–Un hombre puede cambiar de opinión. He descubierto lo que es importante de verdad, cariño. A lo mejor he tardado más que otros, pero quiero intentarlo.

–¿Durante cuánto tiempo? ¿Cuánto tiempo antes de que vuelvas a marcharte? –le espetó ella.

–No voy a dejarte nunca.

–Sí, eso ya lo he oído antes.

Jared la tomó por la cintura.

–Pero no lo he dicho yo. Y te lo digo ahora. Quiero estar contigo... y con Evan. Quiero que seamos una familia.

–No puede ser, Jared. Le rompiste el corazón al marcharte...

–Lo sé y no sabes cómo lo siento. Dame una oportunidad, Dana. Deja que le compense.

–Hasta que vuelvas a irte –dijo ella entonces, apartándose–. No, lo siento. No puedo hacerlo.

Luego entró en la casa y cerró la puerta. El sonido del cerrojo le pareció a Jared una sentencia de muerte.

Derrotado, bajó los escalones del porche.

–Entonces te rindes. No sabía que fueras tan débil –oyó una voz.

Era Bert, el capataz.

–No quiere que vuelva.

El viejo sacudió la cabeza.

–Así que te marchas con el rabo entre las piernas, ¿no?

–¿Qué sugieres que haga?

Bert se encogió de hombros.

–Tendrás que esperar a pillarla en mejor momento. A ver, ¿cuál es la debilidad de Dana?

–Evan.

–Convéncela de lo importante que es el niño para ti. Si tienes a Evan de tu parte, pronto tendrás a la madre.

–¿Tú crees?

–Y el hecho de que la chica te quiera a muerte tampoco va a hacerte ningún daño.

–¿Dana me quiere?

Bert asintió de nuevo.

–Yo no perdería mi tiempo contigo si no supiera eso. Es una pena que hayas sido tan lento, hijo.

–Pero yo la quiero...

–Ya lo sé. Pero díselo a ella. Y tendrás que inventar un plan para convencerla.

–Creo que ya lo tengo –sonrió Jared–. ¿Te importa si duermo en la barraca? Mañana tengo muchas cosas que hacer.

–Si me lo cuentas...

–Claro. Además, Owen y tú tendréis que ayudarme. Es una sorpresa para Evan.

CAPÍTULO 12

LA MAÑANA siguiente llegó demasiado pronto porque Dana apenas pudo pegar ojo, pero debía darse prisa. Tenía muchas cosas que hacer para el cumpleaños de Evan. En la fiesta habría seis niños, cuatro Randell: Elisa Mae, Katie, James y Brandon. Evan había invitado también a otros dos niños a los que conocía de la catequesis: Matt y Michael.

Y luego estaban los adultos: Chance y Joy, Abby y Cade, Josie y Travis Randell. Hank y Ella también irían. De modo que Bert, Owen y ella serían los únicos sin pareja.

Entonces volvió a pensar en Jared y en su encuentro nocturno. Aquel día podría haber sido tan diferente si hubiera aceptado su vuelta... Le dolía el corazón de pensar que había desaparecido de su vida.

La noche anterior había deseado llamarlo, pedirle que se quedara, caer en sus brazos, pero sabía que, al final, tanto a ella como a Evan les rompería el corazón. Y haría cualquier cosa para proteger a su hijo.

Dana bajó a la cocina y encontró a Evan vestido y preparado. Pero, por su expresión, no parecía tener ganas de fiesta.

–Hola, cariño. ¿No te hace ilusión que sea tu cumpleaños?

El niño se encogió de hombros.

–Regular.

–¿Qué quieres desayunar? Hoy es un día especial, así que te haré lo que quieras.

–Me da igual.

Dana se puso en cuclillas para mirarlo a los ojos.

–¿Qué te pasa?

–Me lo prometió, mamá. Jared me prometió que estaría aquí el día de mi cumpleaños.

Entonces se puso a llorar y a ella se le rompió el corazón.

–Lo sé, cielo.

Se sentía culpable por no haber aceptado el regreso de Jared, pero debía hacer lo que era mejor para todos.

–Habrá mucha gente en tu fiesta. Vendrán Katie y Matt... y todos traerán regalos para ti.

–Me da igual. Sólo quiero que venga el tío Jared.

–Yo también tengo un regalo para ti. Es tan grande que no he podido meterlo en casa. Está en el establo.

Era una silla de montar y con eso esperaba hacerlo feliz. Aunque sabía que iba a ser imposible.

–¿Quieres abrirlo ahora?

–Bueno.

–Ve a buscar a Bert. Yo iré dentro de un momento.

–Vale.

El niño salió de la cocina sin ninguna ilusión y ella tuvo que apoyarse en una silla, desolada.

–¡Mamá! ¡Ven, corre!

Dana salió corriendo al porche.

–¿Qué pasa, hijo?

–¡Ha vuelto! –gritó Evan, sin dejar de correr–. ¡El tío Jared ha vuelto!

Atónita, lo vio subido a una escalera, pintando el cartel del rancho.

–¡Tío Jared, tío Jared!

–Hola, pequeñajo. ¡Feliz cumpleaños!

–¡Ya tengo cinco años!

Jared bajó de la escalera para abrazar al niño y Dana se acercó corriendo.

–¿Qué haces aquí?

–Ese cartel necesitaba una mano de pintura y...

–Ya has hecho más que suficiente. ¿No tienes que volver a Las Vegas?

–No tengo prisa –contestó él–. Y siempre cumplo mis promesas. He vuelto para el cumpleaños de Evan.

–¿Vas a quedarte a la fiesta? –preguntó el niño.

–No me la perdería por nada del mundo.

–¿Y me has comprado un regalo?

–Por supuesto. Está en el porche.

–¿Puedo abrirlo, mamá?

–Pues... sí, claro.

Mientras el niño corría hacia el porche, Dana se volvió para mirar a Jared.

–No sé qué intentas hacer, pero no me gusta. No quiero que le hagas daño a mi hijo.

–No voy a hacerle daño, Dana. Estoy intentando decirte cuánto me importáis Evan y tú.

–Ya hemos hablado de eso. No vas a quedarte, Jared. Tarde o temprano te irás...

–Me parece que no estás preocupada por Evan, sino por ti. Tienes miedo –dijo él entonces–. Me quieres, Dana. Si no fuera así, no habrías hecho el amor conmigo. Pero si no sabes que lo que hay entre tú y yo es especial, supongo que estoy perdiendo el tiempo.

Dana no sabía qué decir, de modo que permaneció callada. Entristecido, Jared se acercó al porche para ver al niño abrir su regalo. Era un cinturón de carpintero en miniatura.

–¡Es como el tuyo!

–Claro que sí. Lo mandé hacer especialmente para ti.

–¡Gracias, tío Jared! –gritó Evan, abrazándolo.

–De nada.

–¡Mira qué bonito, mamá!

–Sí, es precioso. Evan, tengo que hablar un momento con Bert. ¿Quieres quedarte con Jared?

–Claro.

Dana corrió hacia el establo, intentando contener las lágrimas. Pero cuando llegó al cajón de Brandy no pudo controlarse más.

–Veo que no has aceptado la oferta de Jared, ¿eh? Era Bert.

–¿De qué hablas?

–Tu marido está ahí fuera y tú aquí, llorando.

–No estoy llorando y Jared no es mi marido de verdad.

–Dana, tú no sabes mentir. No te había visto más

feliz en toda mi vida y Jared es la causa. Y tampoco había visto nunca a Evan tan feliz.

–Pero se marchará...

–¿Cómo lo sabes? ¿No te ha dicho que te quiere?

–Es fácil decir esas cosas. Pero se fue como se fue Marshall.

–Hay una diferencia, él ha vuelto. Y si hay alguien que necesita una familia, ése es Jared.

–Pero algún día volverá a Las Vegas. Su trabajo está allí.

–¿No te lo ha contado? –preguntó Bert entonces.

–¿Contarme qué?

–Ha rechazado el trato. No ha comprado la empresa.

–Pero si eso era lo que quería, lo que había soñado siempre.

–Es curioso lo de los sueños... Las cosas no son importantes si no tienes a nadie con quien compartirlas. Jared lleva toda la vida buscando una familia, Dana. Y la ha encontrado aquí. Pero tendrás que darle una oportunidad.

–Oh, Bert... Me he equivocado con él. Yo...

Dana salió corriendo del establo para buscar a Jared y lo encontró detrás de la casa, al lado de la leñera.

–Mira, mamá. Jared va a hacerme un fuerte. Vamos a hacerlo juntos.

–Si a ti te parece bien, claro.

Ella hubiera querido echarse en sus brazos, darle las gracias, pedirle que la perdonase.

–Me parece bien.

–¡Yupi! ¡Voy a enseñarle mi cinturón a Bert!

Dana estaba temblando y tuvo que esperar un segundo para calmarse.

–¿No has comprado la empresa de construcción?

–No. Me di cuenta de que no era eso lo que quería.

–Pero habías soñado con ello. Tú mismo me lo dijiste.

–Las cosas cambian.

–¿Cuál es tu sueño ahora, Jared?

–Tener una familia. Tener hijos –contestó él, mirándola a los ojos–. Y sobre todo quiero estar contigo y con Evan. Te quiero, Dana. No puedo vivir sin ti. Os habéis metido en mi corazón Evan y tú. Vosotros sois mi corazón...

–Oh, Jared, te quiero tanto... –murmuró ella, echándose en sus brazos.

–Qué tontos hemos sido –musitó Jared.

Entonces oyeron el ruido de un motor. Un coche negro se acercaba a la casa. El coche de Graham Hastings.

–Quédate aquí, Dana. Yo me encargo de esto.

Jared se puso en medio del camino para bloquearle el paso.

–¿Qué haces aquí?

–¿Creías que no iba a enterarme de que tengo un nieto? –le espetó Graham Hastings.

–Marshall no quería que supieras nada de Evan. Y yo tampoco. Soy su padrastro, por si no lo sabes.

–Yo puedo darle mucho más que tú.

–Tú puedes darle dinero, nada más. Pero Evan no lo necesita. Lo que necesita es un padre y ya lo tiene, así que puedes marcharte.

–Eres un bastardo –masculló Graham, sacando una fotografía–. Pero no eres el único hijo de Jack Randell. Parece que dejó bastardos por todas partes.

Jared tomó la fotografía.

–Muy bien. Y ahora, vete de aquí.

Graham lo miró durante unos segundos antes de arrancar de nuevo y desaparecer por el camino.

Dana llegó entonces a su lado.

–¿Qué pasa?

–Nada, no te preocupes. No va a llevarse a Evan, te lo prometo –dijo él, buscando su boca.

–¡Qué tontos! ¡Os estáis besando!

–¿Te molesta que bese a tu madre? –rió Jared.

–No, me gusta mucho. ¿Vas a ser mi papá?

–Sí, voy a ser tu papá... si tú quieres.

Evan miró a su madre y luego a él.

–¿Nos quieres?

–Os quiero mucho, Evan. Os quiero muchísimo.

El niño se echó en sus brazos.

–Yo también te quiero, papá.

No había nada más hermoso que el abrazo de un niño. Y, por primera vez, Jared Trager supo que había encontrado lo que buscaba en la vida.

Entonces empezaron a llegar coches al rancho.

–Me parece que la fiesta está a punto de comenzar.

–¡Oh, no! –gritó Dana–. ¡Pero si tengo un millón de cosas que hacer!

–No te preocupes –sonrió Jared–. Somos una familia.

Y estaba completamente seguro de eso.

EPÍLOGO

DANA era más feliz que nunca.

Iba montada sobre Scout, admirando el valle de los mesteños. Varios ponys pastaban a su alrededor, sin prestar atención a los turistas.

Dos semanas antes, Chance y Jared habían terminado el corral de entrenamiento y el negocio empezaba a florecer.

Durante el invierno, Jared construiría seis cabañas en sus tierras, que estarían listas para los clientes en primavera.

Apenas podía creer que hubiera terminado el verano y que el lunes Evan empezase el colegio. Ésa era la razón por la que estaban celebrando una merienda familiar.

Y la familia no dejaba de crecer, pensó Dana tocándose el vientre.

–¿Por qué sonríes?

Cuando se volvió, Jared apareció a su lado montando a Brandy. Lo hacía con destreza, como si hubiera vivido en el rancho toda la vida.

–Hola, vaquero. Nada, estaba pensando en lo feliz que soy.

–Yo también –sonrió él, apretando su mano.

Evan iba montado en su pony, con su primo Brandon, que era un poquito mayor. Como Bert estaba recuperándose de la operación de rodilla y no podía montar a caballo, estaba encargado de hacer los perritos calientes en la barbacoa.

–La vida no puede ser más hermosa –sonrió Dana.

Se dio cuenta entonces de que su marido tenía una expresión ausente.

–¿Qué te pasa?

–Estoy pensando en los otros dos hijos de Jack Randell.

–Tú no tienes la culpa, cariño.

–Pero debería habérselo dicho a Chance. Dos Randell más, gemelos –suspiró Jared–. Le he enviado la fotografía a los Gentry.

–Muy bien, pues se lo dirás cuando recibas respuesta de los Gentry.

–Sí, claro –murmuró él, mirando alrededor–. Éste es un sitio especial. Lo sentí la primera vez que vine aquí. Chance me ha dicho que él y sus hermanos se sintieron como los mesteños la primera vez, como ejemplares raros, solitarios.

–¿Y tú te sientes así?

–Ya no –contestó Jared, tomándola por la cintura–. He encontrado todo lo que quería aquí. Evan y tú sois mi familia.

Dana le echó los brazos al cuello.

–Pues espero que no te importe ampliarla. Estoy embarazada.

Él no pudo ocultar su sorpresa. Había una nueva vida dentro de ella... Iba a tener un hijo. Otro hijo.

–Dana... ¿estás segura?

–Desde esta mañana.

–Un niño –murmuró él–. Te quiero, Dana Shayne Trager. Te quiero tanto...

Sus labios le dijeron todo lo que quería decirle: que por fin había encontrado la paz y el amor. Que por fin había encontrado el sitio que llevaba buscando toda la vida. Su hogar.

JAZMÍN™

COLLEEN FAULKNER
MARIDO PERFECTO

Tenía todo lo que una chica podía desear... excepto un marido. De modo que Elise Montgomery recurrió a la guía Cómo buscar marido para encontrar uno. Pero, según el manual, su hombre elegido, un sexy granjero llamado Zane Keaton, era, definitivamente, el hombre equivocado. Sin embargo, después de compartir con él unos cuantos besos estremecedores, Elise se preguntó si, después de todo, sería un buen candidato.

JESSICA HART
LOS MEJORES AMIGOS

Josh y Bella llevaban años siendo amigos, pero de pronto Bella había empezado a ver a "su Josh" de un modo muy diferente. ¡Se estaba enamorando de él! Ya estaba bastante confundida cuando Josh complicó aún más la situación pidiéndole que fingiera ser su prometida para cerrar un importante negocio. Pero la tensión empezó a ser inaguantable. Sobre todo desde que Josh comenzó a preguntarse si su amiga estaba fingiendo realmente.

N.º 579

PATRICIA THAYER
LA MEJOR OFERTA

Jared Trager siempre había sido la oveja negra, y ahora había ido a Texas a investigar... no a que le echaran el guante. Pero la guapísima Dana Shayne y su valiente hijo Evan necesitaban que los ayudara a salvar su rancho... y él los necesitaba a ellos más de lo que estaba dispuesto a admitir.

Novias del desierto

Teresa Southwick

Atrapar a un jeque

Cuando Penelope Doyle aceptó un empleo en El Zafir y conoció a su nuevo jefe, Rafiq Hassan, un verdadero príncipe con enorme magnetismo, quiso volver a creer en el amor. Obviamente, todo un jeque no se molestaría siquiera en mirar a una chica como ella, por muy inteligente que fuera. Pero entonces la besó...

Besar a un jeque

Crystal Rawlins estaba desesperada por conseguir un trabajo, por eso habría hecho cualquier cosa con tal de convertirse en la niñera de los hijos del jeque Fariq Hassan. Y no pensó que una mentirijilla sobre su apariencia tuviera la menor importancia... Pero entonces conoció a su jefe, un hombre alto, moreno e impresionante.

Casarse con un jeque

En cuanto Kamal Hassan la tuvo entre sus brazos, Ali Matlock le entregó su corazón. Aunque el jeque era el soltero más codiciado del mundo, Ali quería algo más que la apasionada aventura que le ofrecía.

Kamal debía casarse y dar un heredero a su país. Y desde aquel mágico beso, supo que Ali era todo lo que deseaba en una mujer... y en una esposa.

N.° 67

Tiffany™

Dos 2 en 1 uno

Susan Mallery

Dulces palabras de amor

Isabel Beebe estaba convencida de que tenía mala suerte en el terreno amoroso. Ford Hendrix, su amor de adolescencia, había ignorado sus cartas. Su marido la había dejado..., por un hombre. De modo que Isabel había vuelto a Fool's Gold para regentar la tienda de su familia hasta que sus padres la vendieran. Después se marcharía…, pero volvió Ford, tan sexy y encantador como siempre, y ella se sintió de nuevo como una chica de catorce años.

Ver a Isabel fue para Ford como un gancho directo a la mandíbula. Años atrás, cuando se había enrolado en el ejército impulsado por un desengaño amoroso, las dulces cartas de Isabel habían impedido que se volviera loco. Ahora no podía apartar los ojos… ni los labios de ella. Y tenía de pronto una razón para quedarse en Fool's Gold, si pudiera convencer a Isabel de que hiciera lo mismo.

El seductor seducido

Jack Hanson no deseaba que nada lo alejara de su bufete de abogados, pero la muerte de su padre lo obligaba a volver a casa. Por eso contrató a su vieja amiga de la universidad, Samantha Edwards. Ella era una excelente trabajadora…, y entre ellos había una evidente atracción. Samantha había sufrido mucho con el amor…, aunque quizá fuera la mujer perfecta para enseñarle a vivir.

N.º 173